Heinrich Böll

Man möchte manchmal wimmern wie ein Kind

Die Kriegstagebücher
1943 bis 1945

Heinrich Böll

Man möchte manchmal wimmern wie ein Kind

Die Kriegstagebücher
1943 bis 1945

*Herausgegeben
von René Böll*

Kiepenheuer
& Witsch

Heinrich Böll, 1917 in Köln geboren, nach dem Abitur 1937 Lehrling im Buchhandel und Student der Germanistik. Mit Kriegsausbruch wurde er zur Wehrmacht eingezogen und war sechs Jahre lang Soldat. Seit 1947 veröffentlichte er Erzählungen, Romane, Hör- und Fernsehspiele, Theaterstücke und zahlreiche Essays. Zusammen mit seiner Frau Annemarie war er auch als Übersetzer englischsprachiger Literatur tätig. Heinrich Böll erhielt 1972 den Nobelpreis für Literatur. Er starb im Juli 1985 in Langenbroich/Eifel.

MIX
Papier aus verantwortungsvollen Quellen
FSC® C013736
FSC www.fsc.org

Verlag Kiepenheuer & Witsch, FSC® N001512

1. Auflage 2017

Umschlaggestaltung: Rudolf Linn, Köln
Karte: Markus Weber/Guter Punkt, München
Copyright aller Abbildungen: Samay Böll – info@boell-fotos.com
Gesetzt aus der Thesis
Herstellung: Dorothea Roll
Satz: Buch-Werkstatt GmbH, Bad Aibling
Druck und Bindung: Kösel GmbH & Co. KG, Gütersloh
ISBN 978-3-462-05020-2

Inhalt

Vorwort
von René Böll
7

Kriegstagebuch
1943 bis 1944
11

Kriegstagebuch
1944 bis 1945
187

Kriegstagebuch 1945
233

Nachwort
273

Anmerkungen
284

Karten
322

Zeittafel
324

Vorwort

»Ich habe nichts über den Krieg aufgeschrieben ...«

... äußerte Heinrich Böll 1977 in einem Gespräch mit Nicolas Born, Hermann Lenz und Jürgen Manthey. Gemeint war damit, literarisch über den Krieg nicht als Krieg geschrieben zu haben, keine Beschreibungen von Schlachten gegeben oder Taktiken der Kriegsführung thematisiert zu haben, sondern in seinen das Kriegsgeschehen aufnehmenden Texten vom Erleben des einzelnen, von dessen Leiden, Qualen, von der Verzweiflung und dem Gefühl existentieller Verlorenheit berichtet zu haben. Das »Material«, der »Stoff« dafür war das eigene Erleben, stellten die eigenen Erfahrungen bereit. Erlebnisse und Erfahrung gesammelt in der Etappe, dann aber auch direkt an der Front. Aus dieser Zeit stammen die drei Tagebücher aus der Kriegszeit, die wir hier erstmals veröffentlichen. Die Tagebücher haben eine noch größere Unmittelbarkeit als die Briefe aus dem Krieg, die er von 1939–1945 schrieb. Gerade in ihren stichwortartigen Notizen machen sie den Schrecken des Geschehens deutlich. Dadurch gewinnen sie einen Wert auch für die Öffentlichkeit über den Wert für die Familie hinaus.

Mein Vater hat eine Veröffentlichung seiner Kriegstagebücher, da sie für ihn ein persönliches Dokument der eigenen Lebensgeschichte waren, nie in Betracht gezogen und insofern auch konsequent in seinem Testament von einer Publikation ausgeschlossen. Kurz vor seinem Tod übergab er mir dann diese Notizbücher, die er separat von seinen sonstigen Materialien und Manuskripten archiviert hatte, und die lange im Haus in Langenbroich standen. Sie sollten, wenn auch nicht publiziert, der Auswertung zu wissenschaftlichen Zwecken, die er testamentarisch einräumte, zur Verfügung stehen. Damit hat er die Entscheidung letztlich an die Familie delegiert, die Art und Weise der Auswertung zu bestimmen, wie dies geschehen kann und soll – bis hin zu der Entscheidung darüber, sie als lebensgeschichtliches Dokument für die Arbeit und Auseinandersetzung mit seinem Werk zu veröffentlichen oder nicht zu veröffentlichen. Die Option einer Vernichtung kam für ihn jedenfalls nicht in Frage. Hätte er sie vernichten wollen, so hätte er das getan. Im Gegenteil, er hat sie der Aufbewahrung für wert erachtet. Nach langer und reiflicher Überlegung und Beratung, auch mit Nichtfamilienmitgliedern, haben wir – die Familie – uns nun zu einer Veröffentlichung entschlossen. Wir haben dies getan, abwägend, daß diese Aufzeichnungen zwar sehr persönlich, aber nie intim sind und einen durch ihre unmittelbare Aufzeichnung, zum Teil noch im Schützengraben und im Lazarett, in ihren Bann ziehen. Wir wollten diese Tagebücher der Nachwelt als Dokument erhalten und zur Verfügung stellen in eine Welt hinein, in der immer noch Kriege herrschen und immer wieder einzelne die Not, Angst, Qual, die Erfahrung von Verzweiflung und Hoffnung erleben, die auch Heinrich Böll erlebt hat und in seinen Tagebüchern zur Sprache brachte, auch wenn sie dies keinem Tagebuch anvertrauen.

Man kann über diese Entscheidung diskutieren. Wir glauben, daß wir dem Werk unseres Vaters und seinem Gedenken, und auch seinen Lesern damit dienen können, diese Aufzeichnungen zugänglich zu machen und sie nicht im Privaten zu belassen.

Heinrich Bölls Schicksal während des Krieges war kein besonderes, er teilte es mit Hunderttausenden Zeitgenossen auf beiden Seiten der Fronten, und doch war ihm im besonderen gegeben, dies in Worte zu fassen.

Er hat nicht nur den Krieg gehasst, auch die Uniform, das stupide, selbst den dümmsten Anweisungen Gehorchenmüssen, das langweilige Wachestehen, das Angeschrienwerden waren ihm zutiefst zuwider. Er war nicht im aktiven Widerstand, übte aber passiven Widerstand und scheute sich auch nicht, Papiere, mit denen er seinen Urlaub verlängern konnte, zu stehlen oder zu fälschen oder Krankheiten zu simulieren, letzteres gelang ihm allerdings weniger gut.

Den größten Teil seines Soldatseins verbrachte er, nachdem er über Osnabrück im Mai 1940 nach Polen kam, in Frankreich, in der Etappe in Köln, wieder von Mai 1942 bis September 1942 in Frankreich, kam dann – wie hier im ersten Tagebuch festgehalten ist – im November 1943 nach Russland und erlebte am 12. November seinen ersten Fronteinsatz. An der Front war er nur sechs Wochen und erlebte doch die Schrecken intensiv mit, wurde viermal verwundet. Auch im Lazarett und in der Kriegsgefangenschaft führte er sein Tagebuch fort, beendete es mit der Freilassung im September 1945 auf der Bonner Hofgartenwiese. Fast jeden Tag schrieb er von 1939 an Briefe an die Familie, die Freundin Anna Maria Cech, seine spätere Frau. Der Mutter verschwieg er vieles, um sie nicht noch mehr zu beunruhigen, sie hatte 1933, als Hitler an die Macht kam, sofort gesagt: »Das bedeutet Krieg.«

Köln, im März 2017
René Böll

Kriegstagebuch 1943 bis 1944

30.10.1943 bis 14.5.1944

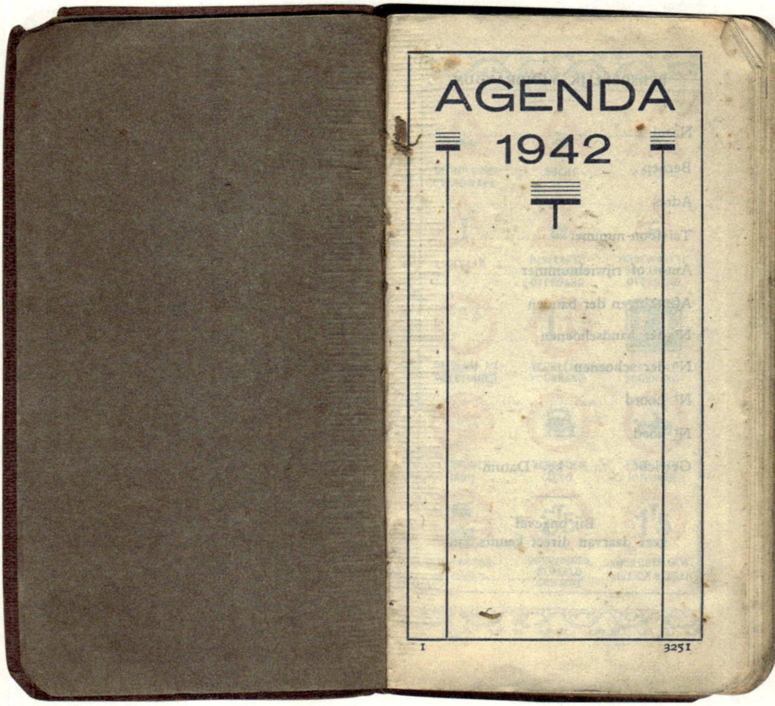

[Belgischer Jahreskalender 1942, rotes Leinen. Der von Heinrich Böll für den Zeitraum vom 30.10.1942 bis 14.5.1944 geführte Kalender wurde vermutlich in Antwerpen während einer im Spätherbst 1941 erfolgten Zugbegleitung erworben.]

[Persönliche Daten]

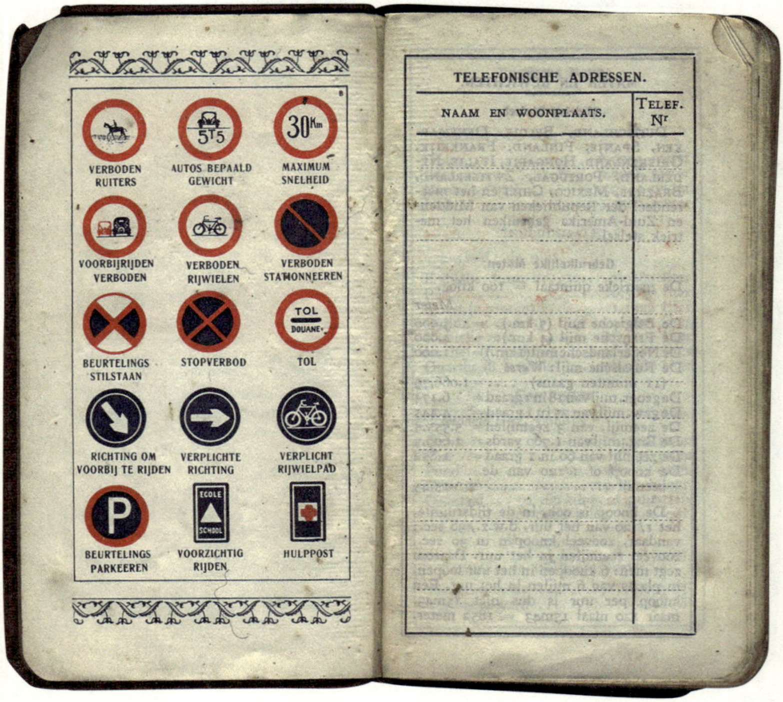

[Adress- und Telefonverzeichnis]

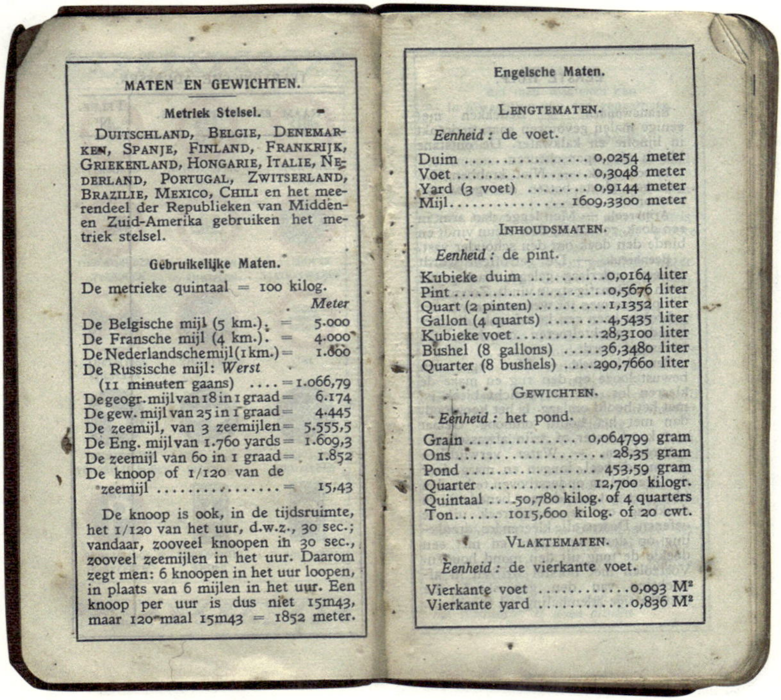

MATEN EN GEWICHTEN.

Metriek Stelsel.

DUITSCHLAND, BELGIE, DENEMARKEN, SPANJE, FINLAND, FRANKRIJK, GRIEKENLAND, HONGARIE, ITALIE, NEDERLAND, PORTUGAL, ZWITSERLAND, BRAZILIE, MEXICO, CHILI en het meerendeel der Republieken van Midden- en Zuid-Amerika gebruiken het metriek stelsel.

Gebruikelijke Maten.

De metrieke quintaal = 100 kilog.

	Meter
De Belgische mijl (5 km.) =	5.000
De Fransche mijl (4 km.) =	4.000
De Nederlandsche mijl (1 km.) =	1.000
De Russische mijl: *Werst* (11 minuten gaans) .... =	1.066,79
De geogr. mijl van 18 in 1 graad =	6.174
De gew. mijl van 25 in 1 graad =	4.445
De zeemijl, van 3 zeemijlen =	5.555,5
De Eng. mijl van 1.760 yards =	1.609,3
De zeemijl van 60 in 1 graad =	1.852
De knoop of 1/120 van de zeemijl .... =	15,43

De knoop is ook, in de tijdsruimte, het 1/120 van het uur, d.w.z., 30 sec.; vandaar, zooveel knoopen in 30 sec., zooveel zeemijlen in het uur. Daarom zegt men: 6 knoopen in het uur loopen, in plaats van 6 mijlen in het uur. Een knoop per uur is dus niet 15m43, maar 120 maal 15m43 = 1852 meter.

Engelsche Maten.

LENGTEMATEN.

Eenheid : de voet.

Duim	0,0254 meter
Voet	0,3048 meter
Yard (3 voet)	0,9144 meter
Mijl	1609,3300 meter

INHOUDSMATEN.

Eenheid : de pint.

Kubieke duim	0,0164 liter
Pint	0,5676 liter
Quart (2 pinten)	1,1352 liter
Gallon (4 quarts)	4,5435 liter
Kubieke voet	28,3100 liter
Bushel (8 gallons)	36,3480 liter
Quarter (8 bushels)	290,7660 liter

GEWICHTEN.

Eenheid : het pond.

Grain	0,064799 gram
Ons	28,35 gram
Pond	453,59 gram
Quarter	12,700 kilogr.
Quintaal	50,780 kilog. of 4 quarters
Ton......	1015,600 kilog. of 20 cwt.

VLAKTEMATEN.

Eenheid : de vierkante voet.

Vierkante voet	0,093 M²
Vierkante yard	0,836 M²

[Maße und Gewichte]

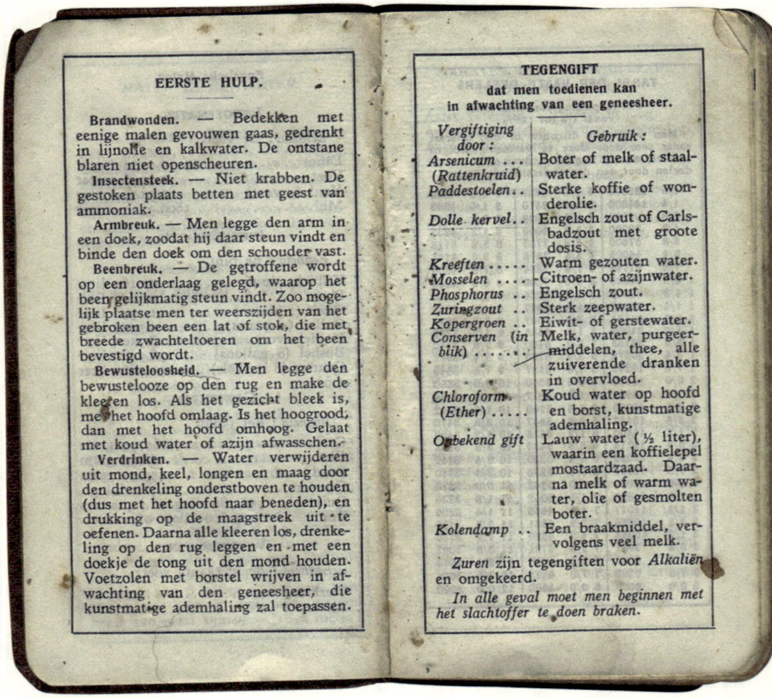

EERSTE HULP.

Brandwonden. — Bedekken met eenige malen gevouwen gaas, gedrenkt in lijnolie en kalkwater. De ontstane blaren niet openscheuren.

Insectensteek. — Niet krabben. De gestoken plaats betten met geest van ammoniak.

Armbreuk. — Men legge den arm in een doek, zoodat hij daar steun vindt en binde den doek om den schouder vast.

Beenbreuk. — De getroffene wordt op een onderlaag gelegd, waarop het been gelijkmatig steun vindt. Zoo mogelijk plaatse men ter weerszijden van het gebroken been een lat of stok, die met breede zwachteltoeren om het been bevestigd wordt.

Bewusteloosheid. — Men legge den bewustelooze op den rug en make de kleeren los. Als het gezicht bleek is, met het hoofd omlaag. Is het hoogrood, dan met het hoofd omhoog. Gelaat met koud water of azijn afwasschen.

Verdrinken. — Water verwijderen uit mond, keel, longen en maag door den drenkeling onderstboven te houden (dus met het hoofd naar beneden), en drukking op de maagstreek uit te oefenen. Daarna alle kleeren los, drenkeling op den rug leggen en met een doekje de tong uit den mond houden. Voetzolen met borstel wrijven in afwachting van den geneesheer, die kunstmatige ademhaling zal toepassen.

TEGENGIFT
dat men toedienen kan
in afwachting van een geneesheer.

Vergiftiging door :	*Gebruik :*
Arsenicum ... (*Rattenkruid*)	Boter of melk of staalwater.
Paddestoelen ..	Sterke koffie of wonderolie.
Dolle kervel ..	Engelsch zout of Carlsbadzout met groote dosis.
Kreeften	Warm gezouten water.
Mosselen	Citroen- of azijnwater.
Phosphorus ..	Engelsch zout.
Zuringzout ..	Sterk zeepwater.
Kopergroen ..	Eiwit- of gerstewater.
Conserven (*in blik*)	Melk, water, purgeermiddelen, thee, alle zuiverende dranken in overvloed.
Chloroform (*Ether*)	Koud water op hoofd en borst, kunstmatige ademhaling.
Onbekend gift	Lauw water (½ liter), waarin een koffielepel mostaardzaad. Daarna melk of warm water, olie of gesmolten boter.
Kolendamp ..	Een braakmiddel, vervolgens veel melk.

Zuren zijn tegengiften voor *Alkaliën* en omgekeerd.

In alle geval moet men beginnen met het slachtoffer te doen braken.

[Erste Hilfe] | [Maßnahmen bei Vergiftungen]

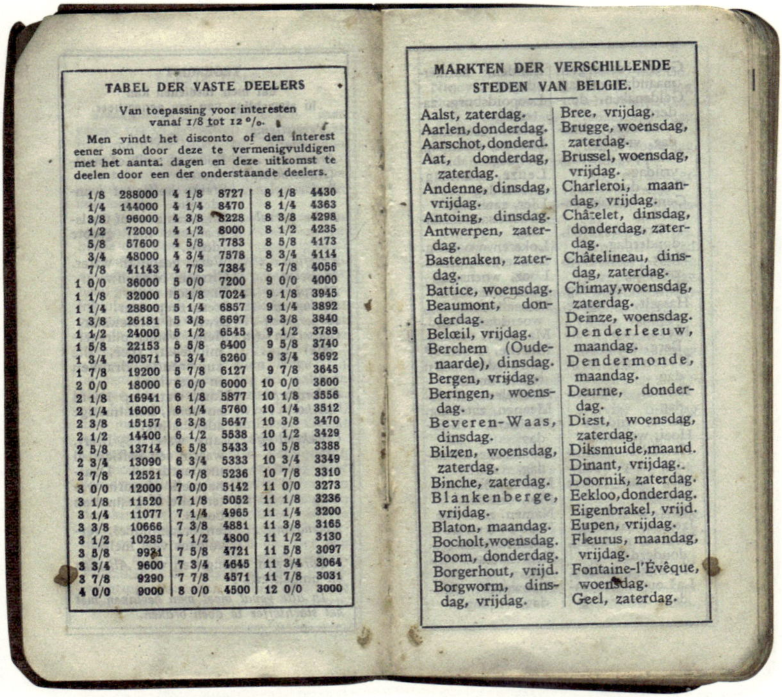

TABEL DER VASTE DEELERS

Van toepassing voor interesten vanaf 1/8 tot 12 °/o.

Men vindt het disconto of den interest eener som door deze te vermenigvuldigen met het aantal dagen en deze uitkomst te deelen door een der onderstaande deelers.

1/8	288000	4 1/8	8727	8 1/8	4430
1/4	144000	4 1/4	8470	8 1/4	4363
3/8	96000	4 3/8	8228	8 3/8	4298
1/2	72000	4 1/2	8000	8 1/2	4235
5/8	57600	4 5/8	7783	8 5/8	4173
3/4	48000	4 3/4	7578	8 3/4	4114
7/8	41143	4 7/8	7384	8 7/8	4056
1 0/0	36000	5 0/0	7200	9 0/0	4000
1 1/8	32000	5 1/8	7024	9 1/8	3945
1 1/4	28800	5 1/4	6857	9 1/4	3892
1 3/8	26181	5 3/8	6697	9 3/8	3840
1 1/2	24000	5 1/2	6545	9 1/2	3789
1 5/8	22153	5 5/8	6400	9 5/8	3740
1 3/4	20571	5 3/4	6260	9 3/4	3692
1 7/8	19200	5 7/8	6127	9 7/8	3645
2 0/0	18000	6 0/0	6000	10 0/0	3600
2 1/8	16941	6 1/8	5877	10 1/8	3556
2 1/4	16000	6 1/4	5760	10 1/4	3512
2 3/8	15157	6 3/8	5647	10 3/8	3470
2 1/2	14400	6 1/2	5538	10 1/2	3429
2 5/8	13714	6 5/8	5433	10 5/8	3388
2 3/4	13090	6 3/4	5333	10 3/4	3349
2 7/8	12521	6 7/8	5236	10 7/8	3310
3 0/0	12000	7 0/0	5142	11 0/0	3273
3 1/8	11520	7 1/8	5052	11 1/8	3236
3 1/4	11077	7 1/4	4965	11 1/4	3200
3 3/8	10666	7 3/8	4881	11 3/8	3165
3 1/2	10285	7 1/2	4800	11 1/2	3130
3 5/8	9931	7 5/8	4721	11 5/8	3097
3 3/4	9600	7 3/4	4645	11 3/4	3064
3 7/8	9290	7 7/8	4571	11 7/8	3031
4 0/0	9000	8 0/0	4500	12 0/0	3000

MARKTEN DER VERSCHILLENDE STEDEN VAN BELGIE.

Aalst, zaterdag.
Aarlen, donderdag.
Aarschot, donderd.
Aat, donderdag, zaterdag.
Andenne, dinsdag, vrijdag.
Antoing, dinsdag.
Antwerpen, zaterdag.
Bastenaken, zaterdag.
Battice, woensdag.
Beaumont, donderdag.
Belœil, vrijdag.
Berchem (Oudenaarde), dinsdag.
Bergen, vrijdag.
Beringen, woensdag.
Beveren-Waas, dinsdag.
Bilzen, woensdag, zaterdag.
Binche, zaterdag.
Blankenberge, vrijdag.
Blaton, maandag.
Bocholt, woensdag.
Boom, donderdag.
Borgerhout, vrijd.
Borgworm, dinsdag, vrijdag.
Bree, vrijdag.
Brugge, woensdag, zaterdag.
Brussel, woensdag, vrijdag.
Charleroi, maandag, vrijdag.
Châtelet, dinsdag, donderdag, zaterdag.
Châtelineau, dinsdag, zaterdag.
Chimay, woensdag, zaterdag.
Deinze, woensdag.
Denderleeuw, maandag.
Dendermonde, maandag.
Deurne, donderdag.
Diest, woensdag, zaterdag.
Diksmuide, maand.
Dinant, vrijdag.
Doornik, zaterdag.
Eekloo, donderdag.
Eigenbrakel, vrijd.
Eupen, vrijdag.
Fleurus, maandag, vrijdag.
Fontaine-l'Évêque, woensdag.
Geel, zaterdag.

[»Tabelle der festen Teiler«, Berechnung von Diskontsätzen]

[Märkte in verschiedenen Städten Belgiens]

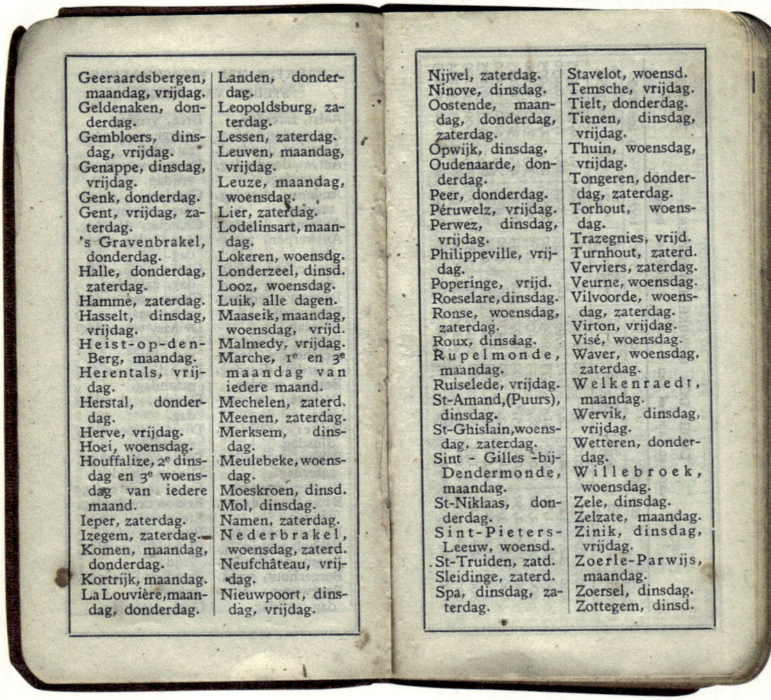

Geeraardsbergen, maandag, vrijdag.
Geldenaken, donderdag.
Gembloers, dinsdag, vrijdag.
Genappe, dinsdag, vrijdag.
Genk, donderdag.
Gent, vrijdag, zaterdag.
's Gravenbrakel, donderdag.
Halle, donderdag, zaterdag.
Hamme, zaterdag.
Hasselt, dinsdag, vrijdag.
Heist-op-den-Berg, maandag.
Herentals, vrijdag.
Herstal, donderdag.
Herve, vrijdag.
Hoei, woensdag.
Houffalize, 2e dinsdag en 3e woensdag van iedere maand.
Ieper, zaterdag.
Izegem, zaterdag.
Komen, maandag, donderdag.
Kortrijk, maandag.
La Louvière, maandag, donderdag.

Landen, donderdag.
Leopoldsburg, zaterdag.
Lessen, zaterdag.
Leuven, maandag, vrijdag.
Leuze, maandag, woensdag.
Lier, zaterdag.
Lodelinsart, maandag.
Lokeren, woensdg.
Londerzeel, dinsd.
Looz, woensdag.
Luik, alle dagen.
Maaseik, maandag, woensdag, vrijd.
Malmedy, vrijdag.
Marche, 1e en 3e maandag van iedere maand.
Mechelen, zaterd.
Meenen, zaterdag.
Merksem, dinsdag.
Meulebeke, woensdag.
Moeskroen, dinsd.
Mol, dinsdag.
Namen, zaterdag.
Nederbrakel, woensdag, zaterd.
Neufchâteau, vrijdag.
Nieuwpoort, dinsdag, vrijdag.

Nijvel, zaterdag.
Ninove, dinsdag.
Oostende, maandag, donderdag, zaterdag.
Opwijk, dinsdag.
Oudenaarde, donderdag.
Peer, donderdag.
Péruwelz, vrijdag.
Perwez, dinsdag, vrijdag.
Philippeville, vrijdag.
Poperinge, vrijd.
Roeselare, dinsdag.
Ronse, woensdag, zaterdag.
Roux, dinsdag.
Rupelmonde, maandag.
Ruiselede, vrijdag.
St-Amand, (Puurs), dinsdag.
St-Ghislain, woensdag, zaterdag.
Sint - Gilles - bij - Dendermonde, maandag.
St-Niklaas, donderdag.
Sint-Pieters-Leeuw, woensd.
St-Truiden, zatd.
Sleidinge, zaterd.
Spa, dinsdag, zaterdag.

Stavelot, woensd.
Temsche, vrijdag.
Tielt, donderdag.
Tienen, dinsdag, vrijdag.
Thuin, woensdag, vrijdag.
Tongeren, donderdag, zaterdag.
Torhout, woensdag.
Trazegnies, vrijd.
Turnhout, zaterd.
Verviers, zaterdag.
Veurne, woensdag.
Vilvoorde, woensdag, zaterdag.
Virton, vrijdag.
Visé, woensdag.
Waver, woensdag, zaterdag.
Welkenraedt, maandag.
Wervik, dinsdag, vrijdag.
Wetteren, donderdag.
Willebroek, woensdag.
Zele, dinsdag.
Zelzate, maandag.
Zinik, dinsdag, vrijdag.
Zoerle-Parwijs, maandag.
Zoersel, dinsdag.
Zottegem, dinsd.

[Märkte, Fortsetzung]

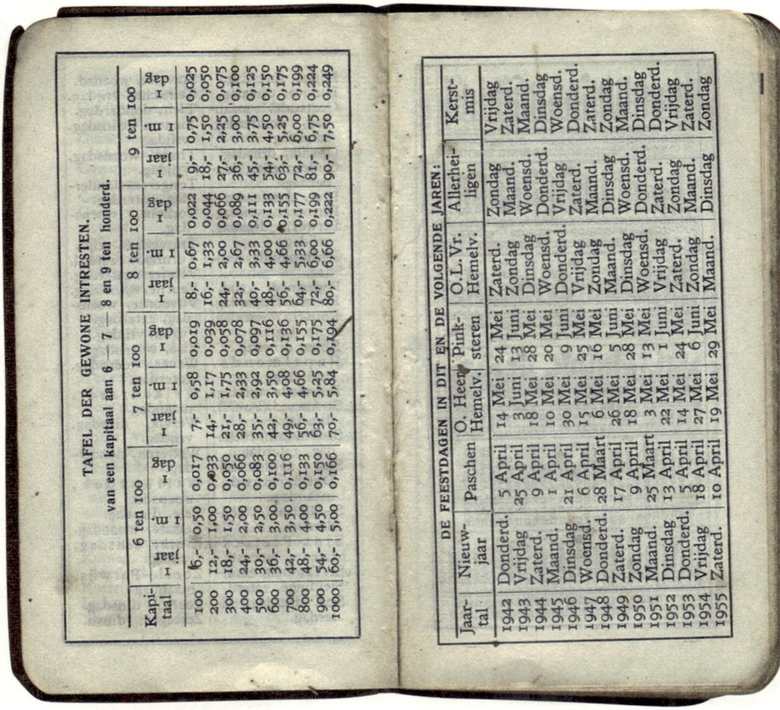

TAFEL DER GEWONE INTRESTEN.
van een kapitaal aan 6 — 7 — 8 en 9 ten honderd.

Kapitaal	6 ten 100			7 ten 100			8 ten 100			9 ten 100		
	1 jaar	1 m.	1 dag	1 jaar	1 m.	1 dag	1 jaar	1 m.	1 dag	1 jaar	1 m.	1 dag
100	6,-	0,50	0,017	7,-	0,58	0,019	8,-	0,67	0,022	9,-	0,75	0,025
200	12,-	1,00	0,033	14,-	1,17	0,039	16,-	1,33	0,044	18,-	1,50	0,050
300	18,-	1,50	0,050	21,-	1,75	0,058	24,-	2,00	0,066	27,-	2,25	0,075
400	24,-	2,00	0,066	28,-	2,33	0,078	32,-	2,67	0,089	36,-	3,00	0,100
500	30,-	2,50	0,083	35,-	2,92	0,097	40,-	3,33	0,111	45,-	3,75	0,125
600	36,-	3,00	0,100	42,-	3,50	0,116	48,-	4,00	0,133	54,-	4,50	0,150
700	42,-	3,50	0,116	49,-	4,08	0,136	56,-	4,66	0,155	63,-	5,25	0,175
800	48,-	4,00	0,133	56,-	4,66	0,155	64,-	5,33	0,177	72,-	6,00	0,199
900	54,-	4,50	0,150	63,-	5,25	0,175	72,-	6,00	0,199	81,-	6,75	0,224
1000	60,-	5,00	0,166	70,-	5,84	0,194	80,-	6,66	0,222	90,-	7,50	0,249

DE FEESTDAGEN IN DIT EN DE VOLGENDE JAREN:

Jaartal	Nieuwjaar	Paschen	O. Heer Hemelv.	Pinksteren	O.L. Vr. Hemelv.	Allerheiligen	Kerstmis
1942	Donderd.	5 April	14 Mei	24 Mei	Zaterd.	Zondag	Vrijdag
1943	Vrijdag	25 April	3 Juni	13 Juni	Zondag	Maand.	Zaterd.
1944	Zaterd.	9 April	18 Mei	28 Mei	Dinsdag	Woensd.	Maand.
1945	Maand.	1 April	10 Mei	20 Mei	Woensd.	Donderd.	Dinsdag
1946	Dinsdag	21 April	30 Mei	9 Juni	Donderd.	Vrijdag	Woensd.
1947	Woensd.	6 April	15 Mei	25 Mei	Vrijdag	Zaterd.	Donderd.
1948	Donderd.	28 Maart	6 Mei	16 Mei	Zondag	Maand.	Zaterd.
1949	Zaterd.	17 April	26 Mei	5 Juni	Maand.	Dinsdag	Zondag
1950	Zondag	9 April	18 Mei	28 Mei	Dinsdag	Woensd.	Maand.
1951	Maand.	25 Maart	3 Mei	13 Mei	Woensd.	Donderd.	Dinsdag
1952	Dinsdag	13 April	22 Mei	1 Juni	Vrijdag	Zaterd.	Donderd.
1953	Donderd.	5 April	14 Mei	24 Mei	Zaterd.	Zondag	Vrijdag
1954	Vrijdag	18 April	27 Mei	6 Juni	Zondag	Maand.	Zaterd.
1955	Zaterd.	10 April	19 Mei	29 Mei	Maand.	Dinsdag	Zondag

[Zinsberechungstabelle] | [Festtagskalender 1942–1955]

JANUARI 1942
FEBRUARI
MAART
APRIL
MEI
JUNI
JULI 1942
AUGUSTUS
SEPTEMBER
OCTOBER
NOVEMBER
DECEMBER

[Namenstage]

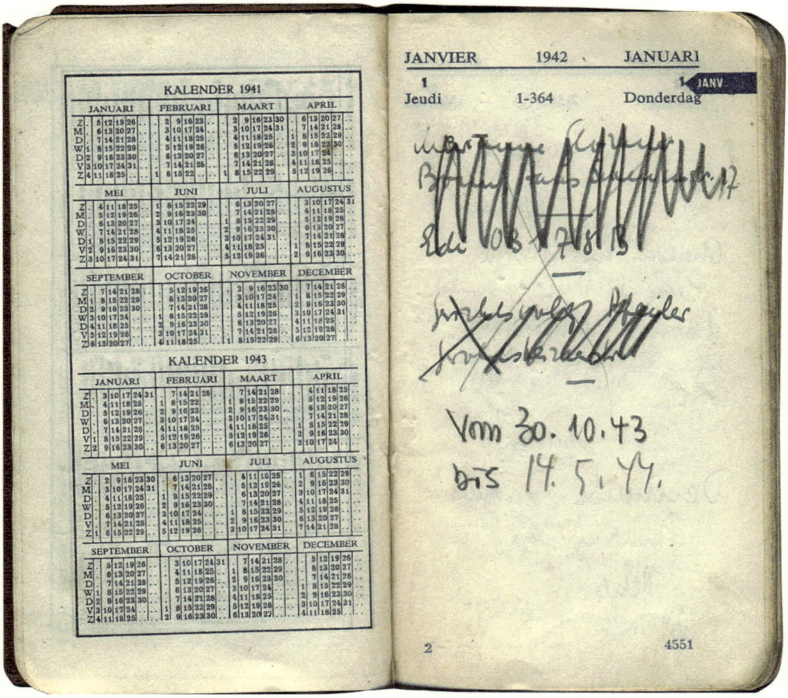

[Kalender 1941/1943]

~~Marianne~~
~~Bonn, Hans xxxstr. 17~~
~~Edi OB 178 B~~

—

~~Gerichtsvollz. Pfeiler~~
~~Goltsteinstr.~~

—

Vom 30.10.43
bis 14.5.44.

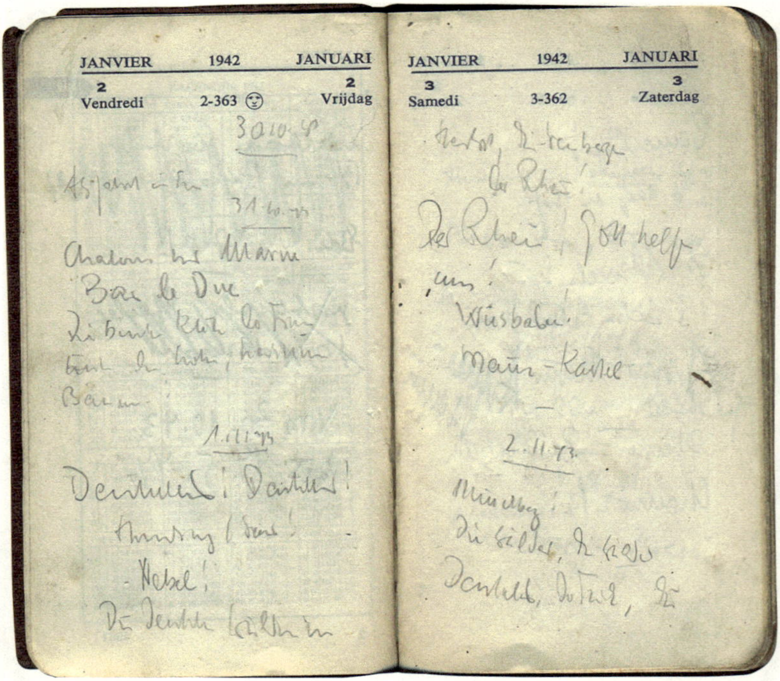

30.10.43

Abfahrt in Eu

31.10.43

Chalous sur Marne
Bar le Duc
Die bunten Kleider der Frauen
und die hohen, herbstlichen
Bäume

1.11.43

Deutschland! Deutschland!
Homburg / Saar!
Nebel!
Die Deutschen Wälder im

Herbst, die Weinberge
der Rhein!
Der Rhein! Gott helfe
uns!
Wiesbaden!
Mainz-Kastel

—

2.11.43

Münchberg!
Die Wälder, die Wälder
Deutschland, der Teich, die

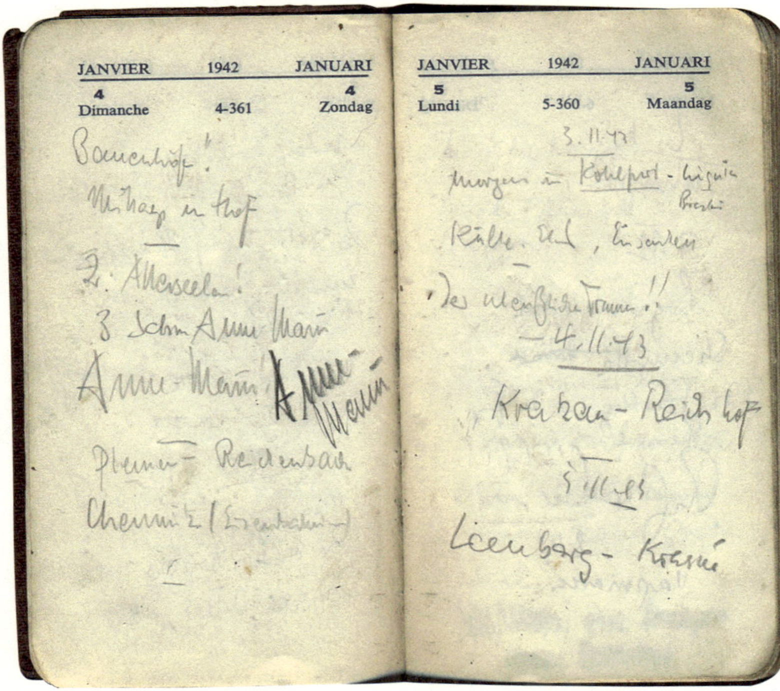

Bauernhöfe
Mittags in Hof

—

2. Allerseelen!
3 Jahre Anne-Marie
Anne-Marie
Anne-Marie

—

Plauen – Reichenbach
Chemnitz (Eisenbahnheim)

—

3.11.43
morgens in Kohlfurt – Legnica
Breslau
Kälte, Elend, Einsamkeit

—

Der scheußliche Traum!!
– 4.11.43
Krakau – Reichshof

—

5.11.43
Lemberg – Krasnée

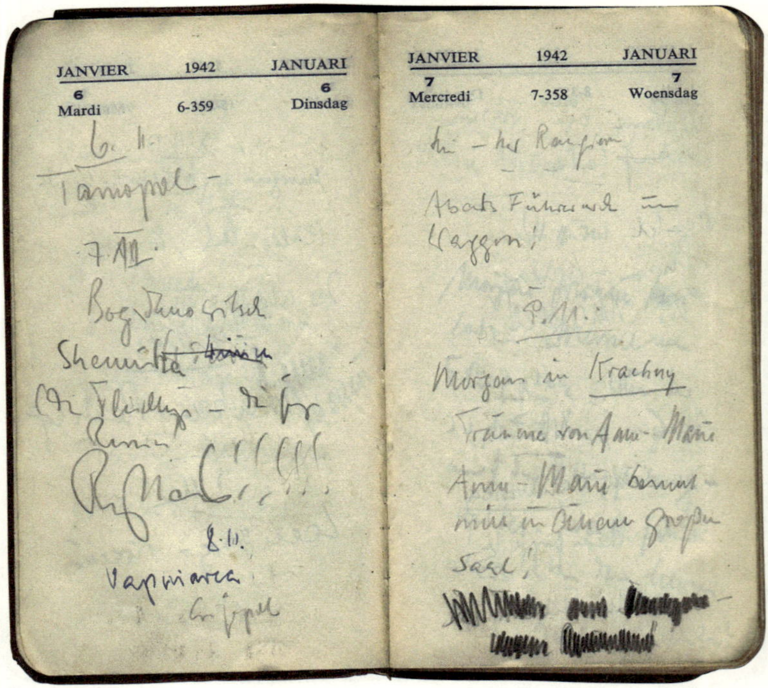

6.11.
Tarnopol –
7.11.
Bogdanowitsch
Shemitza ~~Winniza~~
(die Flüchtlinge – die junge
Russin!

Rußland!!!!!

8.11.
Vapuriarea
Erjapol

Hin – her Rangieren

—

Abends Führerrede im
Waggon!

—

<u>9.11.</u>

Morgens in <u>Krachny</u>
Träume von Anne-Marie
Anne-Marie besucht
mich in einem großen
Saal!
[illegible]
[illegible]

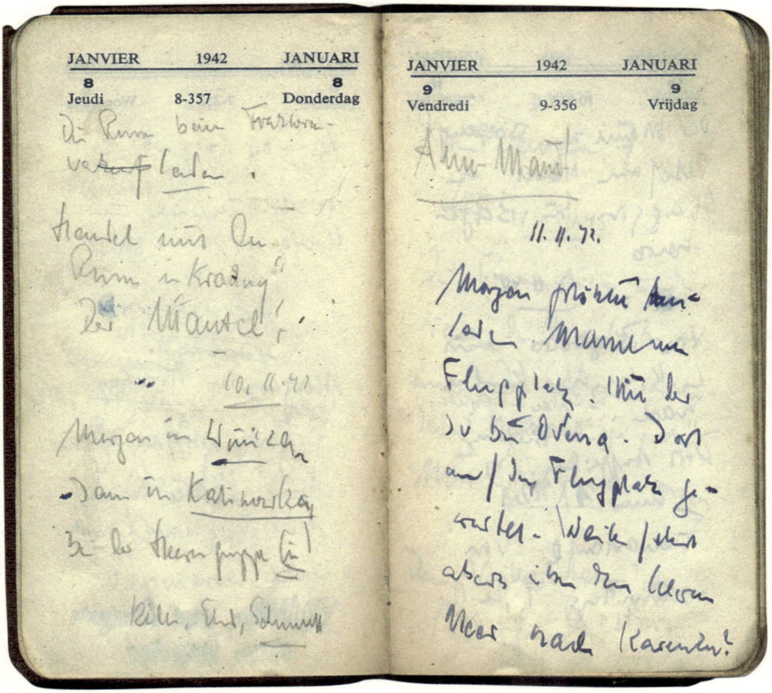

Die Russen beim Traktoren-
ver~~kauf~~ laden

—

Handel mit den
Russen in »Krachny«
Der Mantel!

—

10.11.43

Morgens in Winniza
Dann in Kalinowka,
bei der Heeresgruppe Süd
Kälte, Elend, Schmutz

—

Anne-Marie!

———

11.11.43

Morgens plötzlich Aus-
laden. Marsch zum
Flugplatz. Mit der
Ju bis Odessa. Dort
auf dem Flugplatz ge-
wartet. Weiterfahrt
abends über das Schwarze
Meer nach Karenka?

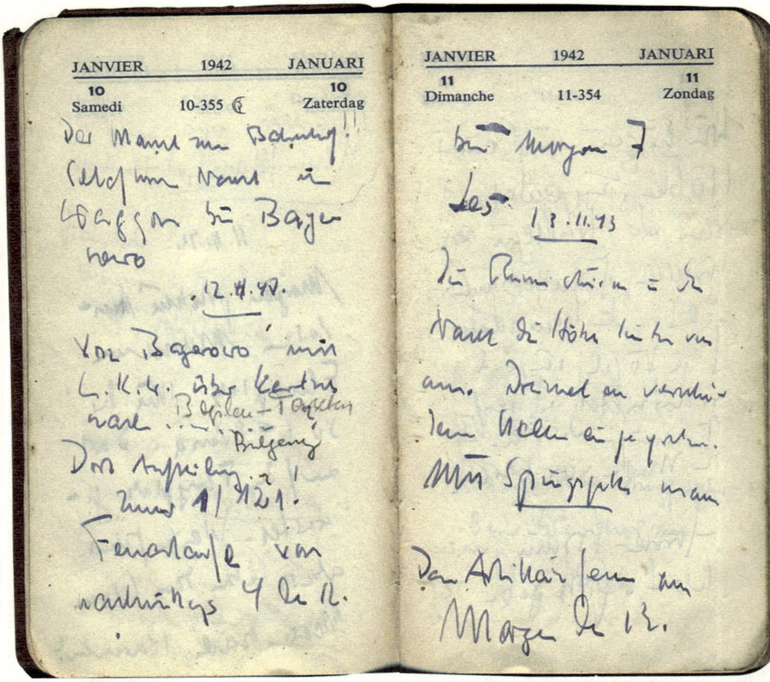

Der Marsch zum Bahnhof!!
Schlaflose Nacht im
Waggon bis Bager-
rowo

12.11.43

Von Bagerowo mit
L.K.W. über Kertsch
nach Bogilen-Taselen
Bulgenij
Dort Aufteilung
Zum 1/121!
Feuertaufe von
nachmittags 4 bis 12.

bis morgens 7
des

13.11.43

Die Russen stürmen in der
Nacht die Höhe links von
uns. Dreimal an verschie-
denen Stellen eingegraben
Mit Springsguth zusammen

Das Artilleriefeuer am
Morgen des 13.

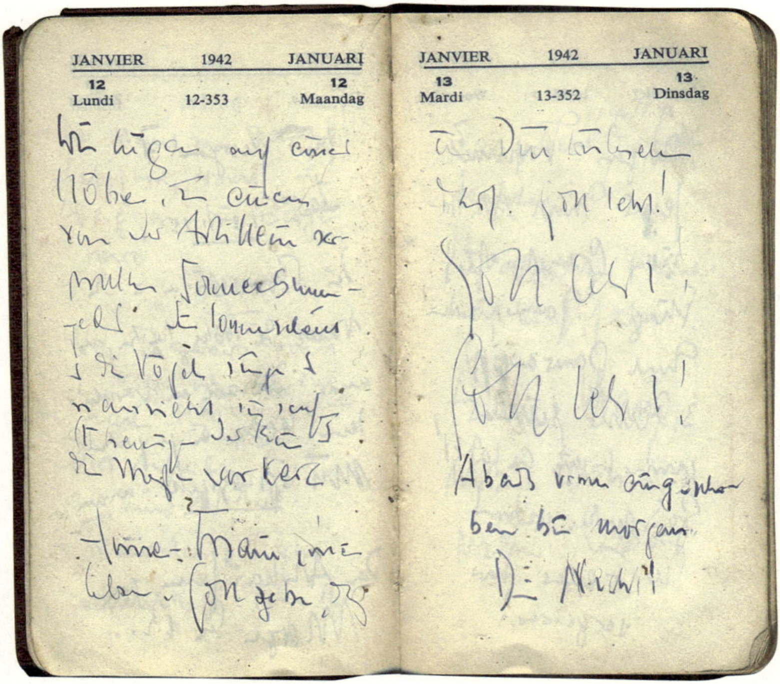

Wir liegen auf einer Höhe, in einem von der Artillerie zermalten Sonnenblumenfeld die Sonne scheint und die Vögel singen und man sieht sie [xxx] vor Kerc

—

Anne-Marie, mein Leben. Gott gebe, daß ich Dich wiedersehen darf. Gott lebt.

Gott lebt!
Gott lebt!

Abends vorne eingeschloßen bis morgens

Die Nacht!

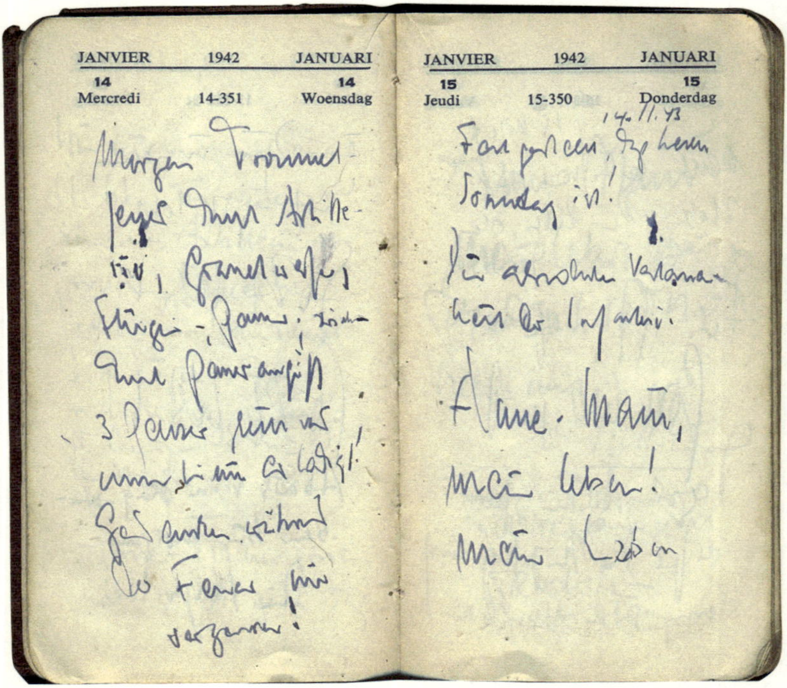

Morgens Trommel-
feuer durch Artille-
rie, Granatwerfer,
Flieger –, Panzer; zwischen-
durch Panzerangriff
3 Panzer sind vor
unserer Linie erledigt!
Gedanken während
der Feuer nie
vergessen!

14.11.43
Festgestellt, daß heute
Sonntag ist!

Die absolute Verloren-
heit der Infanterie.

Anne-Marie,
mein Leben!
Mein Leben

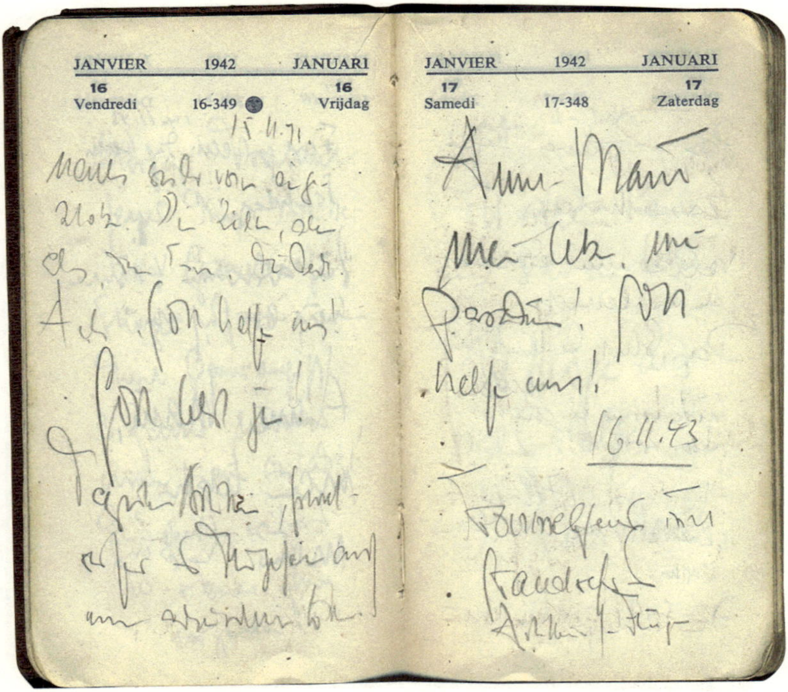

15.11.43

Nachts wieder vorn eingeschlossen. Die Lichter, eben als wir Essen, die Nacht
Ach, Gott helfe uns!
Gott lebt ja!

Tagsüber Artillerie, Granatwerfer und Maschinengewehr auf unser erbärmliches Quartier

Anne-Marie
Mein Leben, mein Paradies! Gott helfe uns!

16.11.43

Trommelfeuer mit Granatwerfern –
Artillerie Ju Flieger

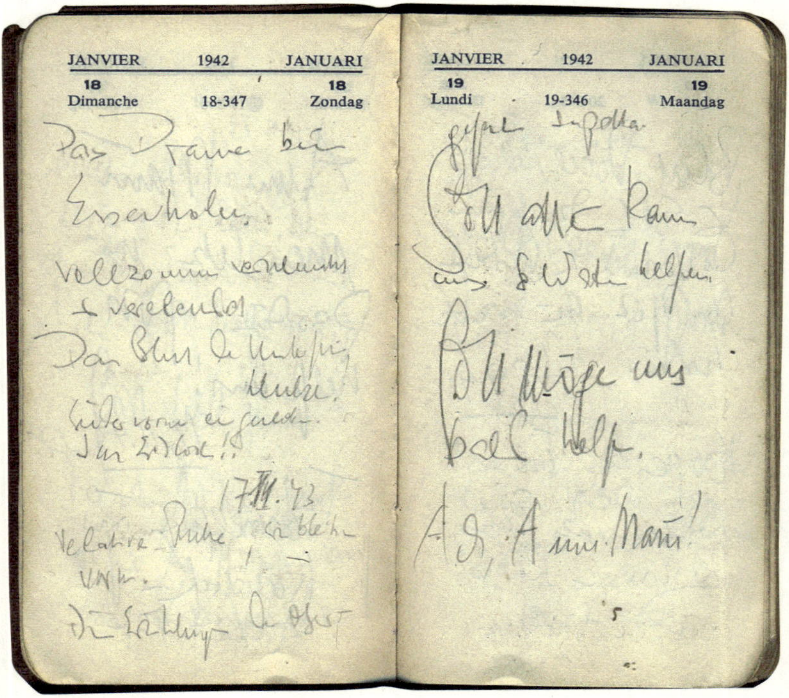

Das Drama beim
Essenholen.
Vollkommen verschmutzt
und verelendet.
Das Blut des Unteroffiziers
Schulze!
Wieder vorne eingeschloßen
das Erdloch!!
17.11.43
relative Ruhe, wir bleiben
vorn.
Die Erzählungen des Ober-

gefreiten Supalla

Gott allein kann
uns {noch} weiter helfen

Gott möge uns
bald helfen.

Ach, Anne-Marie!

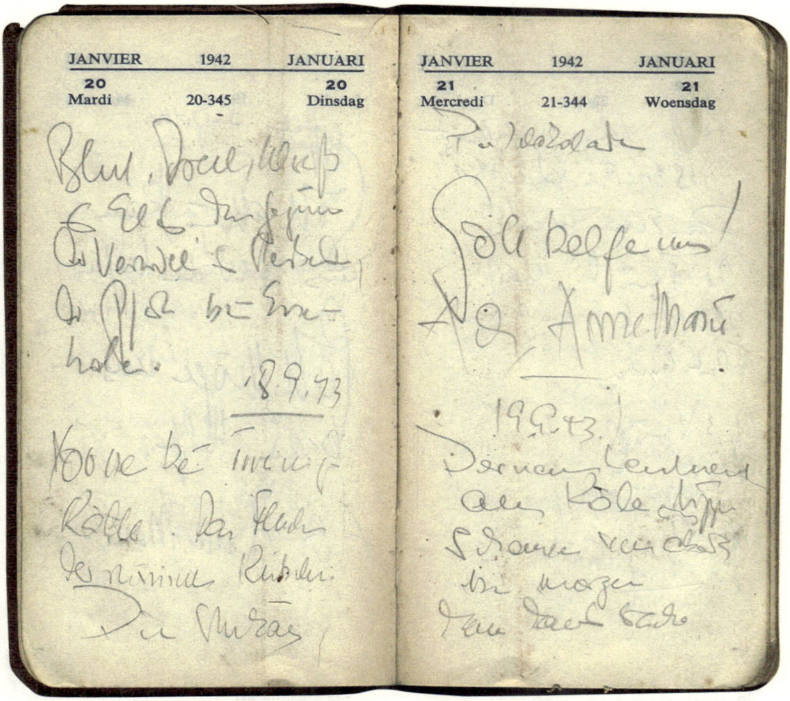

Blut, Dreck, Schweiß
und Elend; das Gejammer
der Verwundeten und Sterbenden,
der Platz beim Essen-
holen.

18.9.43*

Vorne bei irrsinniger
Kälte. Das Fluchen
der russischen Kutscher.
Die Stukas

* Richtig: 18.11.43

Die Schokoladen

Gott helfe uns!
Ach, Anne-Marie

—

19.9.43*
Der neue Leutnant
aus Köln Nippes.
Schanzen von abends
bis morgen
Meine Nacht Wache

* Richtig: 19.11.43

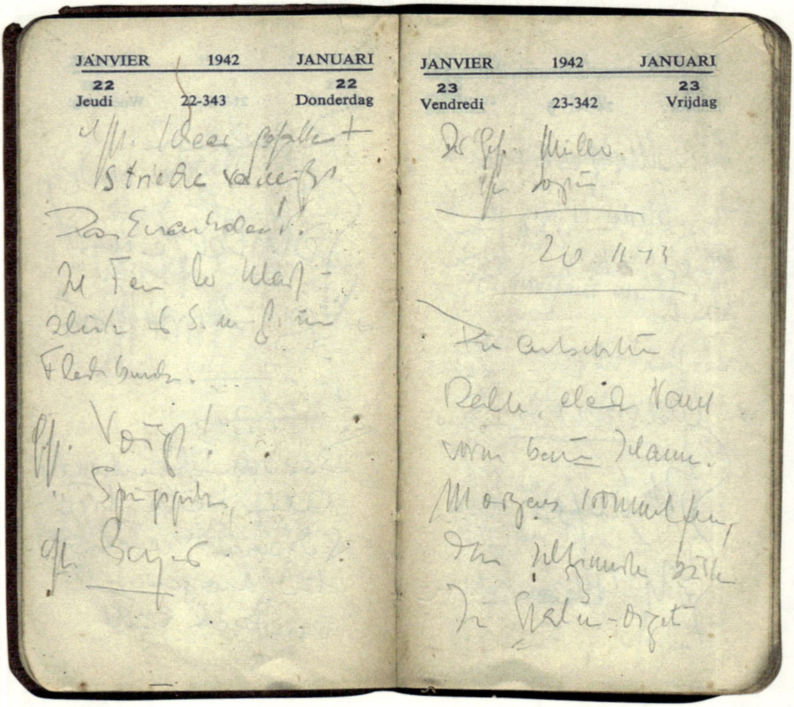

Uffz. Scheer gefallen +
Strieche vermißt
Das Essenholen!!
Das Feuer der Scharf-
schützen und [xxx]
Flachbunker.
Gfr. Voigt!
Gefr. Springsguth
Gefr. Bayer
—

Der Gefr. Müller
Gefr. Joplis
—

20.11.43

—

Die entsetzlich
kalte, elende Nacht
vorne beim Schanzen
Morgens Trommelfeuer,
das Schlimmste bisher
die »Stalin-Orgel«

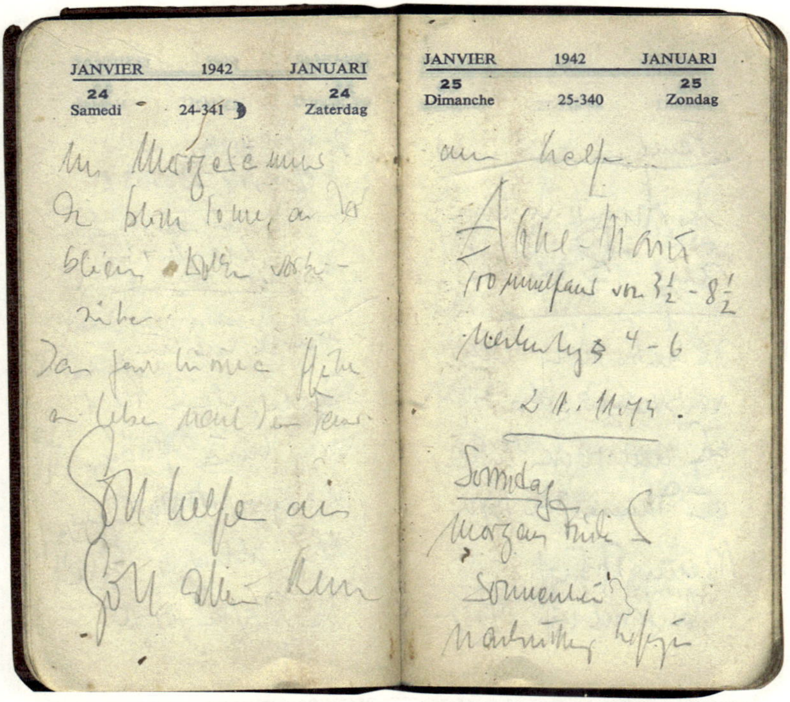

Im Morgendämmer
die bleiche Sonne, an der
bleierne Wolken vorbei-
ziehen
Das fast innige Gefühl
zu leben nach dem Feuer

Gott helfe mir
Gott allein kann

uns helfen …

Anne-Marie

Trommelfeuer von $3\frac{1}{2}$ - $8\frac{1}{2}$
nachmittag 4–6
21.11.43

<u>Sonntag</u>
morgens Friede und
Sonnenschein
nachmittags heftiges

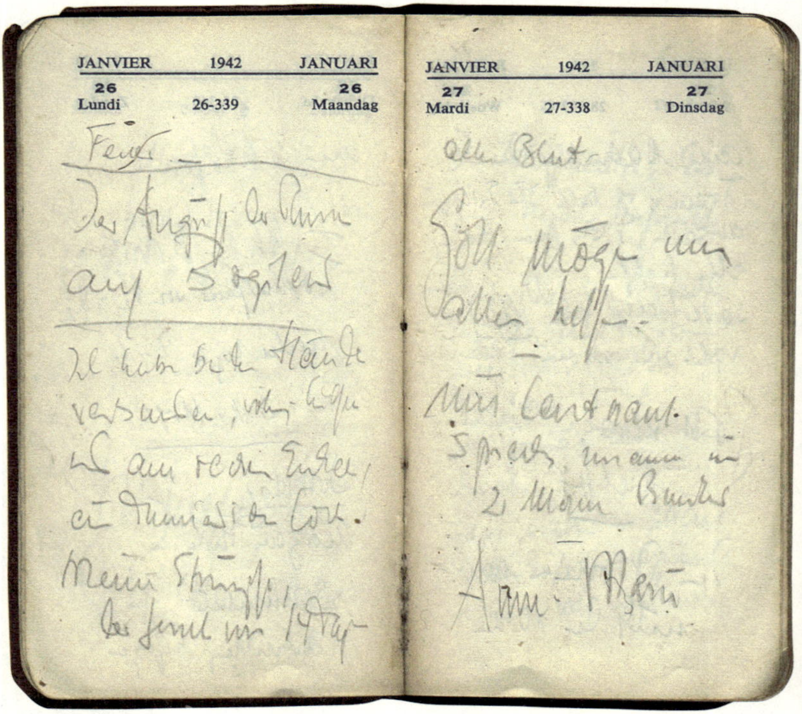

Feuer

Der Angriff der Russen
auf Bogilew

Ich habe beide Hände
verbunden, völlig hilflos
und am rechten Enkel,
ein daumendickes Loch.
Meine Strümpfe,
der Geruch von 14 Tage

altem Blut.

Gott möge uns
allen helfen.

–

Mit Leutnant
Spiech zusammen im
2 Mann Bunker

–

Anne-Marie

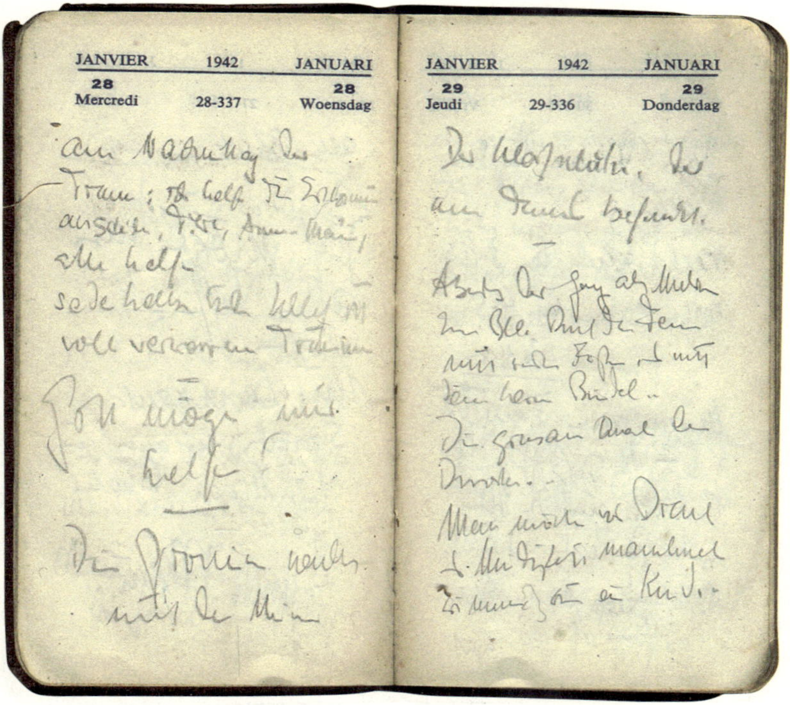

am Nachmittag der
Traum: ich helfe die Erden
anschieben, Tilde, Anne-Marie,
alle helfen
jede halbe Stunde Schlaf ist
voll verworrener Träume

—

Gott möge mir
helfen!

———

Die Pioniere nachts
mit den Minen

Der Scharfschütze, der
uns dauernd befeuert.

—

Abends der Gang als Melder
zum Btl. Durch das Feuer
mit wunden Füßen und mit
dem schweren Bündel …
Die grausame Qual des
Durstes …
Man möchte vor Dreck
und Müdigkeit manchmal
wimmern wie ein Kind.

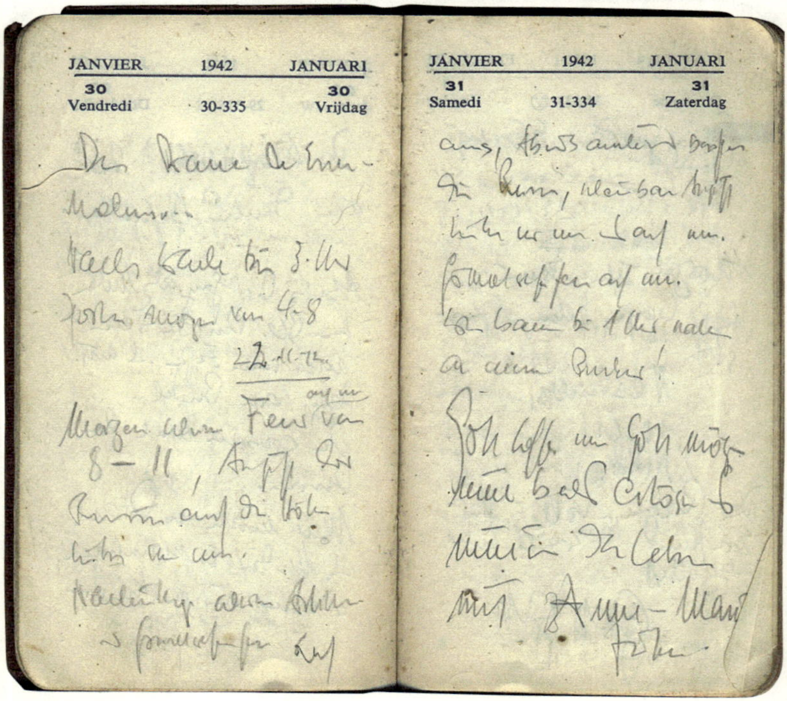

Das Drama des Essen-
holens.
Nachts Wache bis 3 Uhr
Posten morgens von 4–8
22.11.43
Morgens schweres Feuer auf
uns von
8–11, Angriff der
Russen auf der Höhe
links von uns.
Nachmittags schwere Artillerie-
und Granatwerferfeuer auf

uns, Abends anscheinend besoffen
die Russen, scheinbar Angriff
links vor uns und auf uns.
Granatwerferfeuer auf uns.
Wir bauen bis 1 Uhr nachts
an einem Bunker!

Gott helfe uns Gott möge
mich bald erlösen und
mich in das Leben
mit Anne-Marie
führen

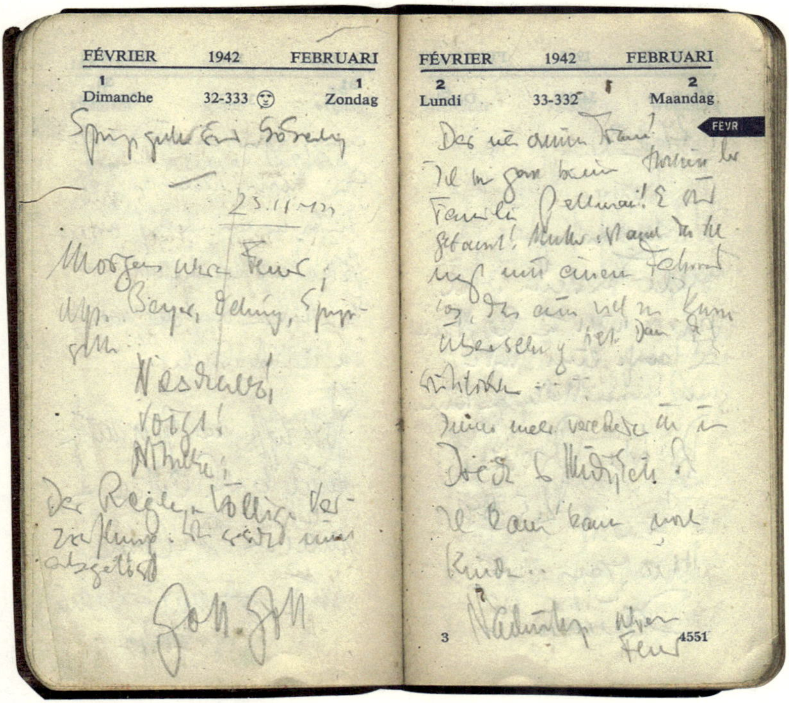

Spingsguth wird dödelig

—

23.11.43

Morgens schweres Feuer;
Uffz. Beyer, Oeling, Springs-
guth

Nieschulz!
Voigt!
Nitsche

Der Regen, völlige Ver-
zweiflung. Wir werden nicht
abgelöst

Gott Gott

Der [xxx] Traum!
Ich bin Gast bei einer Hochzeit der
Familie Pellmai! Es wird
getanzt! Mutter ist auch da sie
muß mit einem Fahrrad
los, das eine viel zu kurze
Übersetzung hat Dann die
Wirtstochter ...
Immer mehr verelende ich in
Dreck und Müdigkeit!
Ich kann kaum noch
kriechen ...
Nachmittags schweres
Feuer

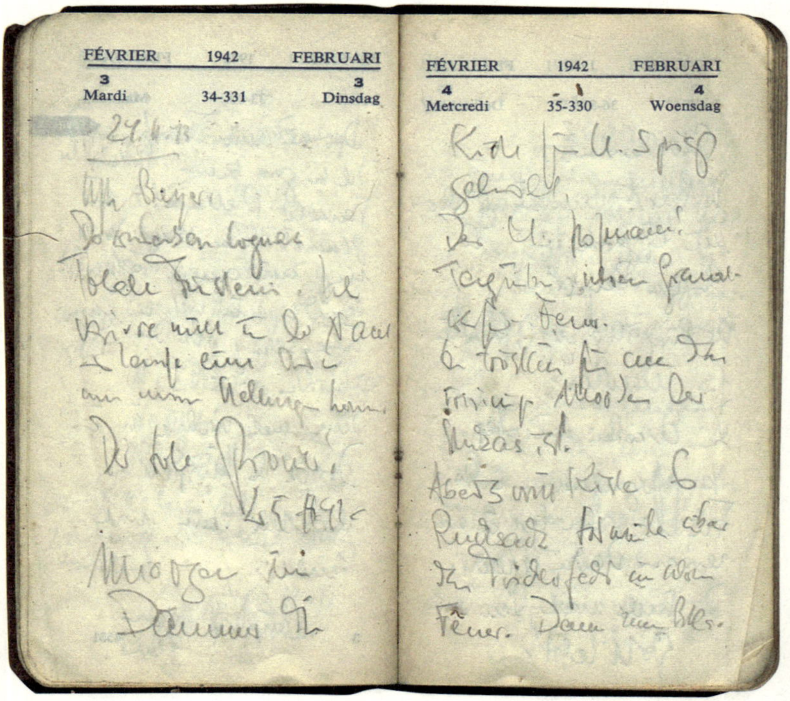

<u>24.11.43</u>
Uffz. Beyer.
Der wunderbare Cognac
Totale Finsternis. Ich
verirre mich in der Nacht
und laufe eine Stunde
um unsere Stellungen herum.

Der tote Pionier.

25.11.43

Morgens im
Dämmer die

Kiste für U. Spieß
geholt.
Der Lt. Hofmann!
Tagsüber schweres Granat-
werfer Feuer.
Wie tröstlich für alle das
irrsinnige Morden
der Stukas ist.
Abends mit Kiste und
Rucksack todmüde über
das Trichterfeld im schweren
Feuer. Dann zum Btls-

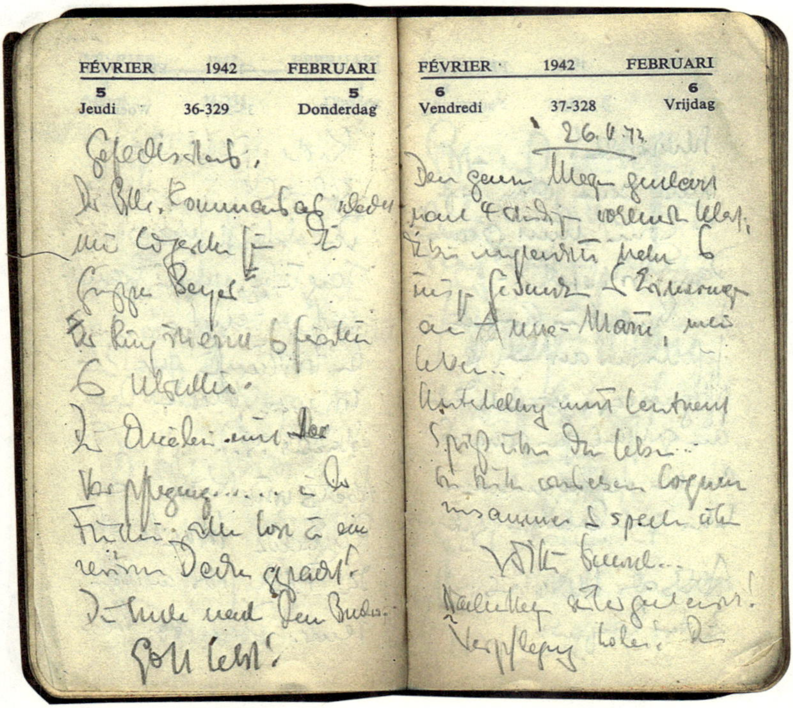

Gefechtsstand
Der Btls. Kommandant schenkt
mir Cigaretten für die
»Gruppe Beyer«
Der Krieg ist [xxx]
[xxx]
Die Quälerei mit der
Verpflegung … in der
Finsternis alles lose in eine
zerrissene Decke gepackt!
Die Suche nach dem Bunker.
Gott lebt!

<u>26.11.43</u>
Den ganzen Morgen geschanzt
nach 4 stündigem wohltuendem Schlaf;
dabei unglaublich nahe und
innige Gedanken und Erinnerungen
an Anne-Marie, mein
Leben …
Unterhaltung mit Leutnant
Spieß über das Leben …
Wir trinken wunderbaren Cognac
zusammen und sprechen über
Willi Wunsch …
Nachmittags wieder geschanzt!
Verpflegung holen! Die

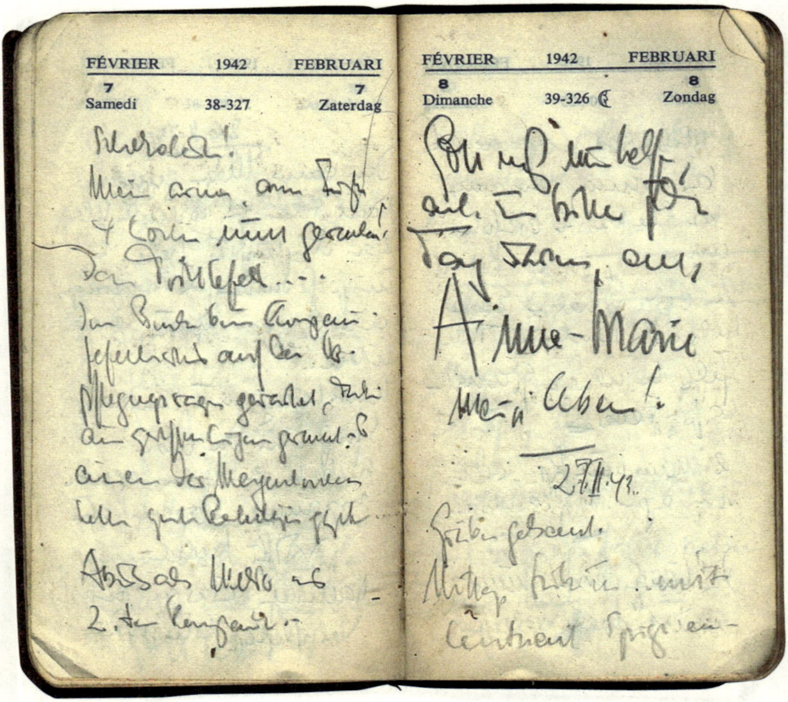

Schokolade!
Meine armen, armen Füße
4 Wochen nicht gewaschen!
Das Trichterfeld ...
Im Bunker beim Kompanie-Gefechtsstand auf den Verpflegungswagen gewartet, dabei eine gestiftete Cigarre geraucht und einer der Majordome
hatte gute Ratschläge gegeben.

Abends als Melder zur
2.ten Kompanie.

Gott muß mir helfen,
ach, ich bitte jeden
Tag [xxx]

Anne-Marie

Mein Leben!

27.11.43

Gräben gebaut.
Mittags trinke ich mit
Leutnant Spieß einen

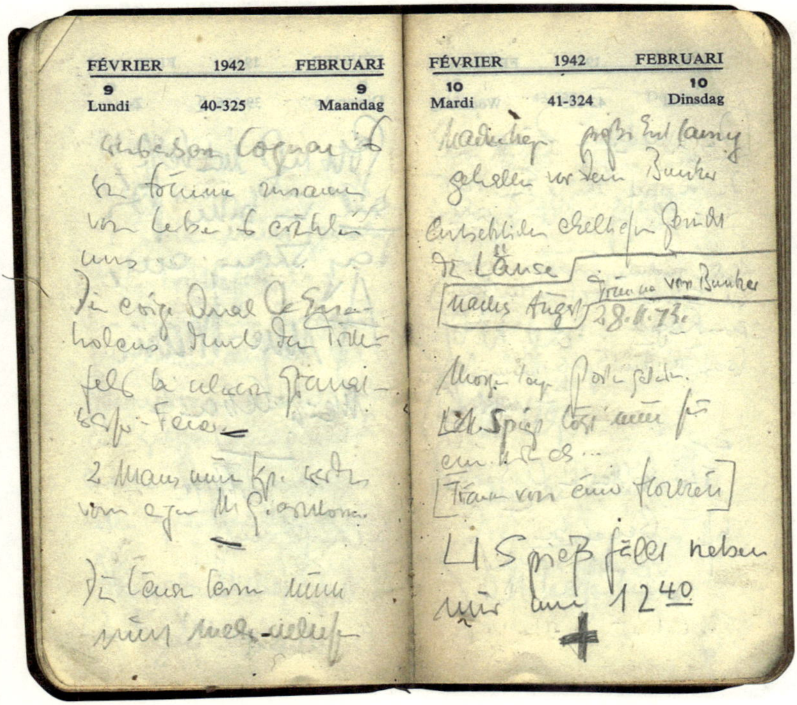

wunderbaren Cognac und
wir träumen zusammen
vom Leben und erzählen
uns
Die ewige Qual des Essen-
holens durch das Trichter-
feld bei schwerem Granat-
werfer-Feuer

—

2 Mann meiner Kp. werden
vom eigenen MG. erschossen.

—

Die Läuse lassen mich
nicht mehr schlafen

Nachmittags große Entlausung
gehalten vor dem Bunker
entsetzliches ekelhaftes Gezücht
der Läuse
nachts Angst | Träume von Bunker
28.11.43

Morgens lange Posten gestanden.
Lt. Spieß löst mich für
eine Stunde ab …
[Träume von einer Hochzeit]
Lt. Spieß fällt neben
mir um 12$^{\underline{40}}$

+

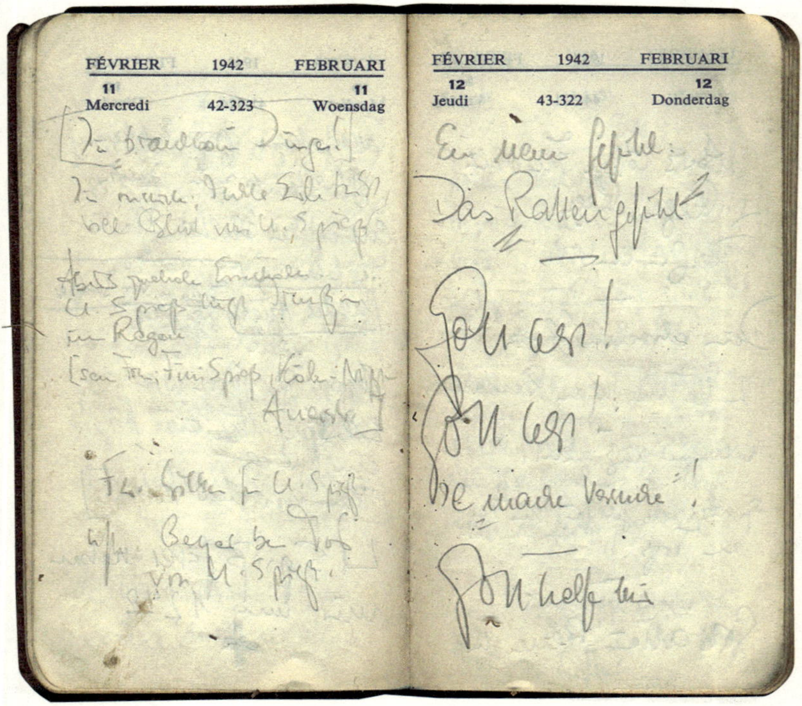

[Die »brauchbaren« Dinge!]
Die russische, dunkle Erde trinkt
viel Blut von Lt. Spieß
Abends quälendes Essenholen.
Lt. Spieß liegt draußen
im Regen
[seine Frau; Frau Spieß,
Köln-Nippes
Auerstr.]
Fürbitten für Lt. Spieß
Uff. Beyer beim Tod
von Lt. Spieß

Ein neues Gefühl
Das »Rattengefühl«

—

Gott lebt!
Gott lebt!

—

Ich »mache Versuche«!

—

Gott helfe mir

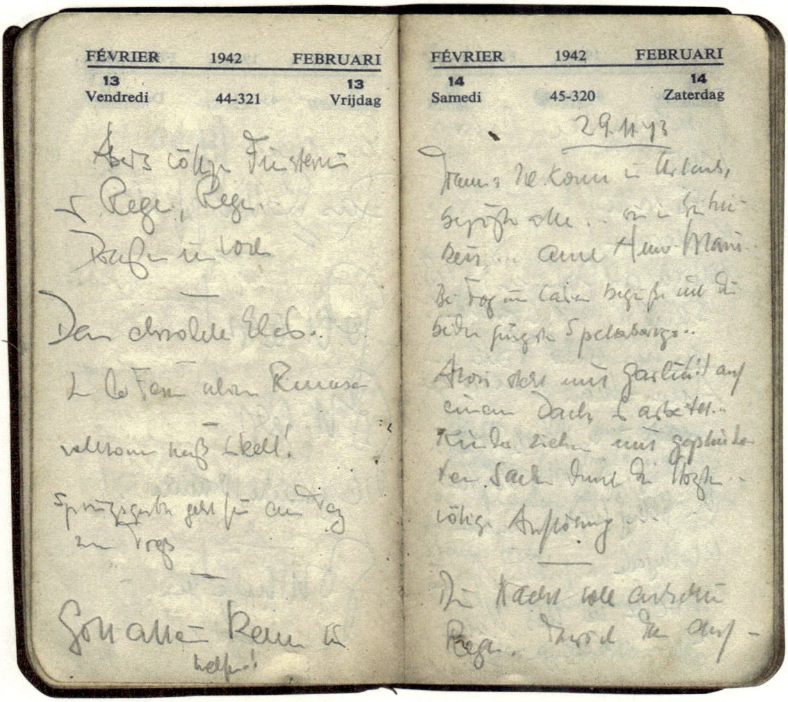

Abends völlige Finsternis
und Regen, Regen
Draußen im Loch

—

Das absolute Elend.
In der [xxx]

–

vollkommen naß und kalt!
Springsguth geht für einen Tag
zum Troß

—

Gott allein kann mir
helfen!

29.11.43

Traum: Ich komme in Urlaub,
begrüße alle ... wie [xxx]
keit ... auch Anne-Marie.
Bei Fog im Laden begrüße ich die
beiden jüngsten Spellerbergs ...
Alois steht mit Garlin(!) auf
einem Dach und arbeitet.
Kinder ziehen mit geplünder-
ten Sachen durch die Straßen
völlige Auflösung ...

—

Die Nacht voll entsetzlichem
Regen. Zwischen de[m] auf-

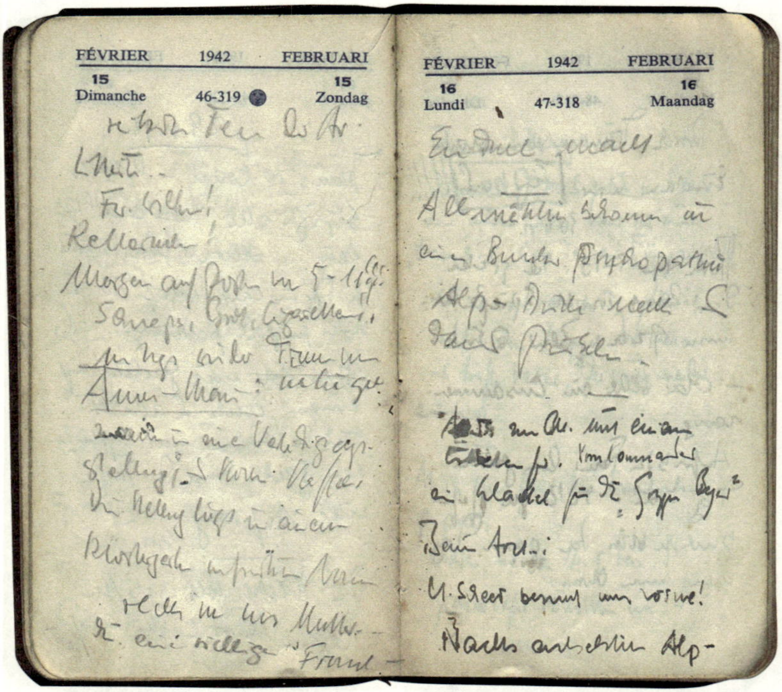

reitzenden Feuer der Ar-
tillerie …
Fw. Wilhelm!
Kellermann!
Morgens auf Posten von 5–11!!!
Schnaps, Brot, Cigaretten!!
mittags wieder Traum von
Anne-Marie: [xxx]
zusammen in einer Verteidigungs-
stellung und kochen Kaffee.
Die Stellung liegt in einem
Klostergarten unfreundlicher Nonnen
rechts von uns Mutter …
die einen richtigen [xxx]

Eindruck macht

—

Allmählich bekomme [ich] in
einem Bunker psychopathischen
Alp-Druck [xxx] und
dauernd pinkeln

—

Abends zum Btl. mit einem
[xxx]. Vom Kommandeur
eine Schachtel für die »Gruppe Beyer«
Beim Arzt …
U. Scheer besucht uns vorne!
Nachts entsetzlicher Alp-

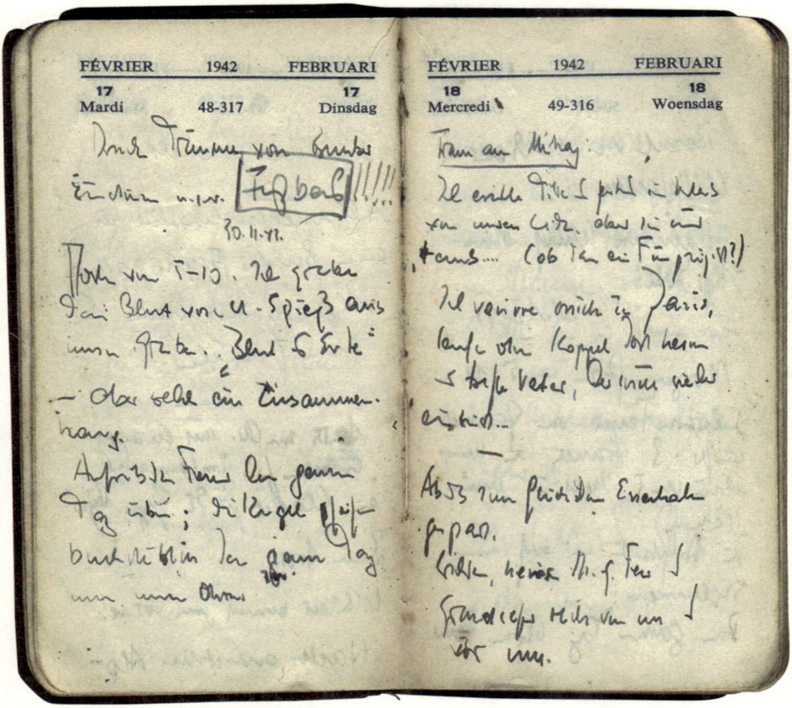

Druck Träume von Bunker
Einstürzen u.s.w. Fußbad !!!!!

30.11.43

Posten von 5–10. Ich grabe
das Blut von Lt. Spieß aus
unserem Graben. »Blut und Erde«
– aber wohl ein Zusammen-
hang.
Aufreibendes Feuer den ganzen
Tag über; die Kugeln pfeifen
buchstäblich den ganzen Tag
um unsere Ohren

<u>Traum am Mittag</u>:
Ich erzähle Tilla und Gertrud im Urlaub
von unserer Liebe, aber sie sind
taub ... (ob das ein Fingerzeig ist?)
Ich verirre mich in Paris,
laufe ohne Koppel dort herum
und treffe Vater, der mich wieder
einweist ...

–

Abends zum Glück das Essenholen
gespart.
Wildes, nervöses M.G. Feuer und
Granatwerfer rechts von uns und
vor uns.

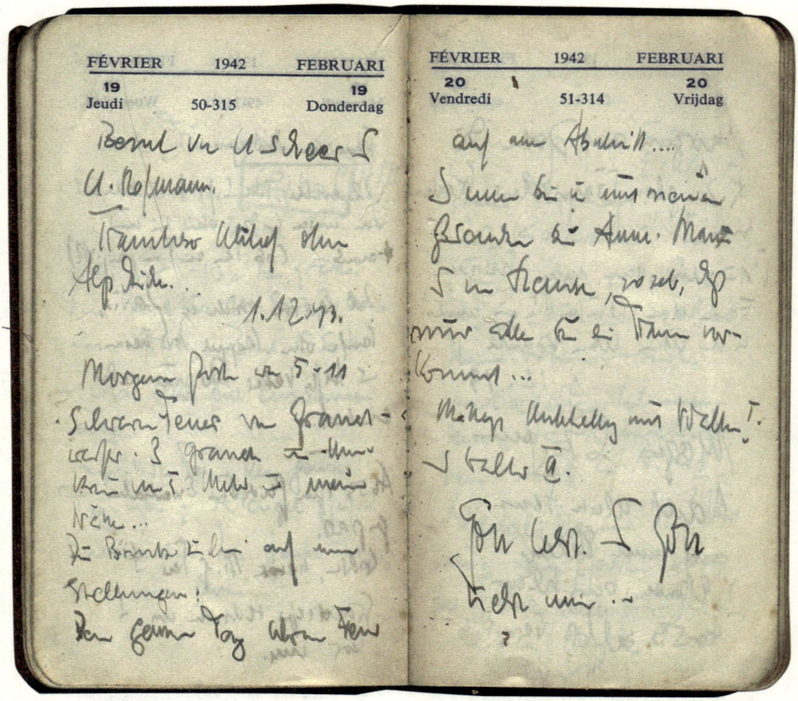

Besuch von Lt. Scheer und
Lt. Hofmann
Traumloser Schlaf ohne
Alpdrücken

1.12.43

Morgens Posten von 5–11
Schweres Feuer von Granatwerfer. 3 Granaten im Umkreis von 5 Meter in meiner
Nähe ...
Die Bomber zielen auf unsere
Stellungen.
Den ganzen Tag schweres Feuer
auf unseren Abschnitt ...
und immer bin ich mit meinen
Gedanken bei Anne-Marie
und zu Hause, so sehr, daß
mir alles wie ein Traum vorkommt ...
Mittags Unterhaltung mit Wilhelm I.
und Walter II.

Gott lebt und Gott
hilft mir.

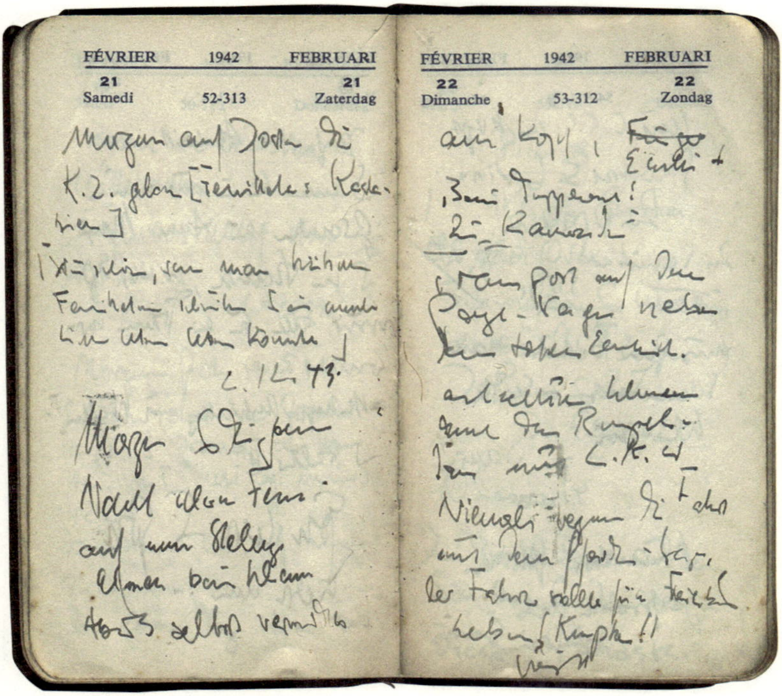

Morgens auf Posten die
K.Z. gelesen [Feuilleton: Kasta-
nien]
[Wie schön, wenn man hübsche
Feuilletons schreiben und ein
mensch-
liches Leben leben könnte]
2.12.43
Morgens und die ganze
Nacht schweres Feuer
auf unsere Stellung.
[xxx]
Abends selbst verwundet

am Kopf, ~~Finger~~
Enkel +
Beim Truppenarzt!
Die »Kameraden«
Transport auf dem
Panje-Wagen neben
dem tapferen {Ehrenwirth}.
entsetzliche Schmerzen
durch die Rumpel-
fahrt mit L.K.W.
Niemals vergessen die Fahrt
mit dem Pferde-Wagen,
der Fahrer wollte früh Feierabend
haben! [xxx]
[xxx]

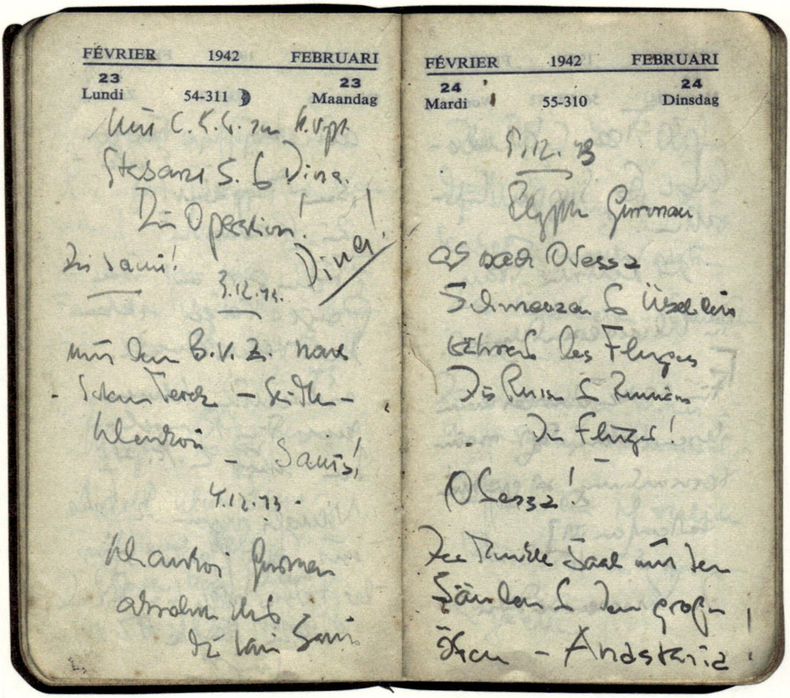

Mit L.K.W. zum H.V.pl.
Stabsarzt S. und Dina.
Die Operation!
Die Sanis!

Dina!

— 3.12.43

Mit dem B.V.Z. nach
Schanterck – [xxx] –
Schankoi
– Sanis!

4.12.43

Schankoi Gerronau
absolutes Elend
die [xxx] Sanis.

5.12.43

Flugplatz Gerronau
ab nach Odessa
Schmerzen und Übelkeit
während des Fluges
Die Russen und Rumänen
Die Flieger!
–
Odessa!
Der dunkle Saal mit den
Säulen und den großen
Öfen – Anastasia!

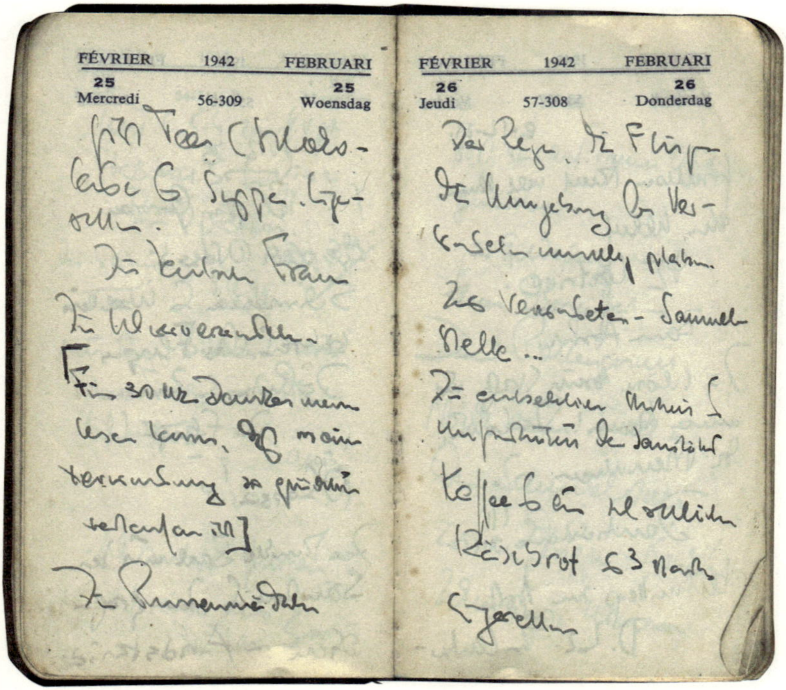

Gibt Tee (Schoko-
lade und Suppe Ciga-
retten. Die kranke Frau
Die Schwerverwundeten

[Für 30 Mark Dankesmesse
lesen lassen, daß meine
Verwundung so glücklich
verlaufen ist]

Die Russenmädchen

Der Regen, die Flieger
die Umgebung des Ver-
wundetenumschlagplatzes
Zur Verwundeten-Sammel-
stelle …
Die entsetzlichen Stukas und
Unfreundlichkeit der Sanitäter
Kaffee und ein schreckliches
Käsebrot und 3 starke
Cigaretten

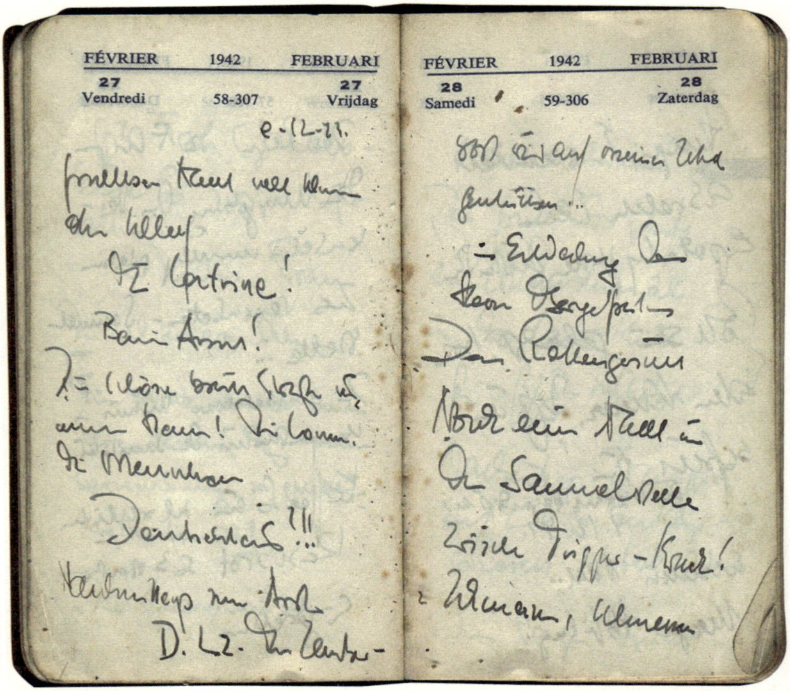

6-12-43
furchtbare Nacht voll Schmerzen
ohne Schlaf
die Latrine
Beim Arzt!
Die schöne breite Straße vor
unserem Haus! Die Sonne,
die Menschen

Deutschland?!!

Nachmittags zum Arzt
D. L. Z. das Zauber-
wort wird auf meinen Zettel
geschrieben
in Erwartung des
Herrn Obergefreiten
Das Rattengesicht
Noch eine Nacht in
der Sammelstelle
zwischen Tripper-Kranken!
Schmerzen, Schmerzen

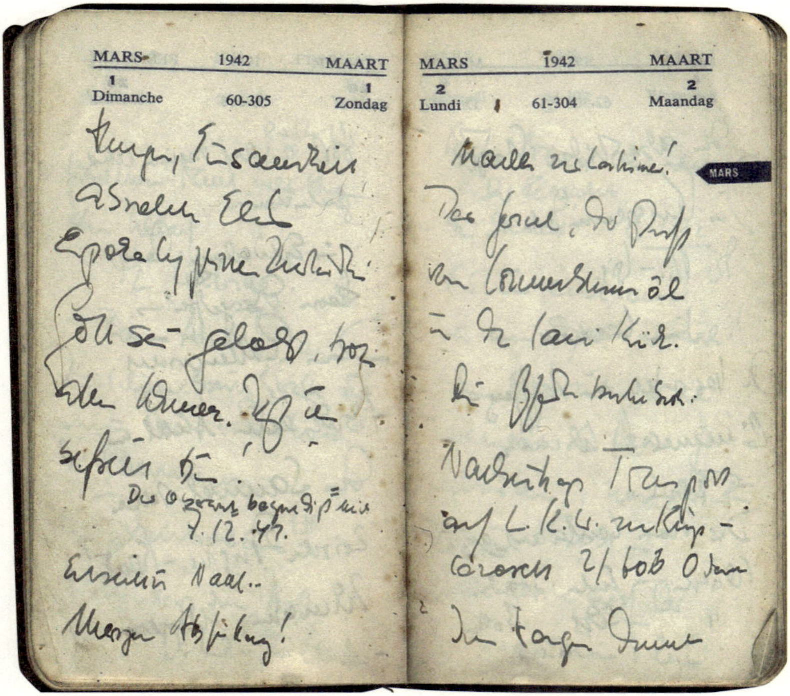

Hunger, Einsamkeit
absolutes Elend
apokalyptische Zustände!

Gott sei gelobt, trotz
allem Schmerz, daß ich
befreit bin.

Der Oberarzt »begnadigt«
mich

7.12.43

Entsetzliche Nacht
Morgens Abfüllung!

Nachts zur Latrine!
Der Geruch, der Duft
von Sonnenblumenöl
in der Sani-Küche

[...]

Nachmittags Transport
auf L.K.W. zu Kriegs-
Lazarett 2/606 Odessa

Im Wagen durch

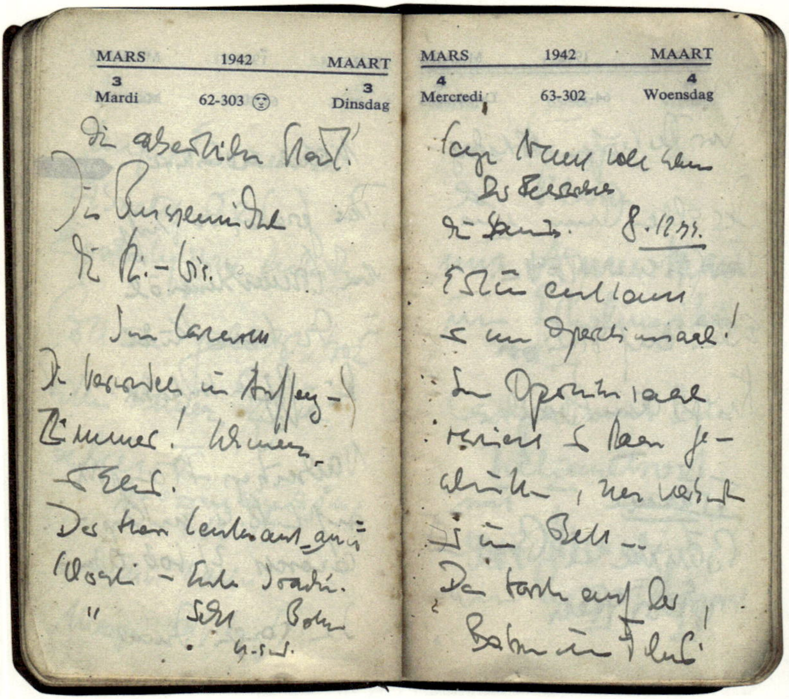

die abendliche Stadt!
Die Russenmädchen
die Hi-Wis
Im Lazarett
Die Verwundeten im Auffang-
Zimmer! Schmerzen,
Elend
Der Herr Leutnant »aua«
Schwester – [xxx]
" [xxx]
u.s.w.

lange Nacht voll Schmerzen
Der Feldwebel
die Sanis 8.12.43
Endlich entlaust
und zum Operationssaal!
Im Operationssaal
rasiert und Haare ge-
schnitten, neu verbunden
und ins Bett ...
Das Warten auf der
Bahre im Flur!

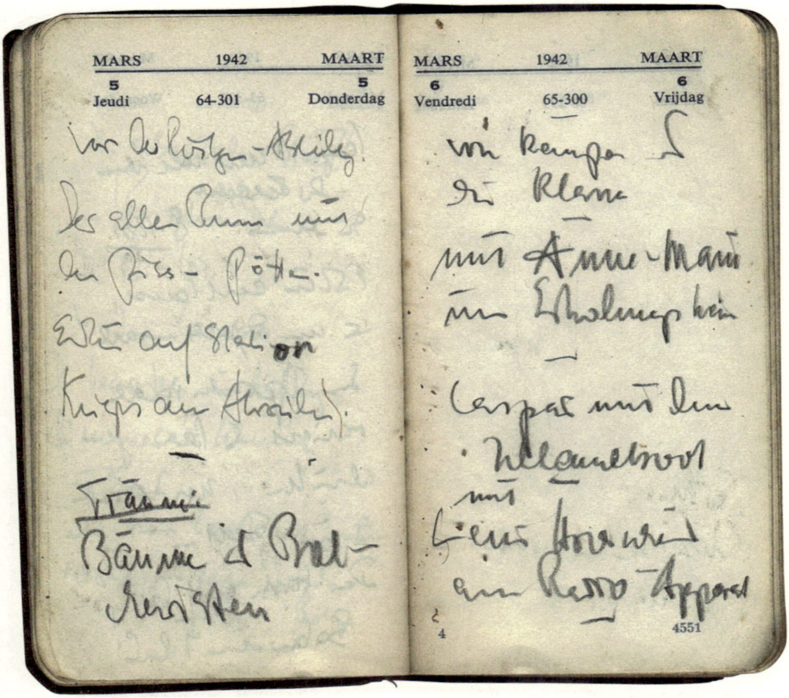

vor der Röntgen-Abteilung.
Der alte Russe mit
den Piss-Pötten.
Endlich auf Station
Knieps aus Ahrweiler

—

<u>Träume</u>
Bäume der Bol-
schewisten

von Kempen und
die Klasse

—

mit Anne-Marie
im Erholungsheim

—

Caspar mit dem
Schlauchboot

—

mit
Leni Hoch[xxx]
am Radio-Apparat

—

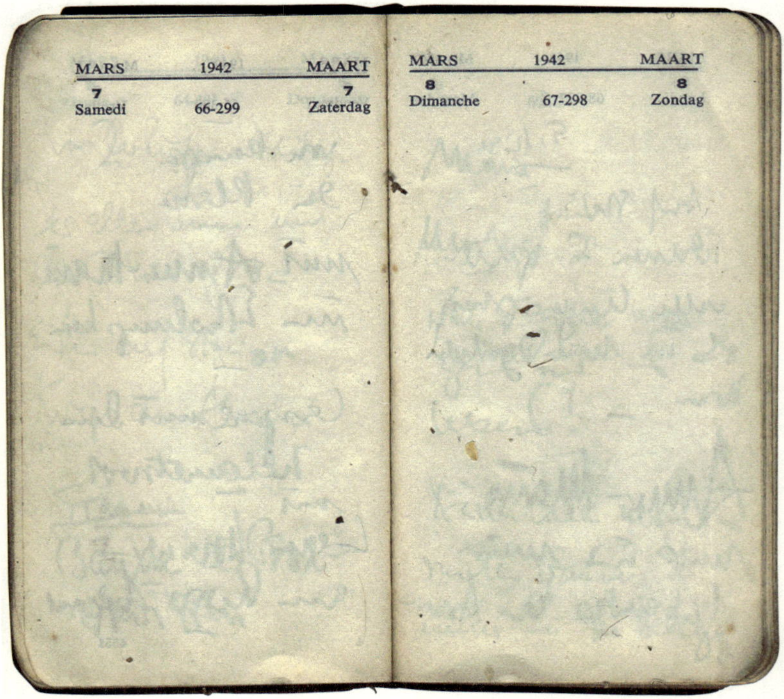
MARS 1942 MAART
7 Samedi 66-299 7 Zaterdag
MARS 1942 MAART
8 Dimanche 67-298 8 Zondag

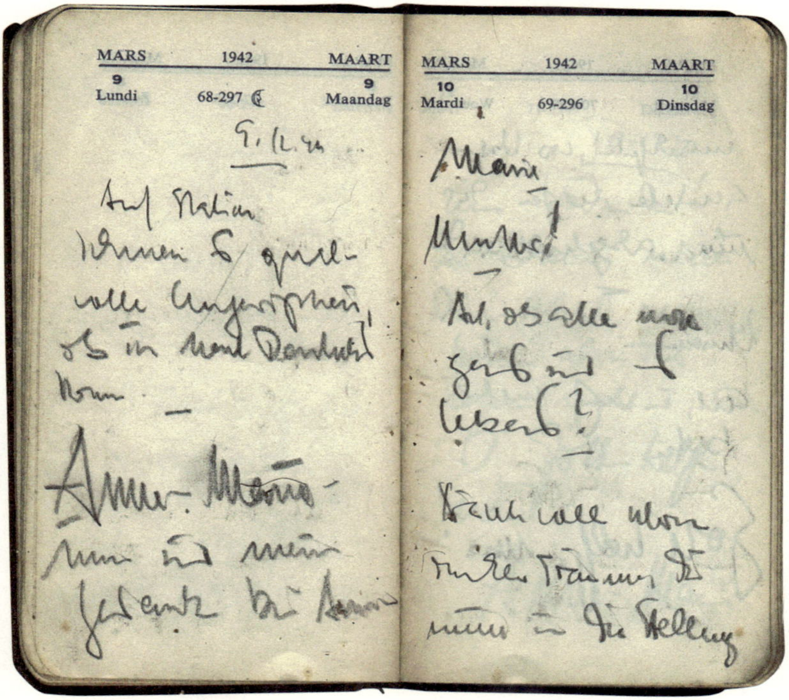

9.12.43

Auf Station
Schmerzen und qual-
volle Ungewißheit,
ob ich nach Deutschland
komme.

—

Anne-Marie -
immer mit meinen
Gedanken bei Anne-

Marie

—

Mutter!

—

Ach, ob alle noch
gesund sind und
lebend?

—

Nacht voll ver-
rückter Träume, die
mich in die Stellung

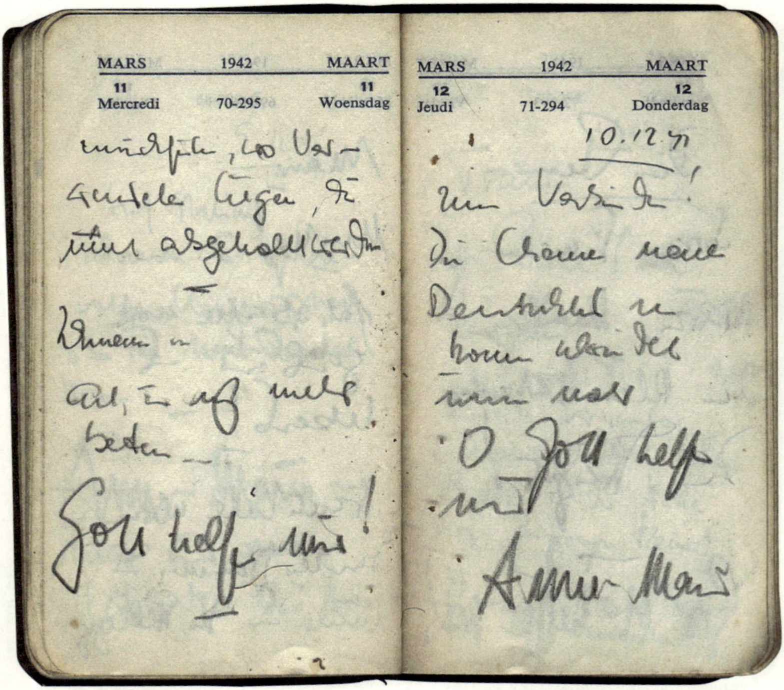

zurückführen, wo Verwundete liegen, die
nicht abgeholt werden

–

Schmerzen
Ach, ich muß mehr
beten …

Gott helfe mir!

—

10.12.43

Zum Verbinden!
Die Chance nach
Deutschland zu
kommen schwindet
immer mehr

O Gott helfe
mir

Anne-Marie

Die Russen

Sara [xxx]
Maria ›Maschka‹ und
die kleine Natascha
Die Träger!

—

Gott helfe mir!

11.12.43

Traum
Der Ball (von
Kempen)

—

Ich werde verwundet
(Durchschuß durch beide
Backen) in der Nähe
von [xxx])

–

Dumpfe Nacht nach
Gemetzel

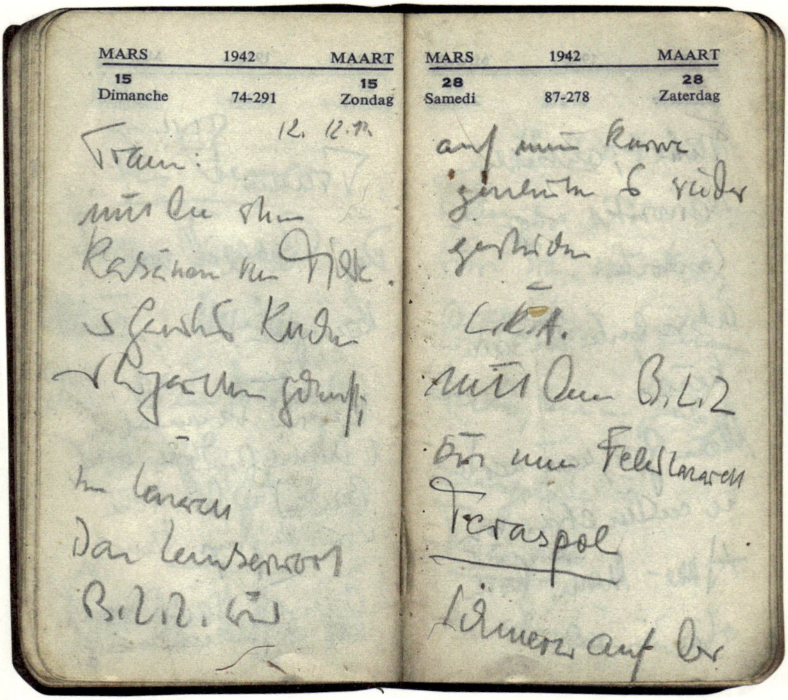

12.12.43

Traum:
mit dem sturen
Kabänen von Tilde
und Gertrud Kuchen
und Cigaretten gekauft;

—

Im Lazarett
Das Zauberwort
B.L.Z. wird

auf meine Kurve
geschrieben und wieder
gestrichen

—

L.K.A.
mit dem B.L.Z.
bis zum Feldlazarett

<u>Teraspol</u>

Schmerz auf der

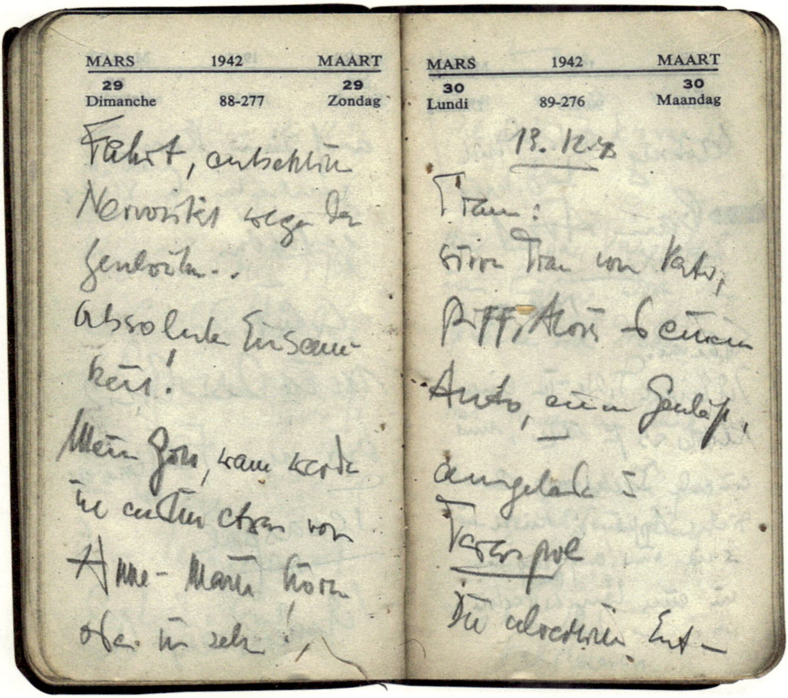

Fahrt, entsetzliche
Nervosität wegen der
[xxx]
absolute Einsam-
keit!
Mein Gott, wann werde
ich wieder etwas von
Anne-Marie hören
oder sie sehen!

13.12.43
Traum:
wirrer Traum von Vater,
Piff, Alois und einem
Auto, einem Geschäft,
—

ausgeladen in
Teraspol
Die schreckliche Ent-

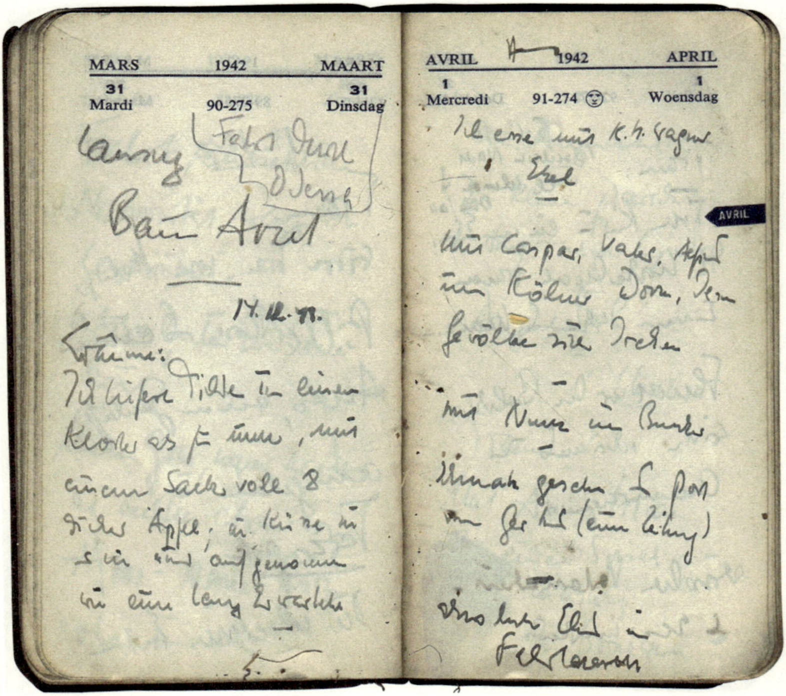

lausung

Fahrt durch
Odessa

Beim Arzt

—

14.12.43

Träume:
Ich liefere Tilde in einem
Kloster ab für immer, mit
einem Sack voll 8
dicker Äpfel; ich küsse sie
und sie wird aufgenommen
wie eine lange Erwartete

—

Ich esse mit K.H. Wagner
Ekel

—

Mit Caspar, Vater, Alfred
im Kölner Dom, dessen
Gewölbe sich drehen

—

mit [xxx] im Bunker

—

[xxx] gesehen und Post
von Gertrud (eine Zeitung)

—

absolutes Elend im
Feldlazarett

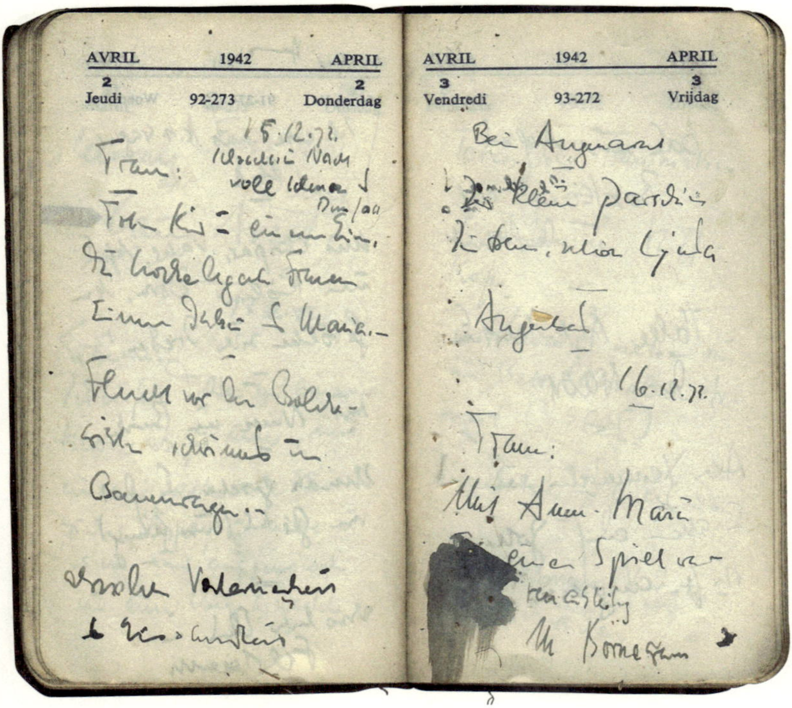

15.12.43

Traum:

schreckliche Nacht
voll Schmerzen und
Durchfall

–

Totes Kind in einem Eimer
die hocheleganten Frauen
[xxx] und Maria. –

–

Flucht vor den Bolsche-
wisten schwimmend im
Bauernwagen

absolute Verlorenheit
und Einsamkeit

Beim Augenarzt

–

Der kleine Parschin
die kleine, schöne Lydia

–

Augenarzt

–

16.12.43

Traum:
Mit Anne-Marie
in einer Spielwa-
renabteilung
M Bornemann

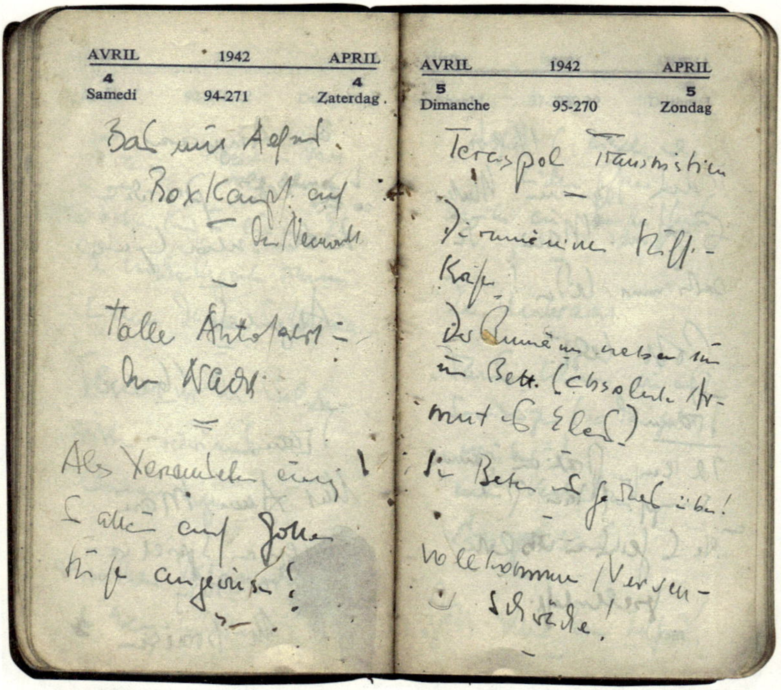

Bar mit Alfred
Boxkampf auf dem
Neumarkt
–
tolle Autofahrt in
der Nacht
–
Als Verwundeter einzig
und allein auf Gottes
Hilfe angewiesen!
–

Teraspol Transnistrien
–
Die rumänischen Hilfs-
kräfte
Der Rumäne neben mir
im Bett (absolute Ar-
mut und Elend)
das Beten und Geduld üben!
–
vollkommene Nerven-
schwäche!
–

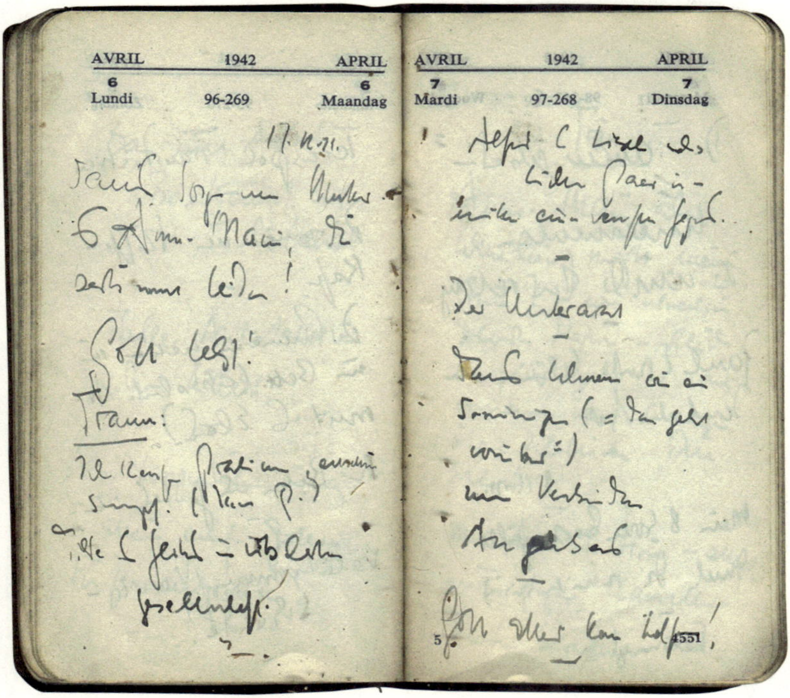

17.12.43
dauernd Sorgen um Mutter
und Anne-Marie, die
bestimmt leiden!
Gott lebt!
Traum:
Ich kaufe Pralinen, entsetzlich
dumpf ([xxx])
Tilde und Getrud in übelster
Gesellschaft

–

Alfred und Lisel als
Liebes Paar in-
mitten einer verrufenen Gegend

–

Der Unterarzt

–

dauernd Schmerzen wie ein
Irrsinniger (»das geht
vorüber«)
zum Verbinden
Augenbad

–

Gott allein kann helfen!

–

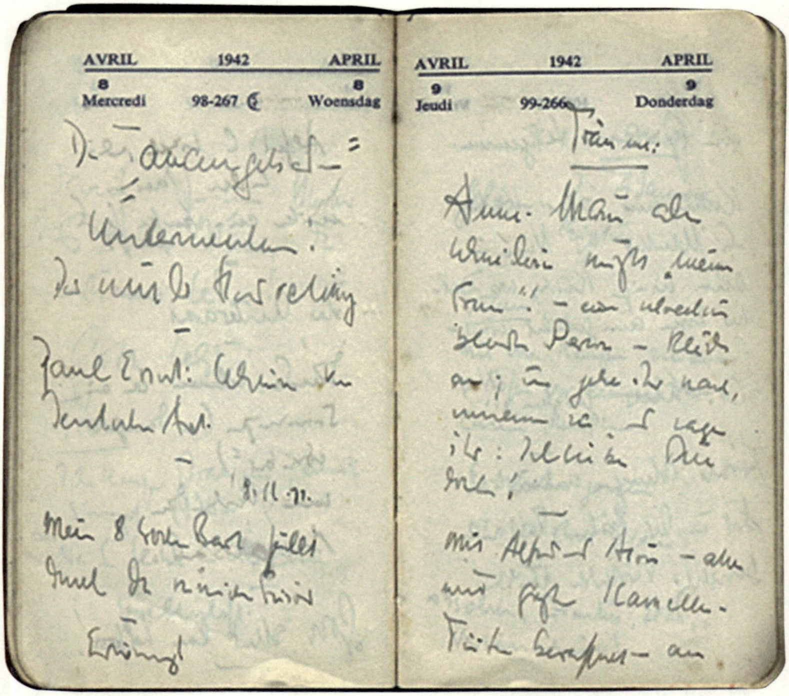

Die »Tonangebenden«
Untermenschen!
Der mit der Handverletzung

–

Paul Ernst: Lektüre von
deutscher Art

–

18.12.43

Mein 8 Wochen Bart fällt
durch den russischen Frisör

–

Entlausung!

Träume:

Anne-Marie als
Schneiderin mißt »meiner
Frau«! – eine schrecklich
blonde Person – Kleid
an; ich gehe ihr nach,
umarme sie und sage
ihr: Ich liebe Dich
doch!

—

Mit Alfred und Alois – alle
mit großen Kamellen-
Tüten bewaffnet – an

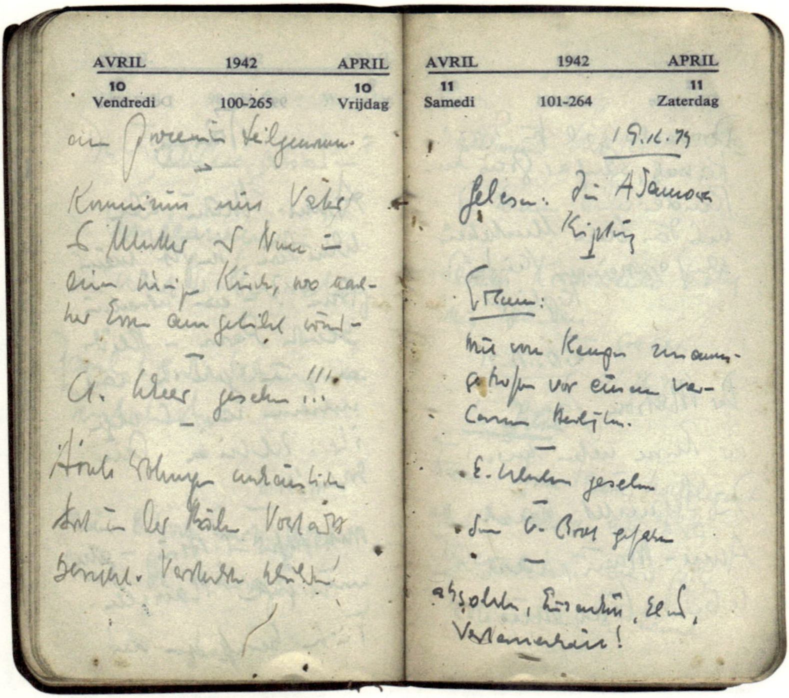

einer Prozession teilgenommen.

–

Kommunion mit Vater
und Mutter und [xxx] in
einer winzigen Küche, wo nach-
her Essen ausgeteilt wurde

–

U. Scheer gesehen!!!

–

Ärzte Wohnungen unheimlich
Arzt in der Kölner Vorstadt
besucht. Verletzte bleiben

<u>19.12.43</u>

Gelesen: Die Adamowa
Kipling

–

<u>Traum</u>:

Mit von Kempen zusammen-
getroffen vor einem ver-
lassenen Heiligtum.

–

E. [xxx] gesehen

–

dann im U-Boot gefahren

–

absolute Einsamkeit, Elend,
Verlassenheit!

–

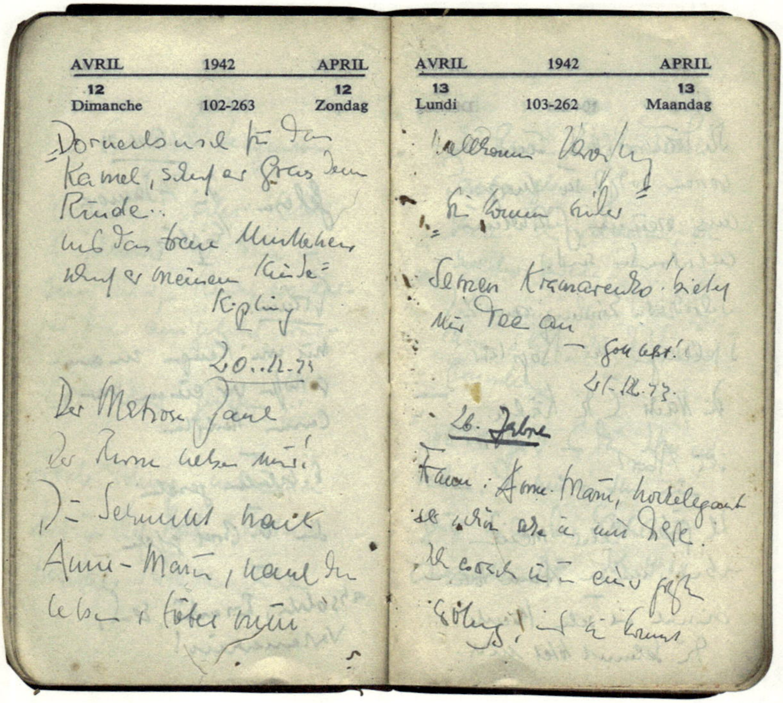

»Dornenbusch für das
Kamel, schuf das Gras dem
Rinde.
und das treue Mutterherz
schuf er meinem Kinde«
Kipling

20.12.43

Der Matrose Paul
Der Russe neben mir!
Die Sehnsucht nach
Anne-Marie, nach dem
Leben, tötet mich

vollkommene Verzweiflung
»Sie kommen sicher«

Semen Kramarenko bietet
mir Tee an

– Gott lebt!
21.12.43

26 Jahre

Traum: Anne-Marie, hochelegant
sehr schön sehe ich mit Tilde
Ich erwarte sie in einer großen
Wohnung, und sie kommt

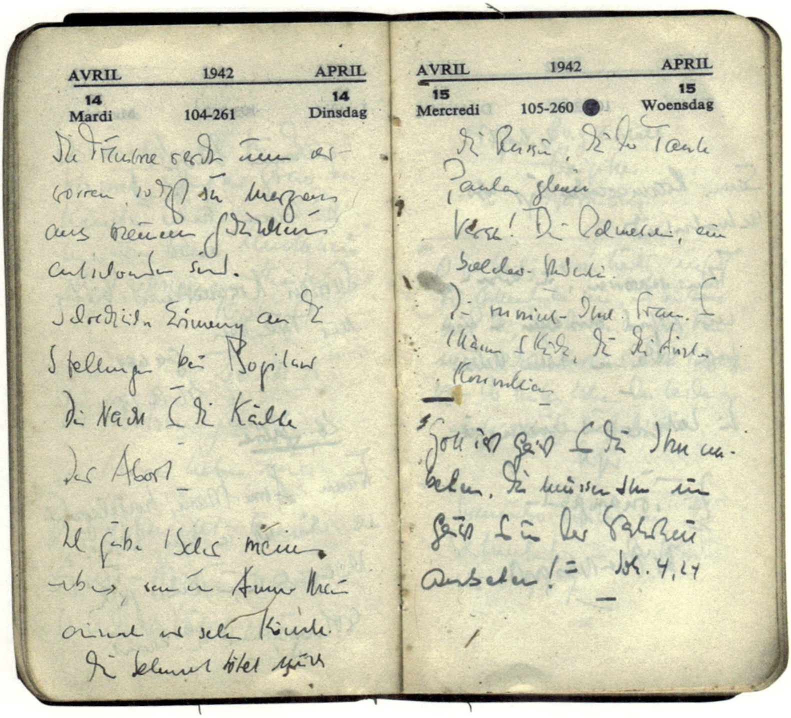

die Träume werden immer verworrener, so daß sie morgens aus meinem Gedächtnis entschwunden sind.
Schreckliche Erinnerung an die Stellungen bei Bogilew

–

Die Nacht und die Kälte
Der Abort

–

Ich gäbe 1 Jahr meines Lebens, wenn ich Anne-Marie einmal nur sehen könnte
die Sehnsucht tötet mich

die Russin, die der Tante Paula gleicht
Vera! Die Dolmetscherin, eine bolschew. Studentin
Die russisch-dtsch. Frauen und Männer und Kinder, die die Ärzte kunsultieren

–

»Gott ist Geist und die ihn anbeten, die müssen ihn im Geist und in der Wahrheit anbeten!« Joh. 4.24

–

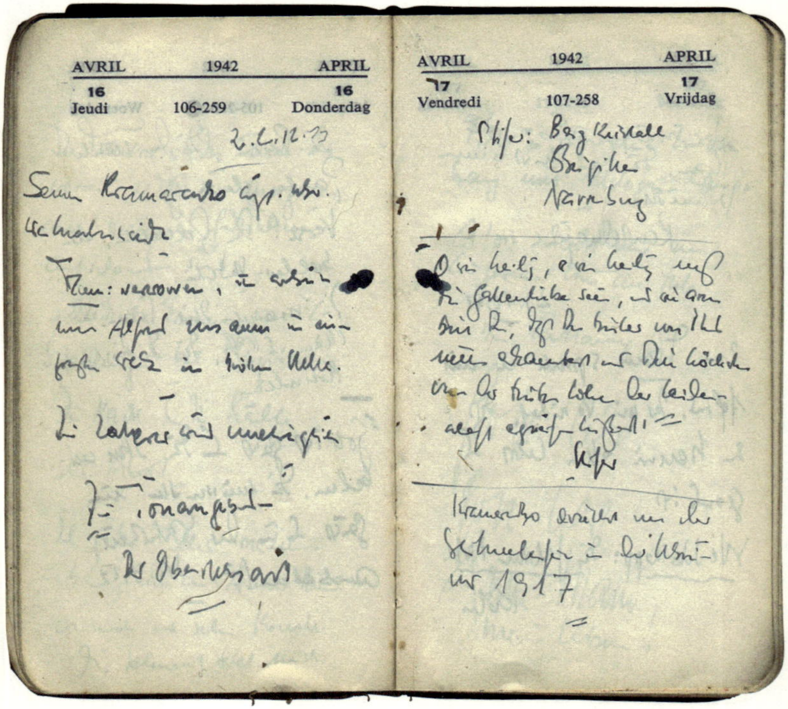

22.12.43

Semen Kramarenko lügt sehr wahrscheinlich

–

Traum: verworren, ich arbeite mit Alfred zusammen in einem großen Werk in höherer Stelle.

–

Die Laberei wird unerträglich
Die »Tonangebenden«
Der Oberarzt

—

Stifter: Bergkristall
Brigitta
Narrenburg

»O wie heilig, o wie heilig muß die Gattenliebe sein, und wie arm bist Du, daß Du bisher von ihr nichts erkanntest und Dich höchstens von der trüben Lohe der Leidenschaft ergreifen ließest«

Stifter

Kramarenko erzählt von der Weihnachtsfeier in der Ukraine vor 1917

–

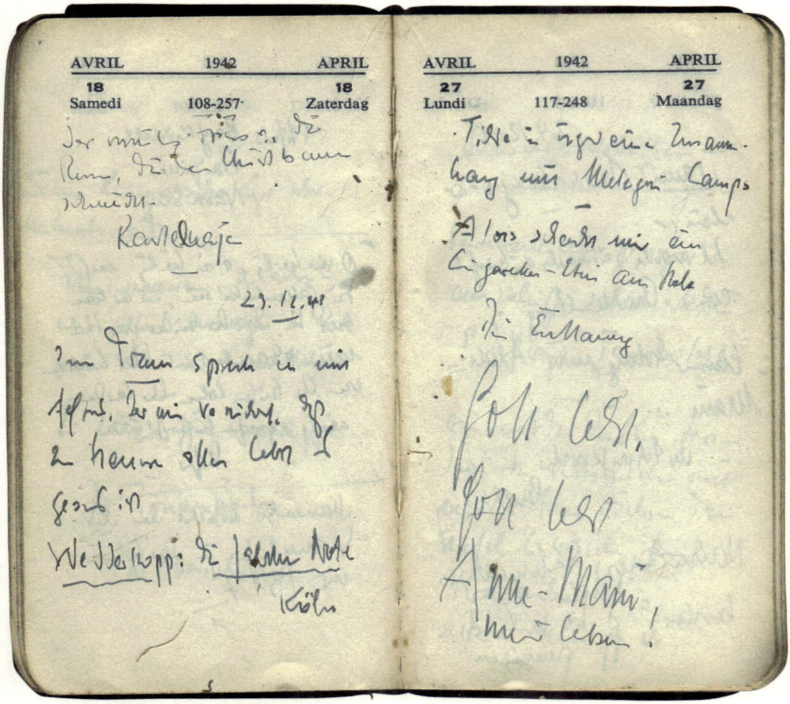

Der russische Frisör, die
Russin, die den Christbaum
schmückte

Rastelnaja

—

23.12.43

Im Traum spreche ich mit
Alfred, der mir versichert, daß
zu Hause alles lebt und
gesund ist

Wedderkopp: die falsche Note

Köln

Tilde in irgendeinem Zusammen-
hang mit Metzgerei Camps

–

Alois schenkt mir ein
Cigaretten-Etui aus Holz

–

Die Entlausung

Gott lebt,
Gott lebt
Anne-Marie

Mein Leben!

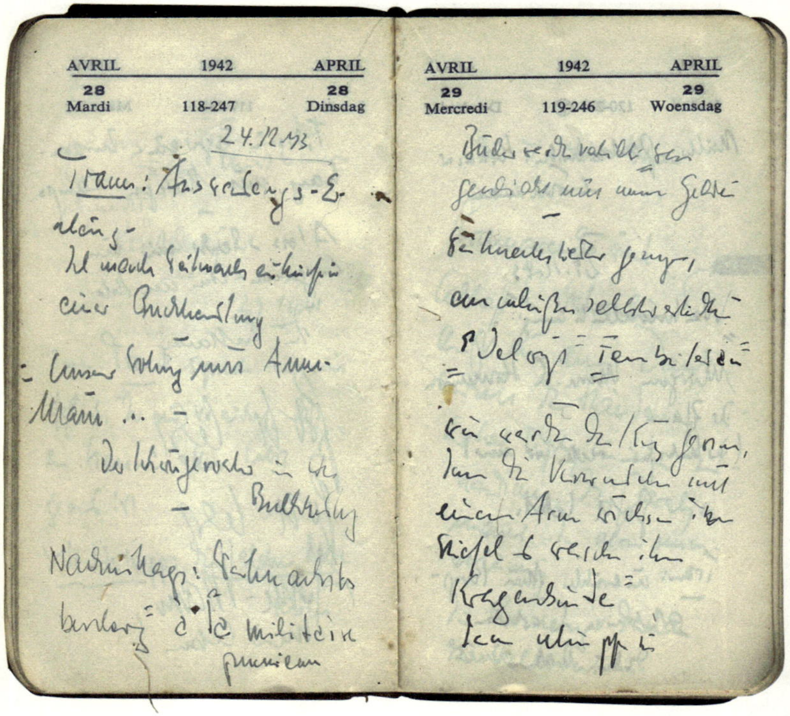

24.12.43

Traum: Auswanderungs-Erzählung.
Ich mache Weihnachtseinkäufe in einer Buchhandlung

–

in unserer Wohnung mit Anne-Marie … –

Der Schwiegersohn in der

– Buchhandlung

Nachmittags: »Weihnachts bescherung« à la militaire prussienne

Bücher werden verteilt was geschieht mit [xxx]

–

Weihnachtslieder gesungen, anschließend selbstverständlich »Edelweiß«, »Fern bei Sedan«

–

Wir werden den Krieg gewinnen, denn die Verwundeten mit einem Arm wichsen ihre Stiefel und waschen ihre Kragenbinde«
dann [xxx] bis

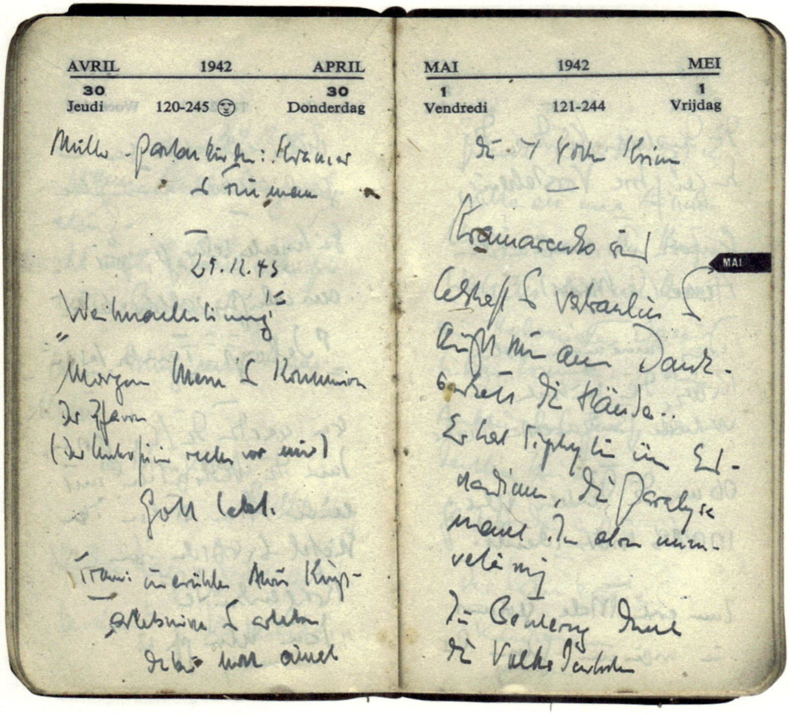

Müller-Partenkirchen: Kramer
und Friemann
–
25.12.43
»Weihnachtsstimmung!«
Morgens Messe und Kommunion
Der Pfarrer
(Der Unteroffizier rechts vor mir)
Gott lebt.

Traum: ich erzähle Alois Kriegserlebnisse und erlebe
dabei noch einmal

die 4 Wochen Krim
–
Kramarenko wird
lebhaft und vertraulich und
küßt mir aus Dankbarkeit die Hände …
Er hat Syphilis im Endstadium, die Paralyse
macht ihn etwas unzuverlässig
–
Die Bescherung durch
die Volksdeutschen

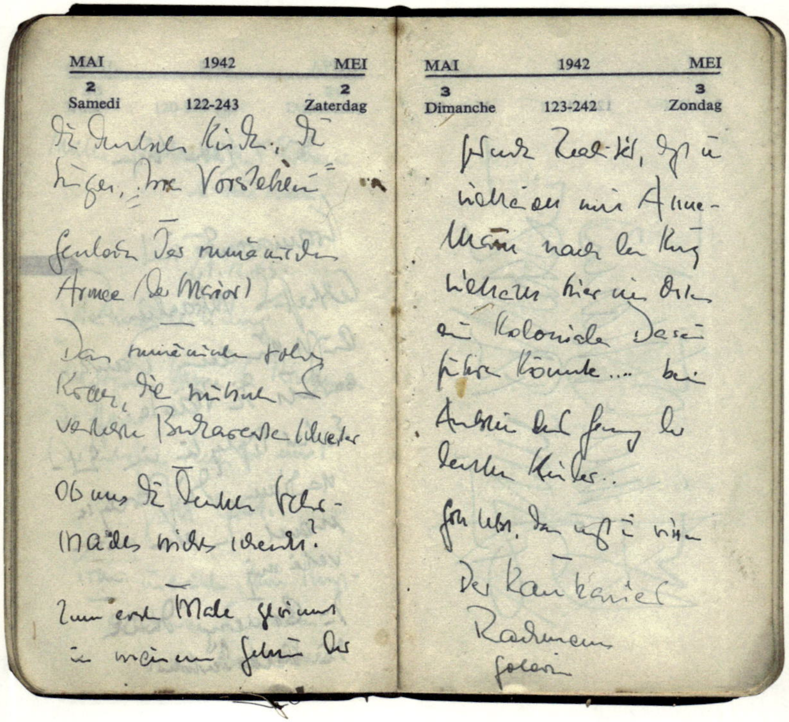

die deutschen Kinder, die
Sänger, »Ihre Vorsteherin«

—

Geschenke der rumänischen
Armee (der Maior)

—

Das rumänische Rote
Kreuz, die hübsche und
verlebte Bukarester Schwester

—

ob uns die deutsche Wehr-
macht nichts schenkt?

—

Zum ersten Male gewinnt
in meinem Gehirn der

Gedanke Realität, daß ich
vielleicht mit Anne-
Marie nach dem Krieg
vielleicht hier im Osten
ein koloniales Dasein
führen könnte .. beim
Anblick und Gesang der
deutschen Kinder ...
Gott lebt, das muß ich wissen

—

Der Kaukasier
Rachmann
Goladin

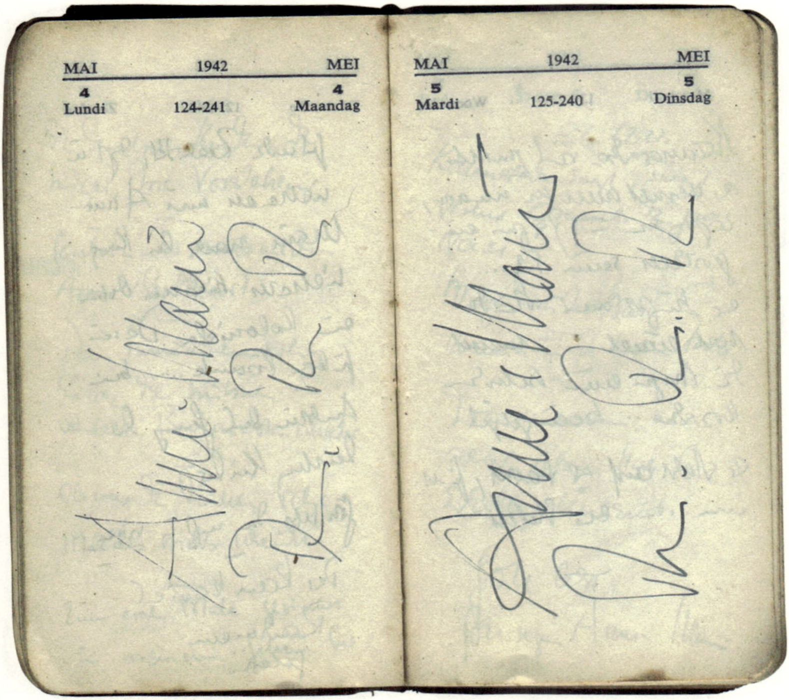

Anne-Marie
Du, Du Du

Anne-Marie
Du, Du, Du

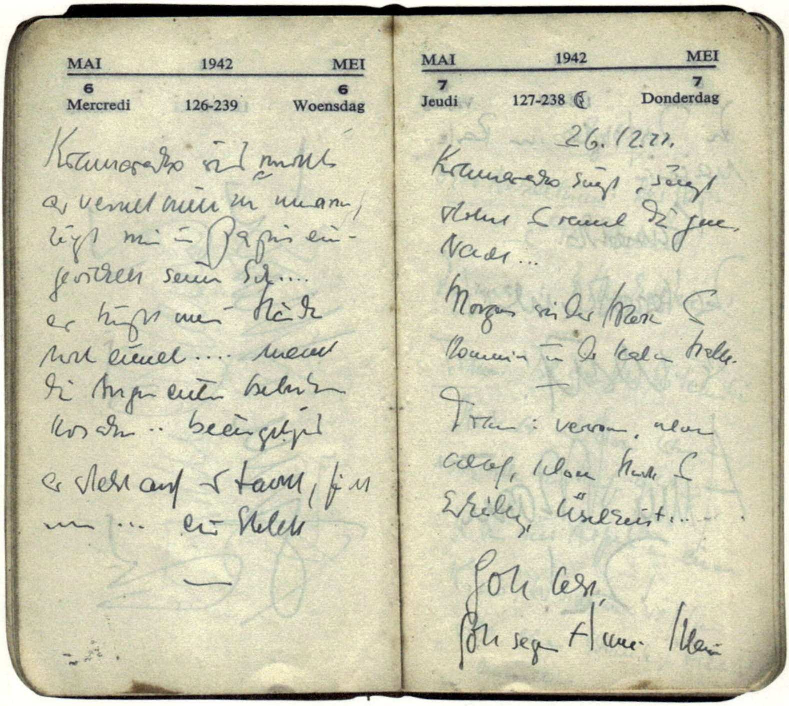

Kramarenko wird »mutlos«
er versucht mich zu umarmen,
zeigt mir in Papier ein-
gewickelt seinen Sch …
er küßt meine Hände
noch einmal … macht
die Augen eines betrunkenen
Kosaken … beängstigend
er steht auf und tanzt, fällt
um … ein Skelett

—

26.12.43

Kramarenko singt, singt
stöhnt und raucht die ganze
Nacht …
Morgens wieder Messe und
Kommunion in der kalten Halle.

—

Traum: verworren,
Schlaf, schweren Husten und
Erkältung, Übelkeit …

Gott lebt,
Gott segne Anne-Marie

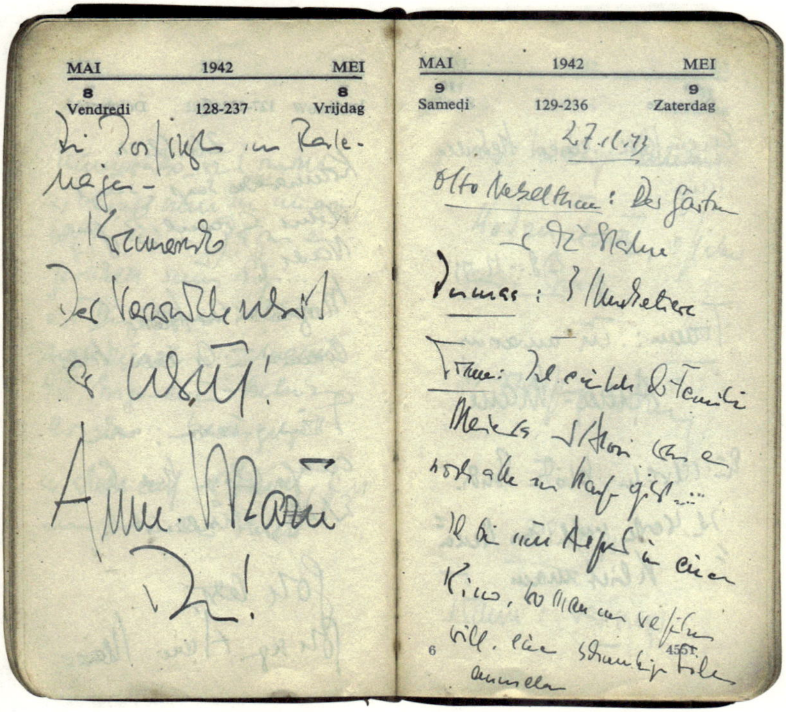

Die Post liegt in Rate-
naja –
Kramarenko
Der Verwundete schreit
vor Wut!

Anne-Marie
Du!

27.12.43
Otto Nebelthau: Der Gärtner
und die Statue
Dumas: 3 Musketiere
–
Traum: Ich erzähle der Familie
Meiers und Alois was es
noch alles zu kaufen gibt …
Ich bin mit Alfred in einem
Kino, wo man uns verführen
will, einen schmutzigen Film
anzusehen

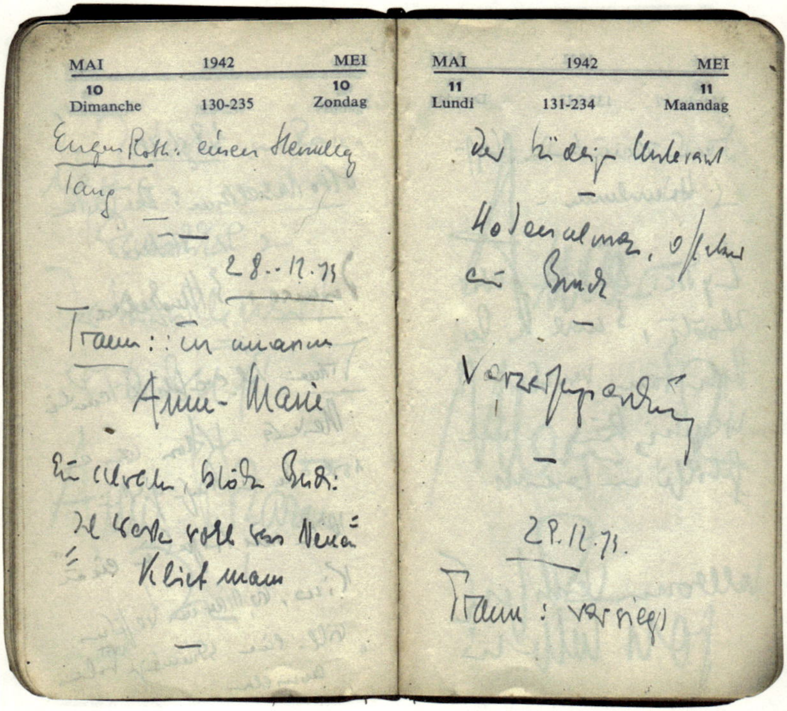

Eugen Roth: einen Herzschlag lang

—

28.12.43

Traum: ich umarme
Anne-Marie

Ein schwaches blödes Buch:
»Im Westen wohl was Neues«
Klietmann

—

Der tüchtige Unterarzt

–

Hodenschmerzen, offenbar ein Bruch

–

Verzweiflungserscheinung

–

29.12.43

Traum: versiegt

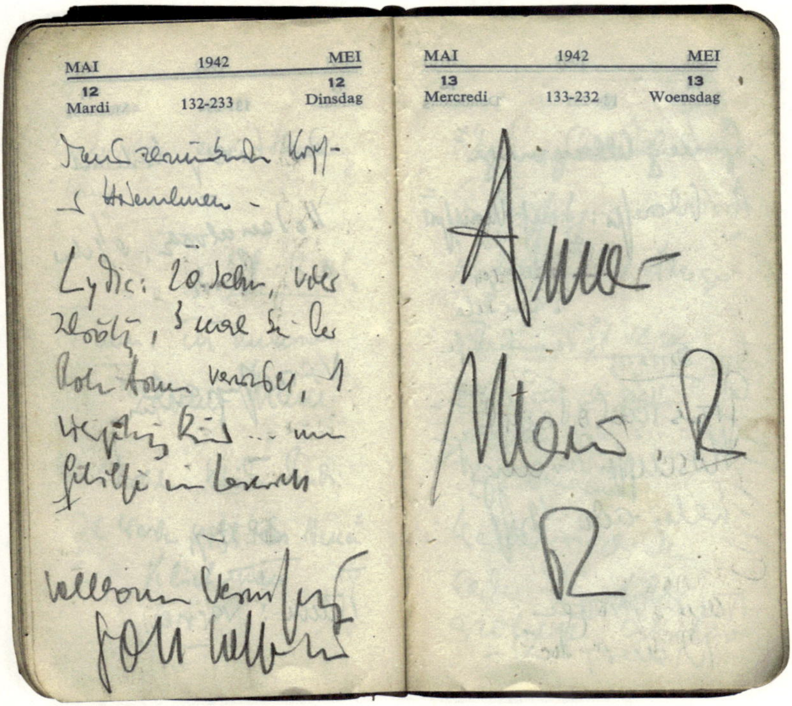

dauernd zermürbende Kopf-
und Hodenschmerzen –

–

Lydia: 20 Jahre, voller Schönheit, 3 mal bei der Roten Armee verwundet, 1 vierjähriges Kind ... unsere Gehilfin im Lazarett

–

vollkommene Verzweiflung

Gott helfe mir

Anne-
Marie, Du
Du

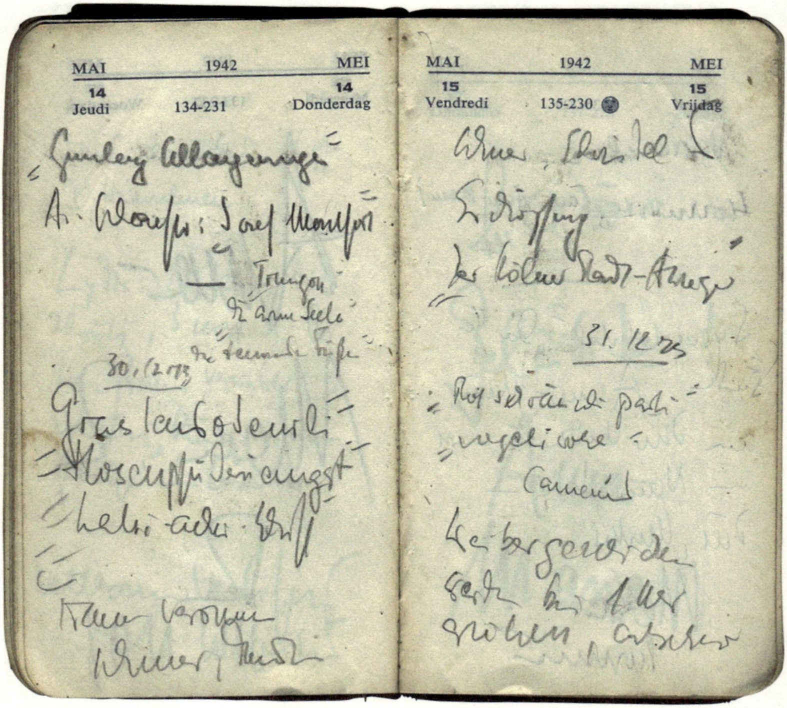

»[xxx]«
A. Schaeffer: »Josef Montfort«
– »Traugott«
»Die arme Seele«
»Die tanzenden Füße«
30.12.43
»Graslandodeurli«
»Hosenpfüderiangst«
»[xxx]«

[xxx]
[xxx]

Schmerz, Schwindel und
Erschöpfung
»Der Kölner Stadt-Anzeiger«

31.12.43
»Rotschwänzliparti«
»vogeliwohl«
Camenzind

Weibergeschichten
werden bis 1 Uhr
[xxx], abscheuliche

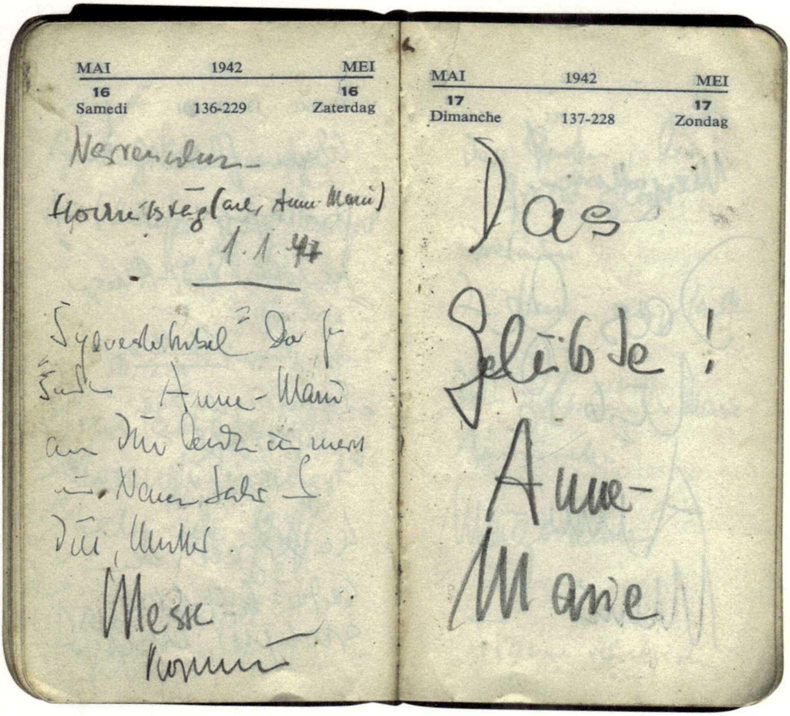

Nervenschmerzen.
Hochzeitstag (ach, Anne-Marie)
1.1.44
»Sylvestertrubel« der Gesunden Anne-Marie
an Dich denke ich zuerst
im Neuen Jahr und
Dich, Mutter
Messe
Kommunion

Das
Gelübde!
Anne-Marie

Magellan!

—

Das Gelübde!

Anne-Marie

Der Besoffene, der
der Grete gleicht!
[xxx]
Die Welt in eisiger Kälte

—

»Das Halsband der Marie-Antoinette«
»Magellan«

—

Träume verschwimmen

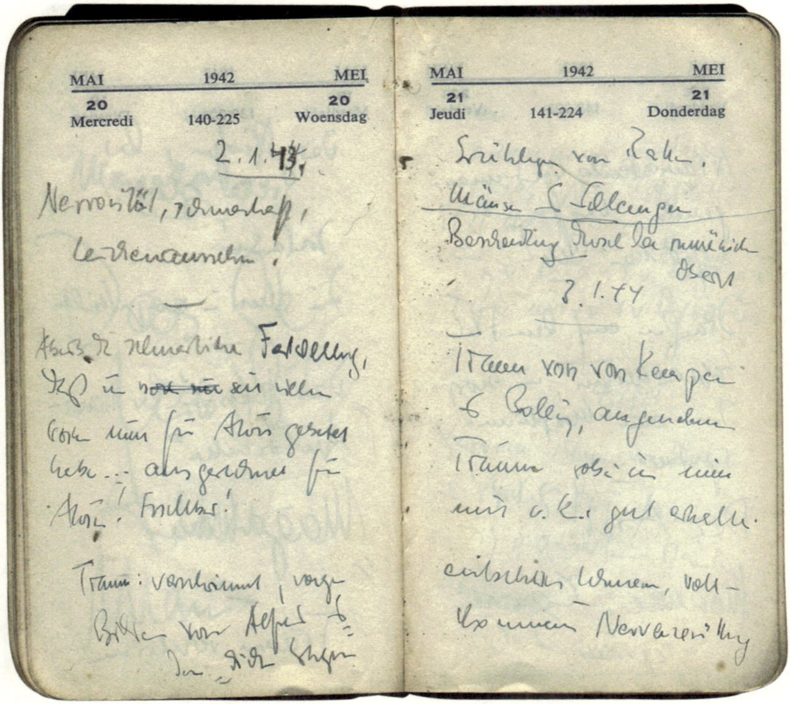

2.1.44

Nervosität, schmerzhaft
Leichenaussehen!

—

Abends die schmerzliche Feststellung,
daß ich ~~noch seit~~ seit vielen
Wochen nicht für Alois gebetet
habe ... ausgerechnet für
Alois! Furchtbar!

Traum: verschwimmt, [xxx]
Bitten von Alfred und
das »[xxx]«

Erzählungen von Ratten,
Mäusen und Schlangen

Beschenkung durch den rumänischen
— Oberst

3.1.44

Traum von von Kempen
und Bolling, angenehme
Träume wobei ich mich
mit v. K. gut {verstehe}

entsetzliche Schmerzen, vollkommene Nervenzerrüttung

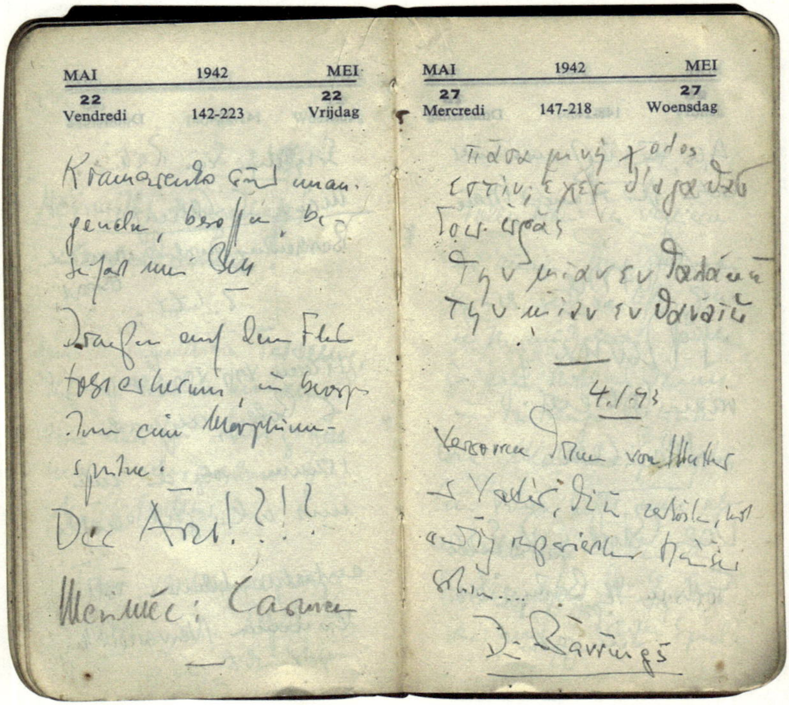

Kramarenko wird unangenehm, besoffen, beseifert mein Bett

—

Draußen auf dem Flur tobt er herum, ich besorge ihm eine Morphiumspritze.

—

Der Arzt !?!?

Merimée: Carmen

—

Πᾶσα γυνὴ χόλος
ἐστίν; ἔχει δ᾽ ἀγαθὰς
δύο ὥρας
τὴν μίαν ἐν θαλάμῳ,
τὴν μίαν ἐν θανάτῳ.

—

4.1.43

Verworrener Traum von Mutter und Vater, die in zerstörten, notdürftig reparierten Häusern sitzen …

Die Barrings

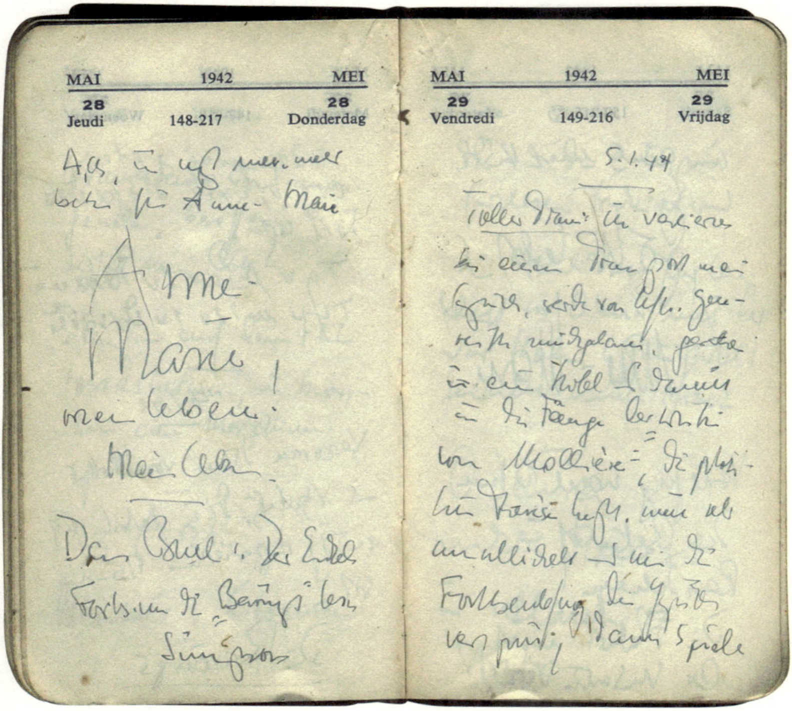

Ach, ich muß mehr, mehr
beten für Anne-Marie

Anne-
Marie
mein Leben!
Mein Leben.

Das Buch: Der Enkel
Fortsetzen die »Barrings« lesen
Simpson

5.1.44

Toller Traum: Ich verliere
bei einem Transport mein
Gepäck, werde von Uff. Gen-
reith zurückgelassen, gerate
in ein Hotel und darin
in die Fänge der »Wirtin
von Mollière«, die plötz-
lich Therèse heißt, mich sehr
{umwickelt} und mir die
{Fortsetzung} des Gesprächs
verspricht; danach spiele

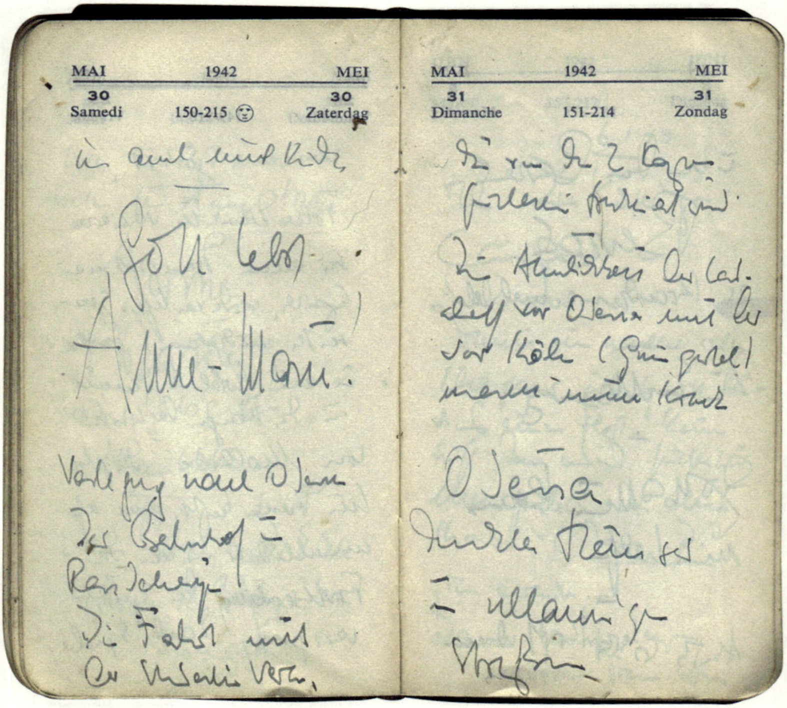

ich auch mit Kindern

—

Gott lebt
Anne-Marie!

Verlegung nach Odessa
Der Bahnhof in
Rasdelnaja
Die Fahrt mit
der Studentin Vera

die von den 2 [xxx]
[xxx] wird.

–

Die Ähnlichkeit der Landschaft vor Odessa mit der vor Köln (Grüngürtel) macht mich krank

—

Odessa
dunkle Häuser
und schlammige
Straßen

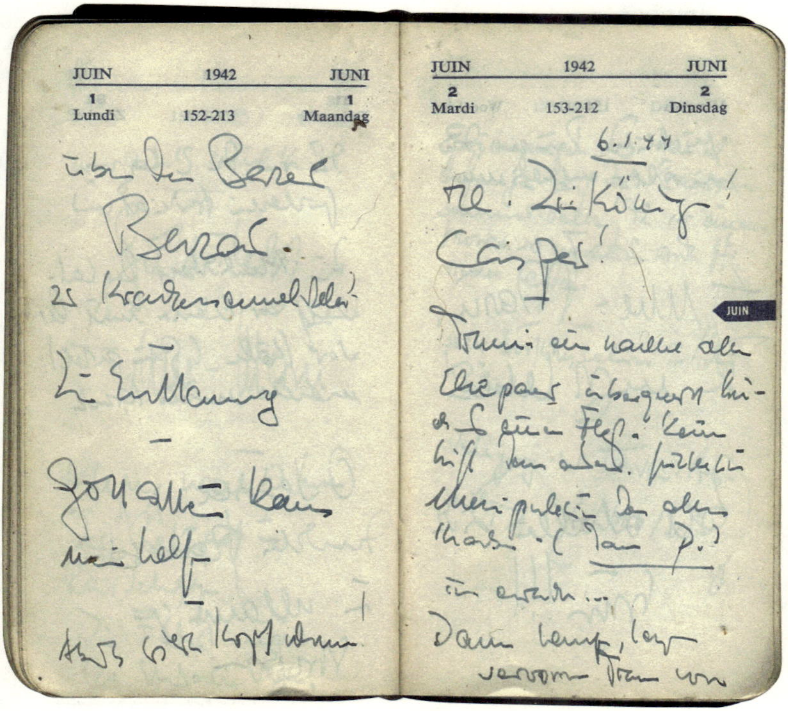

über den Bazar
Bazar
zur Krankensammelstelle
–
Die Entlausung
–
Gott allein kann
mir helfen
–
Abends wilde Kopfschmerzen!

6.1.44

Hl. Drei Könige!
Caspar!
–
Traum: ein [xxx] altes
Ehepaar überquert kriechend
und einen Fluß. Keiner
hilft dem anderen. [xxx]
Manipulation der alten
[xxx] (dann P.)

ich erwache …
Dann [xxx], langer
verworrener Traum von

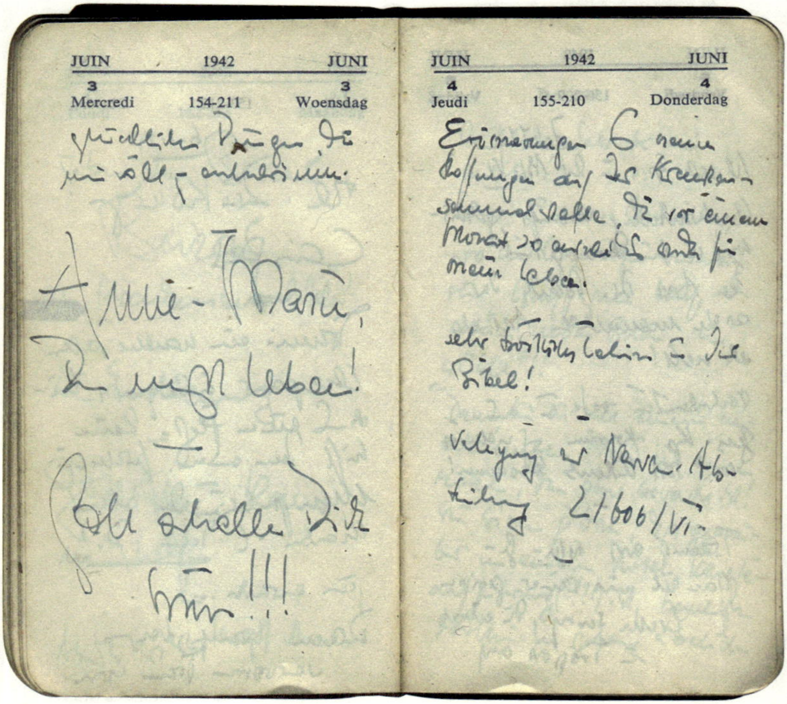

glücklichen Dingen, die
mich völlig [xxx]

–

Anne-Marie
Du mußt leben!

——

Gott erhalte Dich
mir!!!

Erinnerungen und neue
Hoffnungen auf der Kranken-
sammelstelle, die vor einem
Monat so entscheidend wurde für
mein Leben.

–

sehr tröstliche Lektüre in der
Bibel!

–

Verlegung zur Nerven-Ab-
teilung 2/606/IV

–

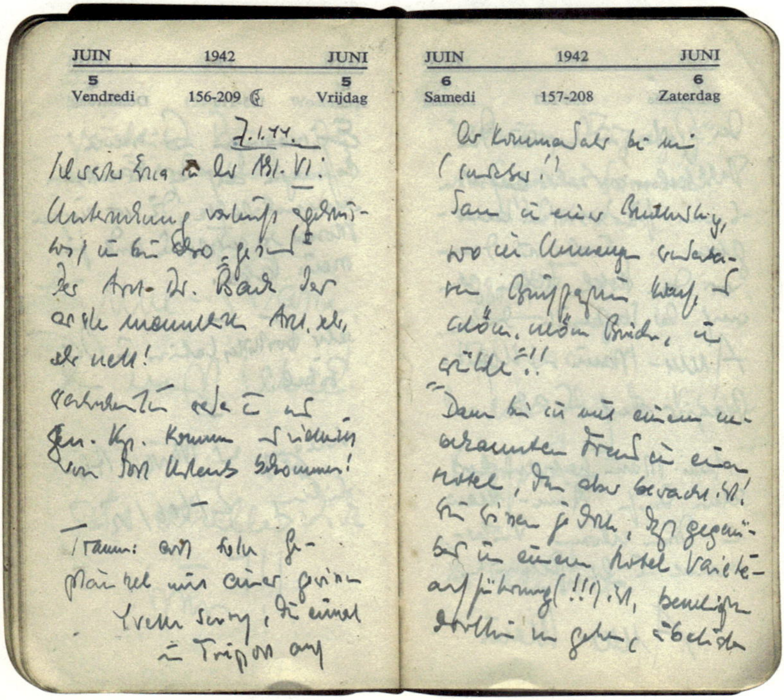

7.1.44

Schwester Erna in der Abt. VI:
Untersuchung verläuft ergebnis-
los, ich bin also »gesund«
Der Arzt Dr. Bach der
erste menschliche Arzt, sehr,
sehr nett!
Wahrscheinlich werde ich zur
Gen. Kp. kommen und vielleicht
von dort Urlaub bekommen!

–

Traum: erst [xxx] Ge-
plänkel mit einer gewissen
Yvette [xxx], die einmal
in Treport auf

der Kommandantur bei mir
(sonderbar!)
dann in einer Buchhandlung,
wo ich Unmengen wunderba-
ren Briefpapiers kaufe und
schöne, schöne Bücher, ich
»wühle«!!
Dann bin ich mit einem un-
bekannten Freund in einem
Hotel, das aber bewacht ist!
Wir wissen jedoch, daß gegenü-
ber in einem Hotel Varieté-
aufführung (!!!) ist, beschließen
dorthin zu gehen, überlisten

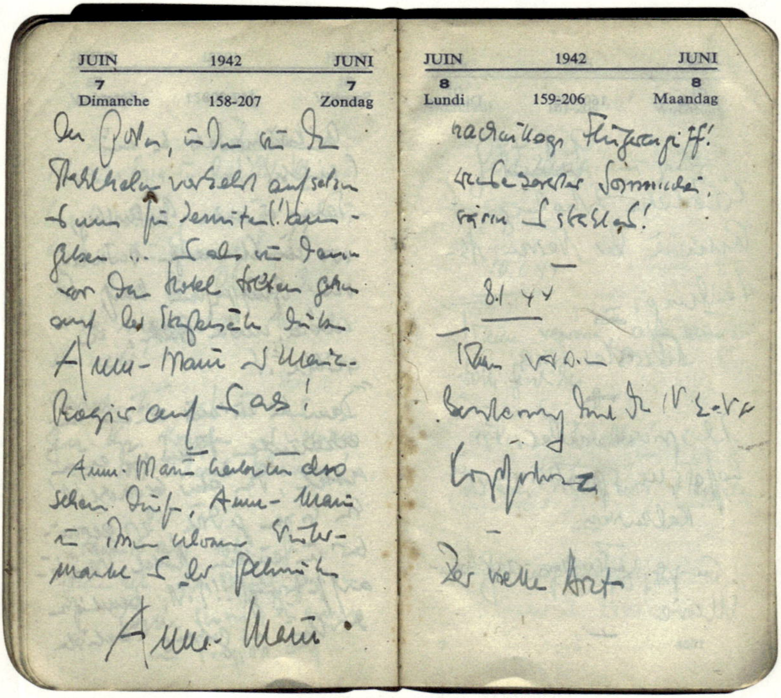

den Posten, indem wir den
Stahlhelm verkehrt aufsetzen
und uns für Jesuiten (!) aus-
geben ... und als wir dann
vor das Hotel treten gehen
auf der Straßenseite drüben
Anne Marie und Marie
Rogier auf und ab!

—

Anne-Marie habe ich also
sehen dürfen, Anne-Marie
in ihrem schwarzen Winter-
mantel und der Pelzmütze

Anne-Marie

nachmittags Fliegerangriff!
wunderbarster Sonnenschein,
warm und strahlend!

—

8.1.44

Traum verworren
[xxx]
Kopfschmerz

—

Der nette Arzt

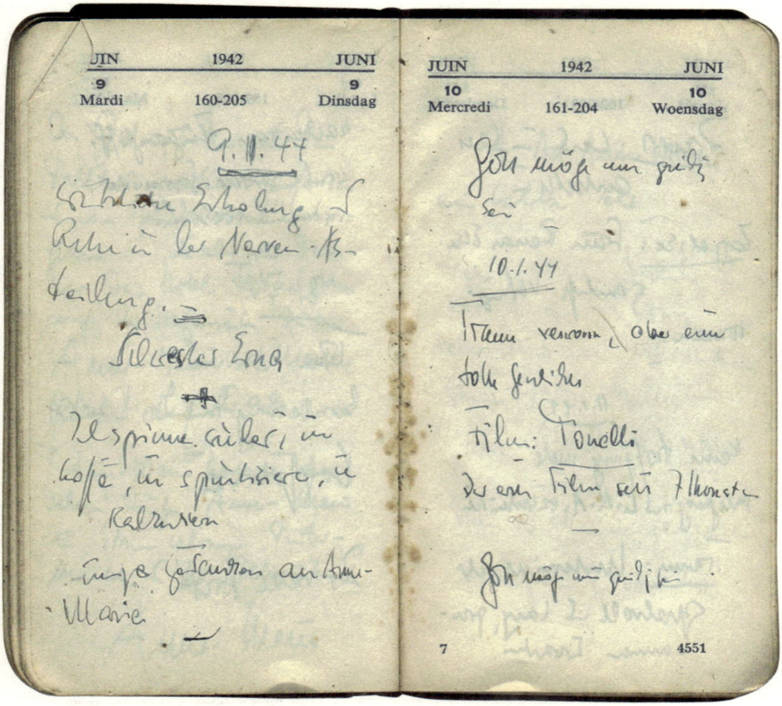

9.1.44

Wirkliche Erholung und
Ruhe in der Nerven-Ab-
teilung
Schwester Erna

+

Ich spinne wieder, ich
hoffe, ich spintisiere, ich
kalkuliere

—

innige Gedanken an Anne-
Marie

—

Gott möge uns gütig
sein

–

10.1.44

Traum verworren, aber eine
tolle Geschichte
Film: Tonelli

—

Der erste Film seit 7 Monaten

—

Gott möge uns gnädig sein

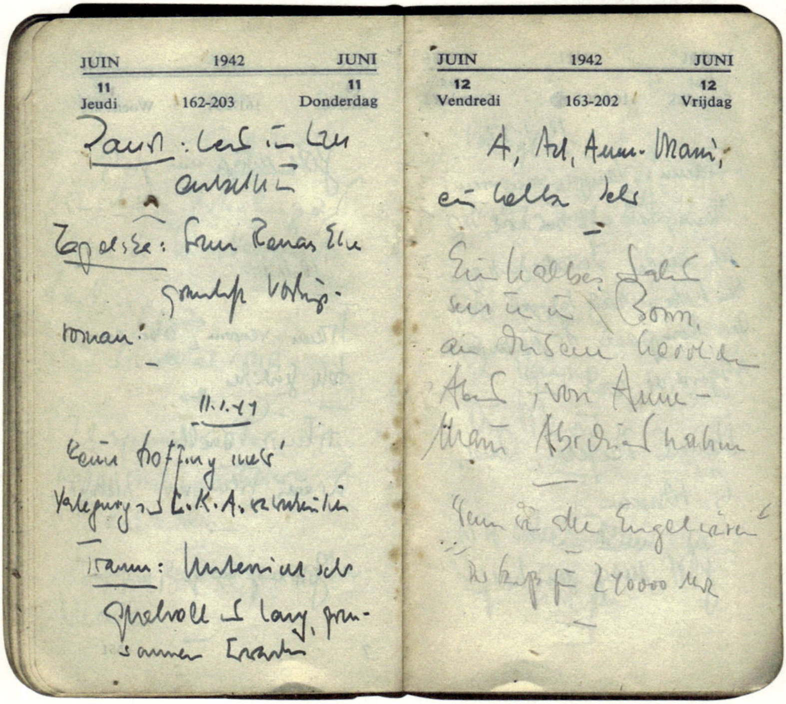

Paust: Land im Licht
entsetzlich
Zapolska: Frau Renas Ehe
grauenhafter Vorkriegs-
roman.

—

11.1.44
keine Hoffnung mehr!
Verlegung zur L.K.A. wahrscheinlich

Traum: Unterricht sehr
qualvoll und lang, grau-
sames Erwachen

Ach, Ach, Anne-Maire,
ein halbes Jahr

—

Ein halbes Jahr
seit ich in Bonn,
an diesem herrlichen
Abend, von Anne-
Marie Abschied nahm

—

»Wenn wir alle Engel wären«
Der Kuß für 240 000 Mark

—

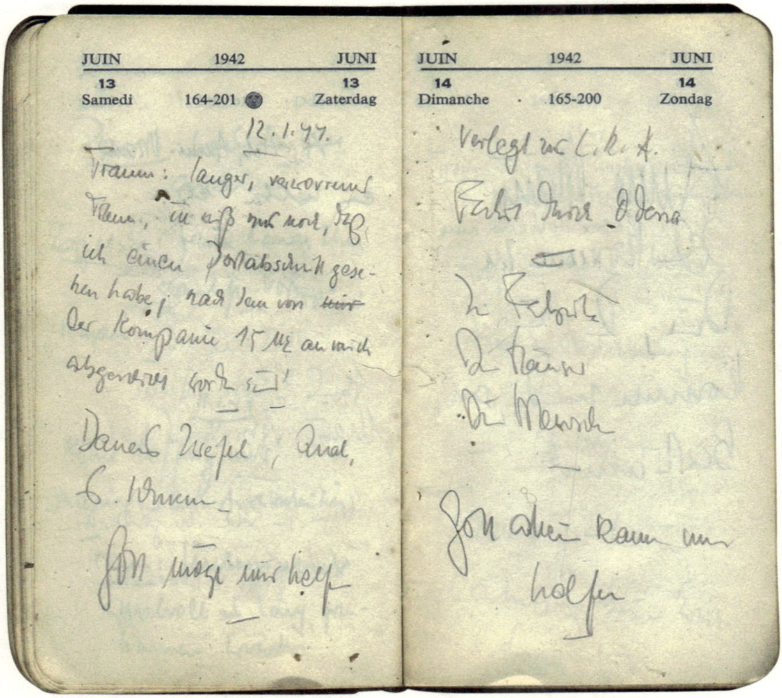

12.1.44

–

Traum: langer, verworrener
Traum, ich weiß nur noch, daß
ich einen Postabschnitt gese-
hen habe, nach dem von ~~mir~~
der Kompanie 15 Mark an mich
abgeschickt worden sind!

–

Danach Zweifel, Qual
und Schmerzen

–

Gott möge mir helfen

—

verlegt zur L.K.A.
Fahr durch Odessa

—

Die Fabrik
Die Häuser
Die Menschen

—

Gott allein kann uns
helfen

—

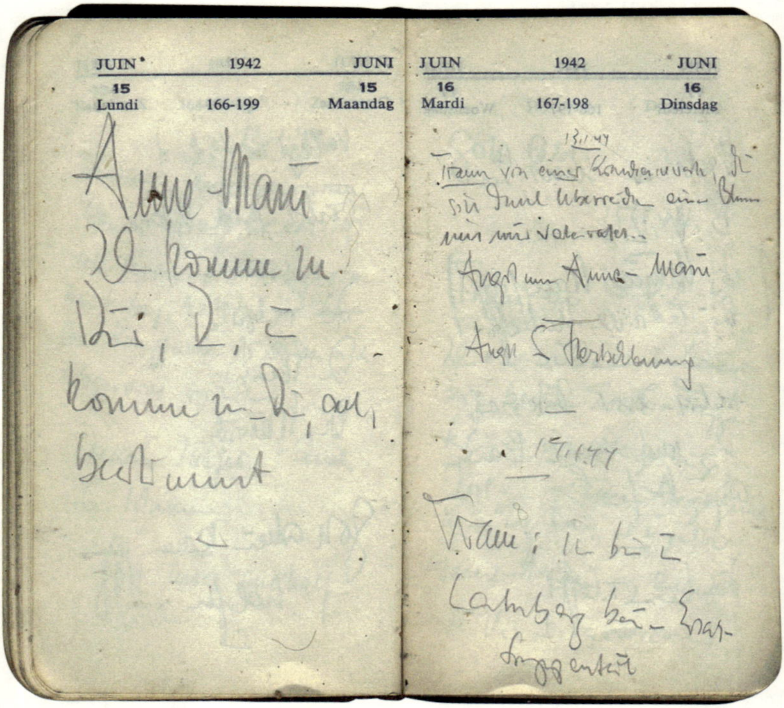

Anne-Marie
Ich komme zu
Dir, Du, ich
komme zu Dir, ach,
bestimmt

—

13.1.44

Traum von einer Krankenschwester, die sich durch Überreichen einer Blume mit mir verheiratet …
Angst um Anne-Marie

—

Angst und Herzbeklemmung

—

14.1.44

—

Traum: ich bin in
Lemberg beim Ersatz-
truppenteil

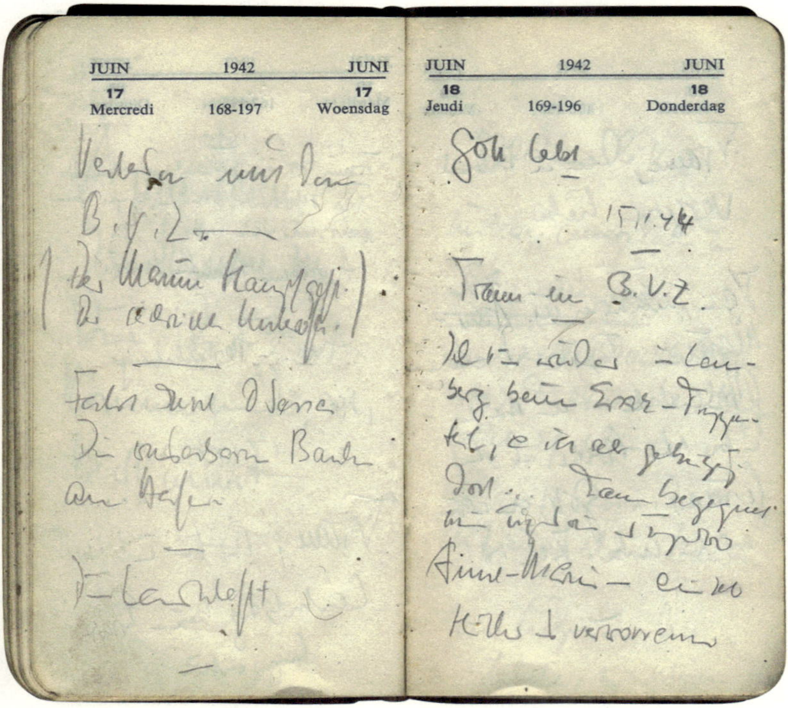

Vater mit dem
B.V.Z. —
[Der Marine Hauptgefr.
Der schreckliche Unteroff.]

—

Fahrt durch Odessa
Die wunderbaren Bauten
am Hafen

—

Die Landschaft

—

Gott lebt

–

15.1.44

Traum im B.V.Z.

–

Ich bin wieder in Lem-
berg beim Ersatz-Truppen-
teil, es ist sehr gebirgig
dort ... Dann begegnet
mir irgendwie und irgendwo
Anne-Marie – ein sehr
[xxx] und verworrener

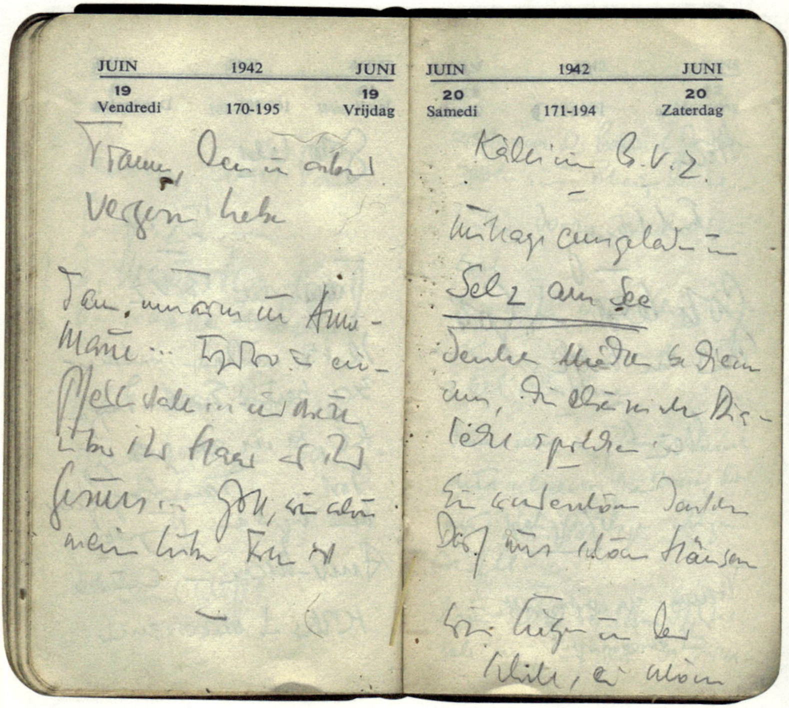

Traum, den ich abends
vergessen habe

—

dann umarme ich Anne-
Marie … Irgendwo in einem
Pferdestall und streichle
über ihr Haar und ihr
Gesicht … Gott, wie schön
meine liebe Frau ist

—

Kälte im B.V.Z.

—

Mittags ausgeladen in
<u>Selz am See</u>
Deutsche Mädchen bedienen
uns, die elsässischen Dia-
lekt sprechen

—

Ein wunderschönes deutsches
Dorf mit schönen Häusern

—

Wir liegen in der
Schule, einem schönen

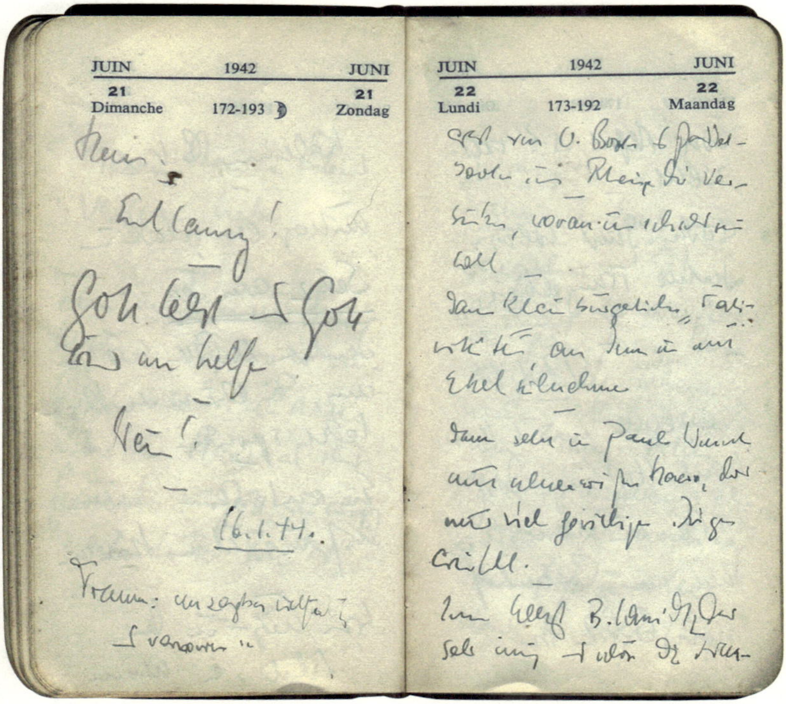

Haus.

Entlausung!

—

Gott lebt und Gott wird mir helfen

—

Wein!

—

16.1.44

Traum: unsagbar vielfältig und verworren

erst von U-Booten und Paddelbooten im Rhein, die versinken, woran ich schuld sein soll

—

dann kleinbürgerliche »Festivitäten«, an denen ich mit Ekel teilnehme

—

dann sehe ich Paul Wunsch mit schneeweißen Haaren, der mir viel gewichtige Dinge erzählt.

—

Zum Schluß B. Schmitz, der sehr innig und schön die Trau-[ung]

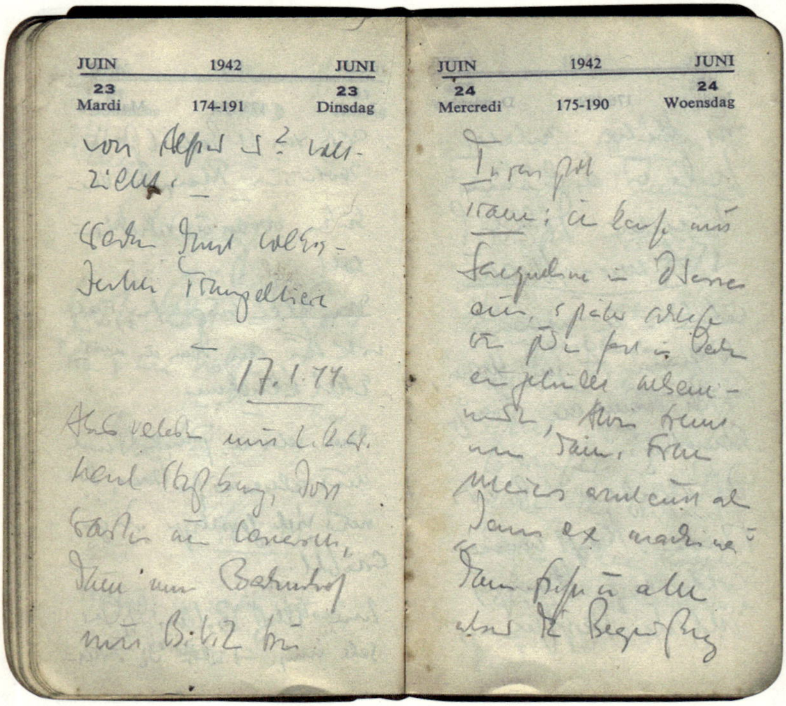

von Alfred und ? voll-
zieht.

—

Wecken durch volks-
deutsche Trampeltiere

—

<u>17.1.44</u>

Abends verladen mit L.K.W.
nach Straßburg, dort
warten im Lazarett,
dann zum Bahnhof
mit B.V.Z. bis

Tiraspol
<u>Traum:</u> Ich kaufe mit
Jaqueline in Odessa
ein, später schlafen
wir jeder fest in Decken
eingehüllt nebenei-
nander, Alois trennt
uns dann, Frau
Meiers erscheint als
»Deus ex machina«
dann treffe ich alle
abends bei Begrüßung

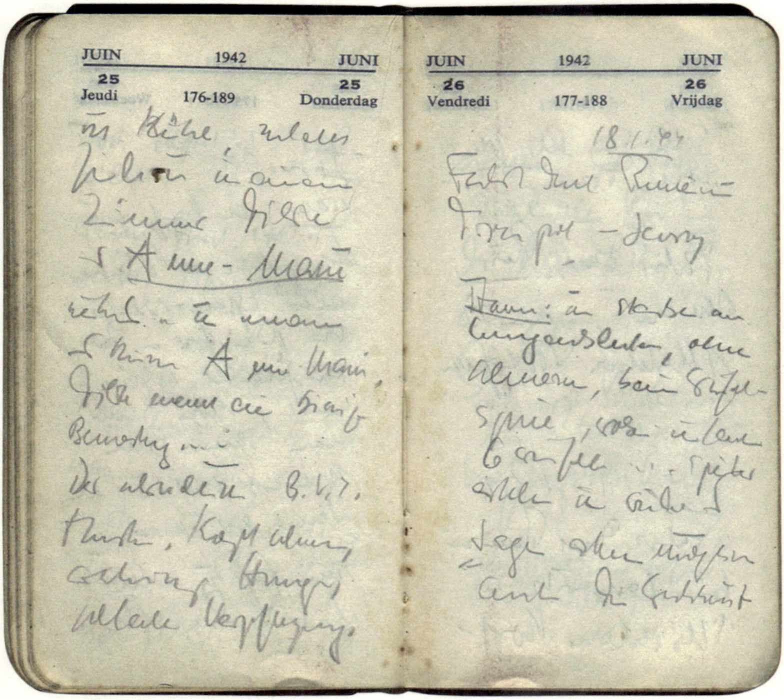

in Küche, zuletzt
[xxx] in einem
Zimmer Tilde
und <u>Anne-Marie</u>
[xxx] ... ich umarme
und küsse Anne-Marie,
Tilde [xxx]
Bewirtung ...

—

Der schreckliche B.V.Z.
Husten, Kopfschmerzen,
Erschöpfung, Hunger
schlechte Verpflegung.

<u>18.1.44</u>
Fahrt durch Rumänien
Tiraspol – Jassy

–

<u>Traum</u>: ich sterbe an
Lungenbluten, ohne
Schmerzen, beim Würfel-
spiel, wobei ich lauter
6 würfel ... später
erstehe ich wieder und
»Segne« alle Menschen
auch den Wachdienst

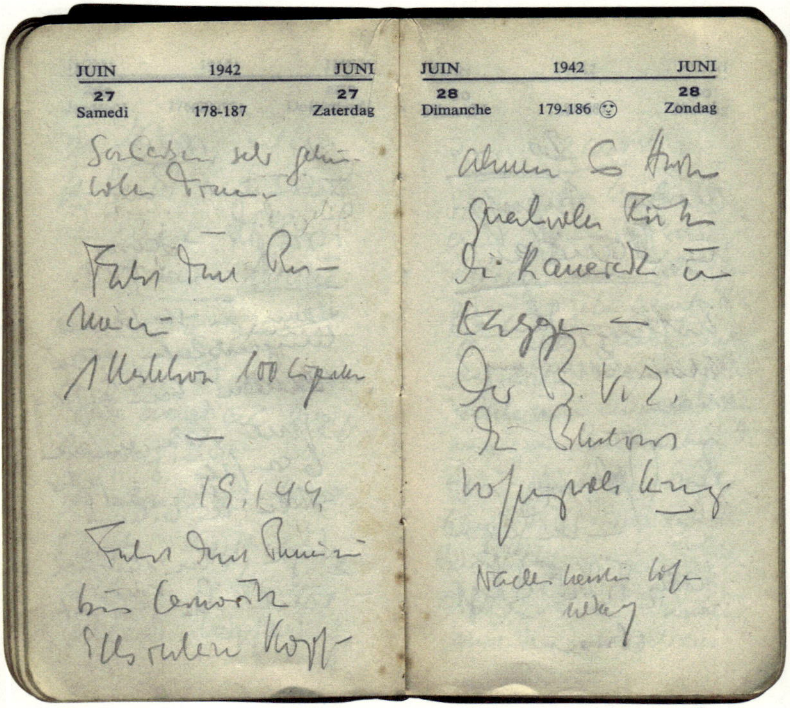

sonderbar sehr geheimnis-
voller Traum

—

Fahrt durch Ru-
mänien
1 Unterhose 100 Cigaretten

—

19.1.44

Fahrt durch Rumänien
bis C[z]ernowitz
schreckliche Kopf-

schmerzen und Husten
qualvoller Rücken
die Kameraden im
Waggon —

Der B.V.Z.

die Blutwurst
hoffnungsvolle [xxx]

—

Nachts [xxx]-
meldung

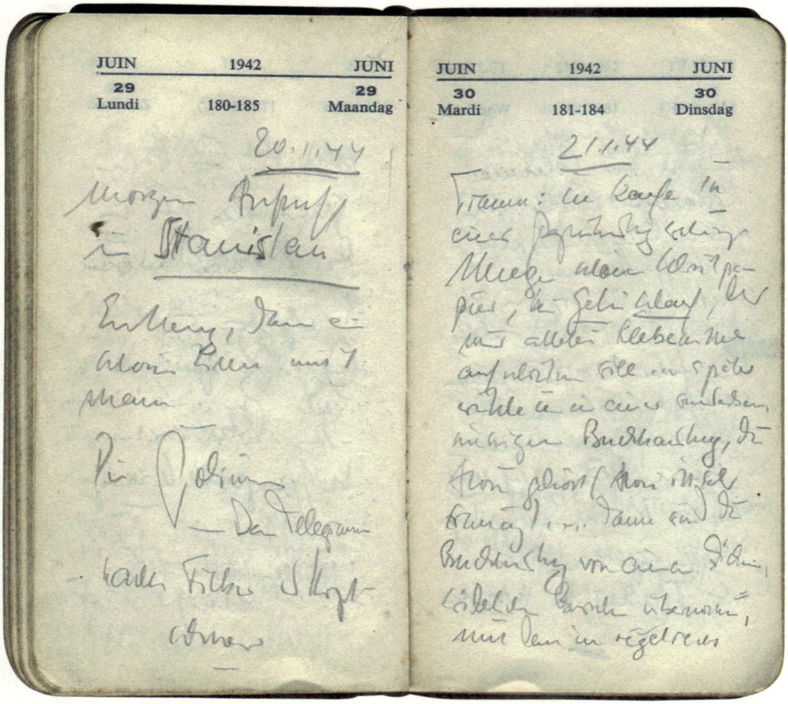

20.1.44

Morgens Ankunft
in Stanislau

Entlausung, dann ein
schönes Essen mit 4
Mann

–

Die Polizisten
– Das Telegramm
hohes Fieber und Kopf-
schmerzen

–

21.1.44

Traum: ich kaufe in
einer Papierhandlung wahnsinnige
Mengen schönes Schreibpa-
pier, beim [xxx], der
mir allerlei Klebeartikel
aufschwatzen will ... später
wühle ich in einer wunderbaren,
riesigen Buchhandlung, die
Alois gehört (Alois ist sehr
traurig) ... dann wird die
Buchhandlung von einem dicken
widerlichen Burschen »übernommen«,
mit dem ich regelrecht

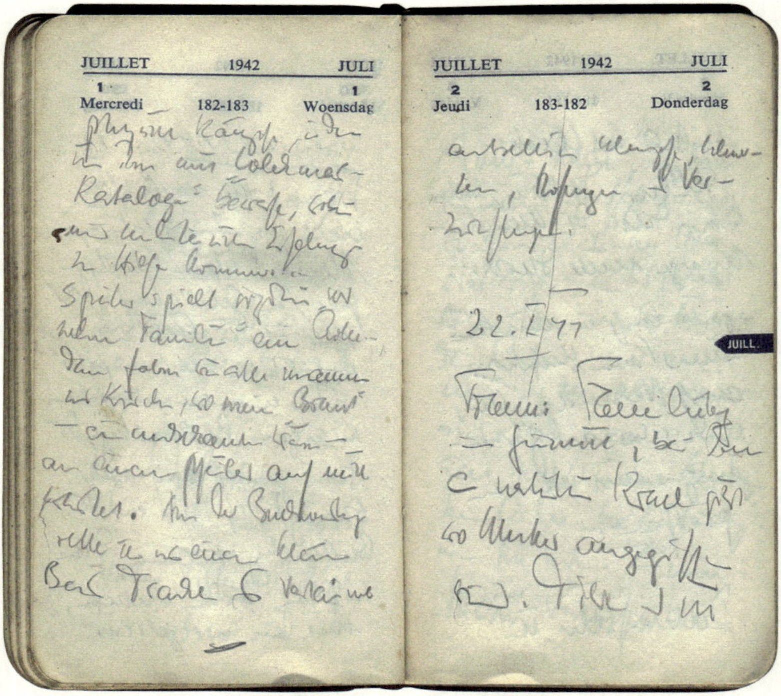

physisch kämpfe, in dem
ich ihn mit »[xxx]-
Katalogen« bewerfe, wobei
mir militärische Erfahrungen
zu Hilfe kommen ...
Später spielt irgendeine »vor
nehme Familie« eine Rolle -
dann fahren wir alle zusammen
zur Kirche, wo meine »Braut«
– ein unbekanntes Wesen –
an einem Pfeiler auf mich
wartet. Aus der Buchhandlung
rette ich noch einen kleinen
Band Trakl und Verlaine

—

entsetzliche [xxx], Schmerzen, Hoffnungen und Verzweiflungen.

—

22.1.44

—

Traum: {Familientag}
im Gürzenich, bei dem
es wirklich Krach gibt
wo Mutter angegriffen
wird. Tilde und ich

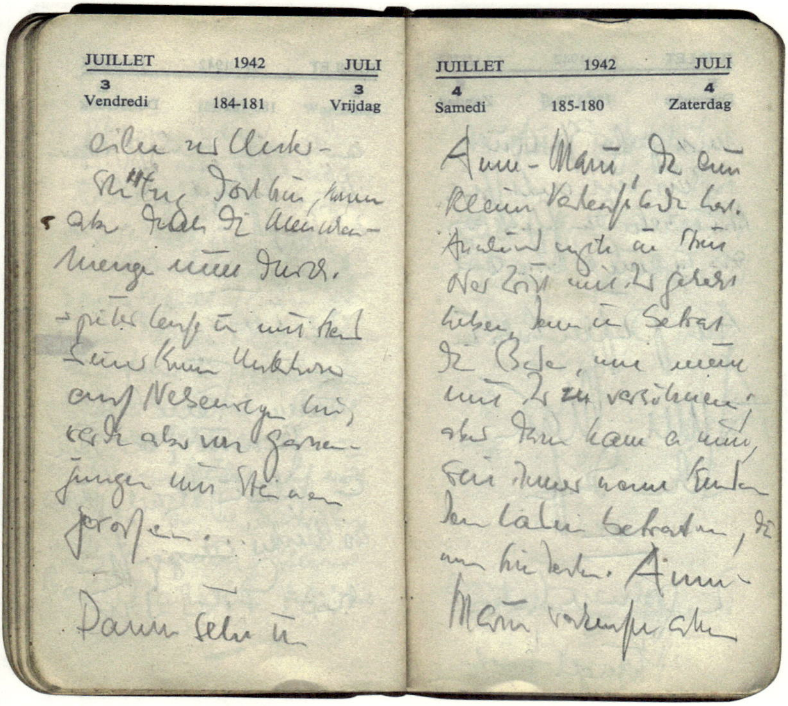

eilen zur Unter-
stützung dorthin, kommen
aber durch die Menschen-
menge nicht durch.
später laufe ich mit Hemd
und einer kurzen Unterhose
auf Nebenwegen hin,
werde aber von Gassen-
jungen mit Steinen
geworfen ...

—

Dann sehe ich

Anne-Marie, die eine
kleine Verkaufsbude hat.
Anscheinend mußte ich Streit
oder Zwist mit ihr gehabt
haben, denn ich betrat
die Bude, um mich
mit ihr zu versöhnen;
aber dazu kam es nicht,
weil immer neue Kunden
den Laden betraten, die
uns hinderten. Anne-
Marie verkaufte alles

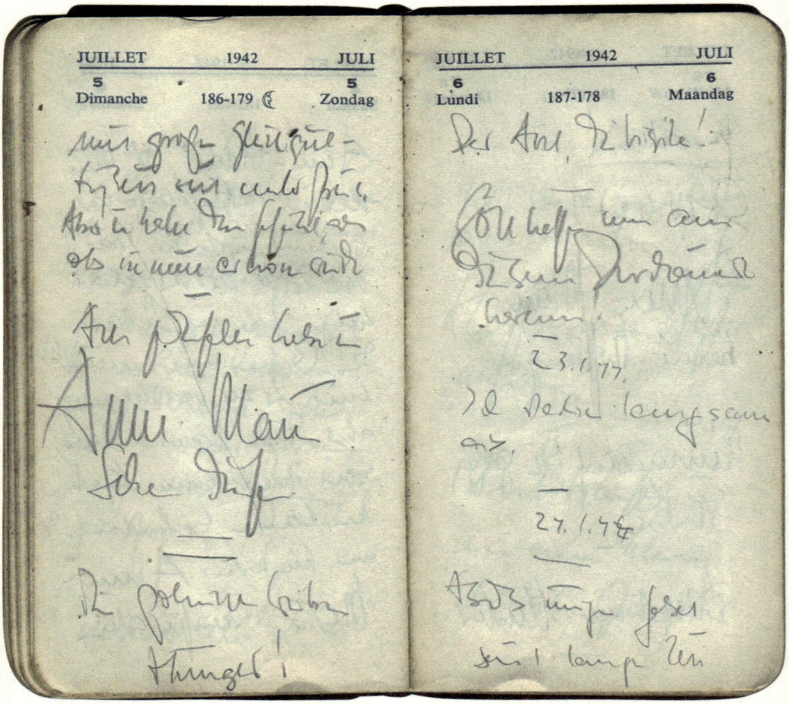

mit großer Gleichgül-
tigkeit weit unter Preis.
Aber ich habe das Gefühl, als
ob ich nun erhört würde

—

[xxx] habe ich

Anne-Marie
sehen dürfen

—
—

Die polnischen Weiber

—

Hunger!

Der Arzt, die Visite!

—

Gott helfe uns aus
diesem Durcheinander
heraus.

—

23.1.44
Ich sterbe langsam
ab.

—

24.1.44.

—

Abends inniges Gebet
seit langer Zeit

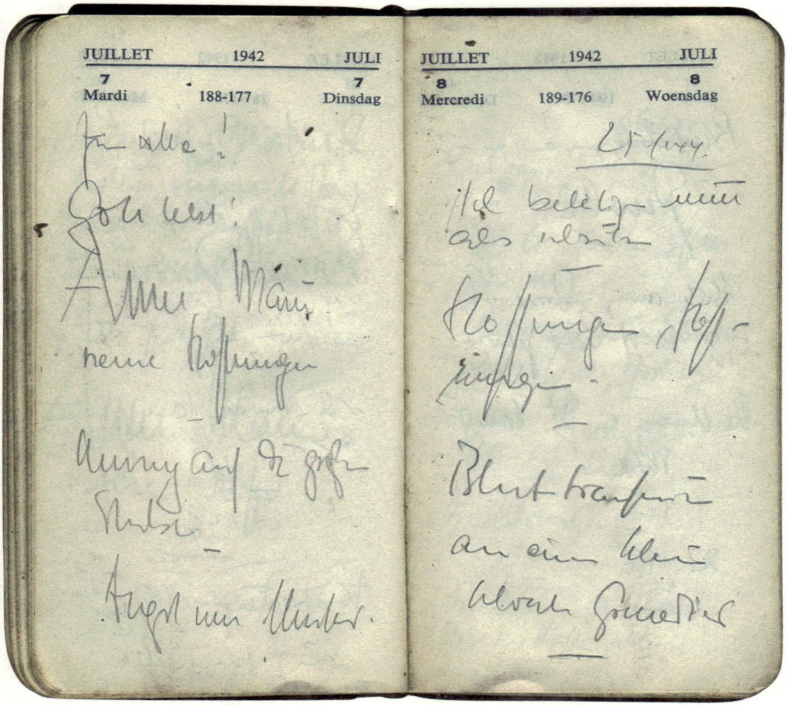

für alle!
Gott lebt!
Anne-Marie
neue Hoffnungen

—

Umzug auf die große
Stube

—

Angst um Mutter

<u>25.1.44</u>
Ich betätige mich
als Schreiber

—

Hoffnungen, Hoff-
nungen.

—

Bluttransfusion
an einem kleinen
schwachen [xxx]

—

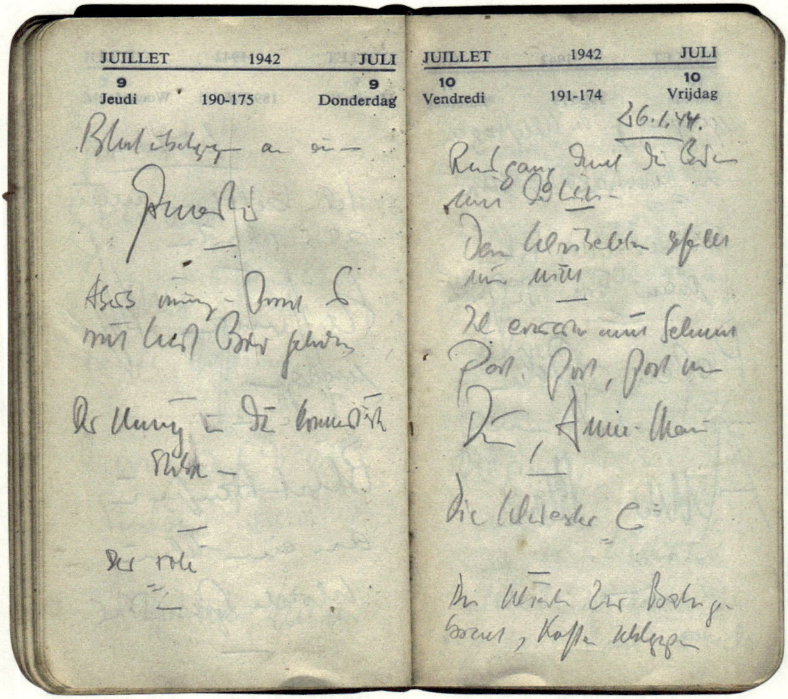

Blutübertragungen an einem
[xxx]

—

Abends [xxx] und
mit Lust Bier getrunken

—

Der Umzug in die kommunistische
Stube –

–

Der »rote«

—

26.1.44

Rundgang durch die Buden
mit der Liste.

—

Das Schreiberleben gefällt
mir nicht

—

Ich erwarte mit Sehnsucht
Post, Post, Post von
Dir, Anne-Marie

—

Die Schwester »C«

–

Die Schwester zur Bahn gebracht, Koffer schleppen

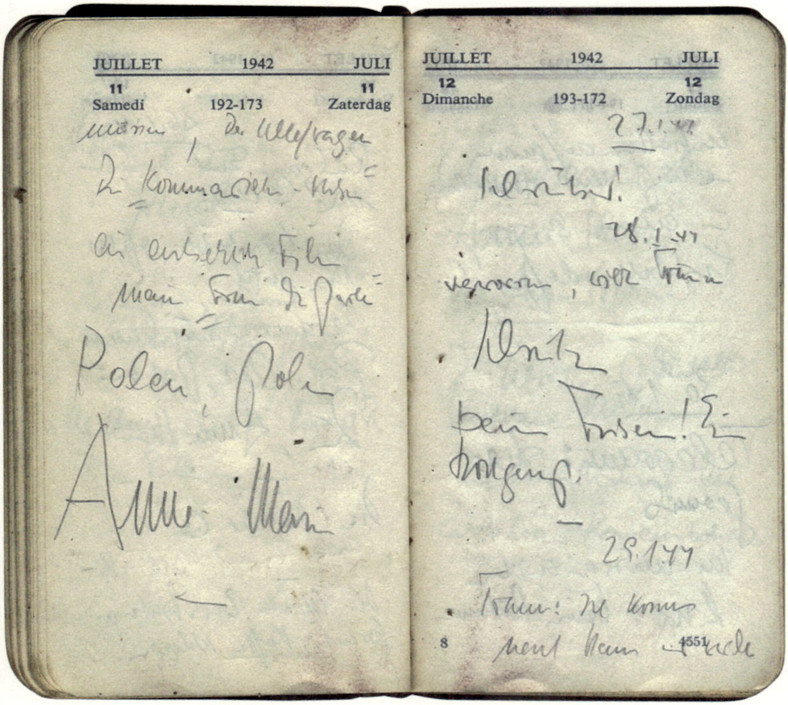

müssen, Der Schlafwagen
Die »[xxx]-Stuben«
ein entsetzlicher Film
meine »Frau die Perle«

Polen, Polen

Anne-Marie

—

27.1.44

Schreiber!

28.1.44

verworrene, wilde Träume

Schmitz
beim Friseur! Ein
Hochgenuß

—

29.1.44

Traum: Ich komme
nach Haus und werde

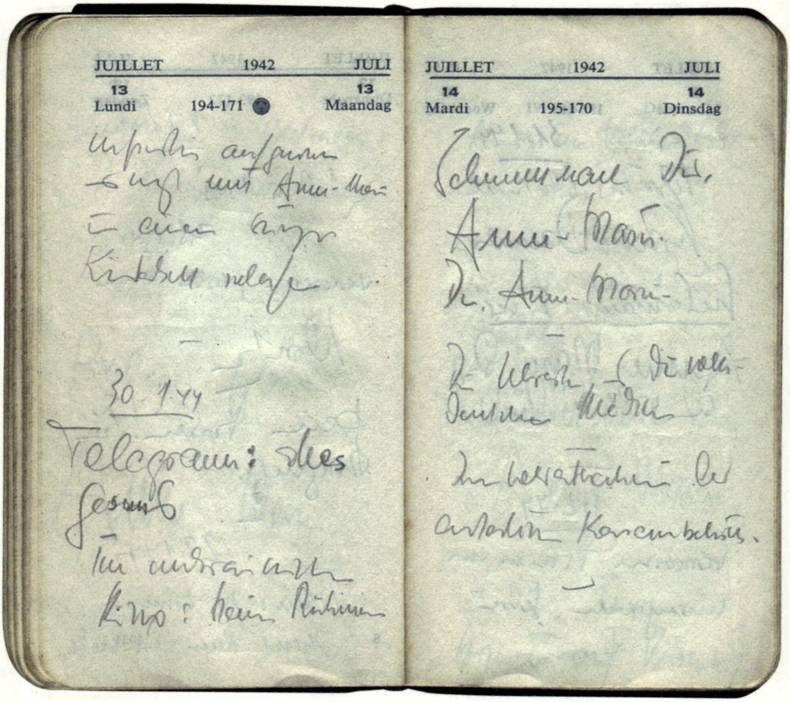

unfreundlich aufgenommen
und muß mit Anne-Marie
in einem winzigen
Kinderbett schlafen.

–

30.1.44

Telegramm: alles
gesund

Im ukrainischen
Kino: Heinz Rühmann

Sehnsucht nach Dir,
Anne-Marie.
Du, Anne-Marie

–

Die Schwester und die volks-
deutschen Mädchen

–

Im Soldatenheim der
entsetzliche Kasernenbetrieb.

–

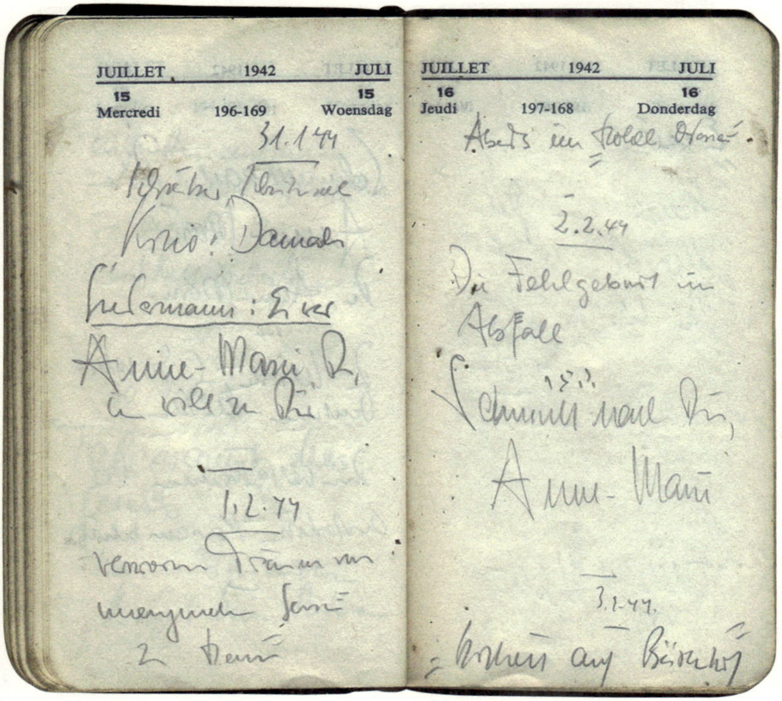

31.1.44

Schreiber, [xxx]
Kino: Damals

Sudermann: Es war
Anne-Marie, Du
ich will zu Dir

—

1.2.44

verworrene Träume von
unangenehmen »Szenen«
zu Hause

Abends im »Hotel Odessa«

—

2.2.44

Die Fehlgeburt im
Abfall

[xxx]

Sehnsucht nach Dir,
Anne-Marie

—

3.2.44

»Hochzeit auf Bärenhof«

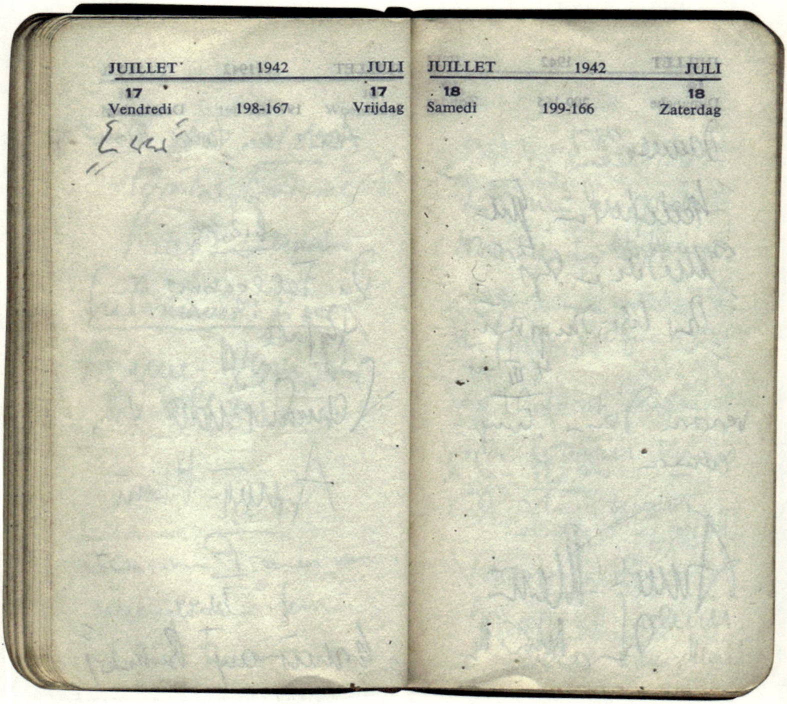
JUILLET 1942 JULI
17 Vendredi 198-167 17 Vrijdag
JUILLET 1942 JULI
18 Samedi 199-166 18 Zaterdag

»Es war«

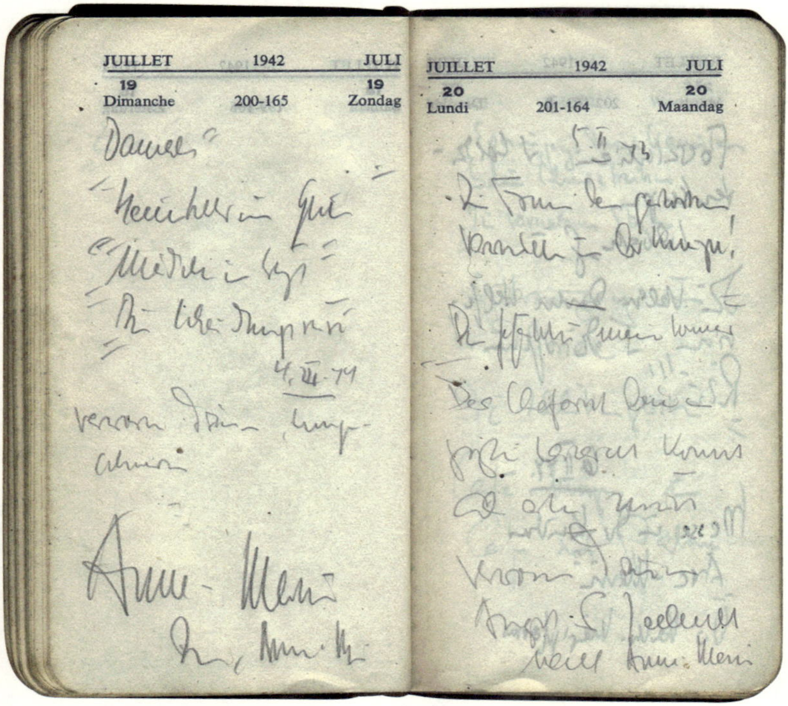

»Damals«
»Heimkehr ins Glück«
»Mädchen in Weiß«
»Die Scheidungsreise«
4.2II.44
verworrene Träume, Lungen-
schmerzen

Anne-Marie
Du, Anne-Marie

5.II.44
Die Frau des gestorbenen
Verwundeten in der Kneipe!
—
»Die Gefährtin meiner [xxx]«
Der Chefarzt [xxx]
großen Lazarett kommt
als erster zurück
verworrener Traum
Angst und Sehnsucht
nach Anne-Marie

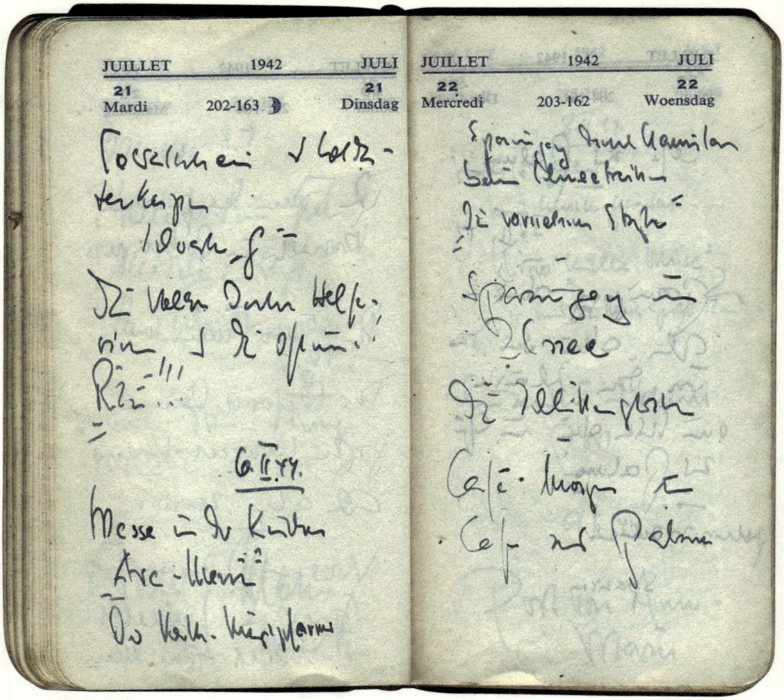

Soldatenheim und Solda-
tenkneipen
Schwester »G«
die volksdeutsche Helfe-
rin und die [xxx]
»[xxx]«!!!

6.II.44.

Messe in der Kirche
»Ave-Maria«
Der kath. Kriegspfarrer

Spaziergang durch Stanislau
beim Schneetreiben
»Die vornehmen Straßen«

–

Spaziergang im
Schnee
die Schlittenglocken

–

Café morgens im
Cafe zur Palme

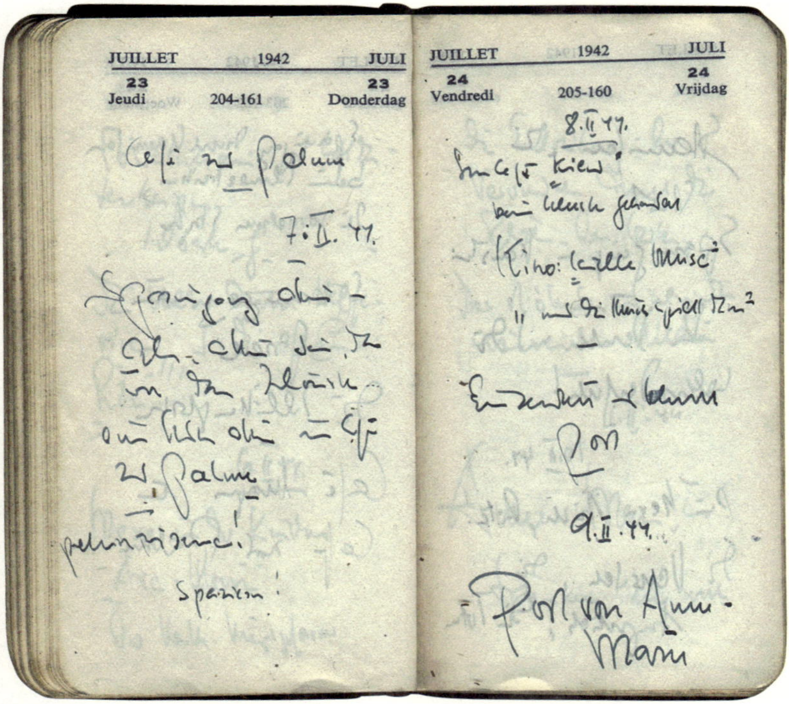

Café zur Palme

–

7.II.44.

Spaziergang allein –
ach, allein sein, das
ist das Schönste …
eine Stunde allein im Café
zur Palme

–

[xxx]!

Spazieren!

8.II.44.

Im Café »Kiew«
beim Schuster gelandet
Kino: »Leichte Muse«
»und die Musik spielt dazu«

–

Einsamkeit und Sehnsucht
Post

–

9.II.44.

Post von Anne-
Marie

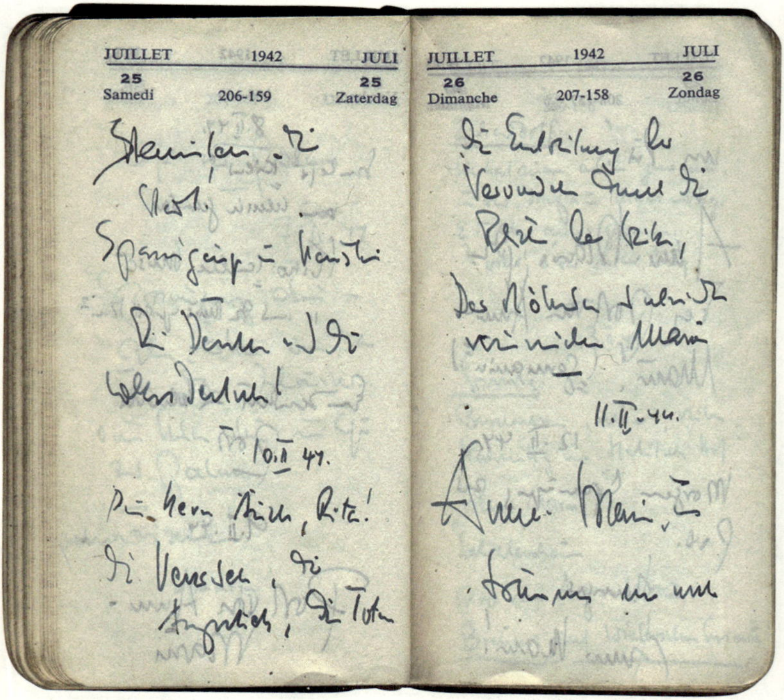

Stanislau – die
Stadt!
Spaziergang in Stanislau

–

Die Deutschen und die
Volksdeutschen

–

10.II.44.

Die Herren Ärzte, Rita!
die Verwundeten, die
Ängstlichen, die Toten

die Entweihung der
Verwundeten durch die
Blicke der Weiber,

Der stöhnende und [xxx]
[xxx]

–

11.II.44.

Anne-Marie, ich
träume nur noch

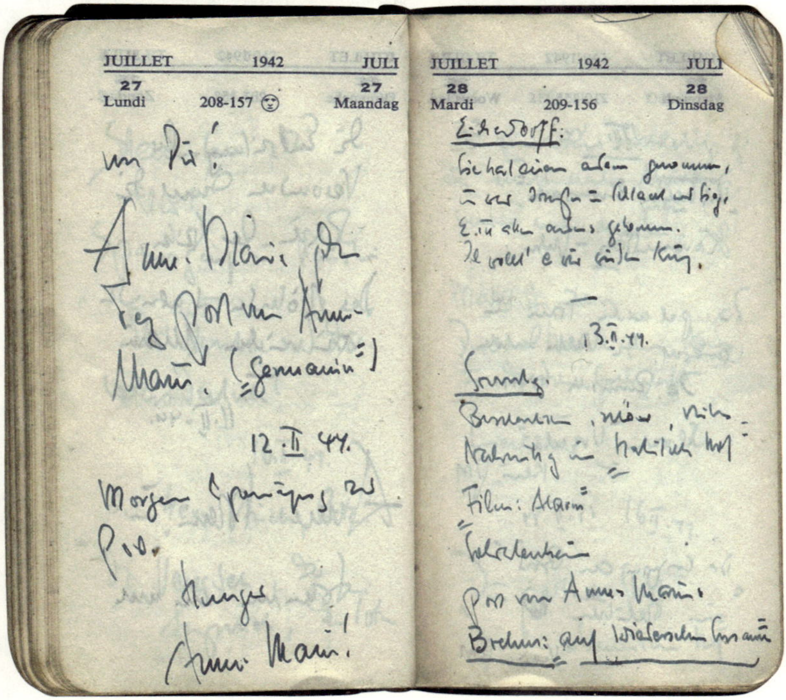

von Dir!

Anne-Marie, jeden
Tag Post von Anne-
Marie (»Germania«)

12.II.44.

Morgens Spaziergang zur
Post.

Hunger
Anne-Marie!

Eichendorff:
Sie hat einen anderen gewonnen,
ich war draußen in Schlacht und Sieg,
Es ist alles anderes gekommen.
Ich wollt' es wär wieder Krieg.

–

13.II.44.

Sonntag
Beschaulicher, schöner, ruhiger
Nachmittag im »[xxx] Hof«
»Film: Alarm«
Soldatenheim
Post von Anne-Marie
Brehm: »auf Wiedersehen Susanne«

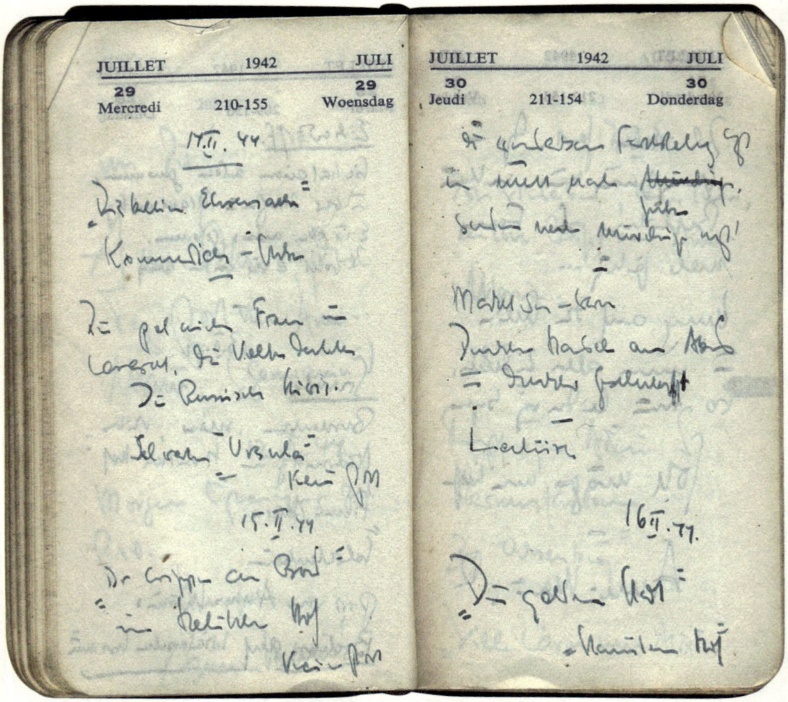

14.II.44

—

»Diskretion Ehrensache«
[xxx]

–

Die polnische Frau im
Lazarett, die Volksdeutschen
Die Russischen Hiwis.

–

Schwester »Ursula«

keine Post

15.II.44

»Dr. Crippen an Bord«
im [xxx] Hof

keine Post

die wunderbare Feststellung, daß
ich nicht nach ~~[xxxx]~~
[xxx]
sondern nach [xxx] muß

–

Marketender-Ware
Dunkler Handel am Abend
in dunkler Gesellschaft

–

Lektüre

16 II.44

»Die goldene Stadt«

»Stanislau Hof«

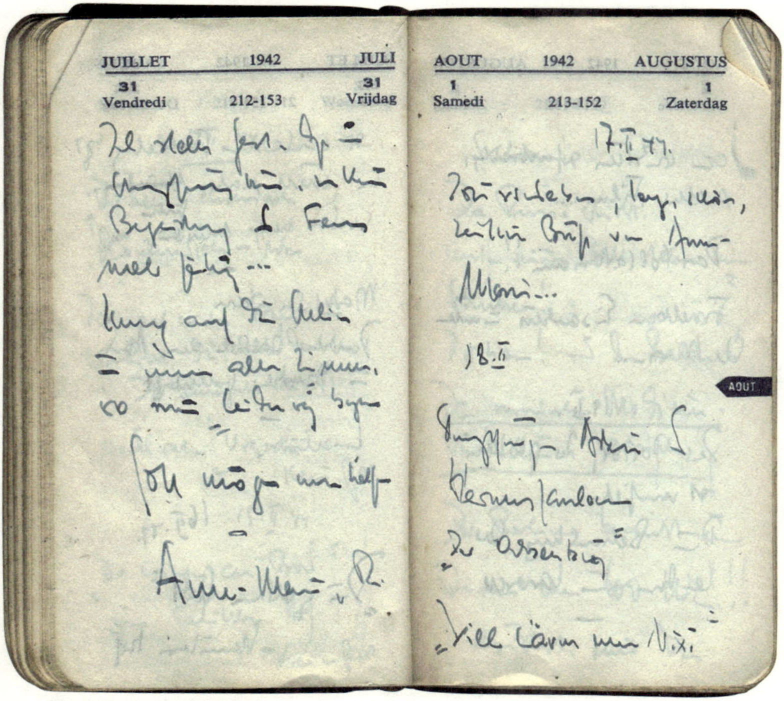

Ich stelle fest, daß ich
ungläubig bin, zu keiner
Begeisterung und Freude
mehr fähig ...
Umzug auf die Station
in mein altes Zimmer,
wo mein »Leidensweg« begann

Gott möge mir helfen

–

Anne-Marie, Du

17.II 44.
Zwei, lange, schöne,
zärtliche Briefe von Anne-
Marie ...

18.II

Stumpfsinnige Arbeit und
Herumfaulenzen
»Der Ochsenkrieg«

»Viel Lärm um Nixi«

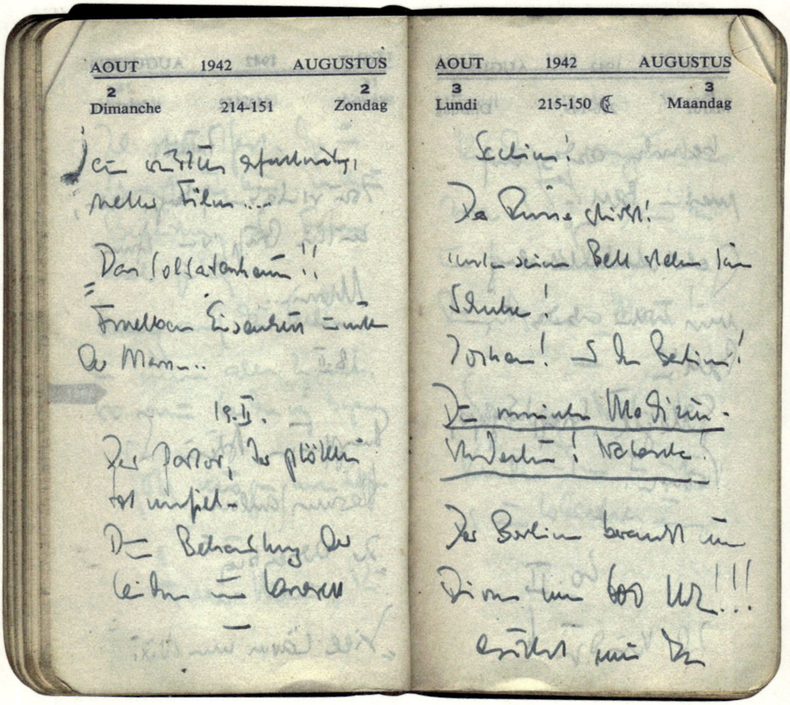

ein wirklich erfreulicher,
netter Film ...
Das Soldatenheim!!
Furchtbare Einsamkeit inmitten
der Messe ...

19.II.
Der Pastor, der plötzlich
tot umfiel.
Die Behandlung der
Leichen im Lazarett
–

[xxx]!
Der Russe stirbt!
unter seinem Bett stehen seine
Schuhe!
[xxx]! und der Berliner!

Die russische Medizin-
studentin! Natascha!

Der Berliner beraubt eine
Dirne um 600 Mark!!!
erzählt mir das

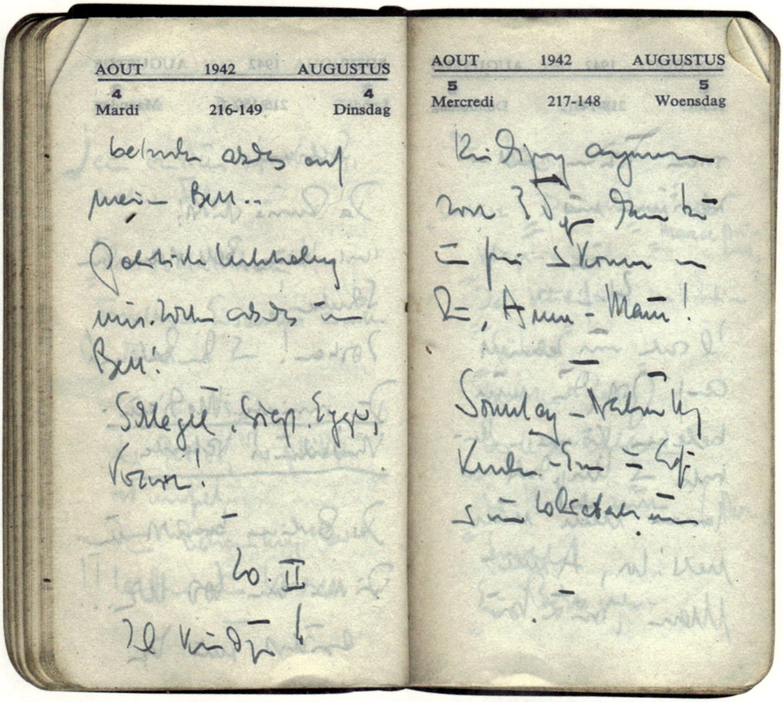

betrunken abends auf
meinem Bett …
politische Unterhaltung
mit [xxx] abends im
Bett!
Schlegel, Siegt, Egger,
[xxx]!

–

20.II
Ich kündige!

Kündigung angenommen
noch 3 Tage dann bin
ich frei und komme zu
Dir, Anne-Marie!

–

Sonntag-Nachmittag
Kuchen und Essen im Café
und im Soldatenheim

–

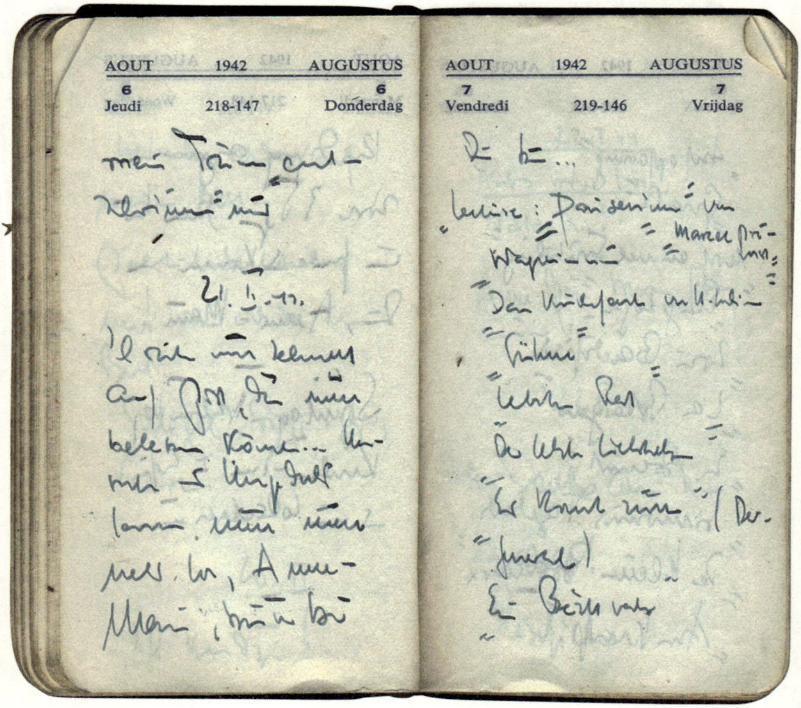

meine Träume »ent-
schwinden« mir

21.II.44.

Ich warte mit Sehnsucht auf Post, die mich beleben könnte … Unruhe und Ungeduld lassen mich nicht mehr los, Anne-Marie, bis ich bei

Dir bin …

»Lektüre: »Pariserinnen« von
»Wagnerinne« »Marcel Prévost«
»Das Kirchenfest von St. Julien«
»Sühne«
»Letzter Rat«
»Der letzte Liebhaber«
»Er kommt zurück« (Der General)
»Ein Beichtvater«

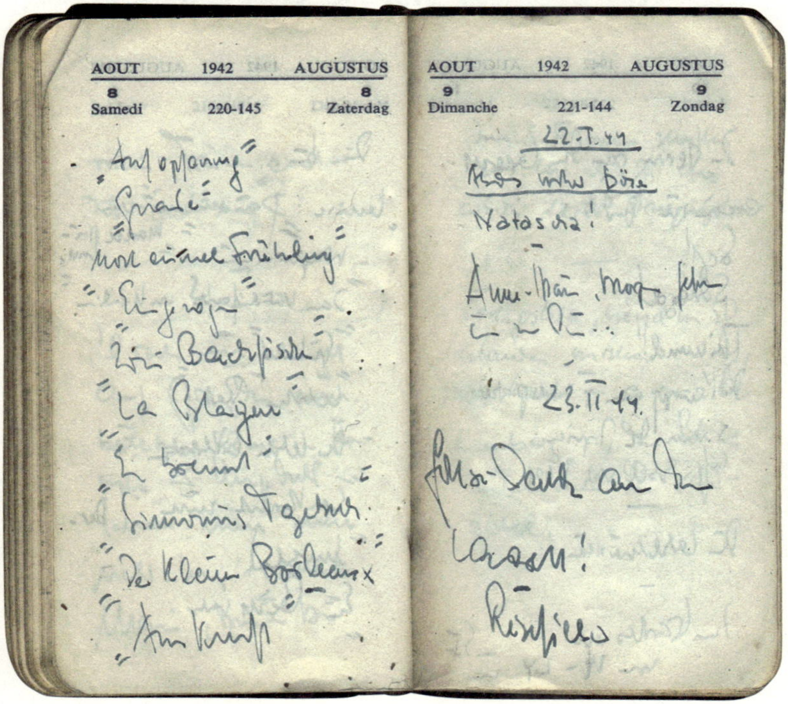

»Aufopferung«
»Gnade«
»Noch einmal Frühling«
»Eingezogen«
»Zwei Backfische«
»La Blage«
»Es brennt«
»Simonis Tagebuch«
»Der kleine Bordeaux«
»Auskunft«

22.I.44*
Abends vorher böse
Natascha!
Anne-Marie, morgen fahre
ich zu Dir …
23.II 44.

Gott sei Dank aus dem
Lazarett!
–
Reisefieber

* Richtig: 22.II.44

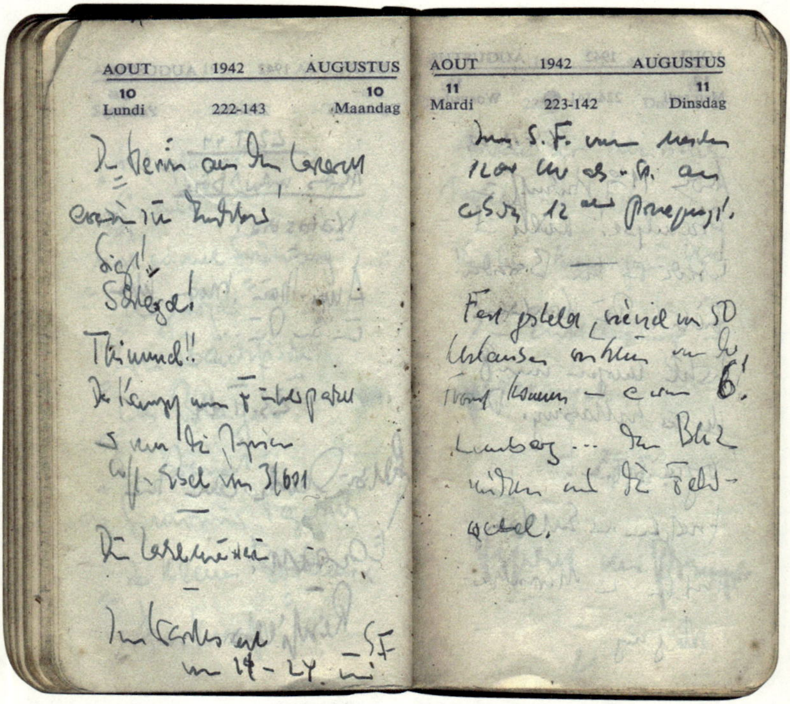

Die »Herren« aus dem Lazarett
erweisen sich dankbar
Sigl!
Schleg[xxx]!
Thimmel!!
Der Kampf ums Führerpaket
und [xxx]
Uff. Ebel von 3/601

–

Die Zahlmeisterin

–

Im Wartesaal
von 11–24. im S.F.

Im S.F. von nachts
1200 Uhr ab St. an
abends 12 00 Przemysl

—

Festgestellt, wieviel von 50
Urlaubern wirklich von der
Front kommen – es waren 6!
Lemberg ... das Blitz-
mädchen auf die Feld-
webel.

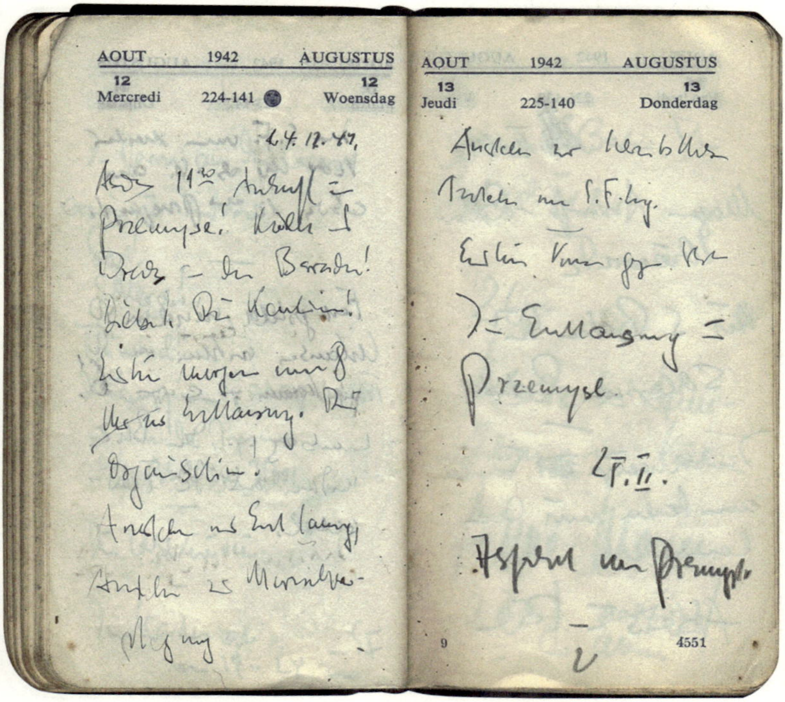

24.II.44
Abends 11^{30} Ankunft in
Przemysl! Kälte und
Dreck in der Baracke!
Diebe! Die Kantine!
Endlich morgens um 8
Uhr zur Entlausung. Die
Organisation!
Anstehen zur Entlausung,
Anstehen zur Marschver-
pflegung

Anstehen zur Schreibstube
Anstehen zum S.F. Zug
–
[xxx] gegen [xxx]
Die Entlausung in
Przemysl

25.II.
Abfahrt von Przemysl
–

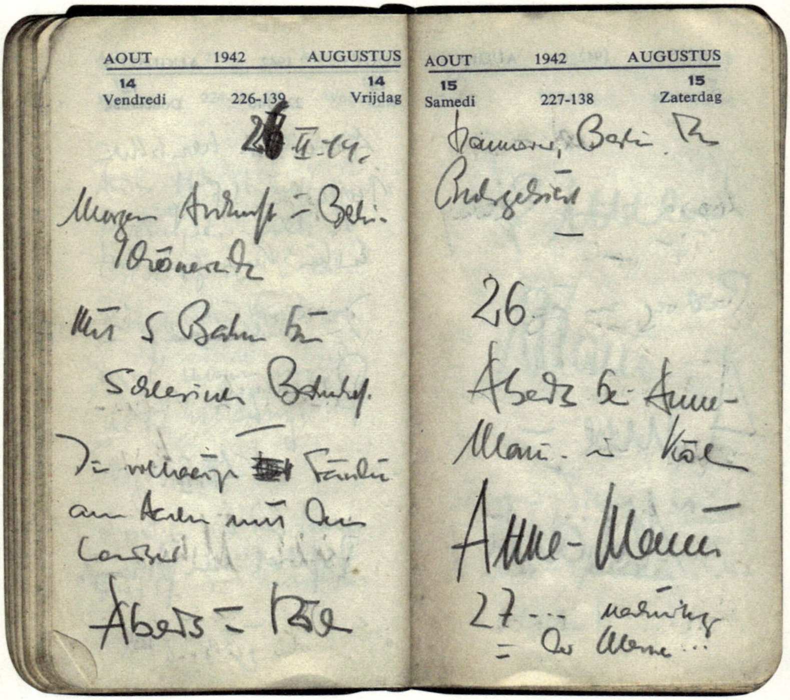

26.II.44.
Morgens Ankunft in Berlin
Schönweide
Mit S Bahn bis
Schlesischer Bahnhof

—

Das rothaarige Fräulein
aus Aachen mit dem
Landser

Abends in Köln

Hannover, Berlin, das
Ruhrgebiet

–

26.
Abends bei Anne-
Marie in Köln

Anne-Marie

27… nachmittags
in der Messe …

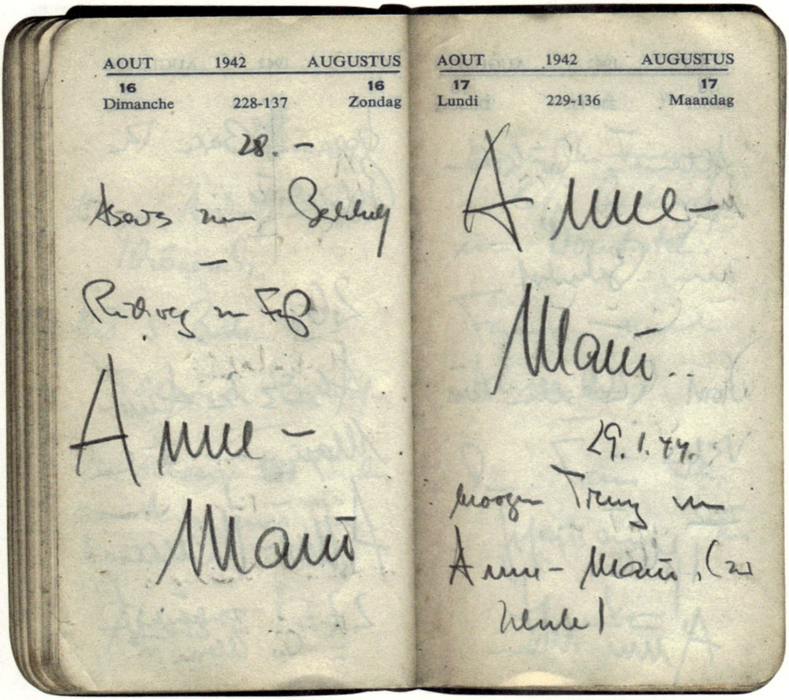

28. –
Abends zum Bahnhof
–
Rückweg zu Fuß

Anne-
Marie

Anne-
Marie …

29.I.44*
morgens Trennung von
Anne-Marie (zur
Schule)

* Richtig: 29.II.44

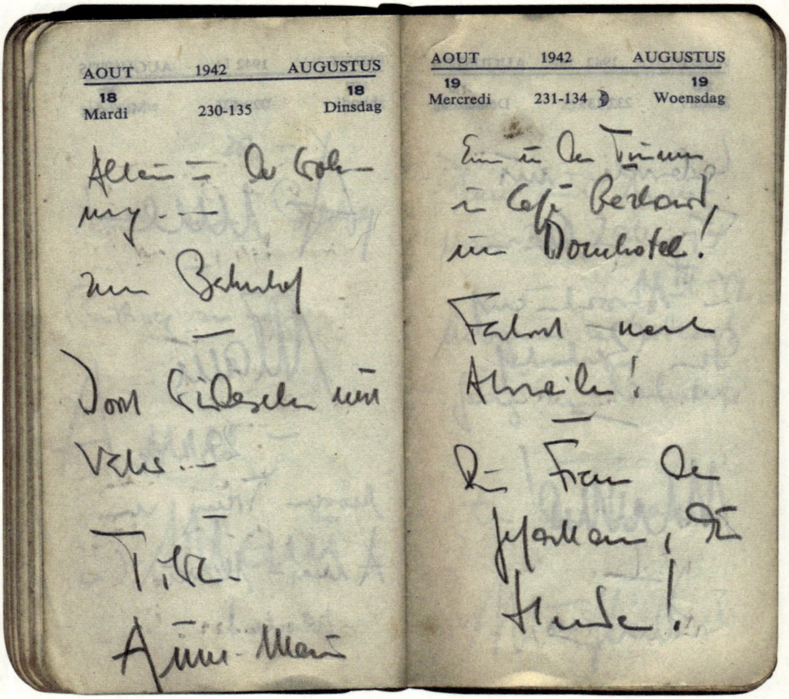

Allein in der Woh-
nung …
zum Bahnhof

—

Dort Wiedersehen mit
Vater …

—

Tilde

—

Anne-Marie

Essen in den Trümmern
im Café Reichard,
im Domhotel!

Fahrt nach
Ahrweiler!

—

Die Frau des
Gefallenen, die
Hunde!

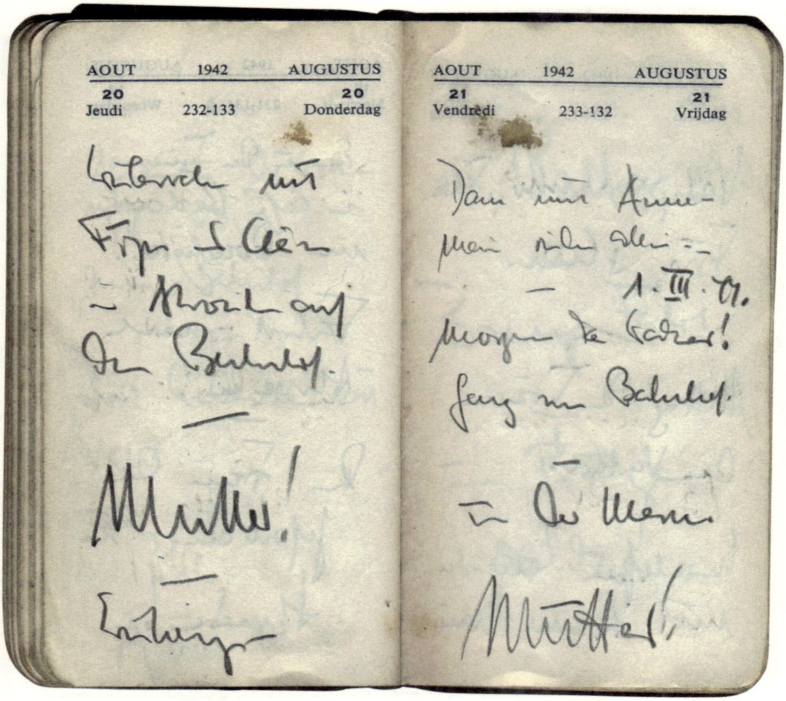

Wiedersehen mit
Fips und Cläre
in Ahrweiler auf
dem Bahnhof.

——

Mutter!

—

Erzählungen

Dann mit Anne-
Marie zurück allein …

– 1.III.44.

Morgens der Wecker!
Gang zum Bahnhof

–

in der Messe

Mutter!

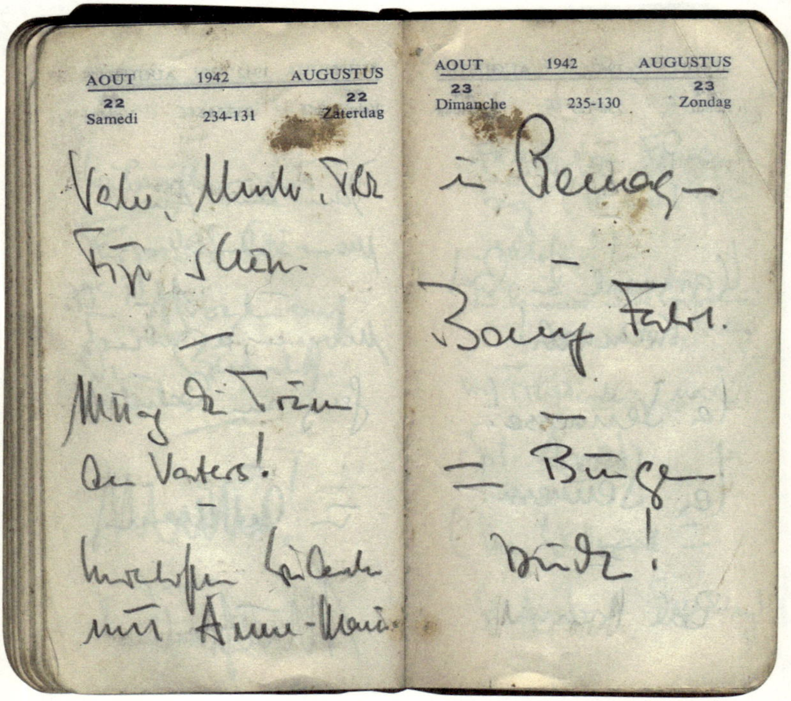

Vater, Mutter, Tilde
Fips und Cläre.

—

Mittag die Tränen
des Vaters!

–

Unverhofftes Wiedersehen
mit Anne-Marie

in Remagen

—

Bange Fahrt.

—

in Bingerbrück!

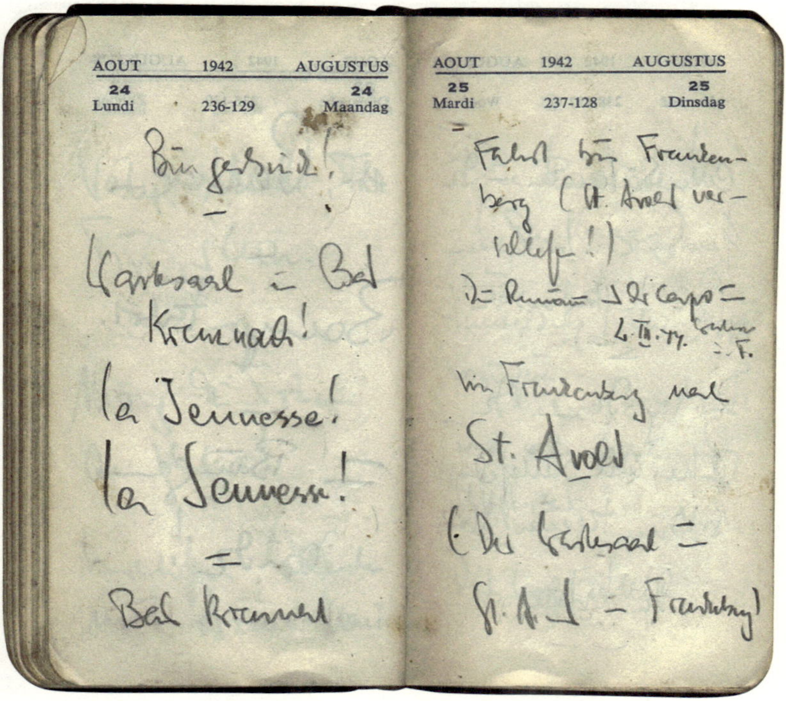

Bingerbrück!
–
Wartesaal in Bad
Kreuznach
la Jeunesse!
la Jeunesse!
=
Bad Kreuznach

Fahrt bis Franken-
berg (St. Avold ver-
schlafen!)
Die Rumänin und der Capo im
Wartesaal in F.
2.III.44.
von Frankenberg nach
St. Avold
—
(Der Wartesaal in
St. Avold in Frankenberg)

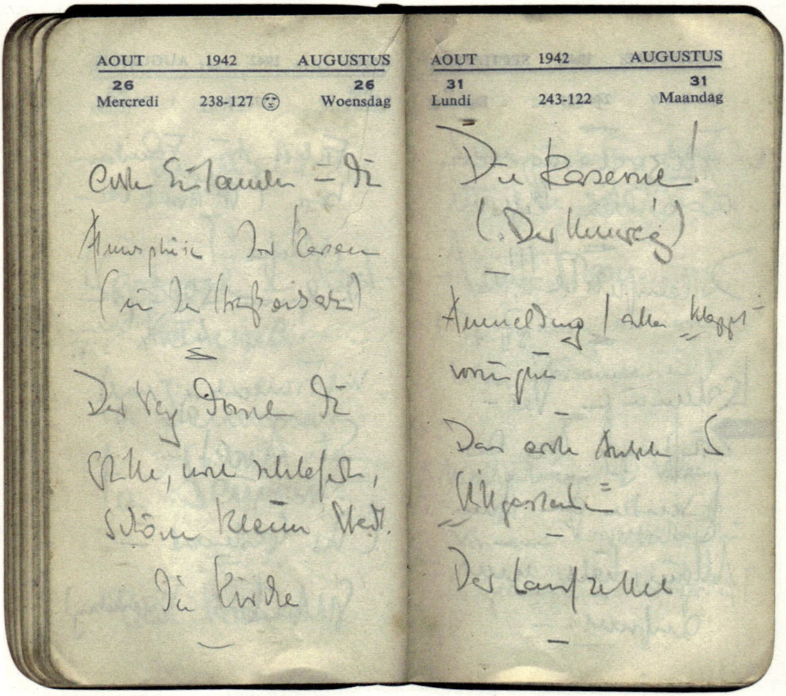

erstes Eintauchen in die
Atmosphäre der Kaserne
(in der Straßenbahn)

–

Der Weg durch die
stille, noch schlafende,
schöne kleine Stadt
die Kirche

—

Die Kaserne!
(Der Umweg)

–

Anmeldung / alles »klappt«
vorzüglich

–

Das erste Antreten und
»Stillgestanden«

–

Der Laufzettel

–

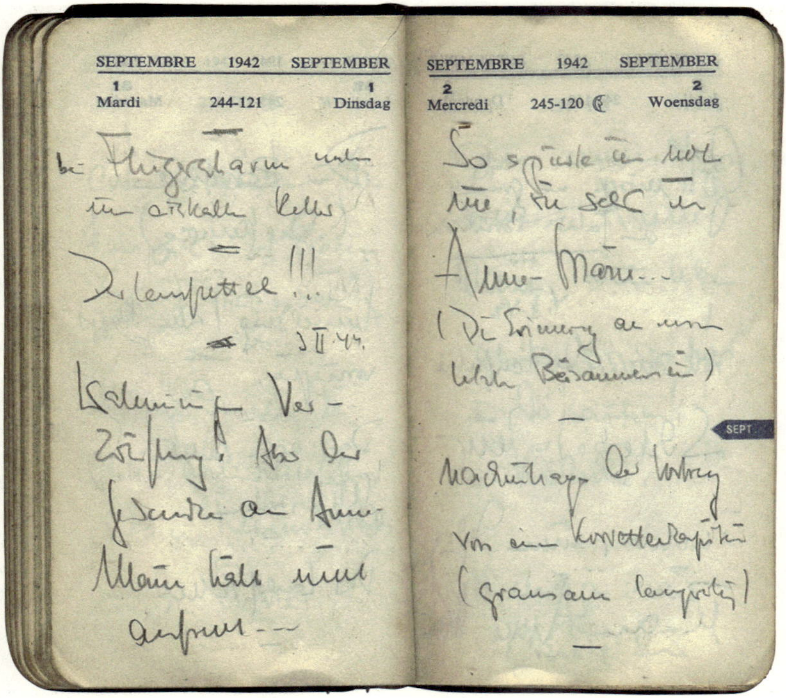

–
bei Fliegeralarm nachts
im eiskalten Keller
–
Der Laufzettel!!!

– 3.II.44.*

Wahnsinnige Verzweiflung! Aber der Gedanke an Anne-Marie hält mich aufrecht ...

So spürte ich noch
nie, wie sehr ich
Anne-Marie ...
(Die Erinnerung an unser
letztes Beisammensein)
–
nachmittags der Vortrag
von einem Korvettenkapitän
(grausam langweilig)
–

* Richtig: 3.III.44

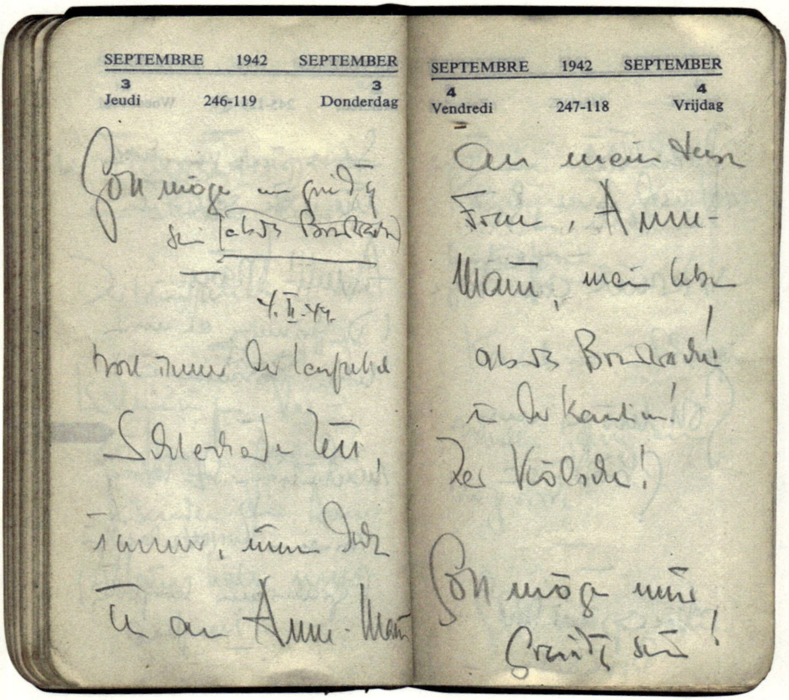

Gott möge mir gnädig
sein (abends Brandwache)

—

4.II. 44.*
noch immer der Laufzettel

Schleichende Zeit,

immer, immer denk
ich an Anne-Marie

an meine teure
Frau, Anne-
Marie, mein Leben

abends Brandwache!
in der Kantine!
Der Kölsche!

Gott möge mir
gnädig sein!

* Richtig: 4.III.44

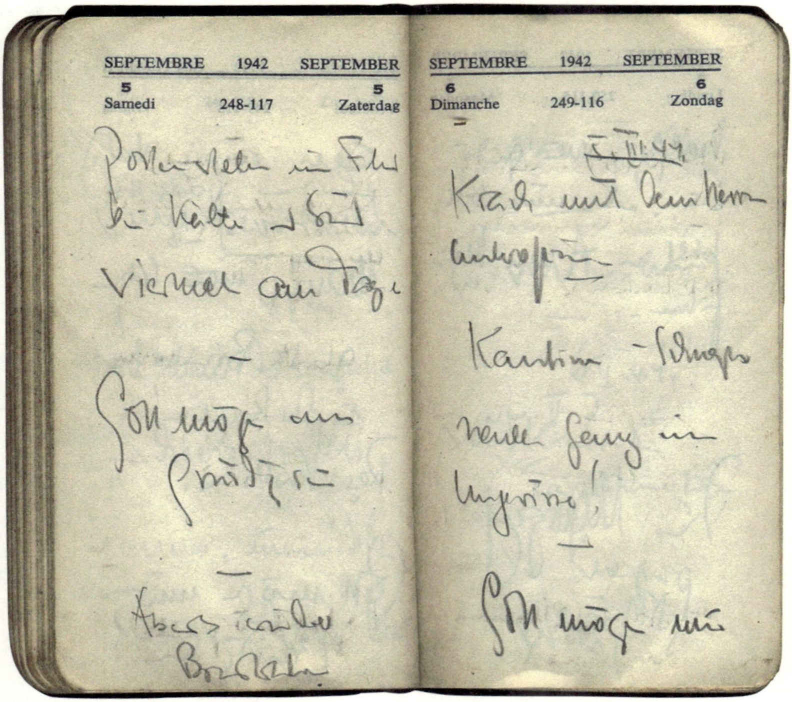

Posten stehen im Flur
bei Kälte und Wind
viermal am Tage

—

Gott möge uns
gnädig sein

—

Abends wieder
Brandwache

<u>5.III.44</u>
Krach mit den Herren
Unteroffizieren

—

Kantine – Schnaps

neuer Gang ins
Ungewisse!

—

Gott möge mir

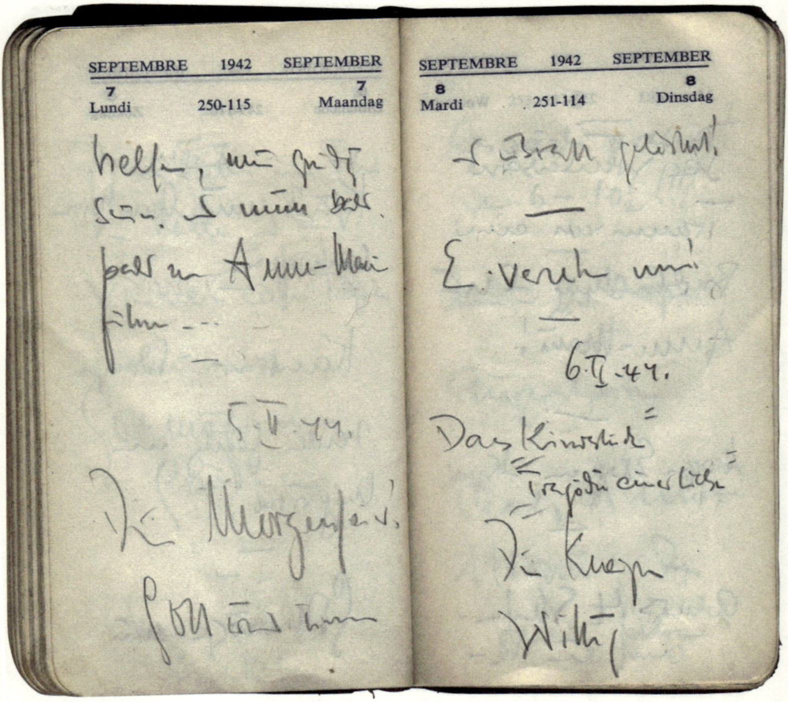

helfen, mir gnädig
sein, und mich bald,
bald zu Anne-Marie
führen ...

–

5.II.44.*

Die Morgenfeier!
Gott wird immer

* Richtig: 5.III.44

und überall gelästert!

—

Er verzeihe uns!

–

6.II.44.*

Das »Kinoglück«
»Tragödie einer Liebe«
Die Kneipe
Wittig

* Richtig: 6.III.44

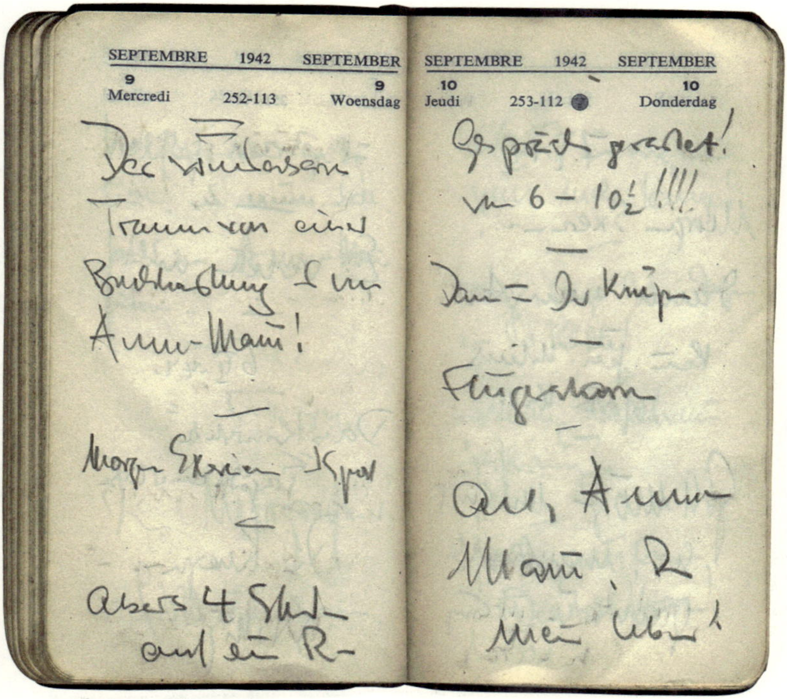

—

Der wunderbare
Traum von einer
Buchhandlung und von
Anne-Marie!

—

Morgens Exerzieren und Sport

—

abends 4 Stunden
auf ein R-

Gespräch gewartet!
von 6–10 ½ !!!!

—

Dann in der Kneipe

—

Fliegeralarm

—

Ach, Anne-
Marie, Du
mein Leben!

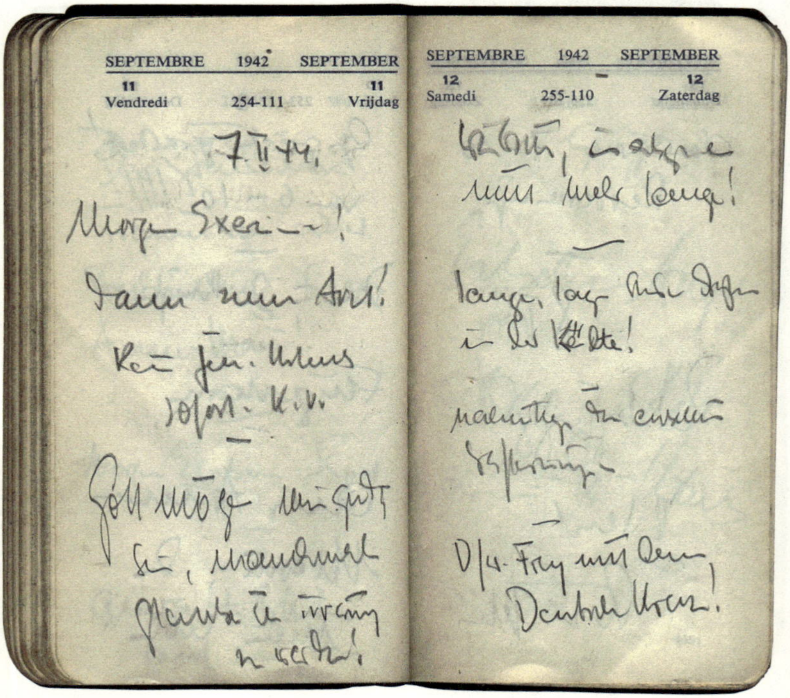

7.II44.*
Morgens Exerzieren!
dann zum Arzt!
Kein Gen. Urlaub
sofort K.V.
–
Gott möge mir gnädig
sein, manchmal
glaube ich irrsinnig
zu werden!

Willkür, ich ertrage es
nicht mehr lange!
—
lange, lange Stunden draußen
in der Kälte!
–
nachmittags das entsetzliche
Waffenreinigen
–
Ofz. Frey mit dem
Deutschen Kreuz!

* Richtig: 7.III.44

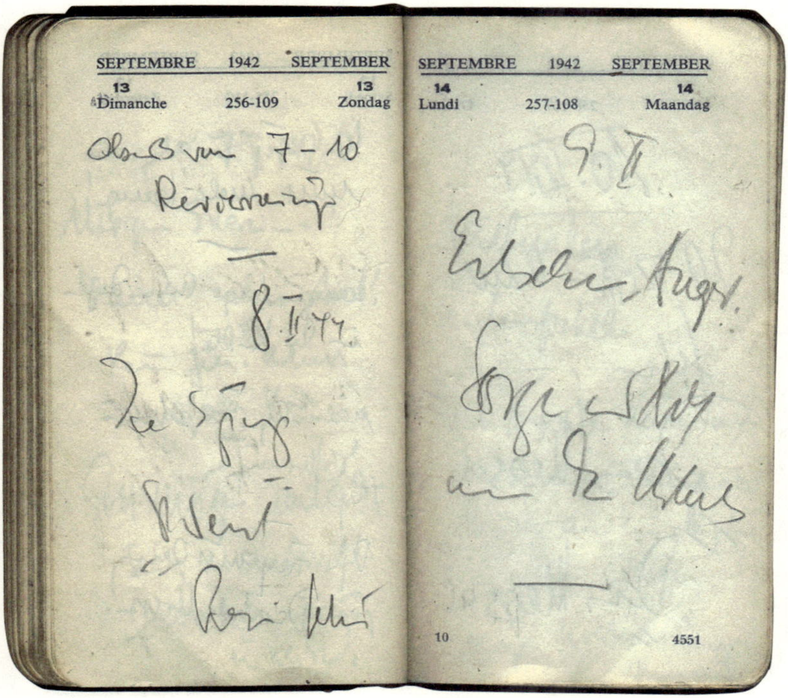

abends von 7–10
Revierreinigen
—

8.II 44.*

Die [xxx]
»Student«
Reisefieber

* Richtig: 8.III.44

9.II*

Entsetzliche Angst.

Sorge und Not
um den Urlaub

—

* Richtig: 9.III.

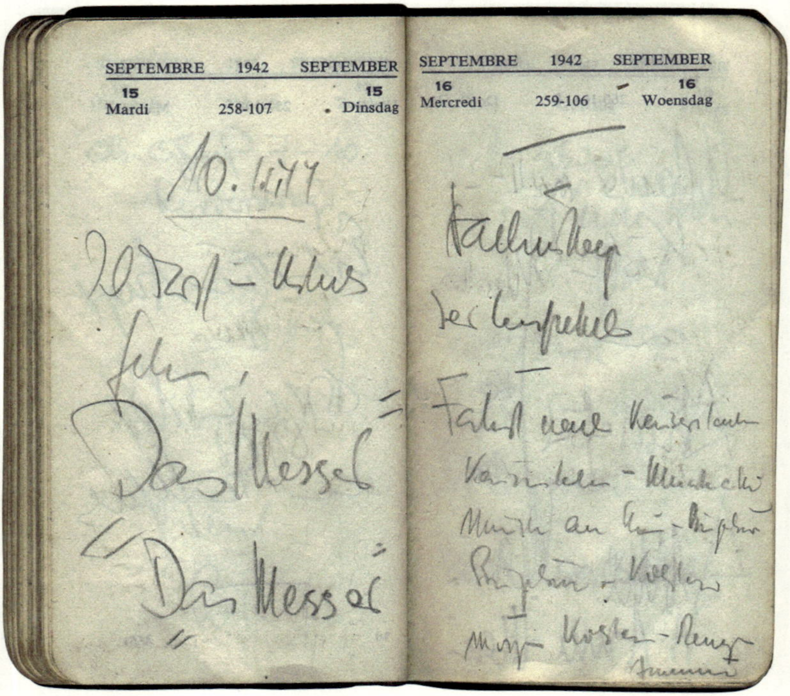

10.II.44*

Ich darf in Urlaub fahren

»Das Messer«

»Das Messer«

Nachmittags
der Laufzettel

—

Fahrt nach Kaiserslautern
Kaiserslautern – Münster am Stein
Münster am Stein – Bingerbrück
Bingerbrück – Koblenz

–

mittags Koblenz – Remagen
Annemarie

* Richtig: 10.III.44

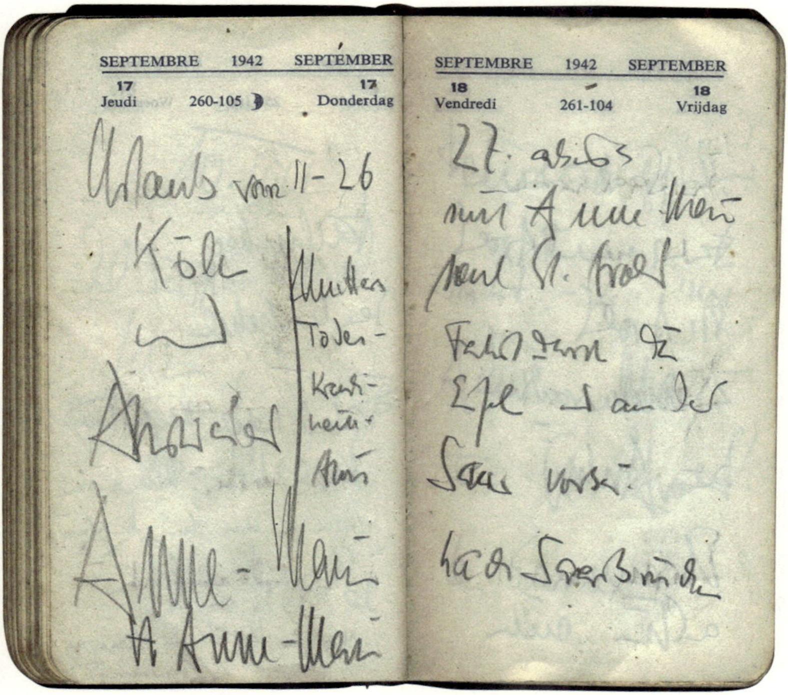

Urlaub vom 11–26
Köln
und
Ahrweiler
Anne-Marie
A Anne-Marie

Mutters
Todes-
Krank-
heit +
Alois

27. abends
mit Anne-Marie
nach St. Avold
Fahrt durch die
Eifel und an der
Saar vorbei
nach Saarbrücken

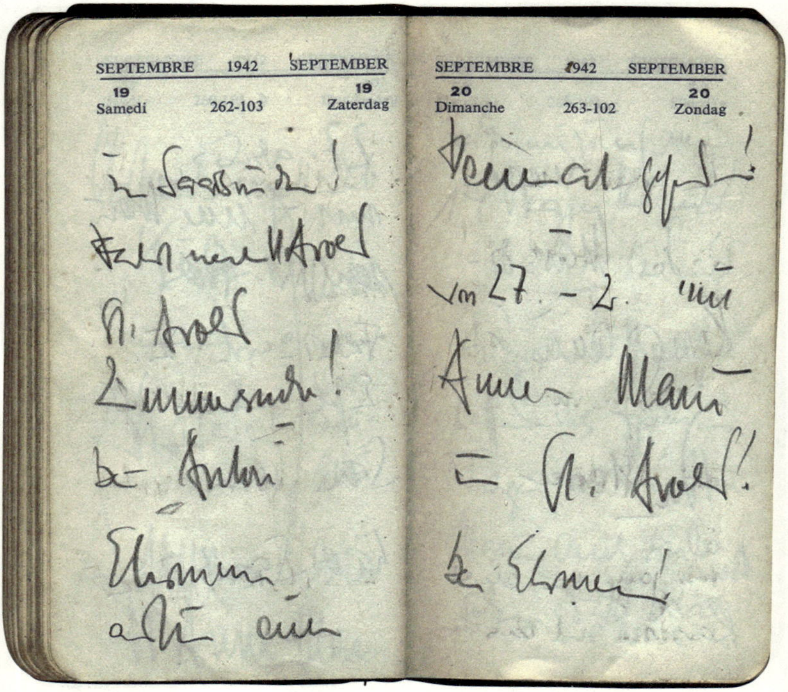

in Saarbrücken!
Fahrt nach St. Avold
St. Avold
Zimmersuche!
bei »Anton«
Ehrmann
endlich eine

Heimat gefunden!
–
vom 27. – 2. mit
Anne-Marie
in St. Avold!
bei Ehrmann!

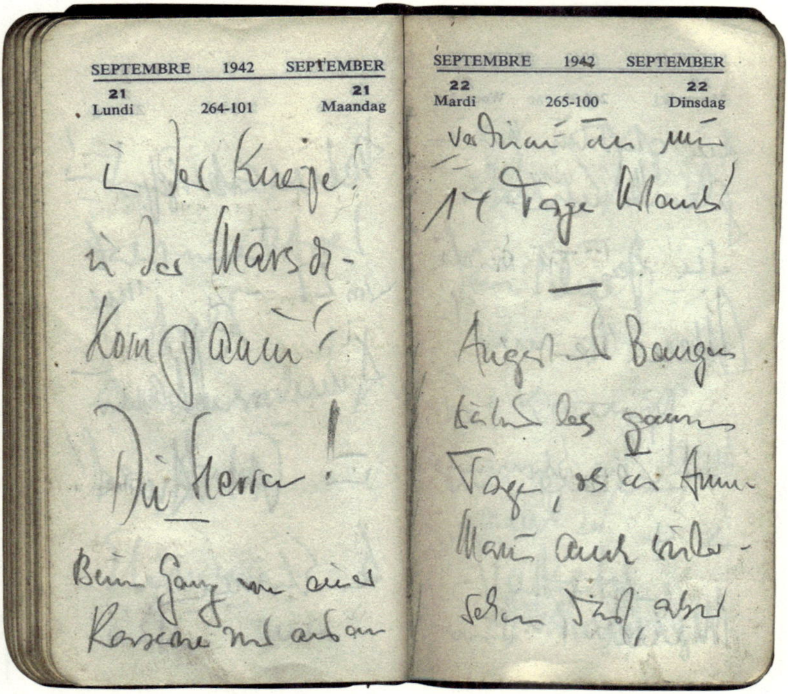

in der Kneipe!
in der Marsch-
Kompanie!

Die Herren!

—

Beim Gang von einer
Kaserne zur anderen

»verdiene« ich mir
14 Tage Urlaub!

—

Angst und Bangen
während des ganzen
Tages, ob ich Anne-
Marie auch wieder
sehen darf, aber

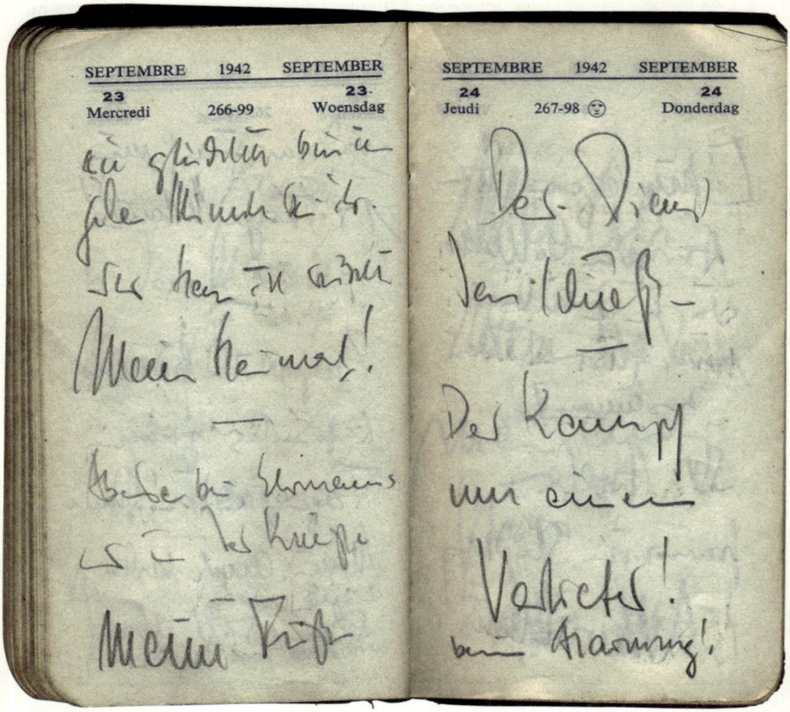

wie glücklich bin ich
jede Minute bei ihr.
[xxx] Herz ist zurück

Meine Heimat!

—

Abends bei Ehrmanns
und in der Kneipe

—

Meine Füße

Der Dienst
das Schießen

—

Der Kampf
um einen

Vertreter!
beim Alarmzug!

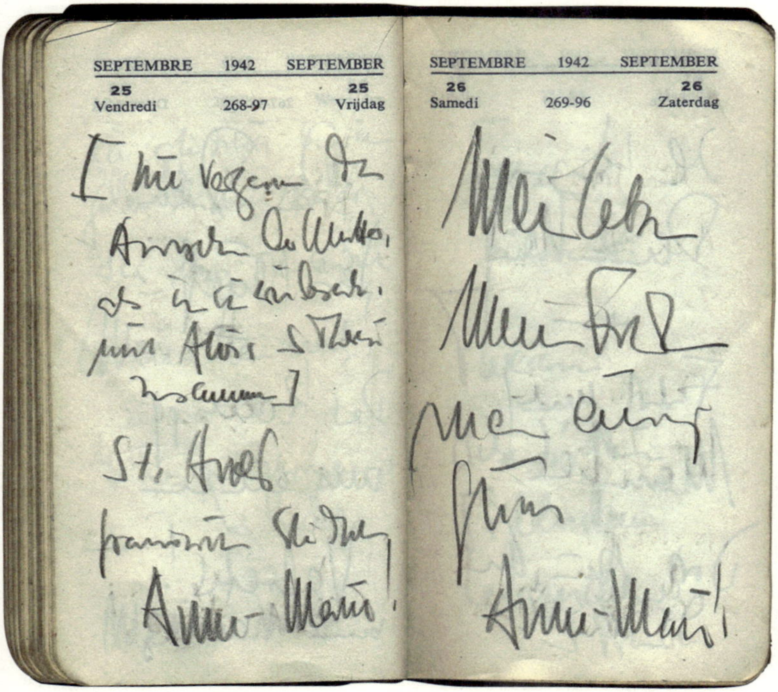

[Nie vergessen das
Aussehen der Mutter,
als ich sie wiedersah,
mit Alois und Theresia
zusammen]

St. Avold
französisches Städtchen
Anne-Marie!

Mein Leben
Meine Freude
mein einziges
Glück

Anne-Marie!

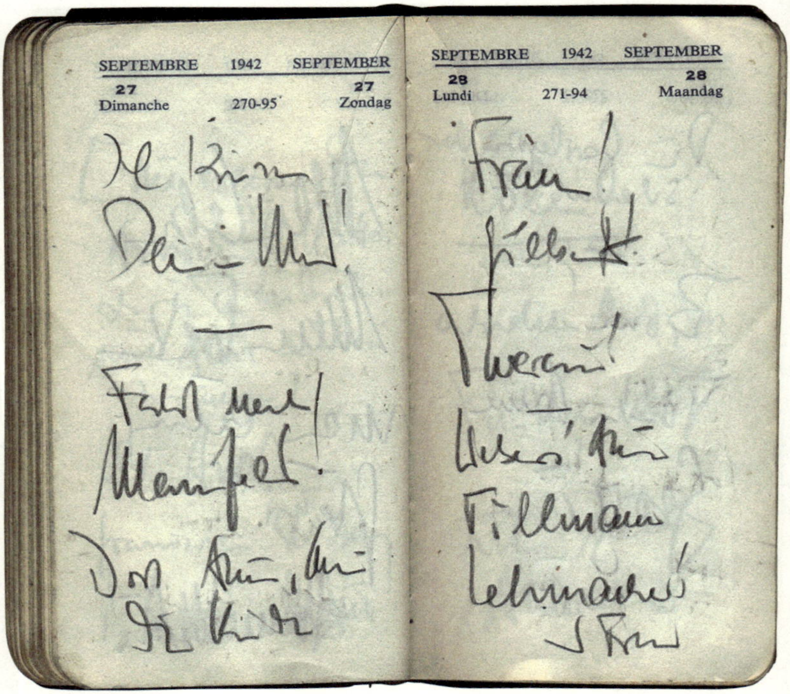

Ich küsse
Deinen Mund!

———

Fahrt nach
Marienfeld!

Dort Alois, Maria
die Kinder

Franz!
Gilbert!
Theresia!

—

Webers Alois
Tillmann
Lehmacher
und Frau

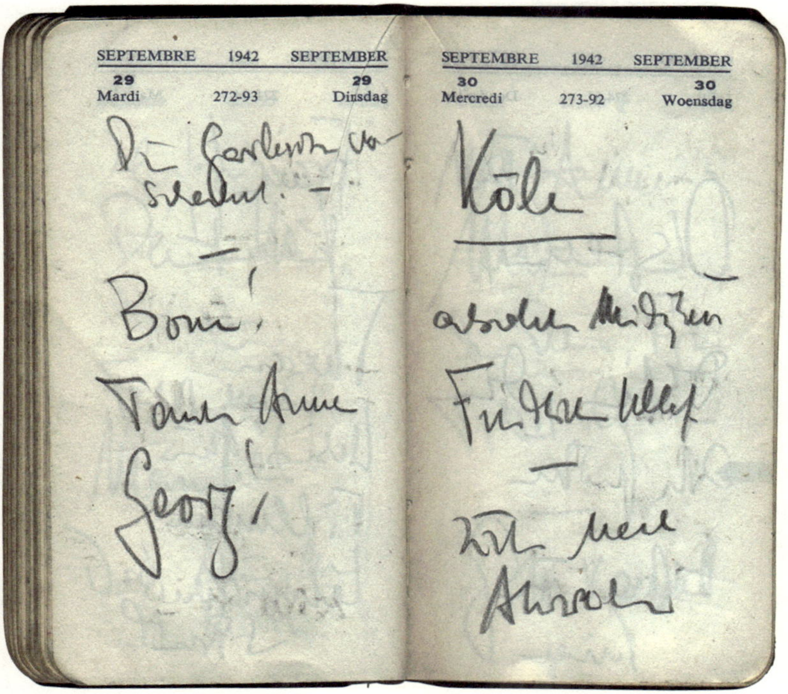

Die Garderobe verschenkt. –

—

Bonn!

Tante Anne

Georg!

Köln

———

absolute Müdigkeit
Friedlicher Schlaf

—

zurück nach
Ahrweiler

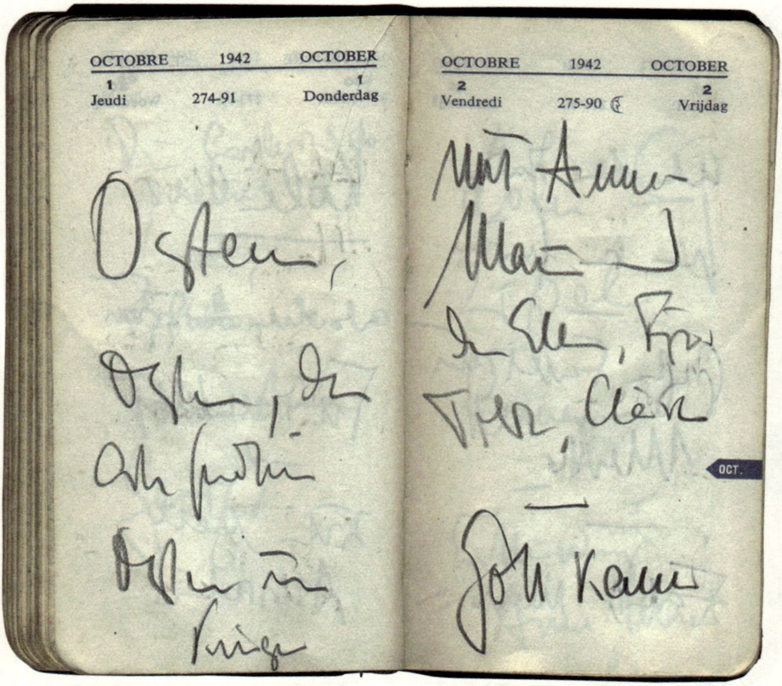

Ostern,

Ostern, das
erste friedliche
Ostern im
Kriege

mit Anne-
Marie und
den Eltern, Fips
Tilde, Cläre

—

Gott kam

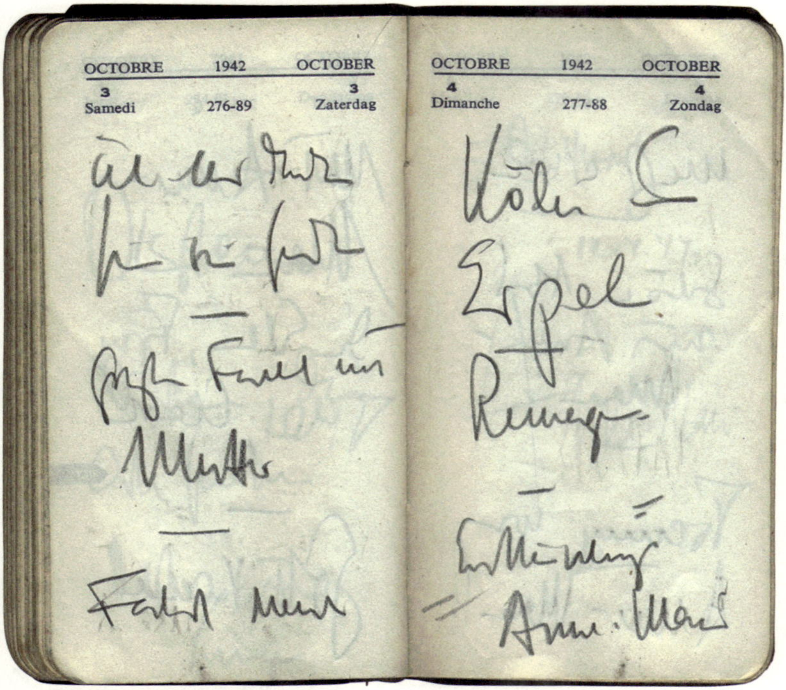

über den Menschen
für sein [xxx]

—

Große Furcht um
Mutter

—

Fahrt nach

Köln und
Erpel

—

Remagen

—

»Enttäuschung«
Anne-Marie

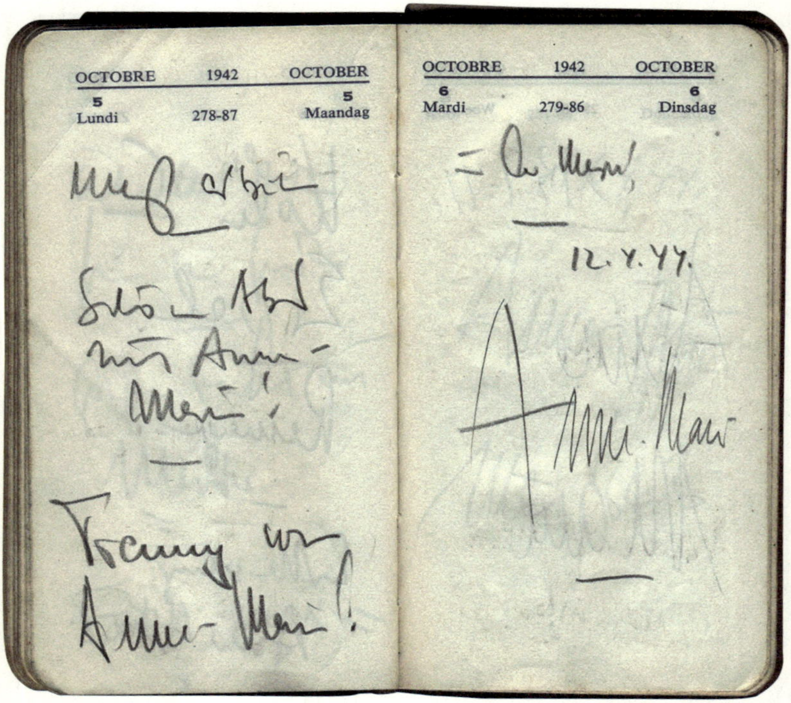

muß arbeiten

—

Schöner Abend
mit Anne-
Marie!

—

Trennung von
Anne-Marie!

in der Messe!

—

12.4.44.

Anne-Marie

—

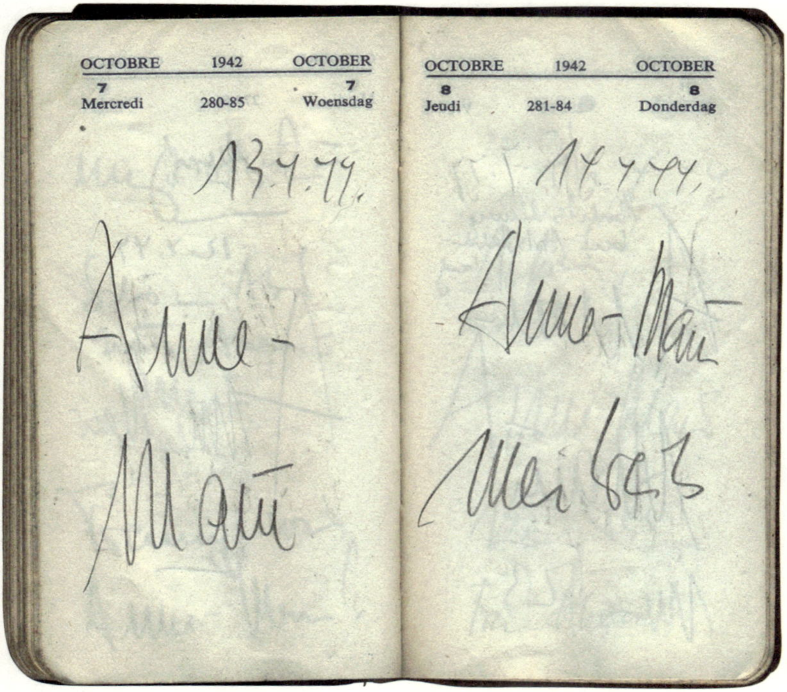

13.4.44.

Anne-
Marie

14.4.44.

Anne-Marie
mein Weib

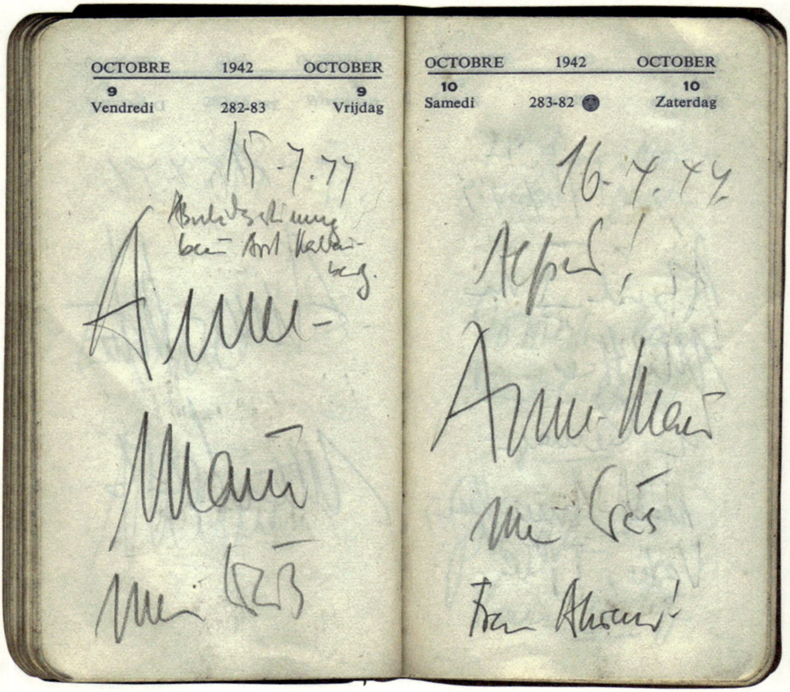

15.4.44
Abschiedsstimmung
beim Arzt [xxx]
berg

Anne-
Marie
mein Weib

16.4.44.

Alfred!

Anne-Marie

Mein Weib

Frau Ahrend!

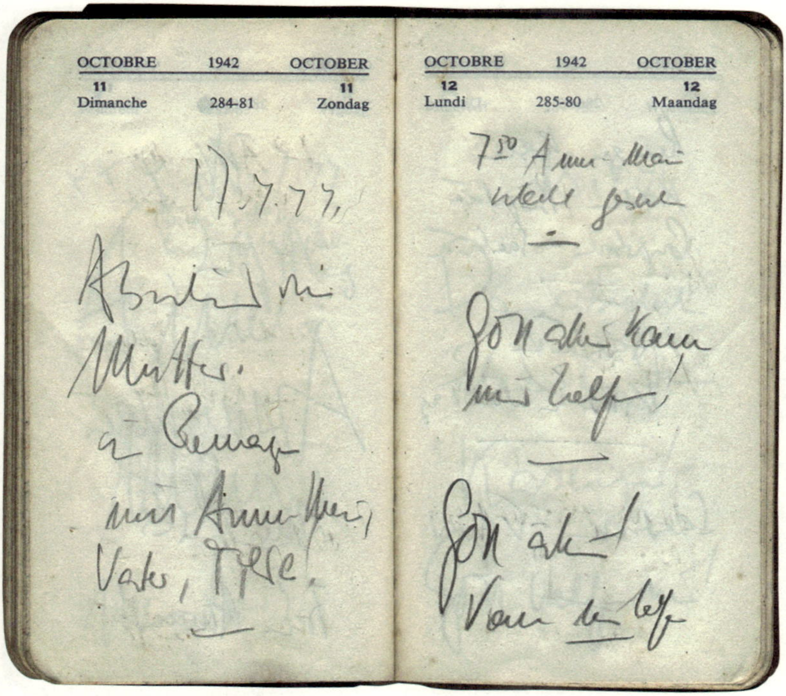

17.4.44.

Abschied von
Mutter.
in Remagen
mit Anne-Marie,
Vater, Tilde!
—

$7^{\underline{50}}$ Anne-Marie
zuletzt gesehen
—
Gott allein kann
mir helfen!
—
Gott allein
kann mir helfen
—

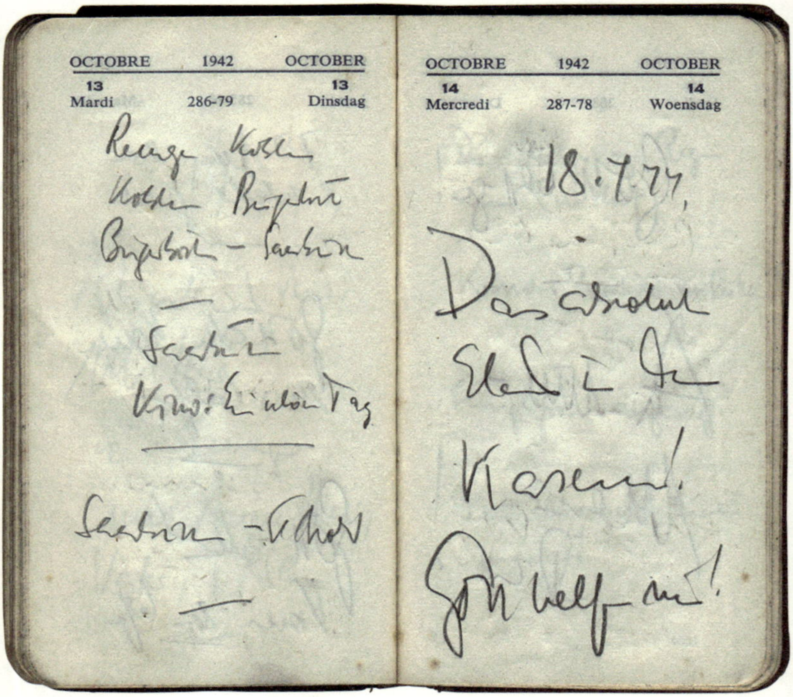

Remagen Koblenz
Koblenz Bingerbrück
Bingerbrück – Saarbrücken

—

Saarbrücken
Kino: Ein schöner Tag

———

Saarbrücken – St. Avold

—

18.4.44.

Das absolute
Elend in den
Kasernen!

Gott helfe mir!

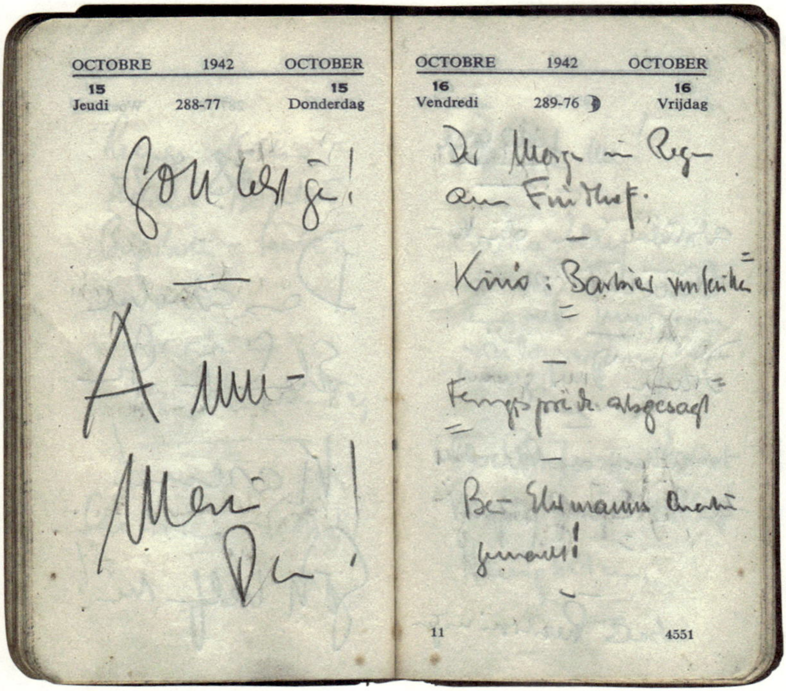

Gott lebt ja!

—

Anne-
Marie
Du!

Der Morgen im Regen
am Friedhof.

–

Kino: »Barbier von Sevilla«

–

»Ferngespräch abgesagt«

–

Bei Ehrmanns Quartier
gemeldet!

–

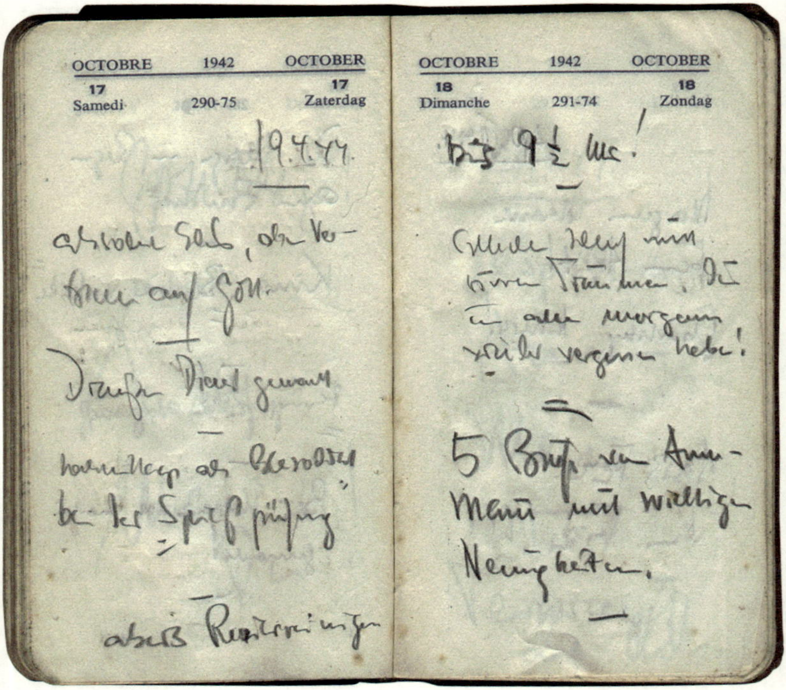

19.4.44.

—

absolutes Elend, ohne Vertrauen auf Gott.

—

Draußen Dienst gemacht

–

nachmittags als Bleisoldat bei der »Spießprüfung«

–

abends Revierreinigen

bis 9 $\frac{1}{2}$ Uhr!

–

Schlechter Schlaf und wirres Träumen, die ich alle morgens wieder vergessen habe!

=

5 Briefe von Anne-Marie mit wichtigen Neuigkeiten.

—

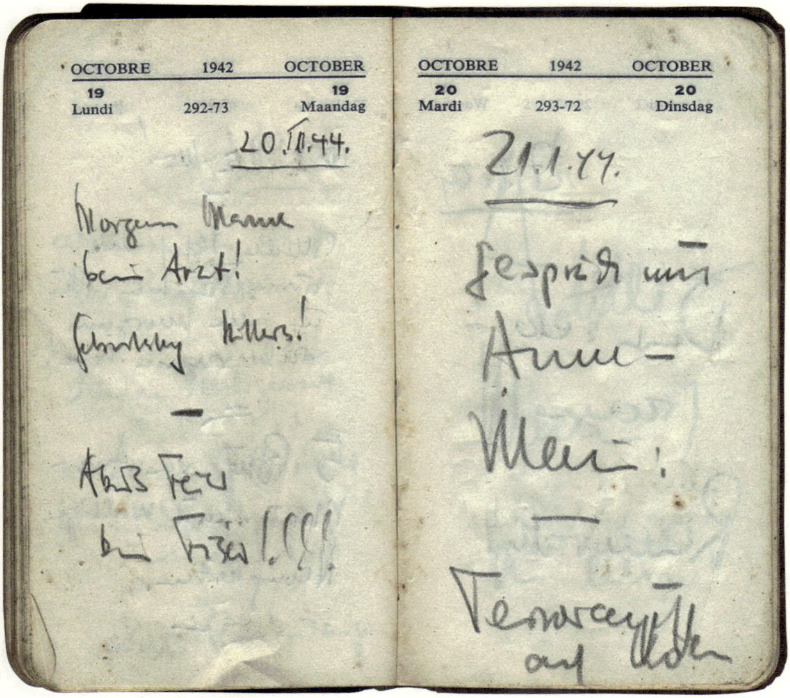

20.IV.44.

Morgens Besuch
beim Arzt!

Geburtstag Hitlers!

–

Abends Feier
beim Frisör!!!!

21.4.44.

Gespräch mit
Anne-Marie!

———

Terrorangriff
auf Köln

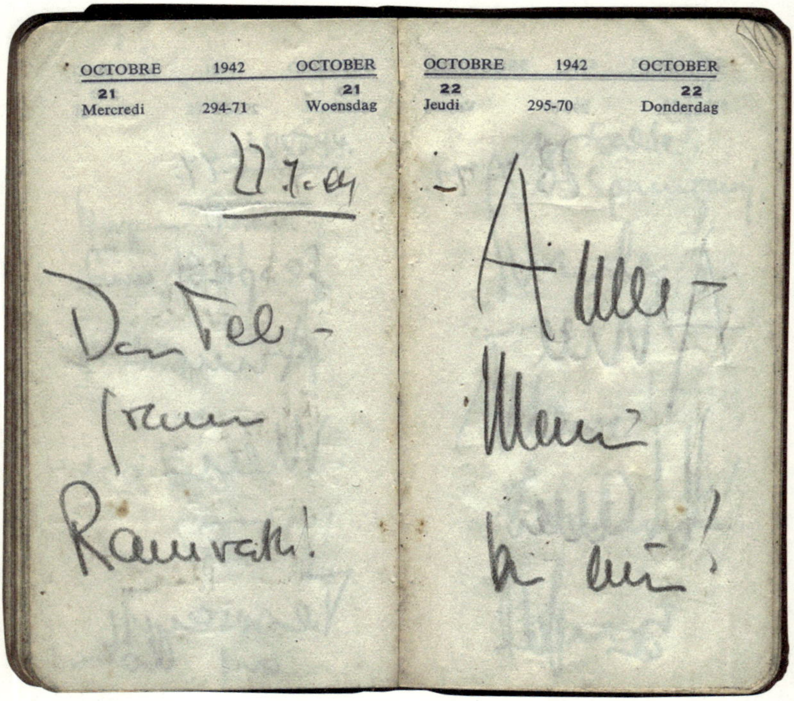

22.4.44

Das Tele-
gramm

Ramrath!

Anne-
Marie
bei mir!

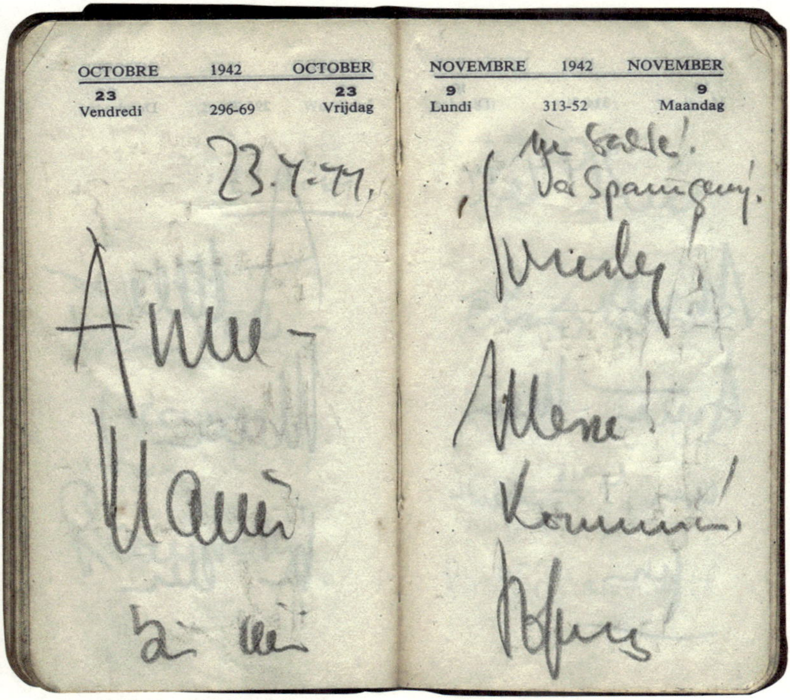

23.4.44.

Anne-
Marie
bei mir

im Walde!
Der Spaziergang!

Sonntag
Messe!
Kommunion!
Hoffnung

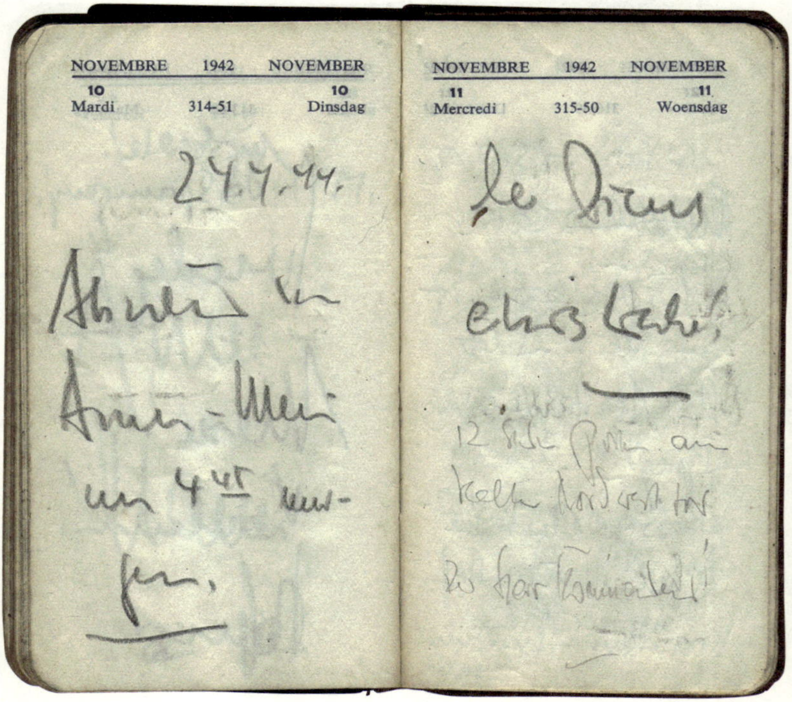

24.4.44

–

Abschied von
Anne-Marie
um 4.$^{\underline{45}}$ mor-
gens

———

der Dienst

abends Wache!

———

12 Stunden Posten am
kalten Nordwesttor

–

Der Herr Kommandeur

–

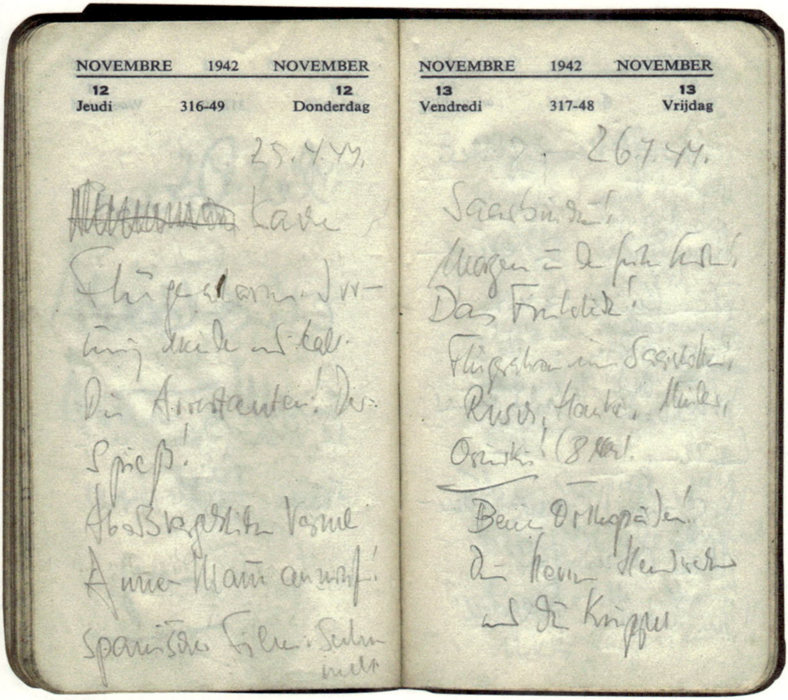

25.4.44.

~~[xxx]~~ Wache
Fliegeralarm. Irr-
sinnig müde und kalt.
Die Arrestanten! Der
Spieß!
Abends vergeblich versucht
Anne-Marie anzurufen!
spanischer Film: Sehn-
sucht

26.4.44.

Saarbrücken!
Morgens in der frühe [xxx]!
Das Frühstück!
Fliegeralarm in Saarbrücken,
Rusch, Hanke, Müller,
Opinski! (8 Uhr).

–

Beim Orthopäden!
Die Herren Handwerker
und die Krüppel

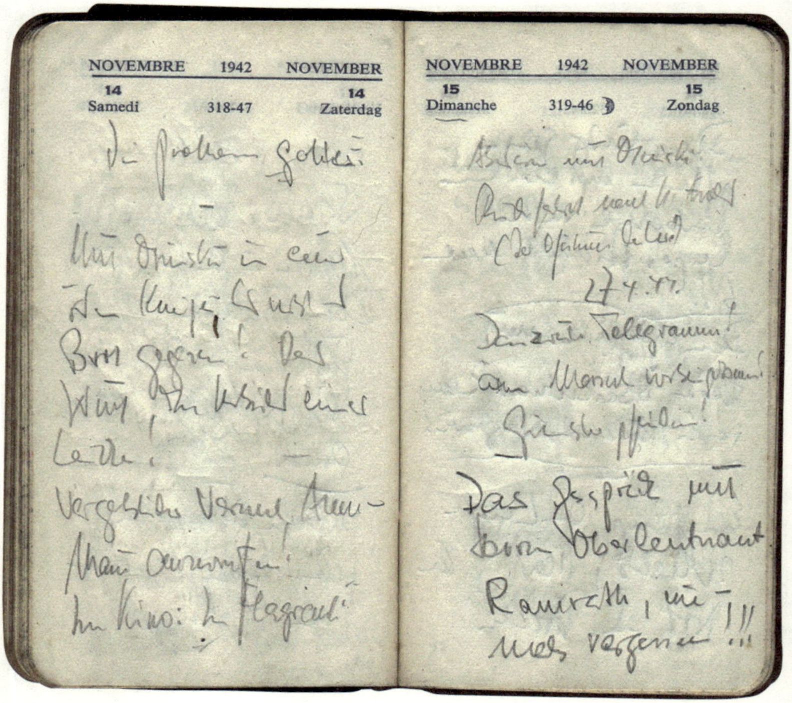

Die Prothesen »Gottes«

–

Mit Opinski in einer
öden Kneipe Wurst und
Brot gegessen! Der
Wirt, das Urbild einer
Leiche!
Vergeblicher Versuch, Anne-
Marie anzurufen!
Im Kino: »In Flagranti«

Abendessen mit Opinski!
Rückfahrt nach St. Avold
(der [xxx])

27.4.44

Das zweite Telegramm!
am Marsch vorbeigekommen!
Ginster pflücken!

–

Das Gespräch mit
dem Oberleutnant
Ramrath, nie-
mals vergessen!!!

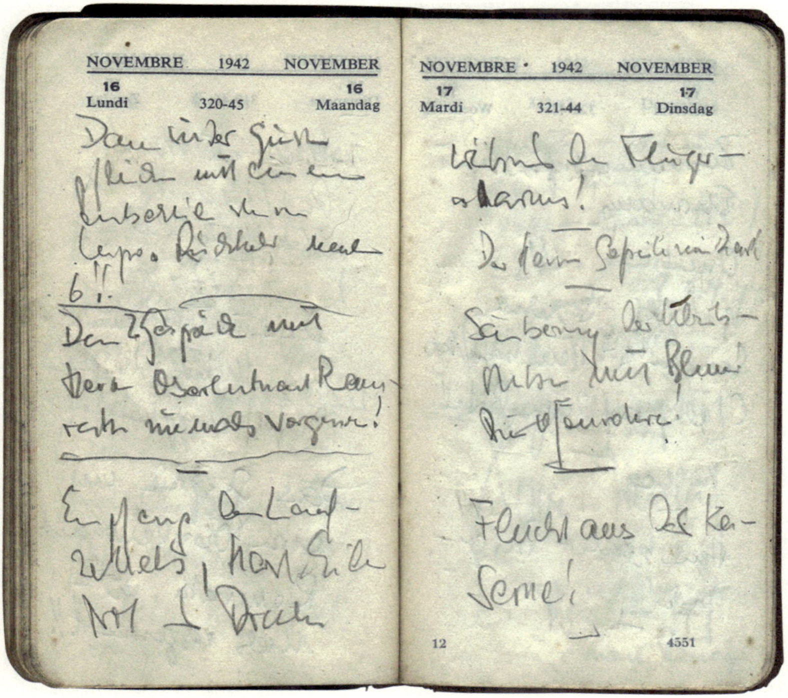

Dann wieder Ginster
pflücken mit einem
entsetzlich sturen
Capo. Rückkehr nach
6!!

Das 2. Gespräch mit
Herrn Oberleutnant Ram-
raht niemals vergessen!

Empfang des Lauf-
zettels, Hast, Eile
Not und Druck

während des Flieger-
alarms!

—

Die Herren Gefreite vom Dienst

—

Säuberung der Schreib-
stube mit Blumen!
Die Ofenrohre!

—

Flucht aus der Ka-
serne!

—

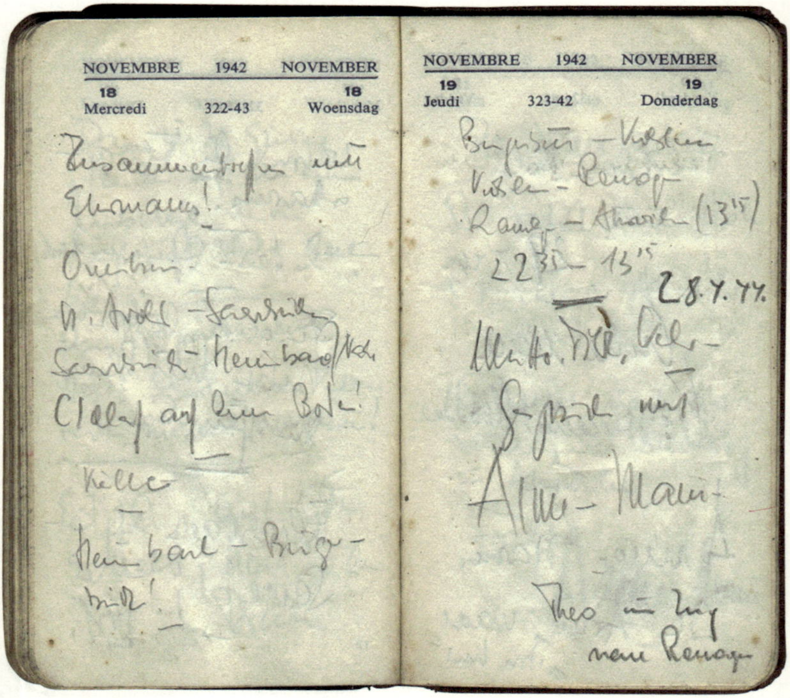

Zusammentreffen mit
Ehrmanns!

–

Omnibus
St. Avold – Saarbrücken
Saarbrücken – Heimbache/Nahe
Schlaf auf dem Boden!

—

Kälte

–

Heimbach – Binger-
brück!

–

Bingerbrück – Koblenz
Koblenz – Remagen
Remagen – Ahrweiler (13^{15})
22^{35} – 13^{15}

—

28.4.44

Mutter, Tilde, Vater –
Gespräch mit
Anne-Marie

Theo im Zug
nach Remagen

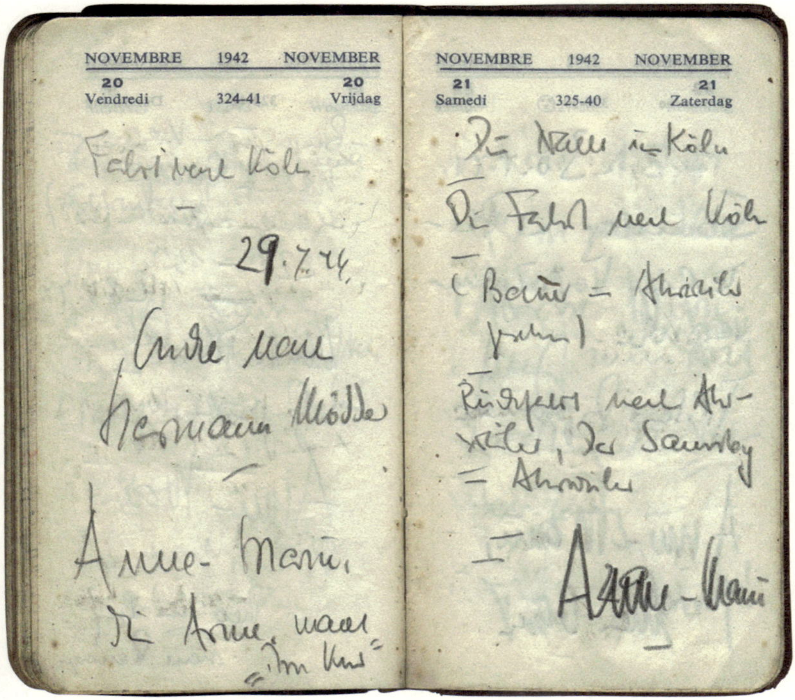

Fahrt nach Köln

–

29.4.44.

Suche nach
Hermann Mödder

—

Anne-Marie,
die Arme macht
»ihre Kur«

Die Nacht in Köln

–

Die Fahrt nach Köln

–

(Bauer in Ahrweiler
gesehen)

–

Rückfahrt nach Ahr-
weiler, Der Samstag
in Ahrweiler

=

Anne-Marie

–

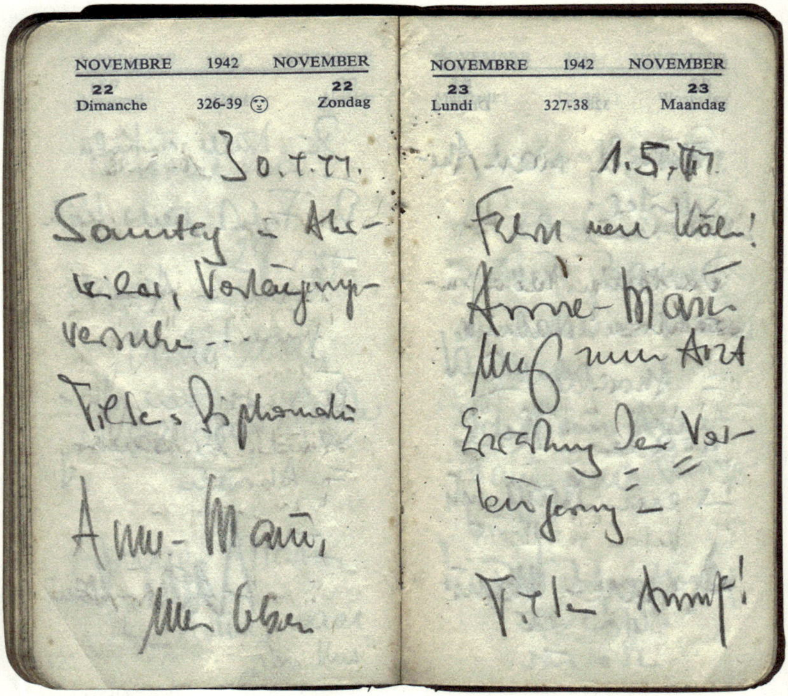

30.4.44.
Samstag in Ahrweiler, Verlängerungsversuche ...

Tildes Diplomatie

Anne-Marie,
mein Leben

1.5.44.
Fahrt nach Köln!
Anne-Marie
muß zum Arzt
Erwähnung der »Verlängerung« –

Tildes Anruf!

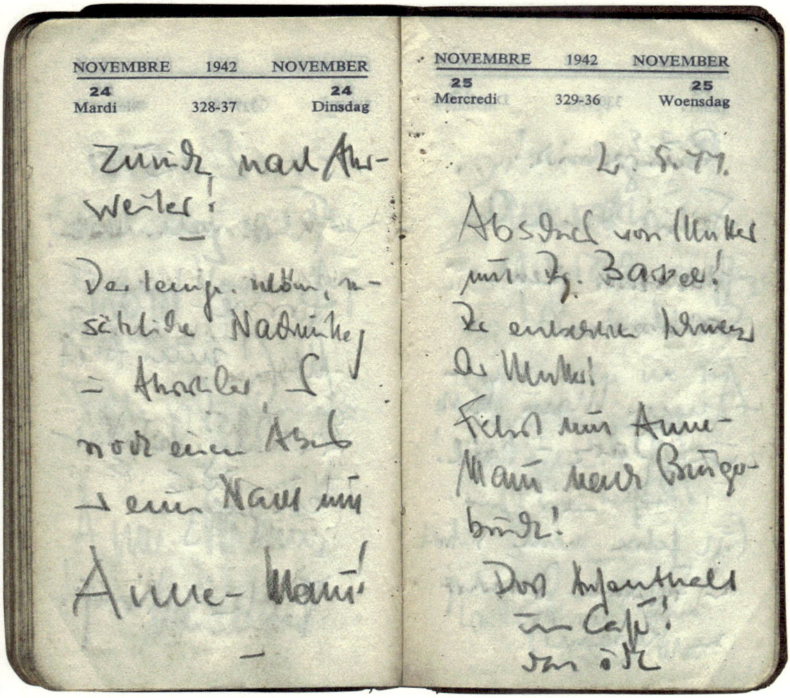

zurück nach Ahrweiler!

—

Der lange, schöne, zusätzliche Nachmittag in Ahrweiler und noch einen Abend und eine Nacht mit

Anne-Marie!

—

2.5.44.

Abschied von Mutter
mit Dr. Barbel!
Der entsetzliche Schmerz
der Mutter!
Fahrt mit Anne-Marie nach Bingerbrück!

Dort Aufenthalt
im Café!
das öde

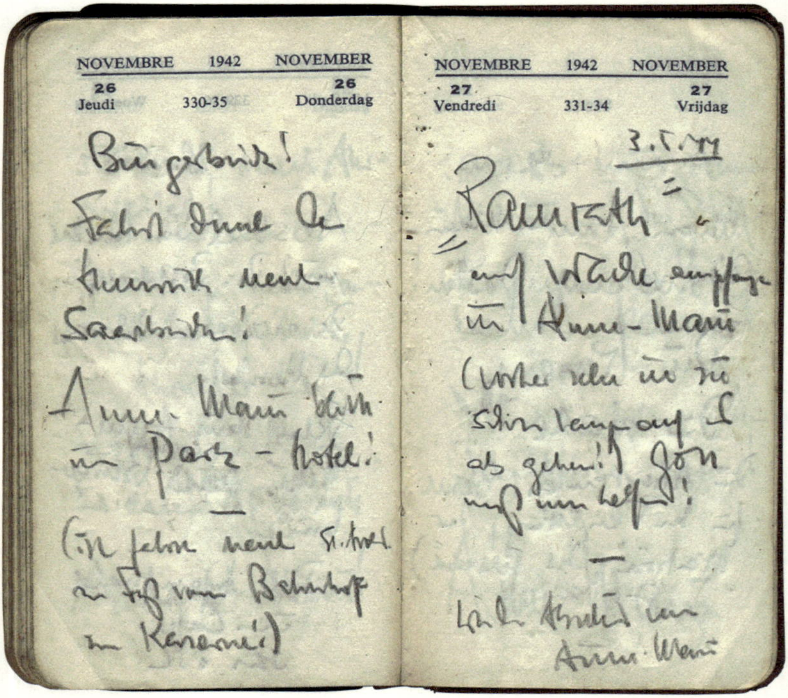

Bingerbrück!
Fahrt durch den
Hunsrück nach
Saarbrücken!

Anne-Marie bleibt
im Park-Hotel!

–

(ich fahre nach St. Avold
zu Fuß vom Bahnhof
zur Kaserne!)

<u>3.5.44</u>

»Ramrath«
auf Wache empfange
ich Anne-Marie
(vorher sehe ich sie
schon lange auf und
ab gehen!) Gott
muß uns helfen!

–

wieder Abschied von
Anne-Marie

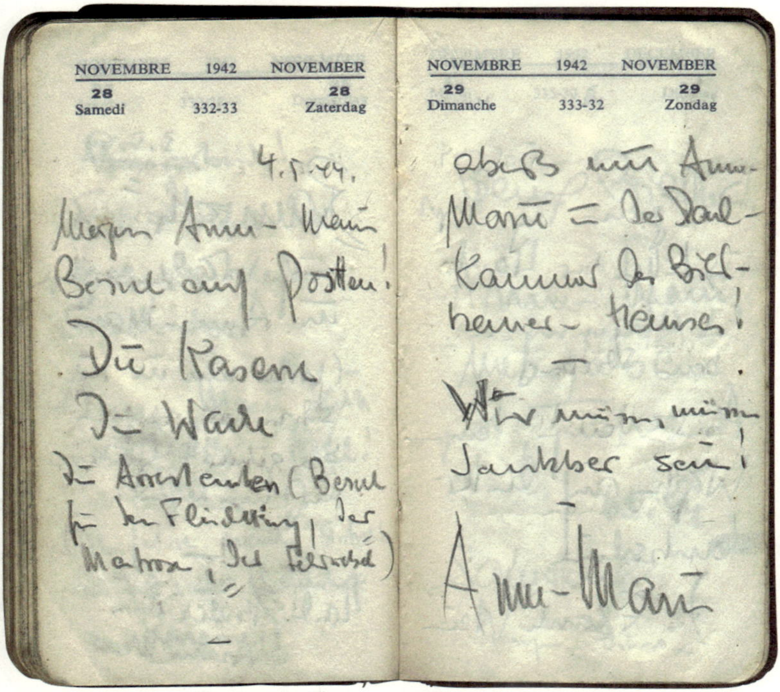

4.5.44.
Morgens Anne-Marie
Besuch auf Posten!

Die Kaserne
Die Wache
Die Arrestanten (Besuch
für den Flüchtling, der
Matrose, der »Feldwebel«)

—

Abends mit Anne-
Marie in der Dach-
kammer des Bild-
hauer-Hauses!

—

Wir müssen, müssen
dankbar sein!

–

Anne-Marie

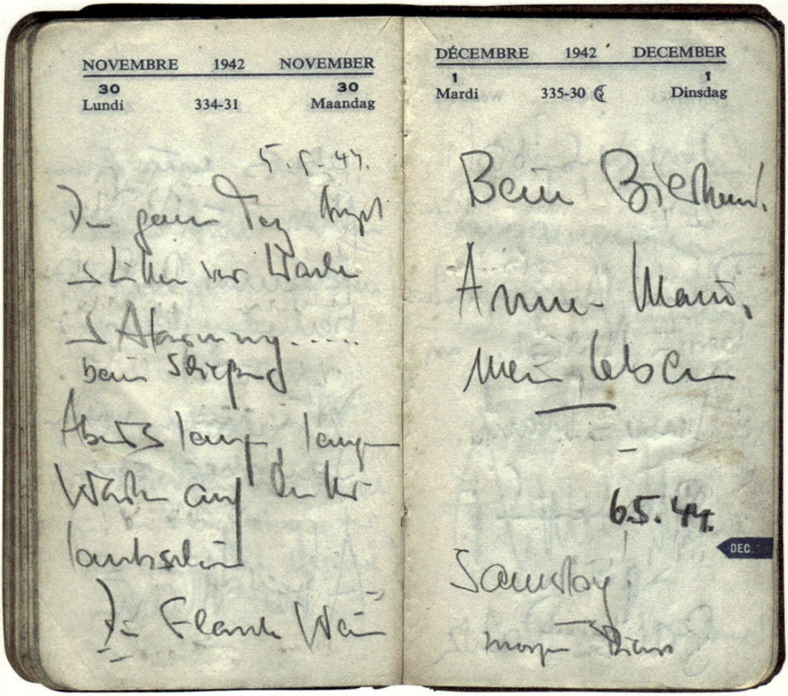

5.5.44.

Den ganzen Tag Angst
und Zittern vor Wache
und Alarmierung ....
beim Schießen
Abends langes, langes
Warten auf den Ur-
laubsschein
»Die Flasche Wein«

Beim Bildhauer!

Anne-Marie,
mein Leben

———

6.5.44.

Samstag!
morgens Dienst

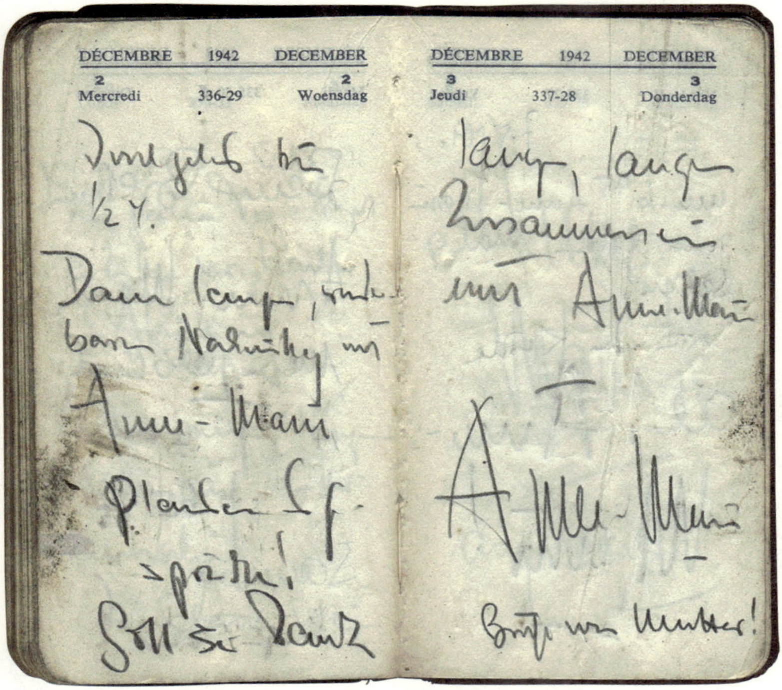

Durchgehend bis
½ 4.

Dann langer, wunderbarer Nachmittag mit
Anne-Marie
Plaudern und Gespräche!
Gott sei Dank

langes, langes
Zusammensein
mit Anne-Marie

—

Anne-Marie

—

Brief von Mutter!

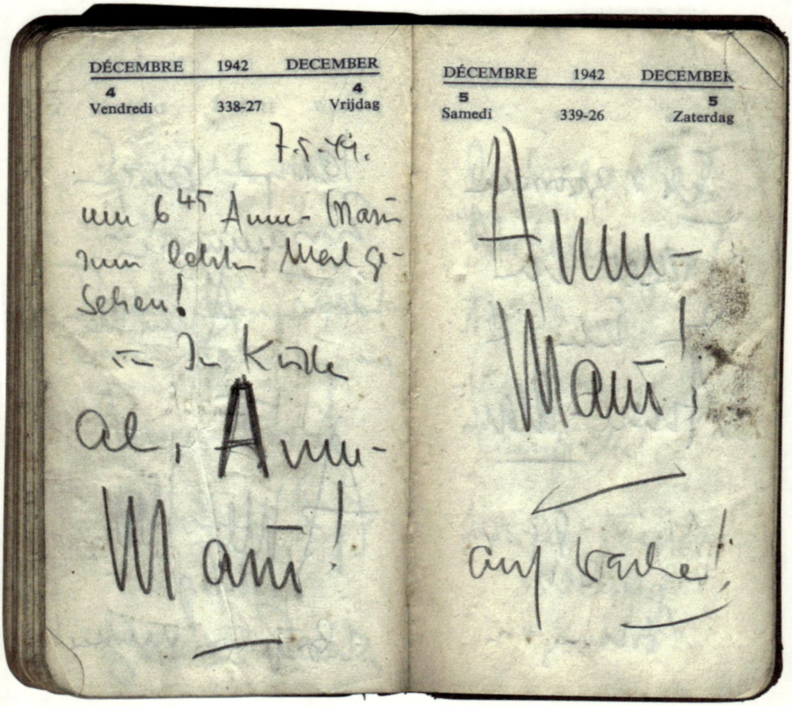

7.5.44.
um $6.^{45}$ Anne-Marie
zum letzten Mal gesehen!

in der Kirche

Ach, Anne-Marie!

—

Anne-Marie

—

auf Wache!

—

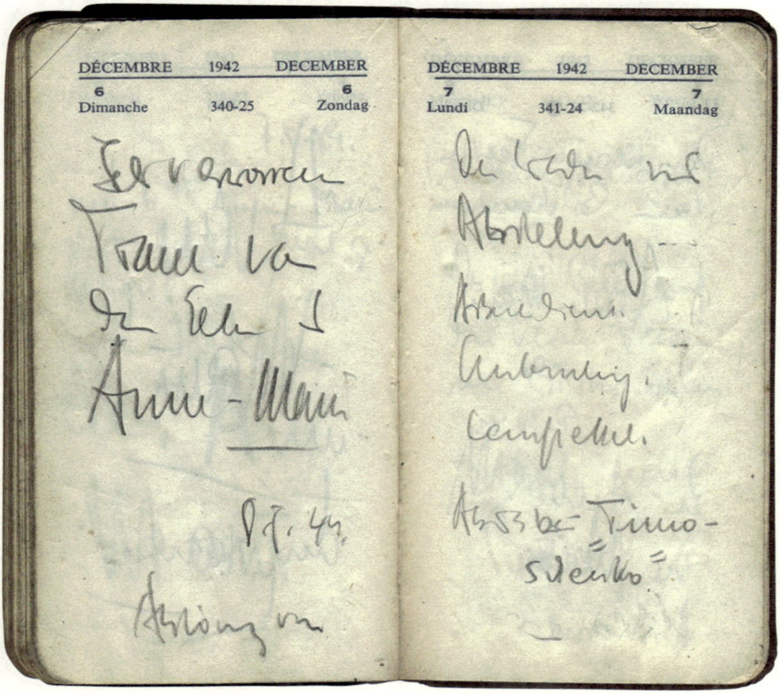

Sehr verworrener
Traum von
den Eltern und
Anne-Marie

———

8.5.44.

Ablösung von
der Wache zur
Abstellung …
Arbeitsdienst.
Untersuchung.
Laufzettel.

Abends bei »Timo-
schenko«

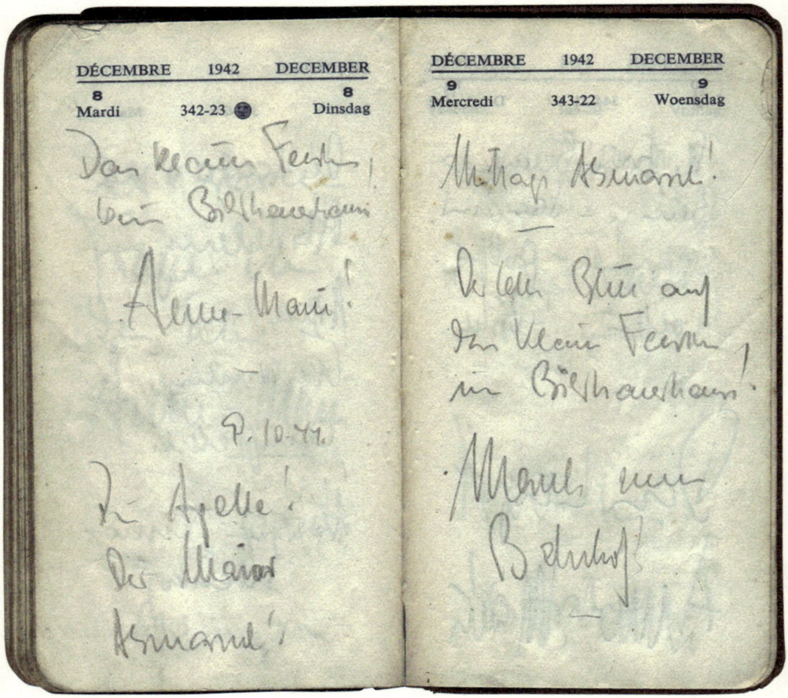

Das kleine Fenster
beim Bildhauerhaus

Anne-Marie!

–

9.10.44.

Die Apelle!
Der Maior
Abmarsch!

Mittags Abmarsch!

—

Der letzte Blick auf
das kleine Fenster
im Bildhauerhaus!

Marsch zum
Bahnhof

—

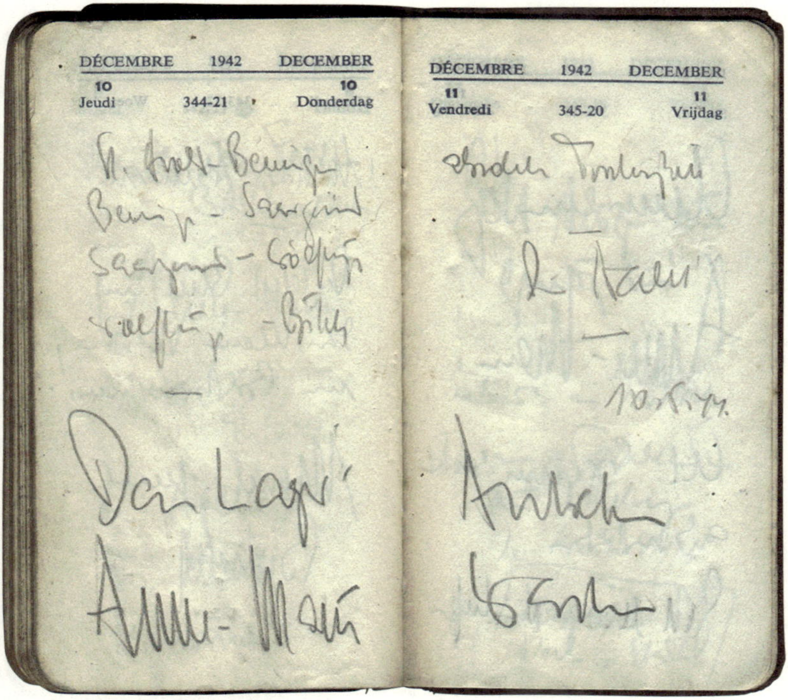

St. Avold – Benningen
Benningen – Saargemünd
Saargemünd – Wölflingen
Wölflingen – Bitsch

—

Das Lager

Anne-Marie

abends Trostlosigkeit

–

Die Nacht

—

10.5.44

Antreten

Warten

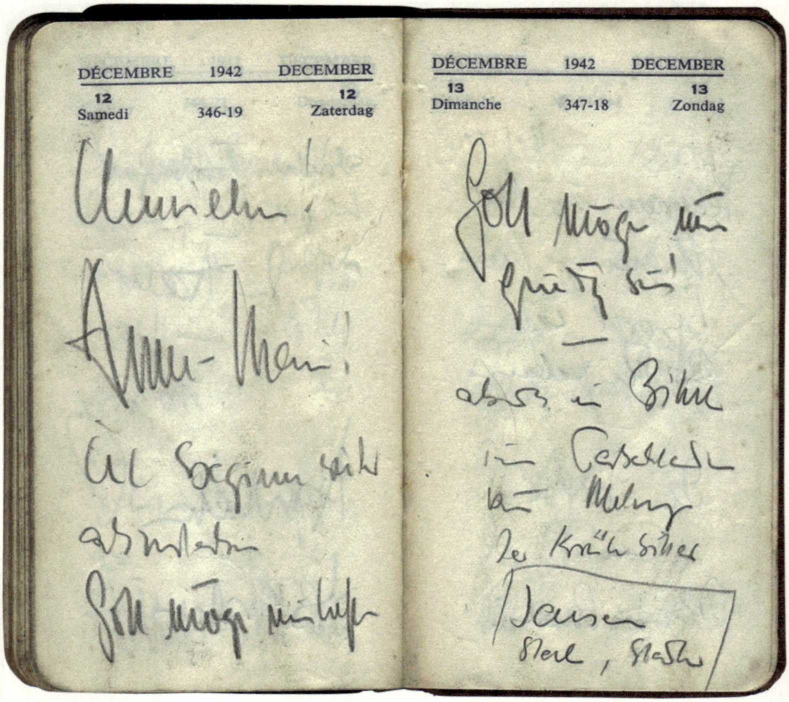

Umziehen!

Anne-Marie!

Ich beginne weiter
abzusterben

Gott möge mir helfen

Gott möge uns
gnädig sein!

–

abends in Bitsch
im Tabakladen
bei Meldung
der Kräuterbitter

Jansen
Stal, Stadler

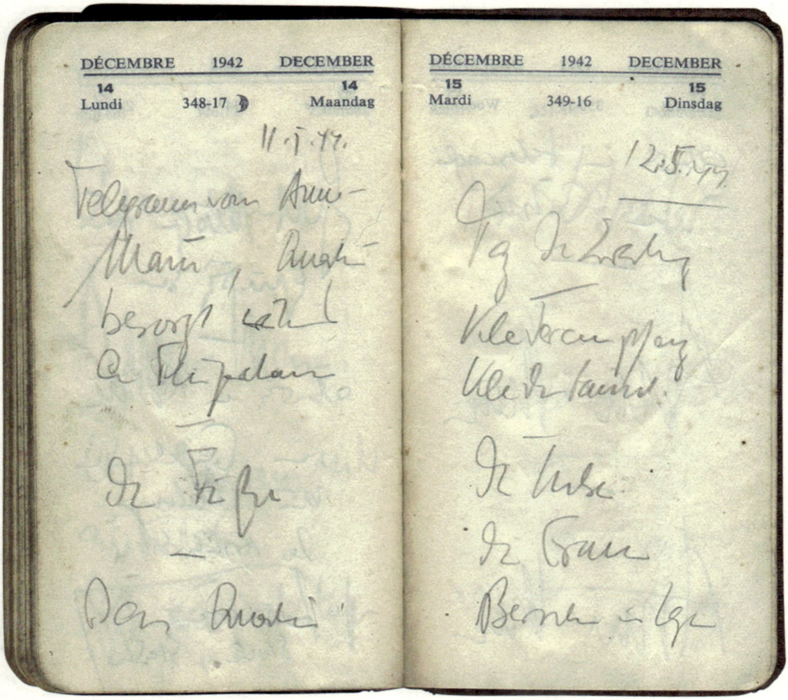

11.5.44.

Telegramm von Anne-
Marie, Quartier
besorgt während
des Fliegeralarms

—

die Füße

—

Das Quartier

12.5.44.

Tag der Erwartung

—

Kleiderempfang
Kleidertausch

—

die Stube
die Frau
Besuch im Lager

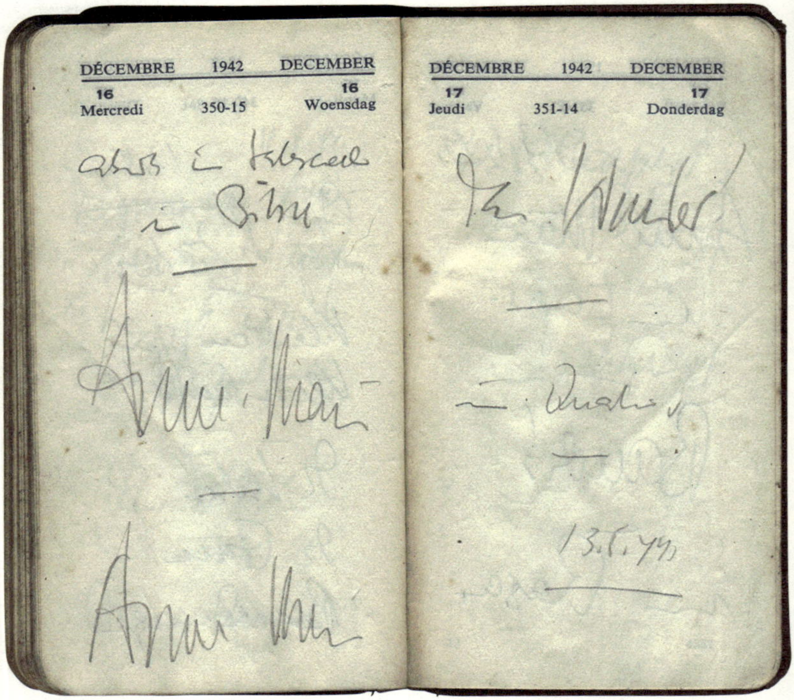

abends im Wartesaal
in Bitsch

—

Anne-Marie

—

Anne-Marie

das Wunder!

—

im Quartier

—

13.5.44.

—

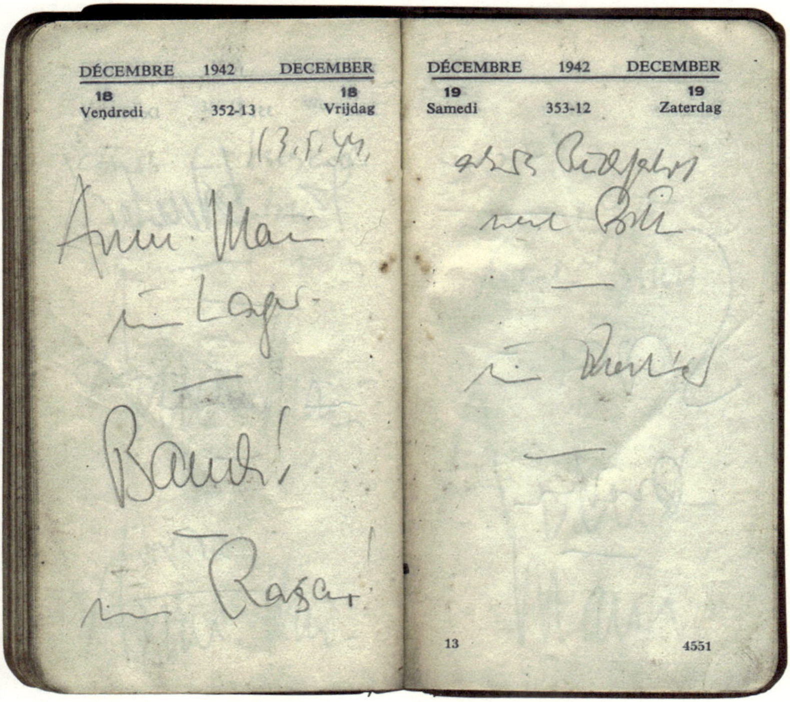

13.5.44.

Anne-Marie
im Lager

—

Bauch!

—

im Basar

abends Rückfahrt
nach Bitsch

—

im Quartier

—

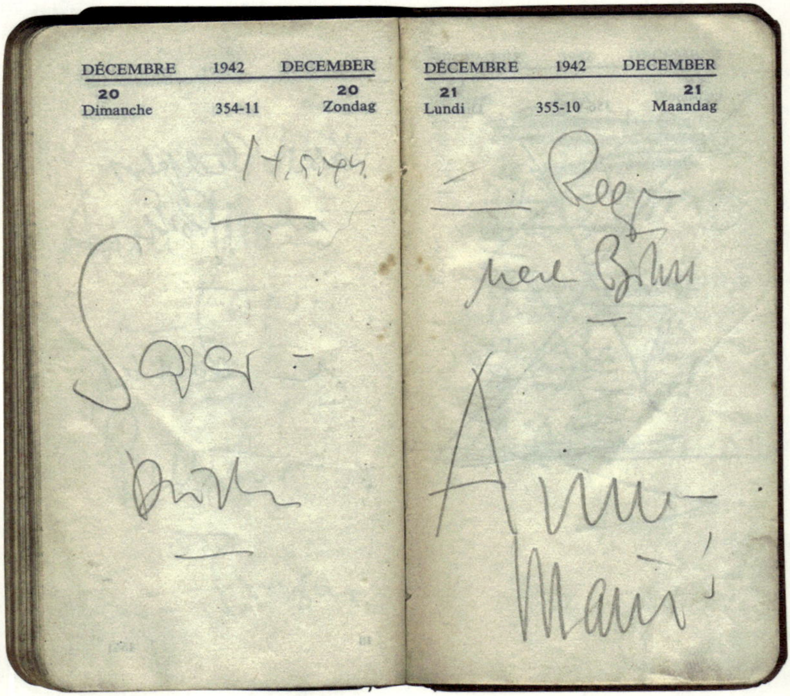

14.5.44

Saar-
brücken
—

_____ im Regen
nach Bitsch
—

Anne-
Marie!

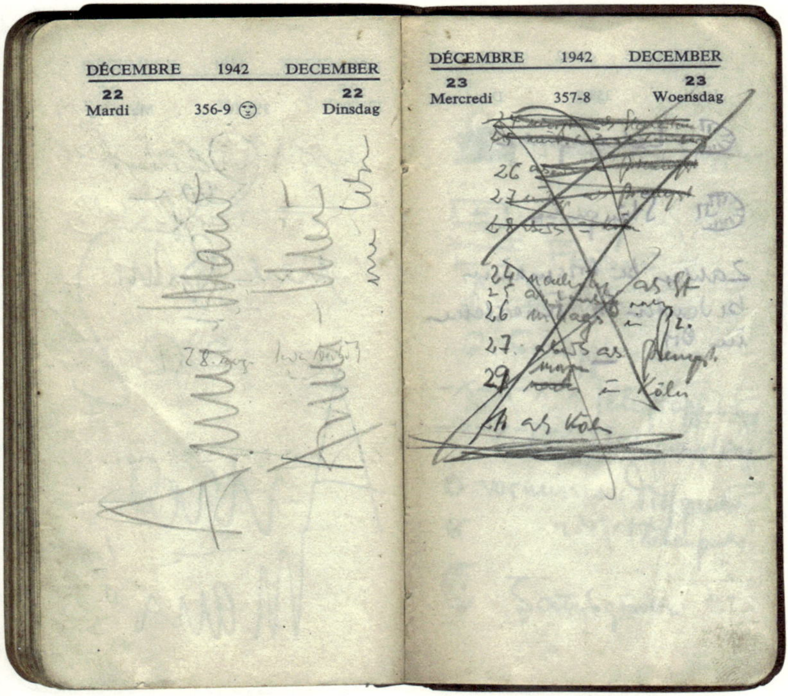

Anne Marie

Anne-Marie

mein Leben

~~24 morgens ab Stanislau~~
~~25 [xxx] ab Lemberg~~
26 ~~abends nach Przemysl~~
morgens ab Przemysl
28 abends in Köln
24 nachmittags ab St
25 ab Lemberg nach
26 mittags in Pz.
27 abends ab Przemysl
29. morgens in Köln
1. ab Köln

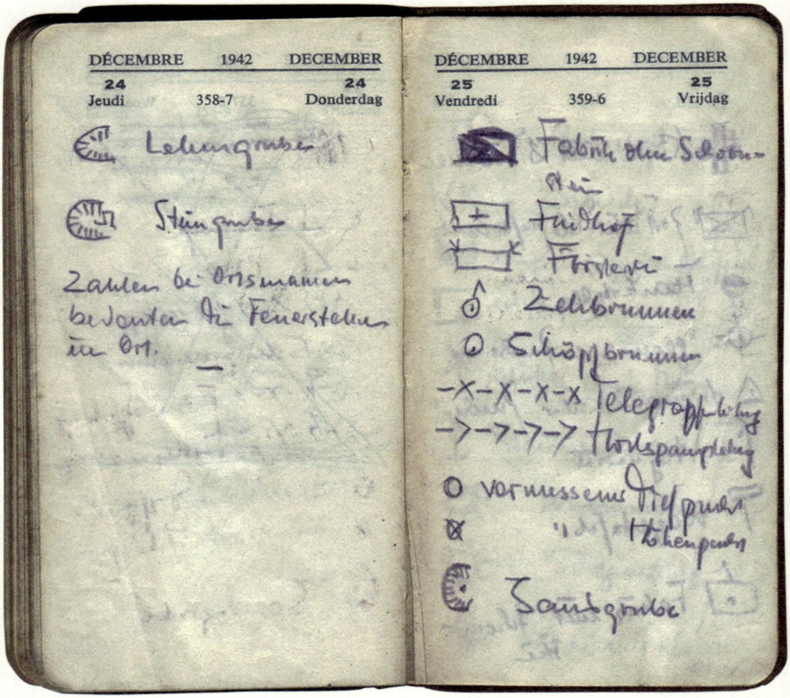

Lehmgrube

Steingrube

Zahlen bei Ortsnamen
bedeuten die Feuerstellung
im Ort

—

Fabrik ohne Schornstein

Friedhof

Försterei

Ziehbrunnen

Schöpfbrunnen

-x-x-x-x Telegraphenleitung

->->->-> Hochspannungsleitung

vermessener Tiefpunkt

vermessener Höhenpunkt

Sandgrube

Kirche mit 2 Türmen
Post mit Telegrafenamt
Tankstelle
geometrischer Punkt
trigonometrischer Punkt
Wegweiser
Wegetafel
Fabrik mit Schornstein

Bahnhof
Schule
maßstabgerechtes Gehöft } = In Reihe eingeordnet
nicht "
Mühle aus Holz
Steinmühle
Wassermühle
Sägemühle
Kirche mit einem Turm

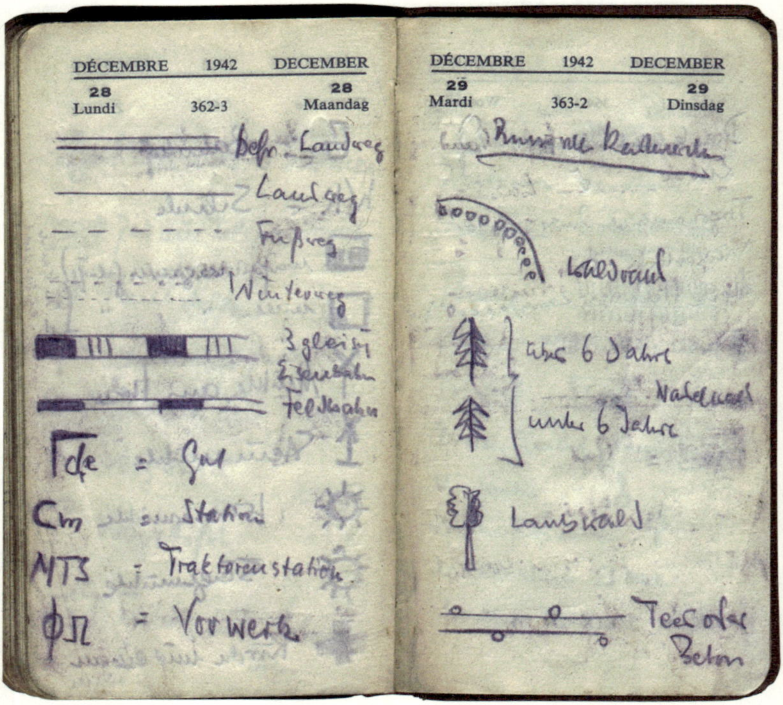

Bef. Landweg

Landweg

Fußweg

Winterweg

3gleisige Eisenbahn

Feldbahn

de = Gut

CM = Station

MTS = Traktorenstation

ΦЛ = Vorwerk

[xxx] Russische [xxx]

Waldrand

über 6 Jahre

Nadelwald

unter 6 Jahre

Laubwald

Teer oder Beton

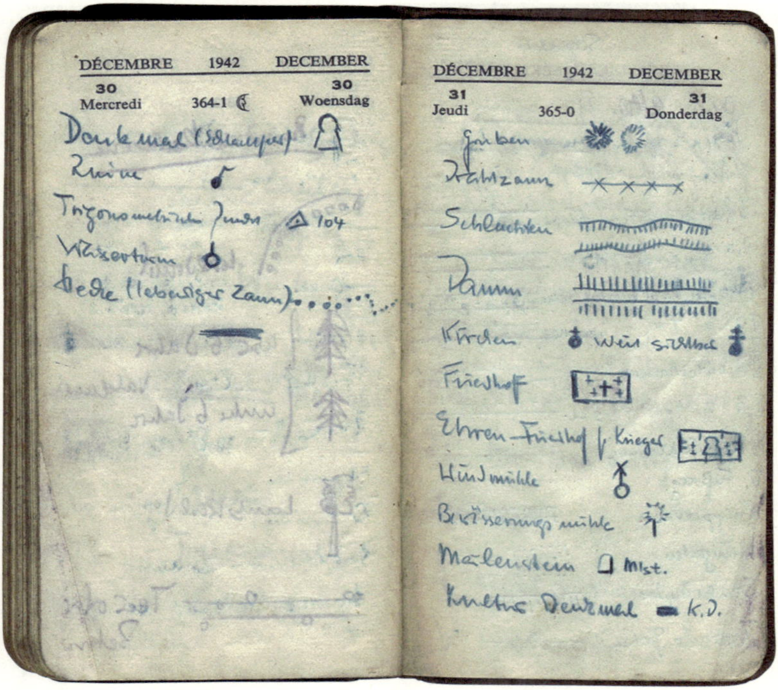

Denkmal (Schlachtfeld)

Ruine

Trigonometrischer Punkt 104

Wasserturm

Hecke (lebendiger Zaun)

Gruben

Drahtzaun

Schluchten

Damm

Kirchen weit sichtbar

Friedhof

Ehrenfriedhof f. Krieger

Windmühle

Bewässerungsmühle

Meilenstein Mlst.

Kultur Denkmal K.D.

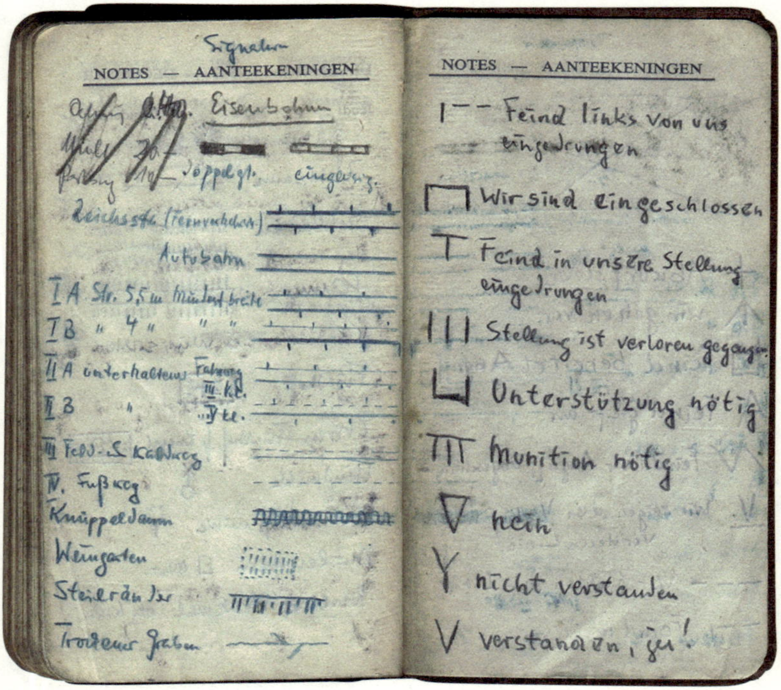

[xxx][xxx][xxx] Eisenbahn

[xxx][xxx][xxx]

[xxx][xxx][xxx] Doppelgl. eingleisig

Reichsstr. (Fernverkehrsstr.)

Autobahn

IA Str. 5,5 m Mindestbreite

IB " 4 " " "

IIA unterhaltener Fahrweg

IIB " III. Kl. V.Kl.

III Feld und Waldweg

IV. Fußweg

Knüppeldamm

Weingarten

Steilränder

Trockener Graben

Feind links von uns eingedrungen

Wir sind eingeschlossen

Feind in unsere Stellung eingedrungen

Stellung ist verloren gegangen

Unterstützung nötig

Munition nötig

nein

nicht verstanden

verstanden, ja!

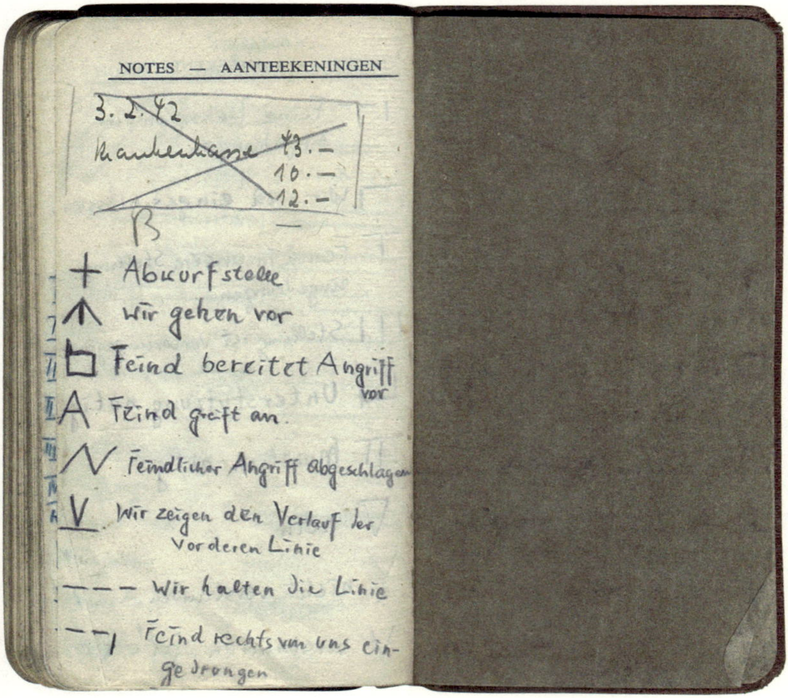

~~3.2.42~~
~~Krankenkasse 43.–~~
~~10.–~~
~~12.–~~

B

\+ Abwurfstelle

Wir gehen vor

Feind bereitet Angriff vor

A Feind greift an

Feindlicher Angriff abgeschlagen

Wir zeigen den Verlauf der
vorderen Linie

\- - - - Wir halten die Linie

Feind rechts von uns eingedrungen

Kriegstagebuch
1944 bis 1945

29.6.1944 bis 4.4.1945

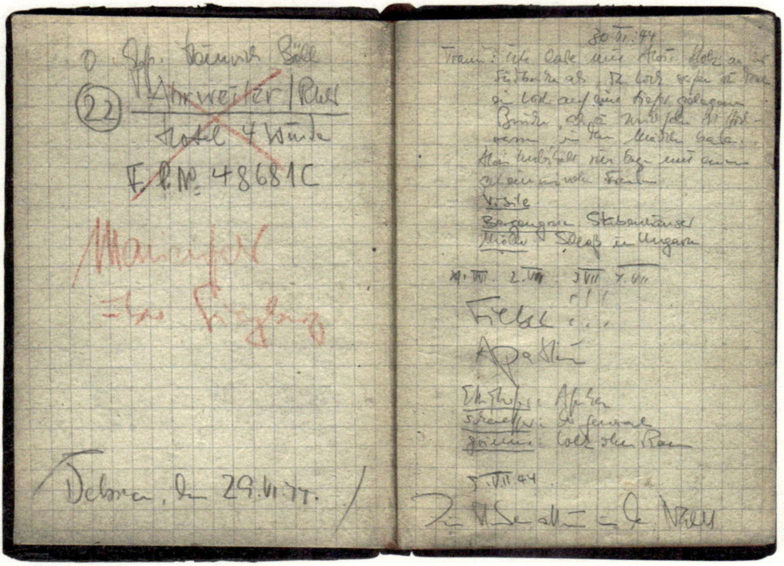

O. Gefr. Heinrich Böll
(22) ~~Ahrweiler~~ / Rhld
Hotel ~~4 Winde~~
~~E.P.No 48681C~~

Marienfeld
über Siegburg

(Debrecen, den 29.VI.44.)*

30.VI.44
Traum: ich lade mit Alois Holz an der Südbrücke ab, das Holz werfen wir durch ein Loch auf eine tiefer gelegene Brücke, als wir zurückfahren ist Hochwasser, in dem Mädchen baden.
Alois unterhält sich lange mit einem geheimnisvollen Fremden.
Visite
Bergengruen: Stabenhäuser
Möller: Schloß in Ungarn

1. VII. 2. VII. 3 VII. 4. VII

Fieber!!!
Apathisch
Ettighofer: Afrika
Schaeffer: Der General
Grimm: Volk ohne Raum

5.VII.44

Die Stunden allein in der Nacht

* chronologische Fortsetzung Einträge 14.5.–29.6.1944. S. 207–220

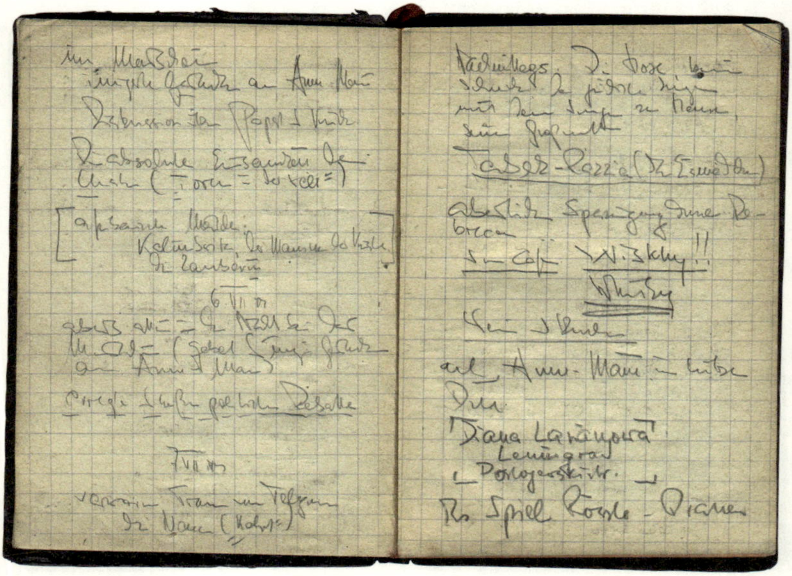

im Mondschein
innigste Gedanken an Anne Marie
Diskussion über Papst und Kirche
Die absolute Einsamkeit bei
Christus (»Toren in der Welt«)

afrikanische Mädchen
[…] der Mann von der Visite
die Zauberin

6.VII.44

abends allein in der Nacht bei der
[xxx] (Gebet und innige Gedanken
an Anne Marie)
erregte und heiße politische Debatte

7.VII.44

verwirrender Traum von Telegramm
die Namen (»[xxx]«)

Nachmittags. Die Hose, keine
Schuhe. Das glückliche Singen
mit den Jungen zu Hause
seine Großmutter
Tabak-Razzia ([xxx] Eismädchen)
abendlicher Spaziergang durch Debrecen …
und im Cafe Wiskhy!!
Whisky
Wein und Kuchen
ach, Anne-Marie ich liebe
Dich

Diana Laranyowa
Leningrad
Dostojewskistr.

das Spiel Rössle – Diana

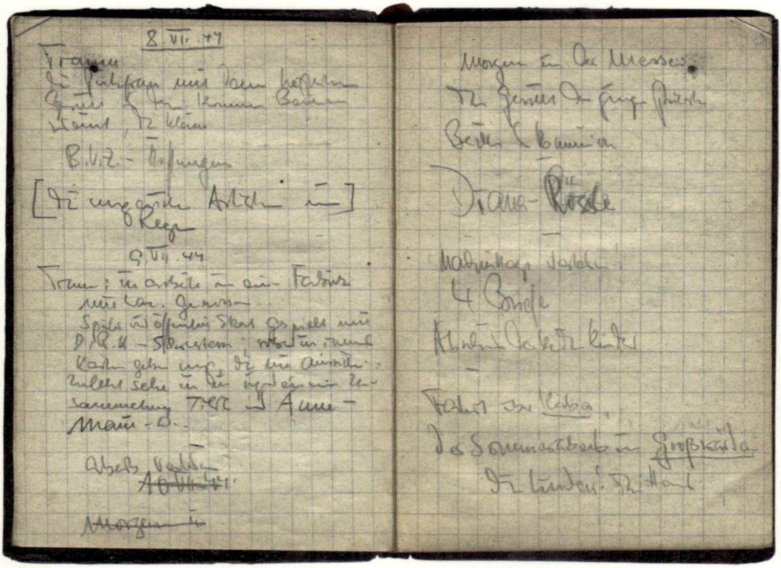

<u>8.VII.44</u>

Traum
die Putzfrau mit dem häßlichen
Gesicht und den krummen Beinen
weint, [xxx]
B.V.Z.-Hoffnungen
[die ungarischen Artisten im]
Regen

9.VII.44

Traum: ich arbeite in einer Fabrik
mit Laz. Genossen ...
Später wird öffentlich Skat gespielt mit
D.R.K.-Schwestern; wobei ich immer
Karten geben muß, die nie ausreichen
Zuletzt sehe ich in irgendeiner Zu-
sammensetzung Tilde und Anne-
Marie ...

–

abends [xxx]
~~10.VII.44~~
~~morgens in~~

Morgens in der Messe
das Gesicht des jungen Priesters
Beichte und Kommunion

–

Diana – Rössle

–

nachmittags verladen
4 Briefe
Abschied der beiden Kinder

–

Fahrt über [<u>xxx</u>]
der Sommerabend in <u>Großwardain</u>
die Linden! ihre Hand

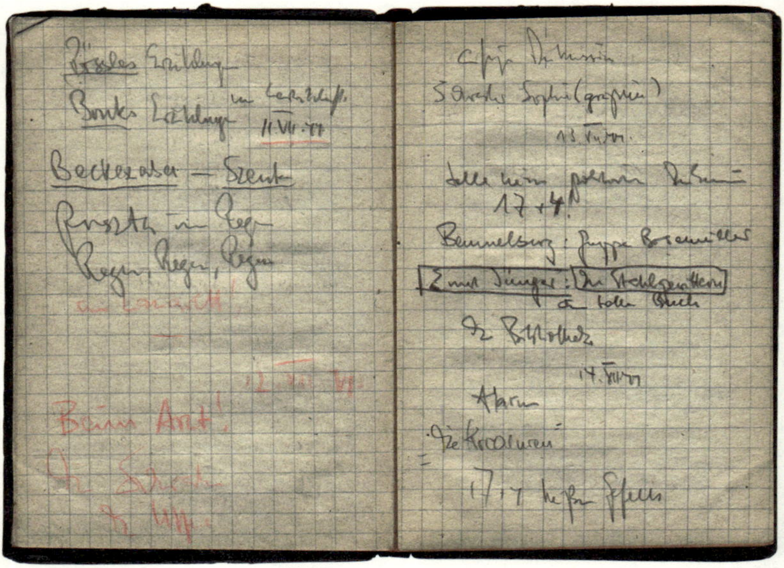

Rössles Erzählungen
von Leidenschaft
Bonks Erzählungen
11.VII.44
Beckeszaba – Szentes
Puszta im Regen
Regen, Regen, Regen,
im Lazarett!
—
12.VII.44
Beim Arzt!
die Schwester
der Uffz.

eifrige Diskussion
Schwester Sophia (gräßlich)
–
13.VII.44
tolle [xxx] politische Diskussion
17+4
Beumelburg: Gruppe Bosemüller
Ernst Jünger: In Stahlgewittern
ein tolles Buch
die Bibliothek
14.VII.44
Alarm
»die Kreaturen«

17+4 heißes Gefecht

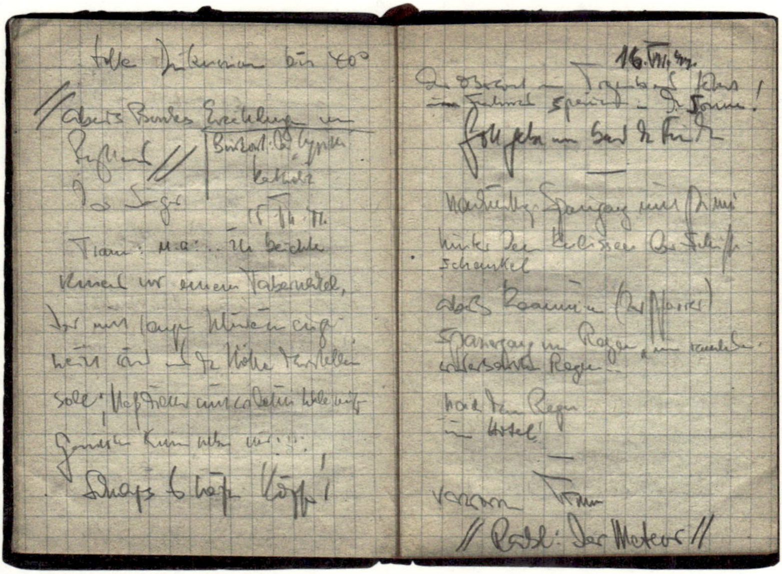

tolle Diskussion bis 40°
//abends Bonkes Erzählungen von
Rußland//
Der Sänger

Burkart: der »Lyriker«
[xxx]

15.VII:44

Traum: u.a.: ... ich beichte
kniend vor einem Tabernakel,
der mit langen [xxx] einge-
weiht wird und die Hölle darstellen
soll; Meßdiener mit widerlich wollüstigen
Gesichtern knien neben mir ...

Schnaps und heiße Köpfe!

16.VII:44

der Oberarzt im {Trägerhemd} fährt
immer Fahrrad spazieren in der Sonne!

Gott gebe uns bald den Frieden

—

nachmittags Spaziergang mit [xxx]
hinter den Kulissen der Schiff-
schaukel
abends Kommunion (der Pfarrer)
Spaziergang im Regen, im {rauschenden}
wunderbarsten Regen ...
nach dem Regen
ins Hotel!

–

verworrener Traum

// Rabl: der Meteor //

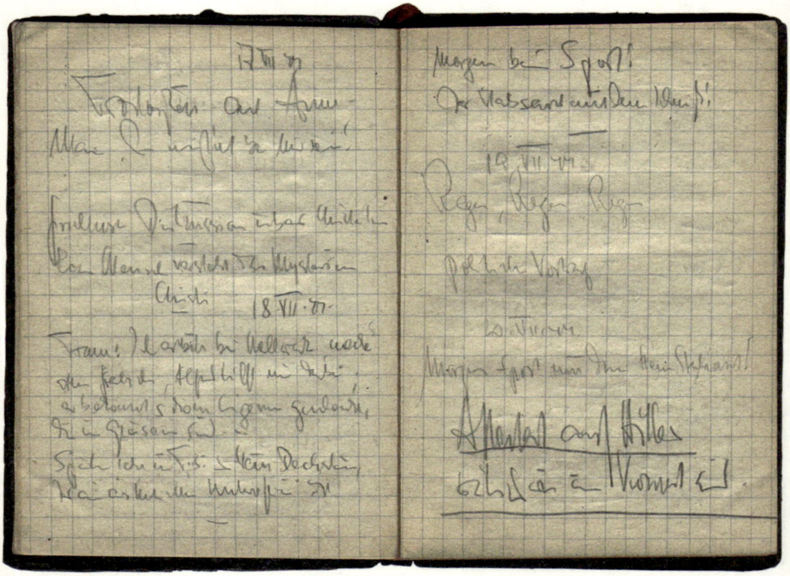

17.VII.44

Trostlosigkeit [xxx] Anne-
Marie, du mußt bei mir sein!

–

fruchtlose Diskussion über Christentum

kein Mensch versteht das Mysterium Christi

– 18.VII.44

Traum: Ich arbeite bei Stollwerk, mache alles falsch, Alfred hilft mir dabei;
er bekommt [xxx] schöne Cigarren geschenkt
die in Gläsern sind …
Später sehe ich [xxx] und Hein Deckstein,
der ein asketischer Unteroffizier ist

–

Morgens beim Sport!
Der Stabsarzt mit dem Schweiß!

—

19.VII.44

Regen, Regen, Regen

politischer Vortrag

20.VII.44

Morgens Sport mit dem kleinen Stabsarzt!

Attentat auf Hitler
während wir im Konzert
sind.

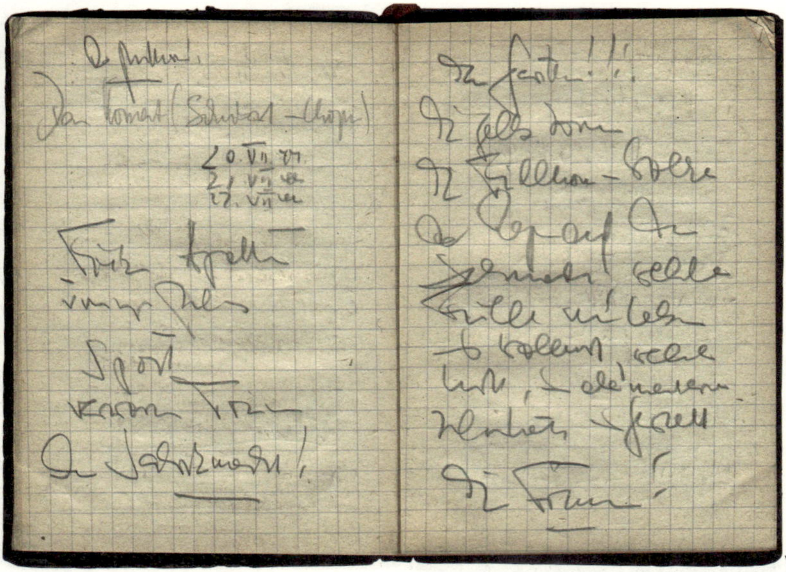

die [xxx]
Das Konzert (Schubert – Chopin)
20.VII.44
21.VII.44
22.VII.44
—

Fritz [xxx]
irrsinniger Puls
–
Sport
verworrener Traum
der Jahrmarkt!
———

der Garten!!!
die gelbe Sonne
die [xxx] – Wolke
der Regen auf dem
Jahrmarkt, welche
Fülle von Leben
und Wollust, welche
Lust und elementare
Schönheit [xxx] gestellt
die Frauen!
——

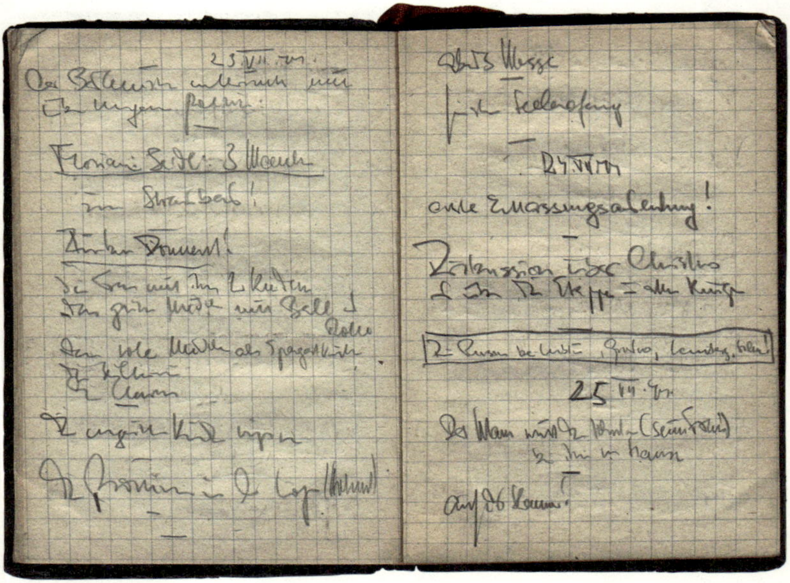

23.VII.44

der Bademeister unterrichtet mich
über ungarische Politik

—

<u>Florian: Seidl: 3 Menschen</u>
im Strandbad!

–

<u>Ärztliches Dokument!</u>
die Frau mit ihren zwei Kindern
das grüne Mädchen mit Ball und
Roller
das rote Mädchen als Spagatkünstlerin
die Seiltänzerin
die Clowns

–

die ungarischen Kinder ringsum

–

die <u>Provinziale</u> in der Loge (Hochamt)

–

abends Messe

–

[xxx] Seelenfang

–

24.VII.44

erste Entlassungsablehnung!

–

Diskussion über Christus
und über die Etappe in allen Kriegen

–

Die Russen bei Lublin, Gradno, Lemberg, Wiln

25.VII.44

Der Mann mit den {Wunden} (seine {Fra
bei ihm zu Hause

–

auf der Kammer!

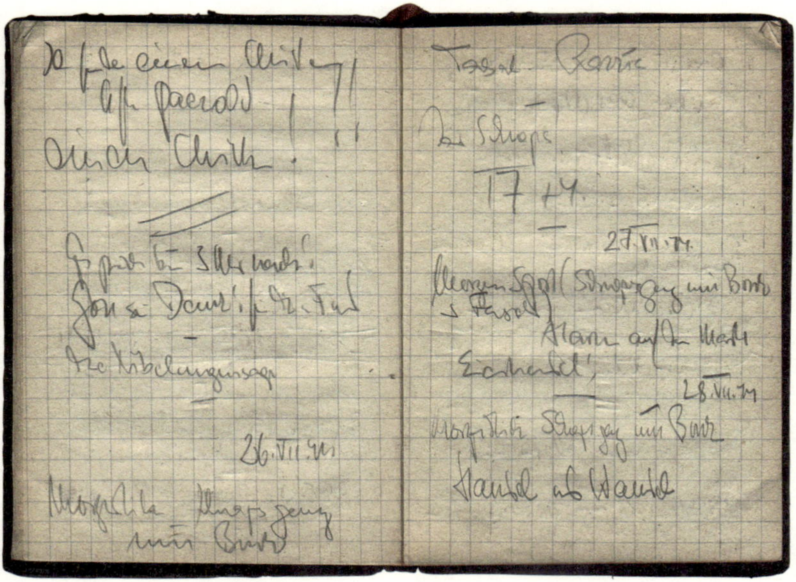

Ich finde einen Christen
Uff. Paezold
endlich Christen !!!

Gespräch bis 3 Uhr nachts!
Gott sei Dank! für diesen Fund
–
die Nibelungensage
–
26.VII.44
Morgendlicher Schnaps genug
mit [xxx]

Tabak – Razzia
–
der Schnaps!
—
17+4
—
27.VII.44
Morgens Sport (Spaziergang mit [xxx]
und [xxx])
Alarm auf dem Markt
Eichenwald!
— 28.VII.44
Morgendlicher Spaziergang mit [xxx]
Handel und Wandel

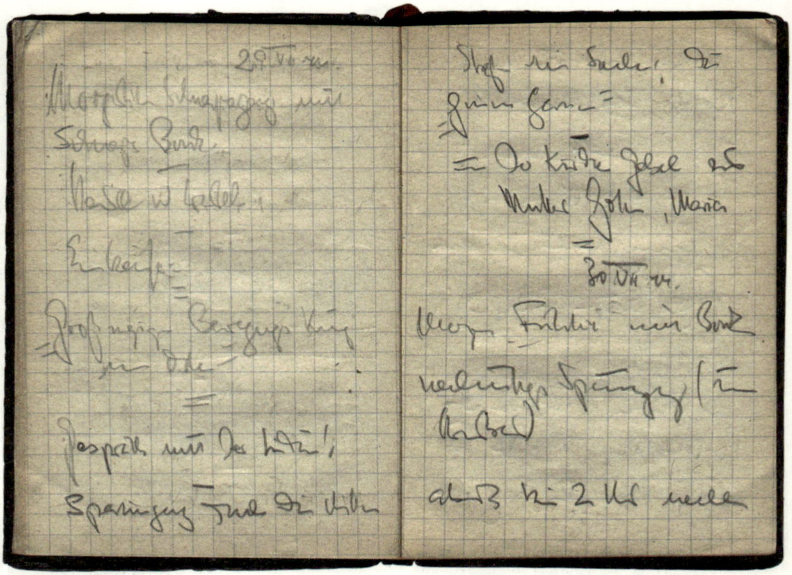

29.VII.44

Morgendlicher Spaziergang mit Schnaps [xxx]

–

Messer und Gabel

–

Einkäufe

=

»Großzügier Bewegungskrieg im Osten«

=

Gespräch mit der Jüdin!

–

Spaziergang durch die stillen Straßen [xxx] die »grünen Gassen«

–

in der Kirche Gebet zur Mutter Gottes, Maria

=

30.VII.44

Morgens »Frühstück« mit [xxx] nachmittags Spaziergang (im Strandbad)

abends bis 2 Uhr nachts

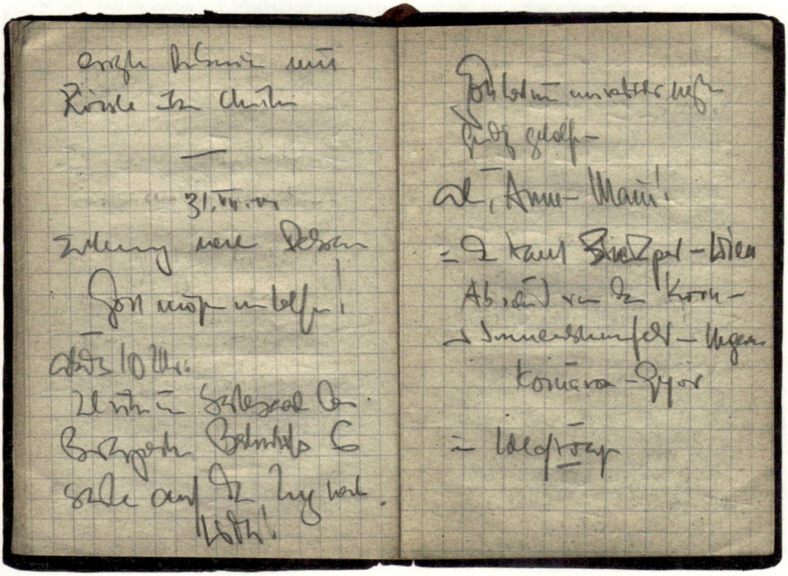

erregte Diskussion mit
Rössle über Christus

—

31.VII.44

Entlassung nach Debrecen
Gott möge mir helfen!

–

abends 10 Uhr:
Ich sitze im Wartesaal des
[xxx] Bahnhofs und
warte auf den Zug nach
Wien!

Gott hat mir unverdientermaßen
gnädig geholfen –

–

ach, Anne-Marie!
in der Nacht Budapest – Wien
Abschied von dem Korn-
und Sonnenblumenfeld – Ungarn
Komarori – Györ

–

im Schlafwagen

–

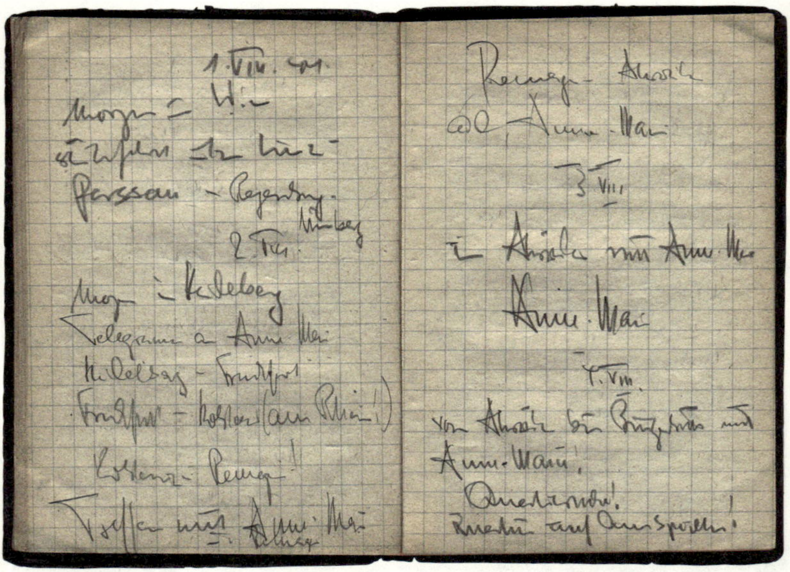

1.VIII.44
morgens in Wien
Weiterfahrt über Linz –
Passau – Regensburg –
Nürnberg
2.VIII.
Morgens in Heidelberg
Telegramm an Anne-Marie
Heidelberg – Frankfurt
Frankfurt – Koblenz (am Rhein!)
Koblenz – Remagen
Treffen mit Anne-Marie
in Remagen

Remagen – Ahrweiler
ach, Anne-Marie
–
3.VIII
in Ahrweiler mit Anne-Marie
Anne-Marie
–
4.VIII.
von Ahrweiler bis Bingerbruck mit
Anne-Marie!
Quartiersuche!
[xxx] auf [xxx]!

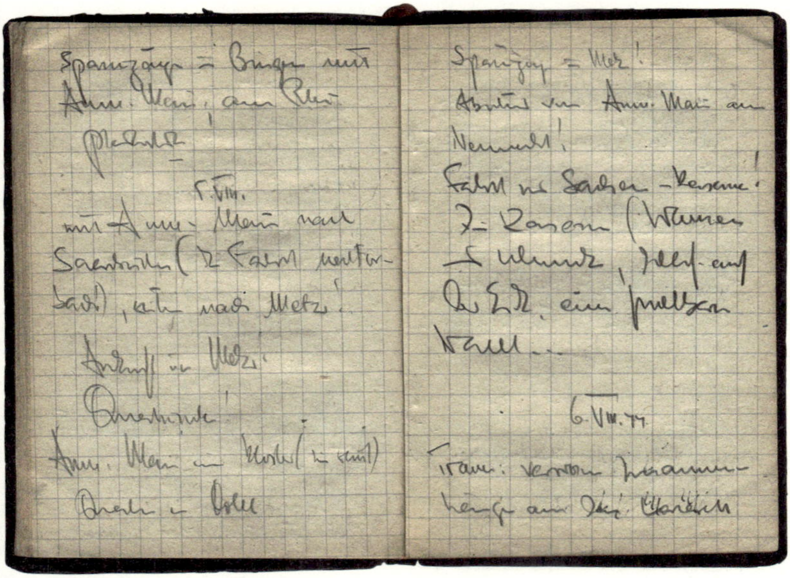

Spaziergänge in Bingen mit
Anne-Marie; am Rhein
[xxx]

–

5.VIII.

mit Anne-Marie nach
Saarbrücken (die Fahrt nach Forbach!), weiter nach Metz!

Ankunft in Metz
Quartiersuche!
Anne-Marie im Kloster ([xxx])
Quartier im Hotel

Spaziergang in Metz!
Abschied von Anne-Marie am
Neumarkt!
Fahrt zur Sachsen-Kaserne!
Die Kaserne (Wanzen
und Schmutz, Schlaf auf
der Erde, eine furchtbare
Nacht …

6.VIII.44

Traum: verworrene Zusammenhänge aus dem Lazarett

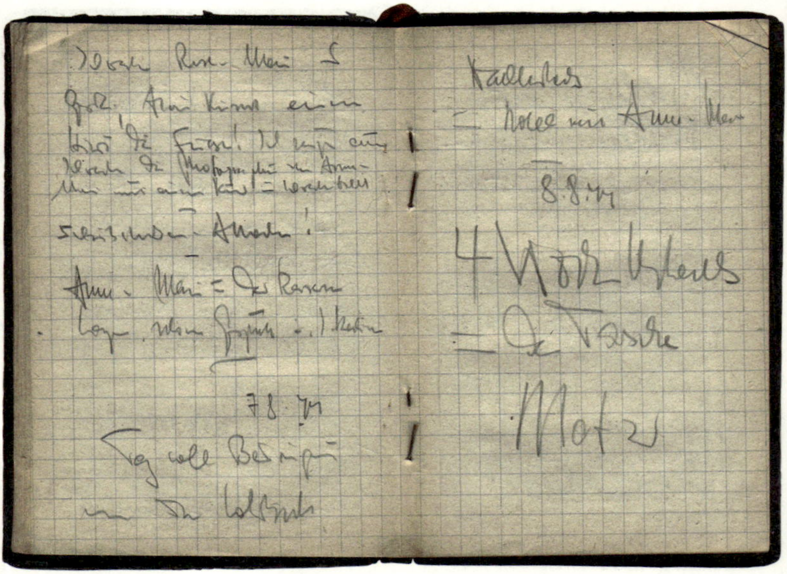

Schwester Rose-Marie und
[xxx]; Alois küsst einem
Hiwi die Füsse! Ich zeige einer
Schwester die Photographie von Anne-
Marie mit einem Kind im Wochenbett

–

Scheibstube in Ahrweiler!

–

Anne-Marie in der Kaserne
langes schönes Gespräch [xxx] [xxx]

—

7.8.44

Tag voll Bedrängnis
[xxx]

Nachturlaub
im Hotel mit Anne-Marie

–

8.8.44

4 Wochen Urlaub in der Tasche

Metz

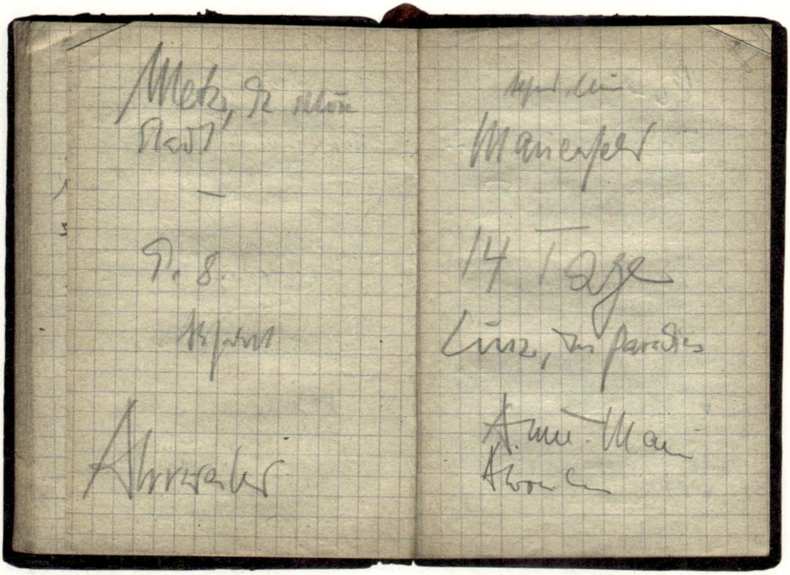

Metz, die schöne
Stadt

—

9.8.

Abfahrt

Ahrweiler

Alfred, Cläre
Marienfeld

14 Tage
Linz, das Paradies

Anne-Marie
Ahrweiler

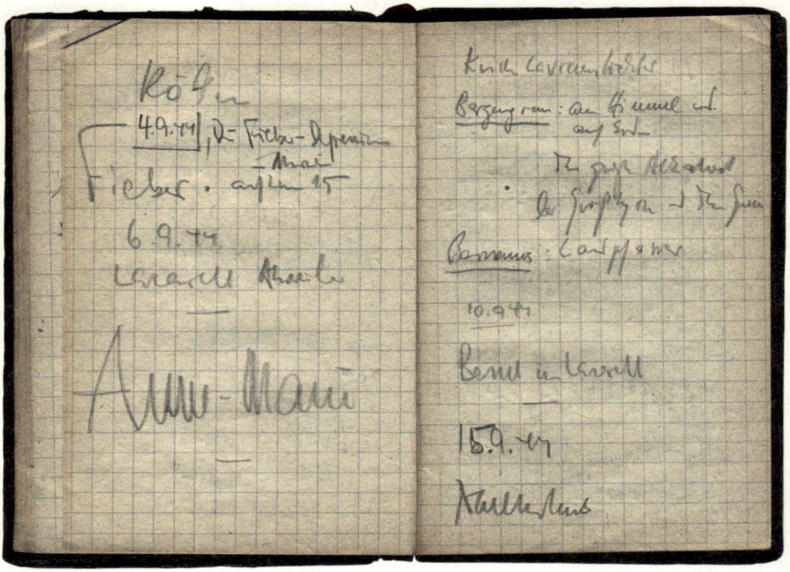

Köln
4.9.44, Die Fieber-Depressionen
in Ahrweiler

Fieber! auf Linie 15

6.9.44
Lazarett Ahrweiler

—

Anne-Marie

—

Kristin Lavranstochter
Bergengruen: am Himmel wie
auf Erden
Das große Alkahest
der Großtyrann und das Gericht
Bernanos: Landpfarrer

10.9.44
Besuch im Lazarett

—

15.9.44
Nachturlaub

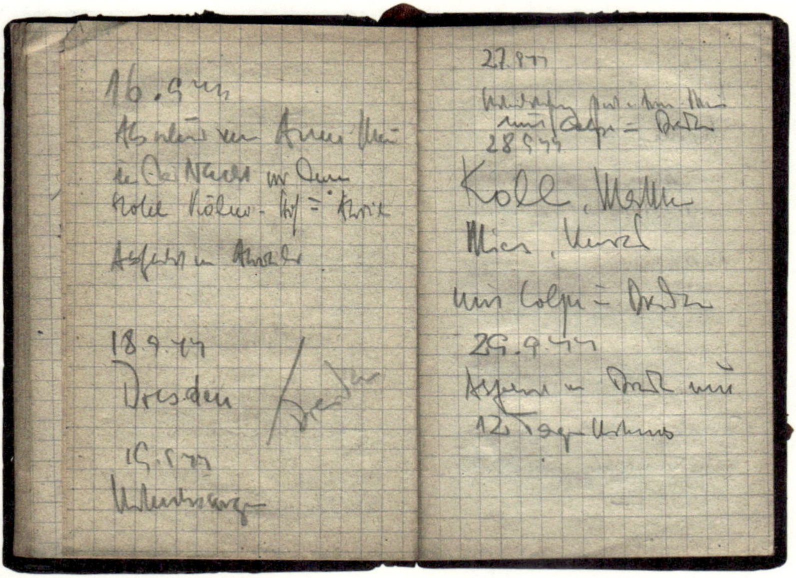

16.9.44
Abschied von Anne-Marie
in der Nacht vor dem
Hotel Kölner-Hof in Ahrweiler
Abfahrt von Ahrweiler

18.9.44

Dresden / Dresden

19.9.44
Urlaubssorgen

27.9.44
Urlaubsanfang Post v. Anne-Marie
mit [xxx] in Dresden
28. 9 44

Koll, [xxx]

Mies, Kurzel
mit Colpe in Dresden
29.9.44
Abfahrt von Dresden mit
12 Tagen Urlaub

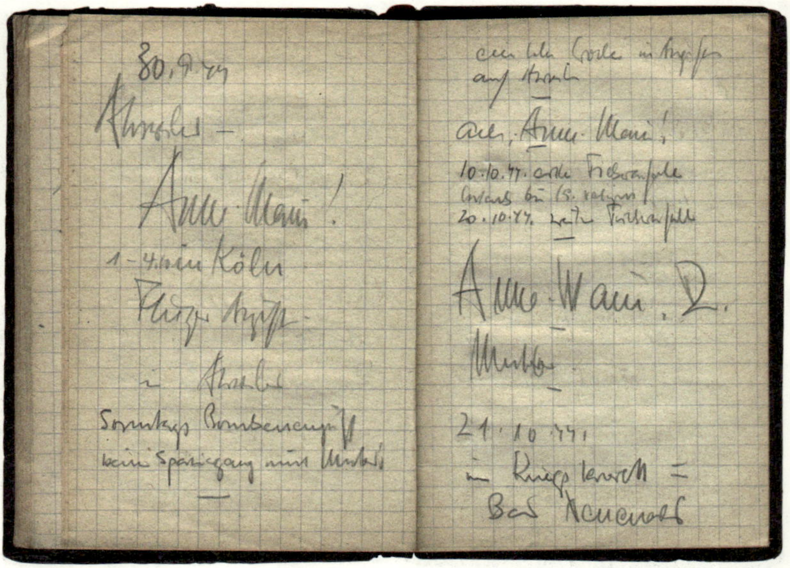

30.9.44

Ahrweiler –

Anne-Marie!

1 – 4.10. in Köln

Flieger Angriff

in Ahrweiler

Sonntags Bombenangriff

beim Spaziergang mit Mutter!

—

eine [xxx] Woche mit Angriffen

auf Ahrweiler

–

ach; Anne-Marie!

10.10.44 erster Fieberanfall

Urlaub bis 19. verlängert

20.10.44 zweiter Fieberanfall

–

Anne-Marie, Du.

–

Mutter

–

21.10.44

im Kriegslazarett in

Bad Neuenahr

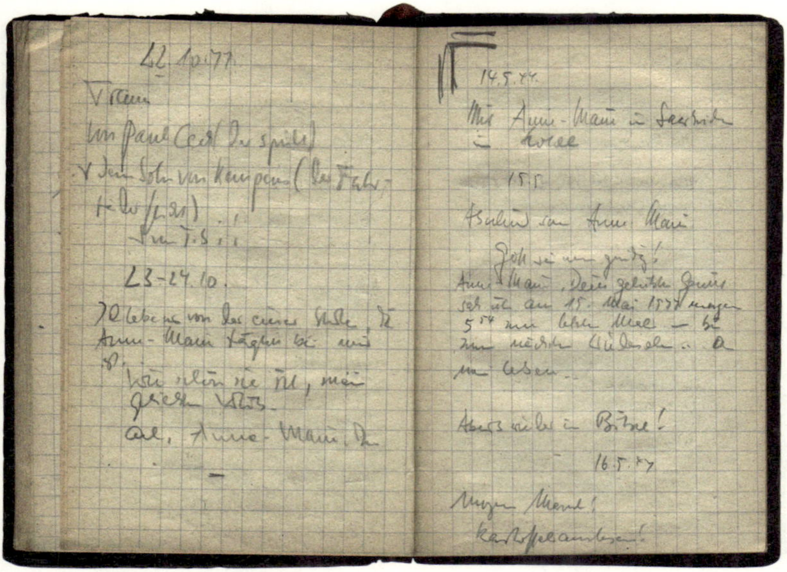

22.10.44
Traum
von Paul Cech (der spielt)
und dem Sohn von Kempens (der Fahr-
[xxx])
und von Tibi!
23–24.10.
Ich lebe nur von der einen Stütze, die
Anne-Marie täglich bei mir
ist.
Wie schön sie ist, mein
geliebtes Weib.
ach, Anne-Marie. Du

–*

* Fortsetzung S. 221

14.5.44*
Mit Anne-Marie in Saarbrücken
im Hotel
15.5.
Abschied von Anne-Marie

Gott sei uns gnädig!
Anne-Marie, Dein geliebtes Gesicht
sah ich am 15. Mai 1944 morgens
5^{54} zum letzten Mal – bis
zum nächsten Wiedersehen ... Du
mein Leben ...

Abends wieder in Bibel!
16.5.44
Morgens Marsch!
Kartoffelauslesen!

* Fortsetzung von S. 178

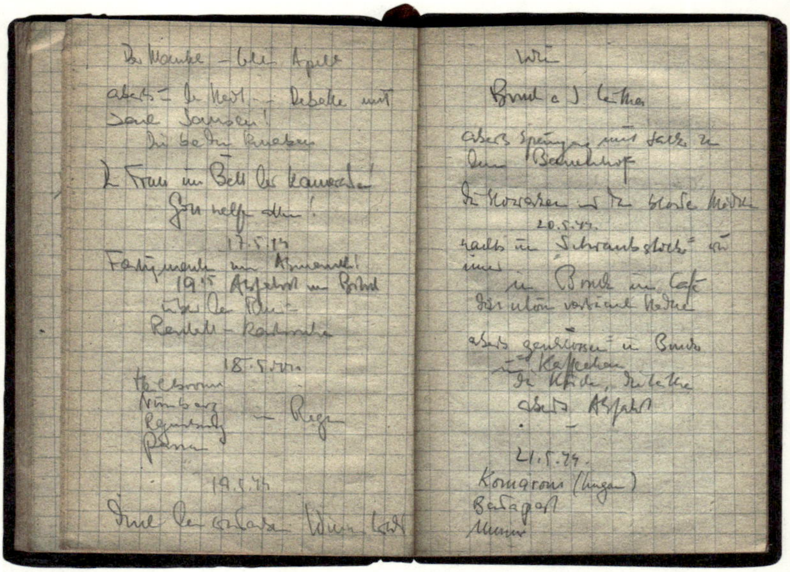

Der Mantel – [xxx] Appell
abends in der Stadt – Debatte mit
Jak Jansen!
die beiden Knaben
–
Die Frau im Bett der Kameraden!
Gott helfe allen!
17.5.44
Fertigmachen zum Abmarsch!
19¹⁵ Abfahrt von Bitsch
über den Rhein
Rastatt – Karlsruhe
18.5.44.
Heilbronn
Nürnberg
im Regen
Regensburg
Passau
19.5.44
durch den wunderbaren Wiener Wald

Wien
Bruch a. d. Leitha
abends Spaziergang mit Jack zu
dem Bauernhof
die Slowaken und das blonde Mädchen
20.5.44
nachts im »Schraubstock« wie
immer
in Bruck im Café
[xxx]
–
abends »geschlossen« in Bruck
in Kaffeehaus
die Küche, die Leitha
abends Abfahrt
–
21.5.44
Komaroni (Ungarn)
Budapest
[xxx]

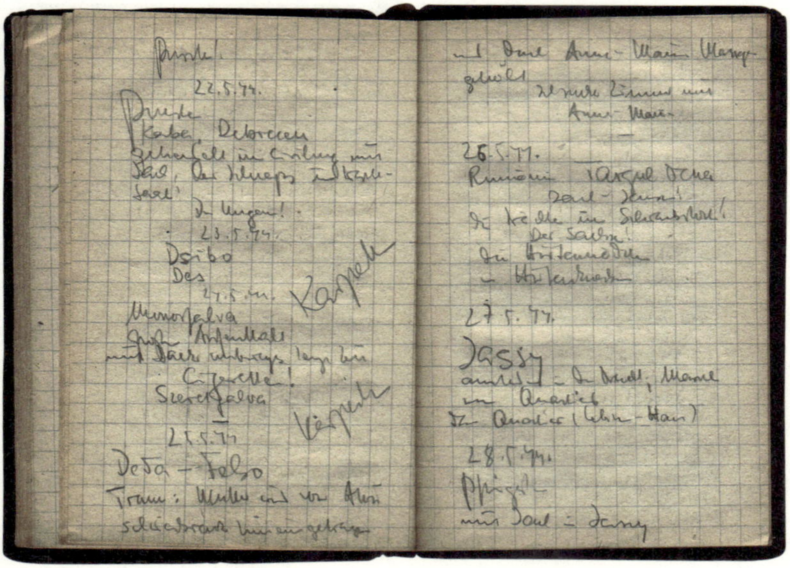

Puszta!

22.5.44

Puszta
Kaba, Debrecen
gehandelt im Civilzug mit
Jack, der Schnaps im Warte-
saal!

Die Ungarn!

23.5.44

Dsibo
Des

Karpaten

24.5.44

Minorfalva
[xxx] Aufenthalt
mit Jack unterwegs lange Zeit

Cigaretten!

Szeretgalva

–

Karpaten

25.5.44

Deda – Felso
Traum: Mutter wird vom Arzt
schwerkrank hineingetragen

und durch Anne-Maries Massagen
geheilt

Ich suche Zimmer mit
Anne-Marie

26.5.44 —

Rumänien Targul Ocna

Paul Jansen!

die Nächte im [xxx]!

Der Sachse!

die Hirtenmädchen
und Hirtenknaben

27.5.44

Jassy

[xxx] in der Nacht; Marsch
zum Quartier
das Quartier ([xxx]-Haus)

28.5.44

Pfingsten
mit Jack in Jassy

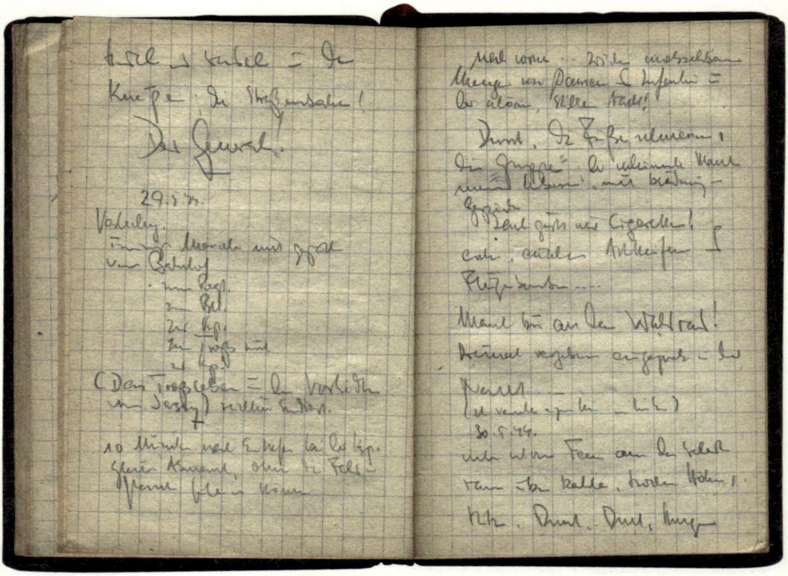

Handel und Wandel in den
Kneipen; die Straßenmädchen

Der General!

–

29.5.44

Verteilung.
Frühmorgens Märsche mit Gepäck
vom Bahnhof
zum Regt.
zum Btl.
zur Kp.
zum Troß zurück
zur Kp.
(Das Troßleben in den Vorstädten
von Jassy) [xxx].

–

10 Minuten nach Eintreffen bei der Kp.
gleich Abmarsch, ohne die Feldflasche füllen zu können

nach vorne ... zwischen unabsehbaren
Mengen von Panzern und Infanterie in
der schönen, stillen Nacht!

Durst, die Füße schmerzen,
die »Gruppe«, der schlimmste Marsch
meines Lebens, mit blödsinnigem
Gepäck

Jack gibt mir Cigaretten!
erstes, einzelnes Artilleriefeuer und
Fliegerbomben ...
Marsch bis an den Waldrand!
Dreimal vergebens eingegraben in der
Nacht
(Ich versuche eigentlich zu hinken)
30.5.44
unter schwerem Feuer aus dem [xxx]
raus über kahle, trostlose Höhen,
Hitze, Durst, Durst, Hunger

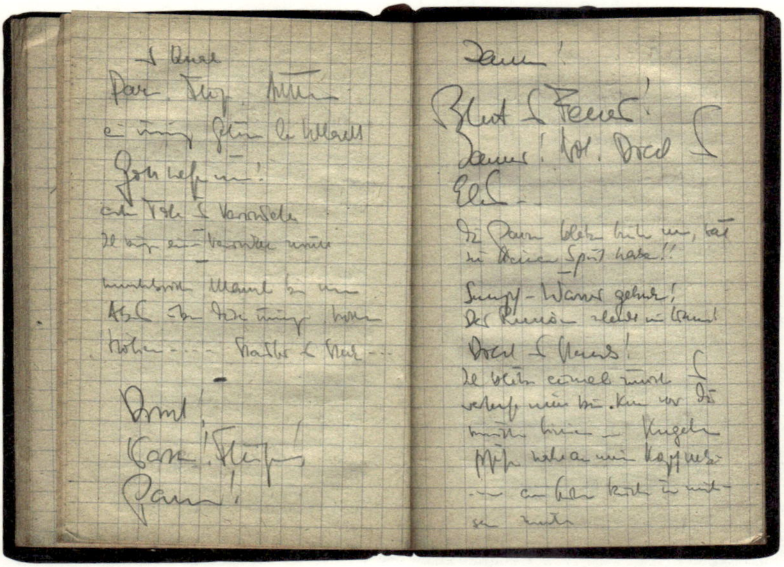

und Qual
Panzer, Flieger, Artillerie
ein irrsinnig [xxx] der Schlacht
–
Gott helfe mir!
erste Tote und Verwundete
–
Ich bringe einen Verwundeten zurück
–
ununterbrochen [xxx] bis zum
Abend über diese irrsinnig trostlosen
Höhen … [xxx]
–
Durst!
Wasser! Flieger!
Panzer!

Jammer!
Blut und Feuer!
Jammer! Not, Dreck und
Elend …
die Panzer bleiben hinter uns, weil
sie keinen Sprit haben!!
–
Sumpf-Wasser getrunken!
Der Rumäne schenkt uns Wasser!
Dreck und Staub!
Ich bleibe einmal zurück und
verlaufe mich bis kurz vor die
russischen Linien [xxx] Kugeln
pfeifen nahe an meinem Kopf vorbei
in einem Graben krieche ich müh-
sam zurück

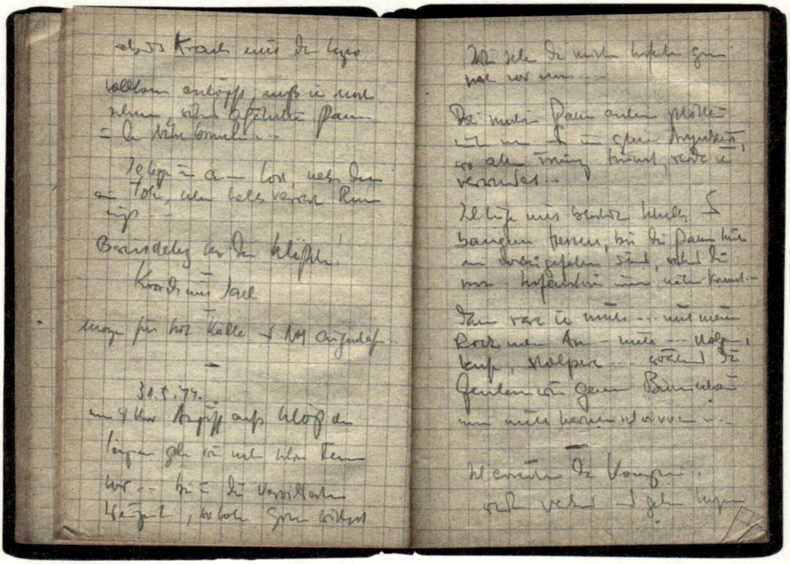

abends Krach mit dem [xxx]
vollkommen erschöpft, muß ich noch schanzen, während gefährliche Panzer in der Nähe brummen …
Ich liege in einem Loch, neben dem ein Toter, halb verwester Russe liegt …

–

Krach mit Jack

–

morgens früh trotz Kälte und Not eingeschlafen

–

31.5.44
um 4 Uhr Angriff aufs Schlößchen
langsam gehen wir unter schwerem Feuer
vor … bis in die verwilderten Weingüter, wo hohes Gras wächst

Ich sehe die russische Infanterie ganz nah vor uns …
Drei russische Panzer erscheinen plötzlic über mir und im gleichen Augenblick, wo [xxx], werde ich
verwundet.
Ich liege mit blutender Schulter und bangem Herzen, bis die Panzer hinter mir vorbeigefahren sind, während die russische Infanterie immer näher komm

–

dann rase ich mich … und meinen Rock unterm Arm – zurück … stolpere, laufe, stolpere … während die [xxx]
wie ganze Bienenschwärme
um mich herum schwirren …

–

Ich erreiche die Kompanie
werde verbunden und gehe langsam

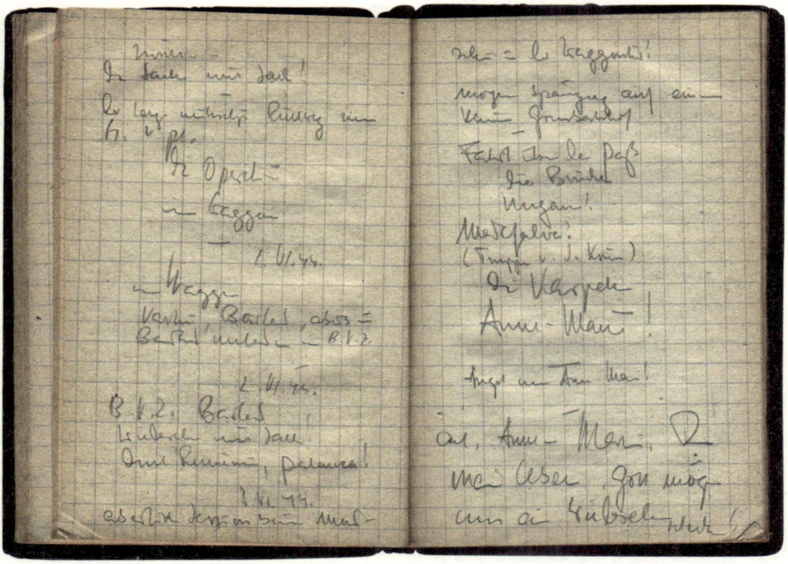

zurück
die Sache mit Jack!
der lange mühselige Rückweg zum
H.V pl.
die Operation
im Waggon
–
1.VI.44
im Waggon
[xxx], abends in
[xxx] umladen in B.V.Z.
–
2.VI.44
B.V.Z. [xxx]
Wiedersehen mit Jack!
durch Rumänien, [xxx]!
3.VI.44
[xxx]

[xxx] in der Waggontür!
morgens Spaziergang auf einem
kleinen [xxx]
–
Fahrt über den Paß
die Brücke
Ungarn!
[xxx]!
(Truppen v. d. Krim)
die Karpaten
Anne-Marie!
–
Angst um Anne-Marie!
–
ach, Anne-Marie, Du.
Mein Leben, Gott möge
uns ein Wiedersehen schenken!

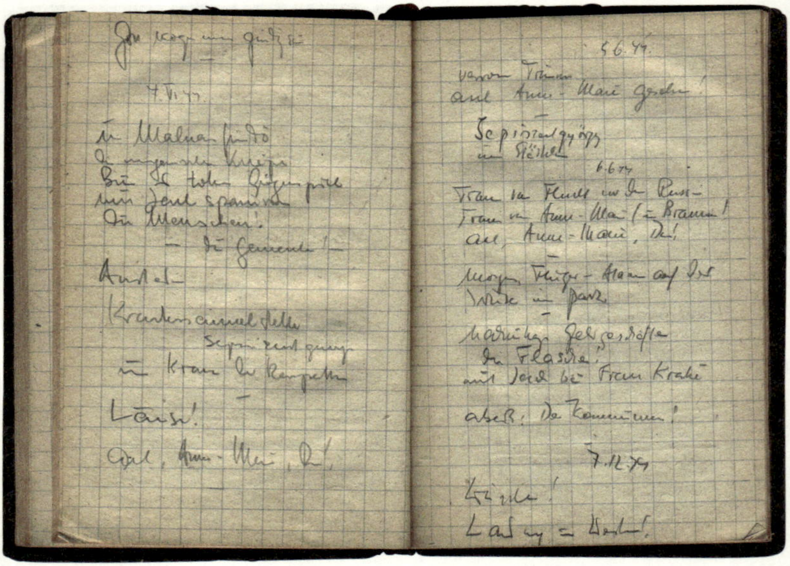

Gott möge uns gnädig sein
–
4.VI.44
in [xxx]
die ungarische Kneipe
Bier und tolles Geigenspiel
mit Jack spazieren
die Menschen!
– die Gemeinheit! –
[xxx]
Krankensammelstelle
Sepsiszentgyörgy
im [xxx] der Karpaten
–
Läuse!
ach, Anne-Marie, Du!

5.6.44
verworrenes Träumen
auch Anne-Marie gesehn!
–
Sepsiszentgyörgy
im Städtchen
6.6.44
Traum von Flucht vor den Russen
Traum von Anne-Marie (in Braunau)
ach, Anne-Marie, Du!
–
Morgens Flieger-Alarm auf der
[xxx] im Park
–
nachmittags Geldgeschäfte
die Flasche!
mit Jack bei Frau Krahé
abends: Der [xxx]!
7.12.44
Wäsche!
Landweg im Westen!

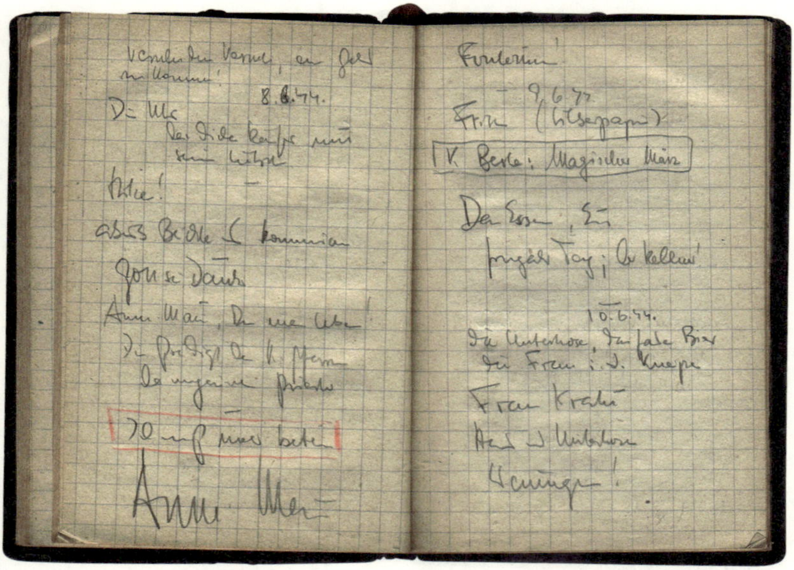

verschiedene Versuche, an Geld
zu kommen!

8.6.44.

Die Uhr

der dicke Käufer mit
seiner Liebsten

–

Hitze!
abends Beichte und Kommunion

–

Gott sei Dank
Anne Marie, Du mein Leben!
Die Predigt des K. Pfarrers
der ungarische Priester

–

Ich muß mehr beten

Anne Marie

Fronleichnam!

9.6.44

[xxx] (Silberpapier)

K. Beste: Magischer März

Das Essen, Eis
frugaler Tag; der Kellner!

–

10.6.44

die Unterhose, das fade Bier
die Frau i.d. Kneipe
Frau Krahé
Abend mit Unterhose
Weininger!

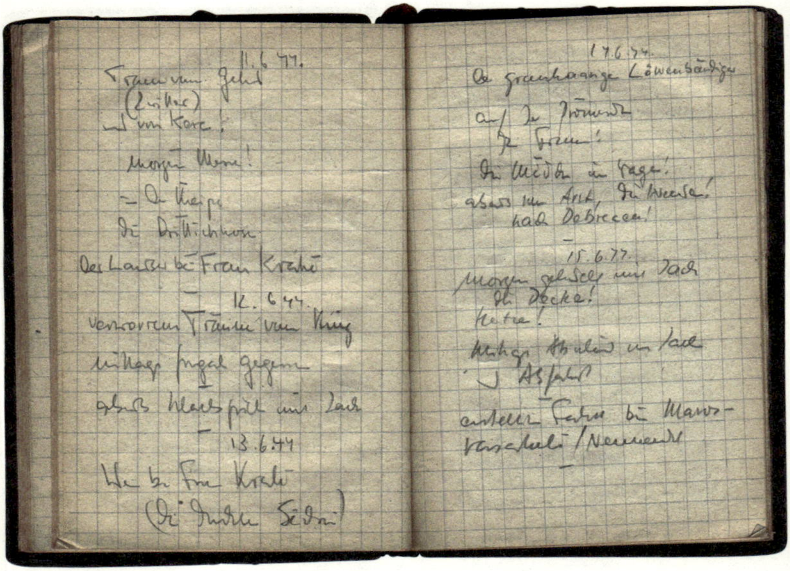

11.6.44
Traum von Geburt
(Zwitter)
und von Kerc!
–
morgens Messe!
–
in der Kneipe
die Drillichhose
Der Landser bei Frau Krahé
– 12.6.44
verworrene Träume vom Krieg
mittags frugal gegessen
–
abends Schachspiel mit Jack
– 13.6.44
Wein bei Frau Krahé
(die dunkle Sünderin)

14.6.44
der grauhaarige Löwenbändiger
auf der Promenade
die Frauen!
die Mädchen im Wagen!
abends zum Arzt, die Wunde!
nach Debrecen!
–
15.6.44
morgens [xxx] mit Jack
die Decke!
Hetze!
mittags Abschied von Jack
und Abfahrt
–
entsetzliche Fahrt bis Maros-
Vasarhely/Neumarkt
–

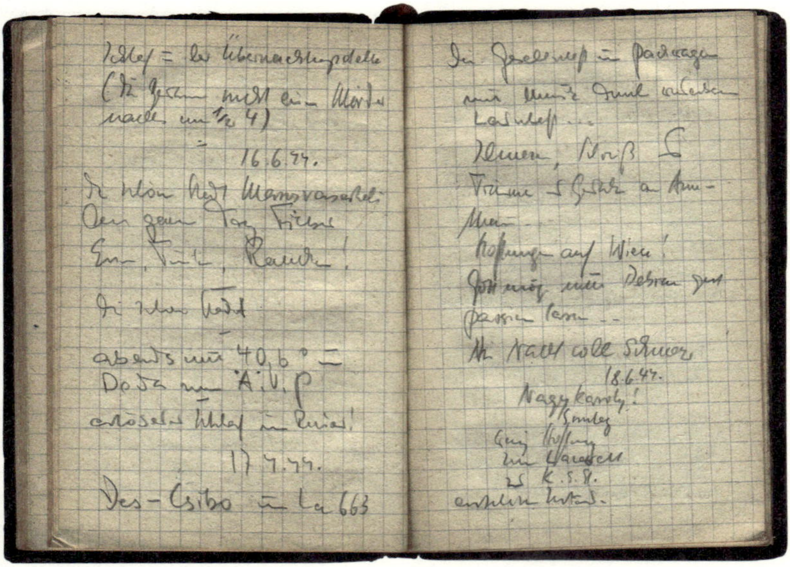

Schlaf in der Übernachtungsstelle
(die [xxx] sucht einen Mörder
nachts um ½ 4)

–

16.6.44

die schöne Stadt Maros Vasarhely
den ganzen Tag Fieber
Essen, Trinken, Rauchen!

–

die schöne Stadt

–

abends mit 40,6° in
Deda zum Ä.V.P.

–

erlösender Schlaf im Revier

17.4.44*

Des-Csibo im La 663

die Gesellschaft im Packwagen
mit Musik durch wunderbare
Landschaft …
Schmerzen, Schweiß und
Träume und Gedanken an Anne-
Marie
Hoffnungen auf Wien!
Gott möge mich Debrecen gut
passieren lassen …
Die Nacht voll Schmerz

18.6.44

Nagykaroly!
Sonntag
wenig Hoffnung
zum Lazarett
zur K.S.St.

entsetzlicher Zustand.

* Richtig 17.6.44

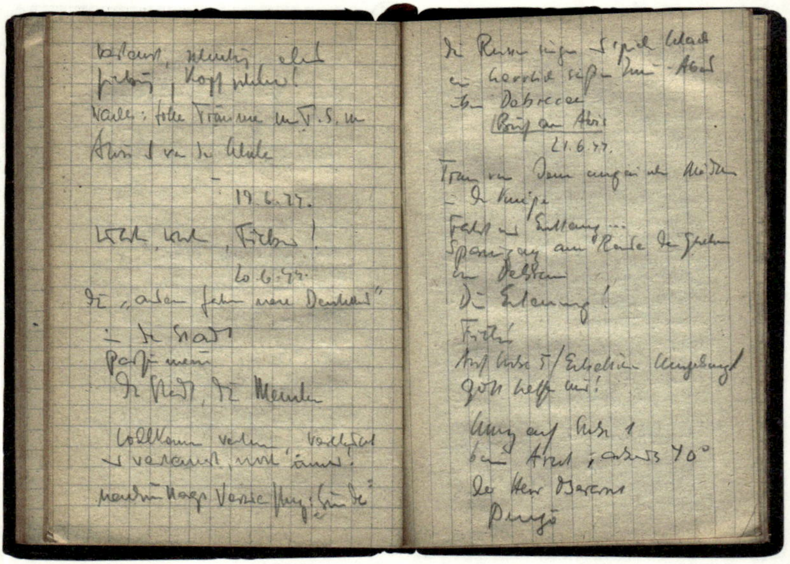

verlaust, schmutzig, elend
fiebrig, Kopfschmerz!
Nachts: tolle Träume vom T.S. von
Alois und von der Schule

–

19.6.44

Warten, warten, Fieber!

20.6.44

die »anderen fahren nach Deutschland«
in die Stadt
Parfümerie
die Stadt, die Menschen

vollkommen verloren, [xxx]
und verlaust, noch immer!
nachmittags Verzweiflung: »Sünde«

die Russen singen und spielen Schach
ein herrlich süßer Juni-Abend
über Debrecen

Brief an Alois

21.6.44

Traum von dem ungarischen Mädchen
in der Kneipe
Fahrt zur Entlausung …
Spaziergang am Rande der [xxx]
in Debrecen.
Die Entlausung!
Fieber
Auf Stube 5 [xxx] Umgebung/
Gott helfe mir!
Umzug auf Stube 1
beim Arzt, abends 40°
der Herr Oberarzt
Pengö

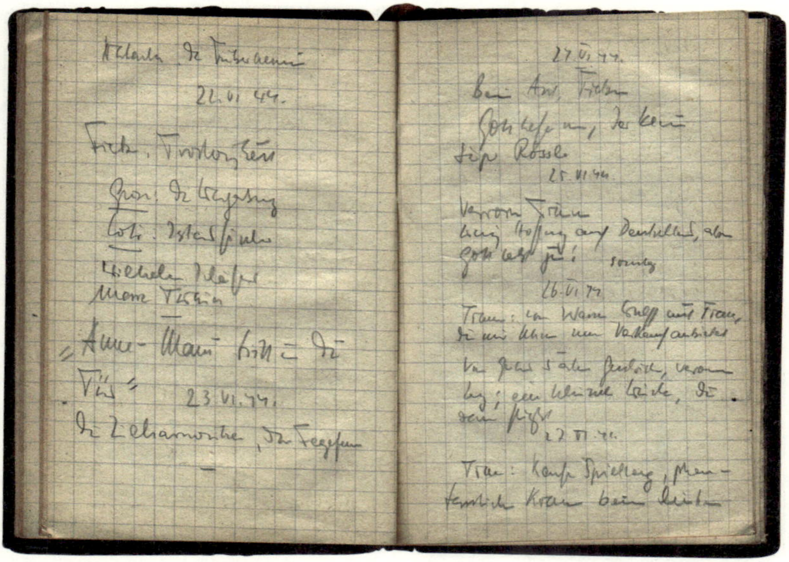

Natascha, die [xxx]

22.VI.44

Fieber, Trostlosigkeit
Griese: die Wagenburg
Pierre Loti: Islandfischer.
Wilhelm Schäfer
Mark Twain

–

»Anne-Marie tritt in die
Tür«

23.VI.44

die Ziehharmonika, das Fegefeuer

–

24.VI.44

Beim Arzt, Filzen
Gott helfe uns, der kleine
[xxx] Rössle

25.VI.44

Verworrene Träume
wenig Hoffnung auf Deutschland, {aber}
Gott lebt ja!

Sonntag

26.VI.44

Traum: von [xxx] mit Frau,
die mir Uhren zum Verkauf anbietet

–

[xxx],
[xxx]; eine [xxx], die
dann fließt

27.VI. 44

Traum: kaufe Spielzeug, phan-
tastischen Kram beim [xxx]

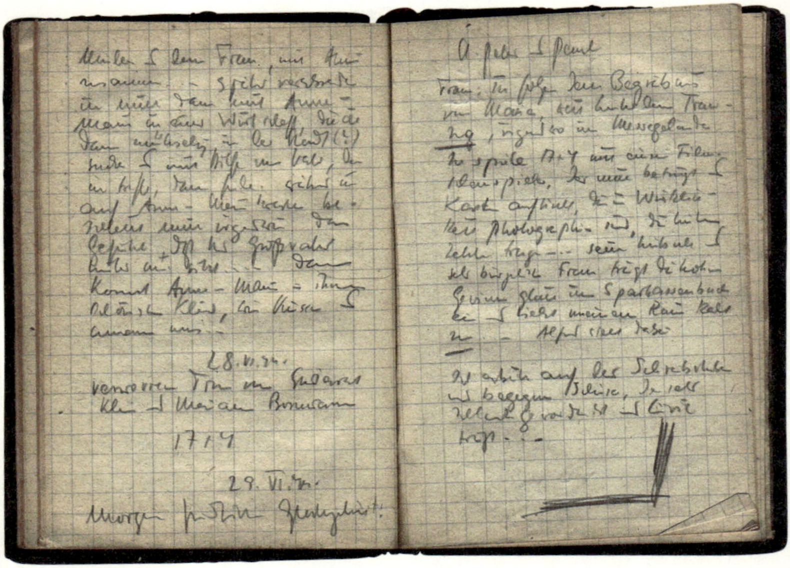

[xxx] und dessen Frau, mit Alois
zusammen – später verabrede
ich mit dann mit Anne-
Marie in einer Wirtschaft, die ich
dann mühselig in der Stadt (?)
suche und mit Hilfe von Vater, den
ich treffe, dann finde; während ich
auf Anne-Marie warte be-
schleicht mich irgendwie das
Gefühl, daß der Großvater
hinter mir sitzt ... dann
kommt Anne-Marie in ihrem
schönsten Kleid, wir küssen und
umarmen uns ...

28.VI.44

verworrener Traum vom Studienrat
Klein und Marianne Bornemann

17+4

29.VI.44

Morgens fröhliche [xxx]

St. Peter und Paul

Traum: ich folge dem Begräbnis
von Maria, weit hinter dem Trauer-
zug, irgendwo im Messegelände
[xxx] spiele 17+4 mit einem Film-
schauspieler, der mich betrügt und
Karten [xxx], die in Wirklich-
keit Photographien sind, die hinten
Zahlen tragen ... seine hübsche und
sehr bürgerliche Frau trägt die hohen
Gewinne gleich im Sparkassenbuch
ein und sieht meinem Ruin kalt
zu ... Alfred steht dabei

–

Ich arbeite auf der Schreibstube
und begegne [xxx], der sehr
schlank geworden ist und Livré
trägt ..

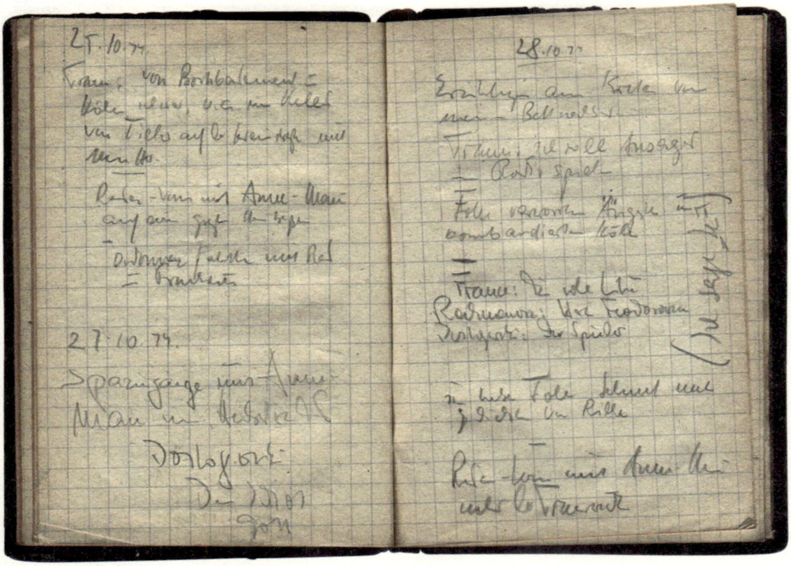

25.10.44*
Traum: von Bombardement in
Köln ich war, u.a. im Keller
von Tilde auf der Severinstraße mit
Mutter

—

Rendez-vous mit Anne-Marie
auf einen [xxx]
[xxx] falsch mit Rad
in Frankreich

27.10.44
Spaziergänge mit Anne-
Marie im Herbstwald
Dostojewski
Der Idiot
Gott

28.10.44
Erzählungen aus Kreta von
meinem Bettnachbar
Traum: Ich soll Ansager
im Radio spielen
–
tolle verworrene Ängste um
bombardiertes Köln
–
France: Die rote Lilie
Rachmanowa: Wera Feodorowna
Dostojewski: Der Spieler
–
ich habe tolle Sehnsucht nach
Gedichten von Rilke
–
Rendez-vous mit Anne-Marie
unter der Trauerweide

(Ich sage »[xxx]«)

* Fortsetzung von S. 207

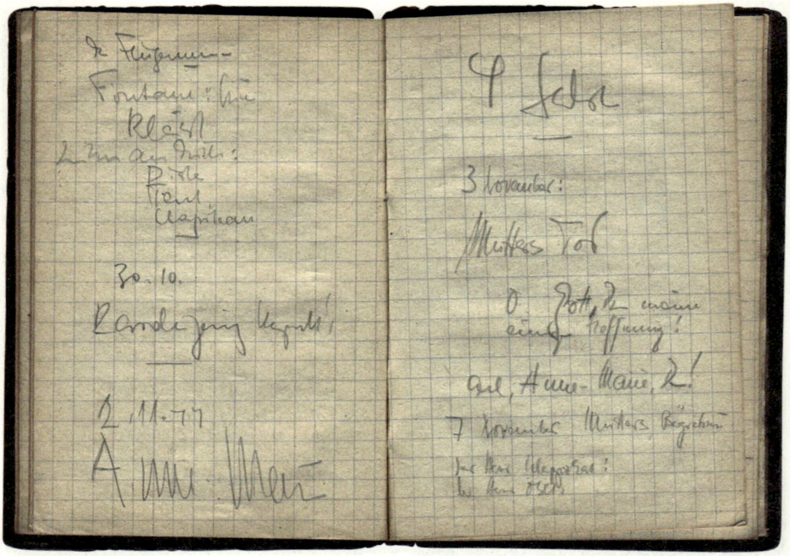

die Flu[xxx]

–

Fontane: Stine

Kleist

Schreiben an Mutter

Piste

Tent

Chapiteau

—

30.10.

Karolingerring kaputt!

—

2.11.44

Anne-Marie

4 Jahre

—

3. November

Mutters Tod

O Gott, Du meine

einzige Hoffnung!

Ach, Anne-Marie, Du!

7 November Mutters Begräbnis

der Herr [xxx]

der Herr [xxx]

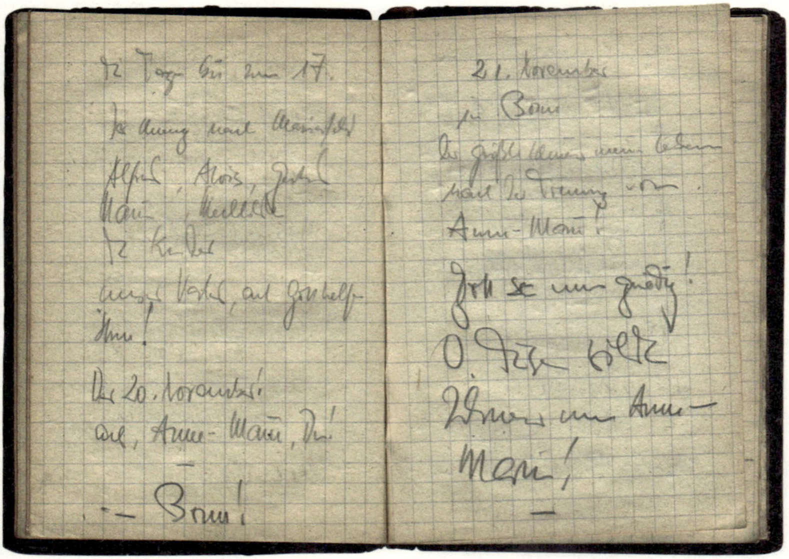

die Tage bis zum 17.

Der Umzug nach Marienfeld

Alfred, Alois, Gertrud,

Maria, Mechthilde
die Kinder
unser Vater, ach Gott helfe
ihm!

Der 20. November!
ach, Anne-Marie, Du!

–

in Bonn!

21. November

in Bonn
der größte Schmerz meines Lebens
nach der Trennung von
Anne-Marie!

Gott sei uns gnädig!
O diese wilde
Schwermut um Anne-
Marie!

–

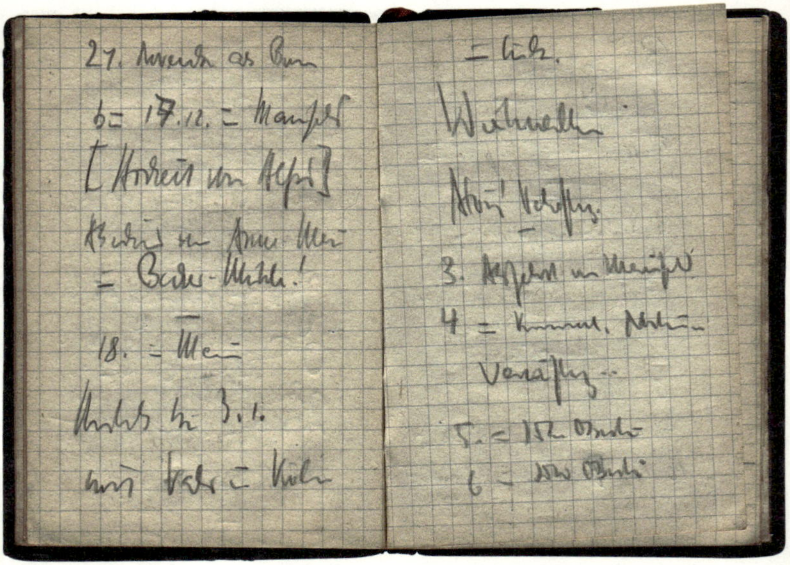

24. November ab Bonn
bis 17.12. in Marienfeld

[Hochzeit von Alfred]

Abschied von Anne-Marie
in Brucher-Mühle!

–

18. in Mainz
Urlaub bis 3.1.

mit Vater in Köln

in Sülz

Weihnachten

Alois' Verhaftung.

–

3. Abfahrt von Marienfeld
4 in Karneval, [xxx]
Verzweiflung ...
5. in Idar Oberstein
6 in Idar Oberstein

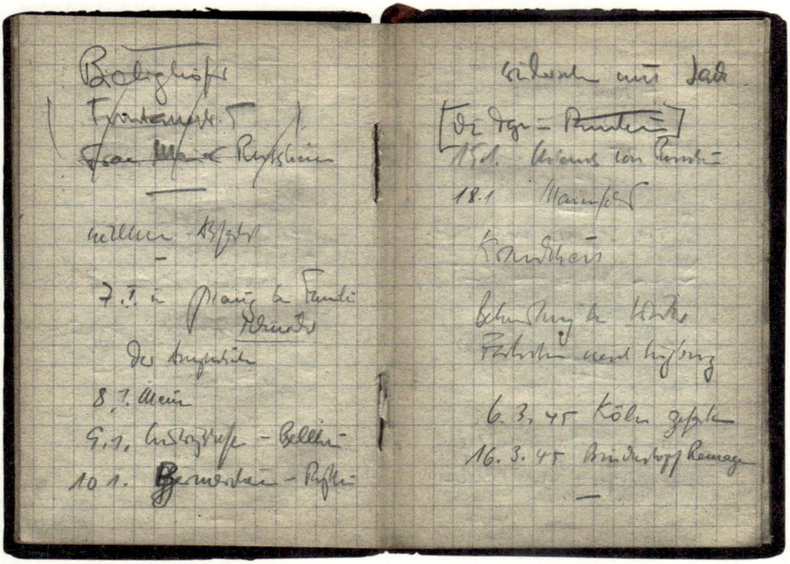

———

Bielighöfer
Fontanestr. 5
Frau Meier Russheim

———

[xxx] Abfahrt

–

7. I. in [xxx] bei Familie
<u>Schmidt</u>

der [xxx]

8.1. Mainz

9.1. Ludwigshafen – Bellheim

10.1. Germersheim – Rußheim

wiedersehen mit Jack

[die Tage in ~~Russheim~~]

15.1. Urlaub von Russheim

18.1. Marienfeld

–

Krankheiten

Behandlung bei Wirth
Fahrten nach Siegburg

6.3.45 Köln gefallen

16.3.45 Brückenkopf Remagen

—

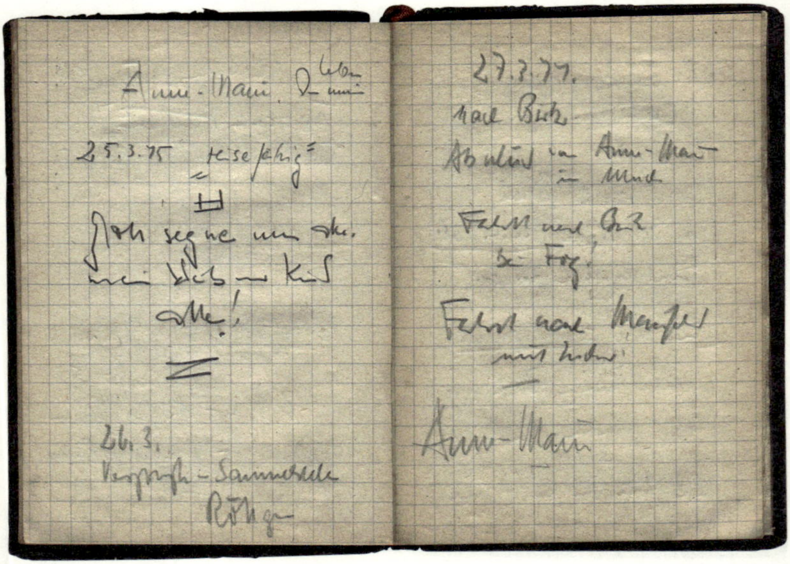

Leben
Anne-Marie, Du mein

25.3.45 »reisefähig«

Gott segne uns alle
mein Weib und Kind
alle!

26.3.
Versprengten-Sammelstelle
Röttgen

27.3.44
nach Birk
Abschied von Anne-Marie
in Much

Fahrt nach Brück
bei Fog!

Fahrt nach Marienfeld
mit [xxx]!

—

Anne-Marie

—

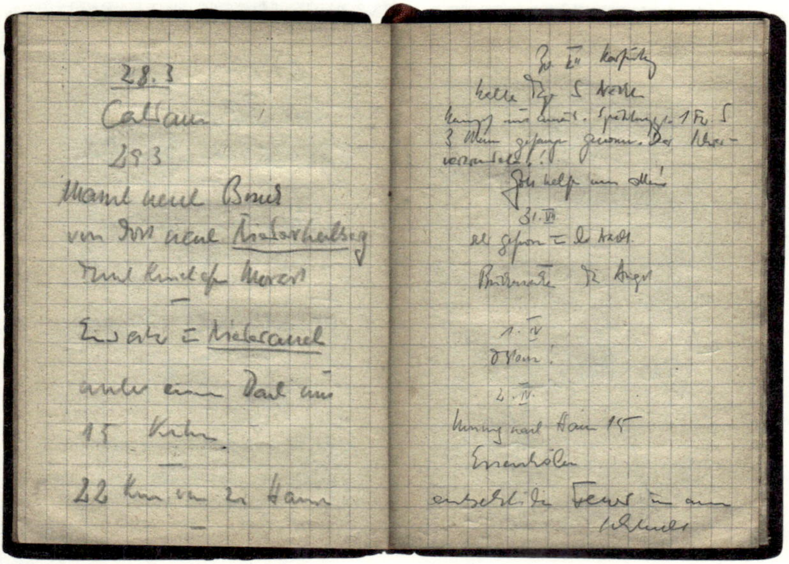

28.3.
Caldauen
29.3
Marsch nach Brück
von dort nach Niederhalberg
durch knietiefen Morast
–
Einsatz in Niederauel

unter einem Dach mit
15 Kühen
–
22 km von zu Hause
–

30. III. Karfreitag
helle Tage und Nächte
Kampf mit amerik. Spähtrupp. 1 Fw und
3 Mann gefangen genommen. Der Schwerverwundete!
Gott helfe uns allen
31.VII.
sehr gefroren in der Nacht
–
Brückenwache die Angst

1. IV
Ostern
2. IV
Umzug nach Haus 15
Essenholen
entsetzliches Feuer in einer
Schlucht

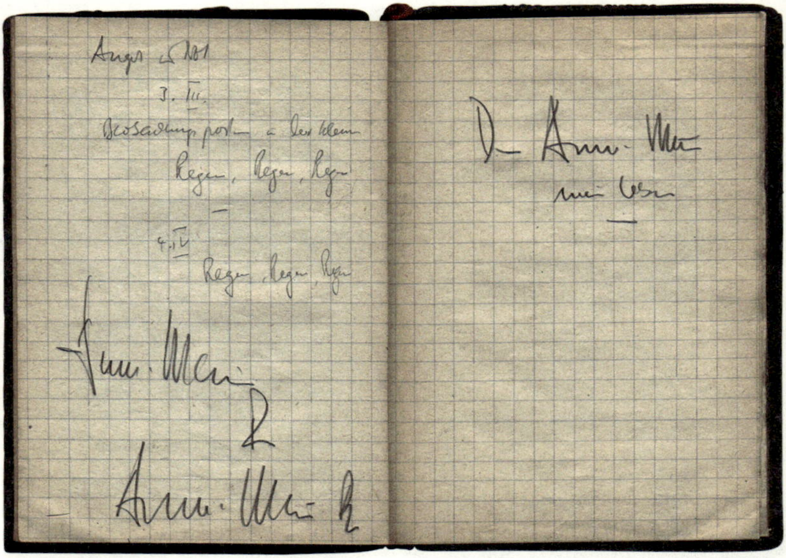

Angst und Not

3.III.

Beobachtungsposten in der Scheune

Regen, Regen, Regen

–

4.IV

Regen, Regen, Regen

Anne-Marie

Du

Anne-Marie Du

Du Anne-Marie

mein Leben

—

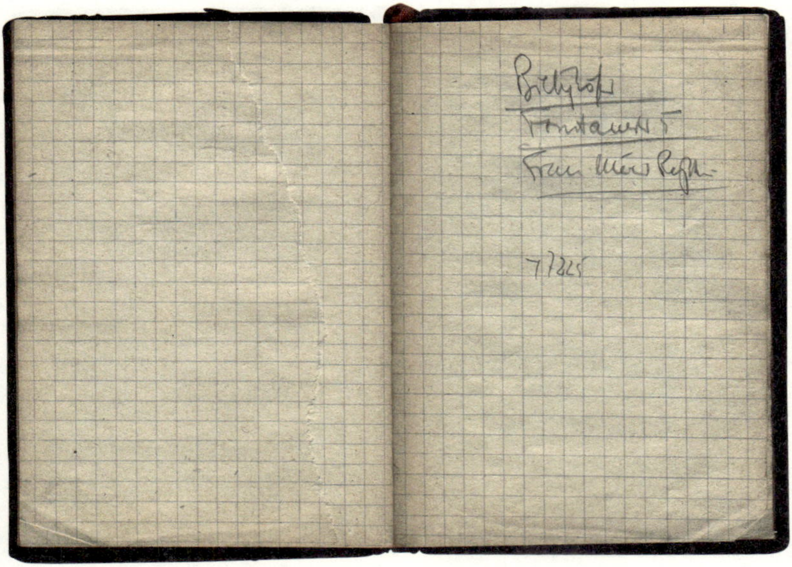

[xxx]
Fontanestr. 5
Frau Meier Rußheim

47225

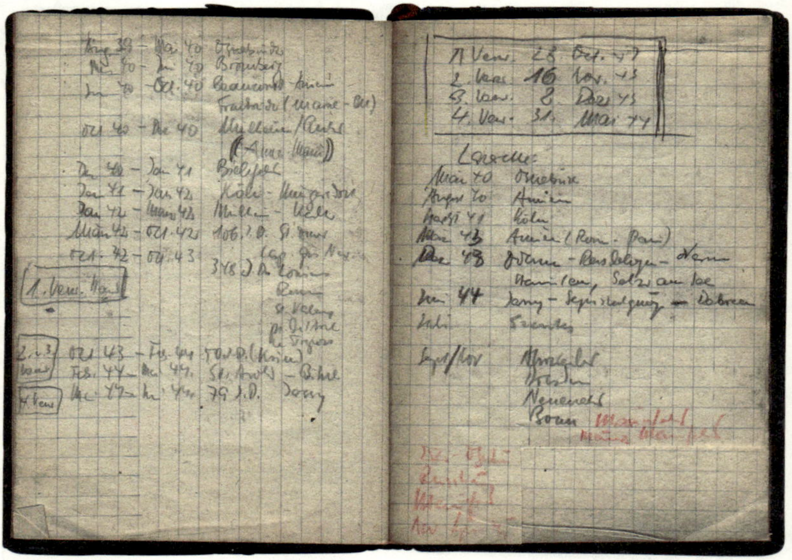

Aug. 39 – Mai 40 Osnabrück
Mai 40 – Juni 40 Bromberg
Jun. 40 – Oct. 40 Beaucourt – Amiens
Frankreich [xxx])
Oct 40 – Dez 40 Mülheim/Ruhr
((Anne-Marie))
Dez 40 – Jan 41 Bielefeld
Jan 41 – Jan 42 Köln Müngersdorf
Jan 42 – März 42 Mülheim – Kalk
März 42 – Oct 42 106 I.D. St. Omer
Oct 42 – Oct 43 Cap Gris Nez
1. Verw. Hand — 348 I.D. Louviers
Rouen
St. Valery
[xxx]
Le Tréport
2.u.3. Verw. — Oct 43 – Feb. 44 50 I.D. (Krim)
Feb 44 – Mai 44 St. Avold – Bitsch
4. Verw. — Mai 44 – Juni 44 79. I.D. Jassy

1. Verw. 28. Oct. 42
2. Verw. 16. Nov. 43
3. Verw. 2. Dez. 43
4. Verw. 31. Mai 44

Lazarette

Mai 40	Osnabrück
August 40	Amiens
Herbst 41	Köln
März 43	Amien (Rouan – Paris)
Dez 43	[xxx]
	Stanislau, Selz am See
Jun 44	Jassy – Sepsiszentgyörgy – Debrec
Juli	Szentes
Sept/Nov.	Ahrweiler
	Dresden
	Neuenahr
	Bonn Marienfeld
	Mainz Marienfeld

Idar Oberstein
Russheim
Marienfeld
März April 45

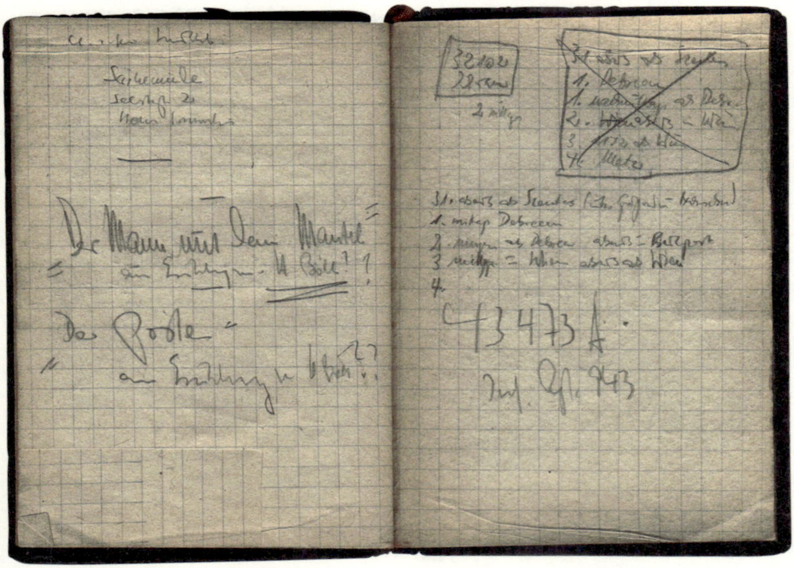

[xxx]
[xxx]
[xxx]
Haus Sonnenschein

———

»Der Mann mit dem Mantel«
eine Erzählung von H. Böll??

»Der Posten«
eine Erzählung von H. Böll??

32102
28[xxx]

2 mittags

31. abends ab Szentes
1. Debrecen
1. nachmittags ab Debrecen
2. Wien abends in Wien
3. ab [xxx]
4. Metz

31. abends ab Szentes (über Großwardein – [xxx])
1. mittags Debrecen
2. morgens ab Debrecen – abends in [xxx]
3. mittags in Wien abends ab Wien
4.

43473 A

Inf. Rgt. 943

Kriegstagebuch
1945

2.3.1945 bis 15.9.1945

Osterdienstag
2.3.45
Beobachter im Scheunendach
Leben und Treiben der Amerikaner
abends Regen, Regen, Regen
– Granatwerferfeuer
4.4.45
Beobachten in der Scheune. Eier!!
Müdigkeit und Trauer
Essenholen
Mache mir Brot
im Granatwerferfeuer
5.4.45
die Ordensverleihung!
abends Essenholen
Müdigkeit und Schmutz!!
Schmutz
Granatwerferfeuer

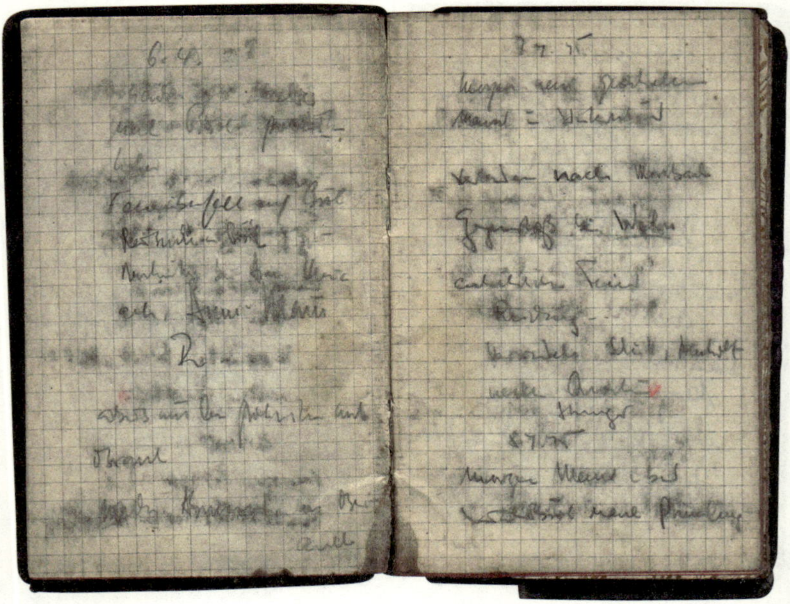

6.4.
Schicke den Melder
nach Bröl Polizisten
holen
Feuerüberfall auf Bröl
Reichsmühle in Bröl
Nachmittags bei Anne-Marie
ach, Anne-Marie
Du
abends mit den Polizisten nach
Oberauel
nachm. Kompanieverlegung von
Oberauel

7.4.45
Morgens nach Grevelsiefen
Abends in Winterscheid

verladen nach Morsbach
Gegenstoß beim Weiler
entsetzliches Feuer
Rückzug ...
Verwundete, [xxx], Schulz, Neuholdt
[xxx]
Hunger
8.4.
morgens Marsch über
Waldbröl nach Primling-

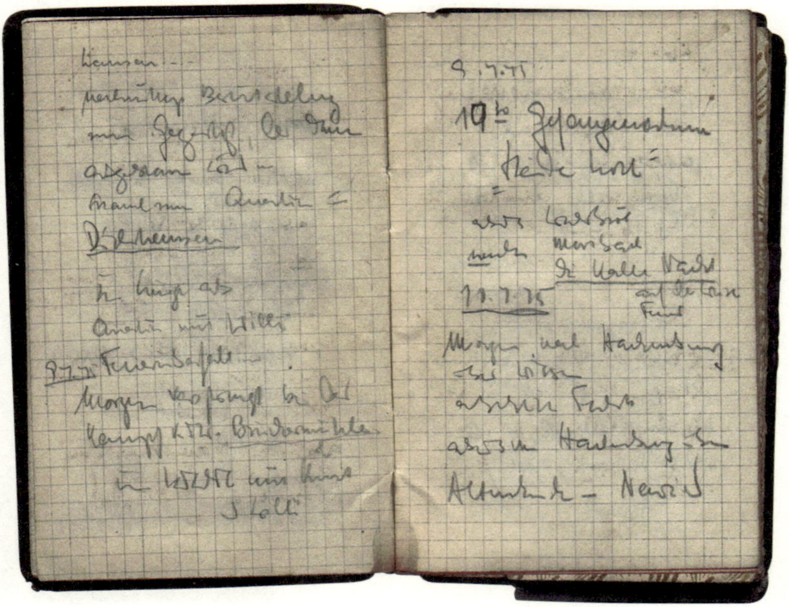

hausen …
nachmittags Bereitstellung
zum Gegenstoß, der dann
abgeblasen wird …
Marsch zum Quartier in
Dickhausen
ich hänge ab
Quartier mit Willi
9.4.45 Feuerüberfall …
Morgens versprengt bei der
Kampfkdtr. Bruchermühle
in Waldbröl mit Kurt
und Willi

9.4.45
19.^{30} Gefangennahme
»Hände hoch«
abends Waldbröl
nachher Morsbach
die kalte Nacht
auf der Wiese
Feuer
11.4.45
Morgens nach Hachenburg
über Wissen
entsetzliche Fahrt
abends von Hachenburg über
Altenkirchen – Neuwied

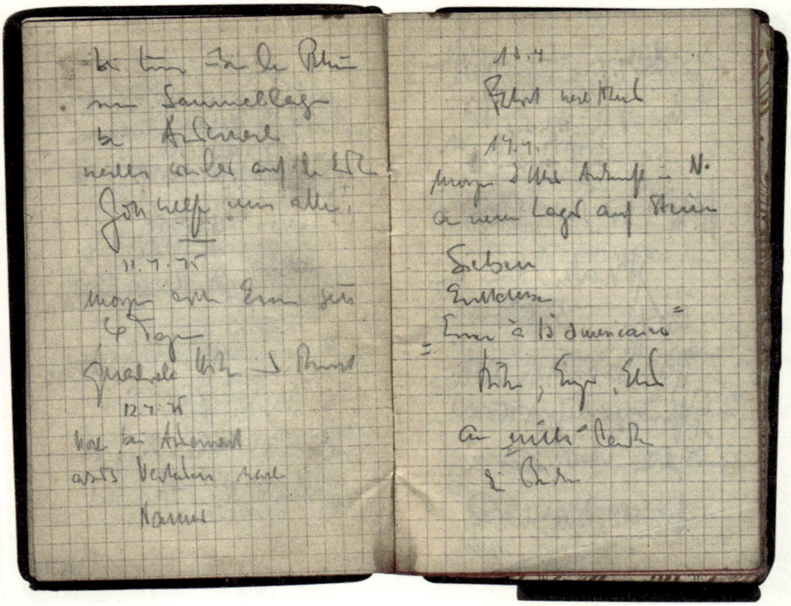

bei Linz über den Rhein
zum Sammellager
bei Andernach
nachts wieder auf der Erde
Gott helfe uns allen!

—

11.4.45
morgens erstes Essen seit
4 Tagen
quälende Hitze und Durst
12.4.45
noch bei Andernach
abends verladen nach
Namur

13.4.
Fahrt nach Namur
14.4.
morgens 2 Uhr Ankunft in N.
ein neues Lager auf Stein

Sieben
Entlausen
»Essen à là americaine«
Hitze, Enge, Elend

an »nichts« denken
die Brücke

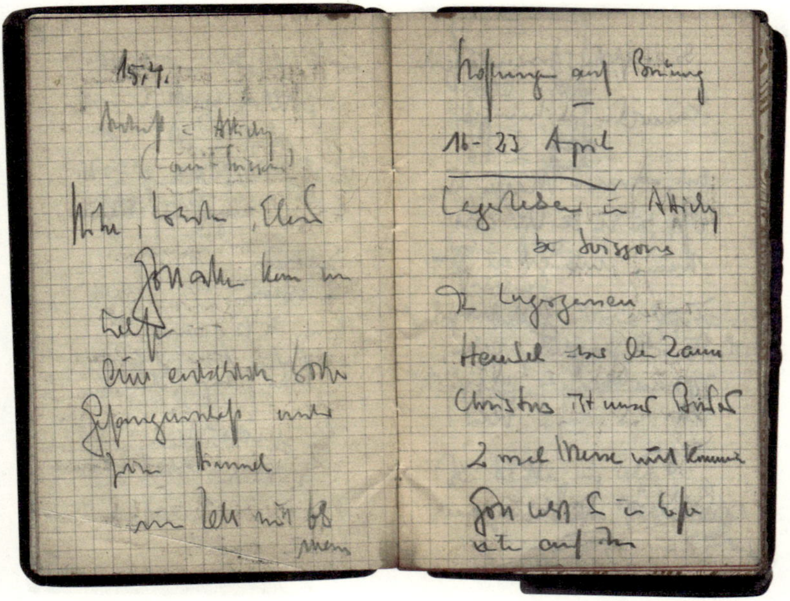

15.4.
Ankunft in Attichy
([xxx] Soissons)

Hitze, [xxx], Elend

Gott allein kann uns
helfen
eine entsetzliche Woche
Gefangenschaft unter
freien Himmel
im Zelt mit 68
Mann

Hoffnungen auf Brüning
–
16 – 23 April

Lagerleben in Attichy
bei Soissons

die Lagergenossen
Handel über den Zaun
Christus ist unser Bruder
2 mal Messe mit Kommunion
Gott lebt und ich hoffe
weiter auf ihn

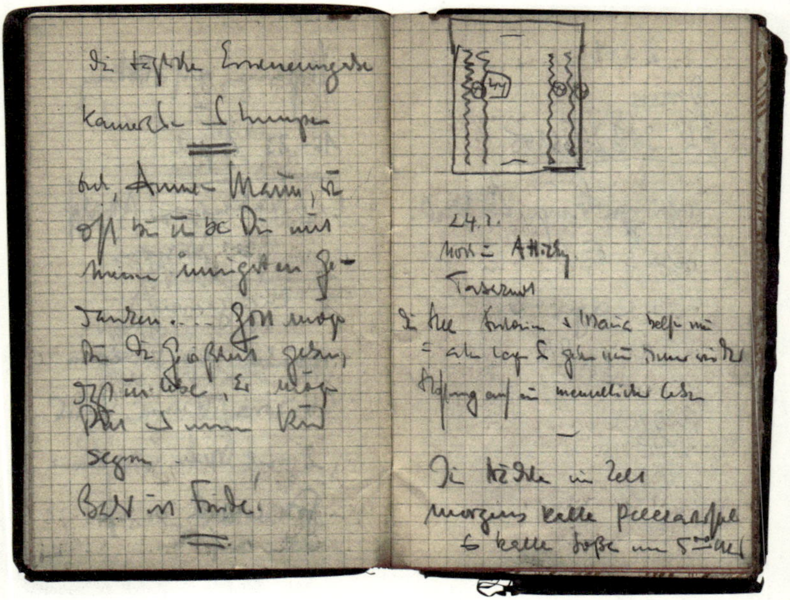

die tägliche Essenausgabe
Kameraden und Lumpen

=

Ach, Anne-Marie, wie
oft bin ich bei Dir mit
meinen innigsten Ge-
danken ... Gott möge
Dir die Gewißheit geben,
daß ich lebe, Er möge
Dich und unser Kind
segnen
Bald ist Friede!

=

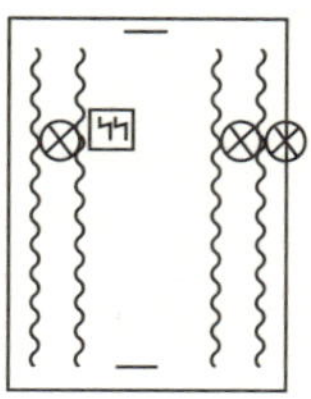

24.3.*
noch in Attichy
Tabaknot
der Heilige Antonius und Maria helfe mi
in allen Lagen und gebe mir immer wied
Hoffnung auf ein menschliches Leben

–

die Nächte im Zelt
morgens kalte Pellkartoffeln
und kalte Soße um 5⁰⁰ Uhr

* Richtig: 24.4.

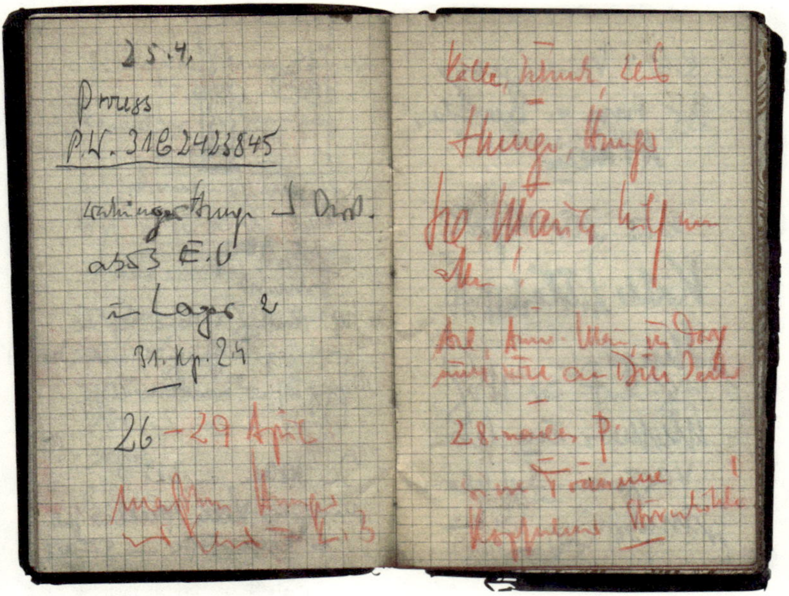

25.4.
Process
P.W. 31C2423845

wahnsinniger Hunger und Durst
abends E.V
im Lager 2
31.Kp.2.4

—

26 – 29 April
maßlosen Hunger
und Elend im L. 3

—

Kälte, Schmutz, Elend

—

Hunger, Hunger

—

Hl. Maria hilf uns
allen!
Ach, Anne-Marie, ich darf
und will an Dich denken

—

28. neues P.
böse Träume
Kopfschmerz Stirnhöhle!

—

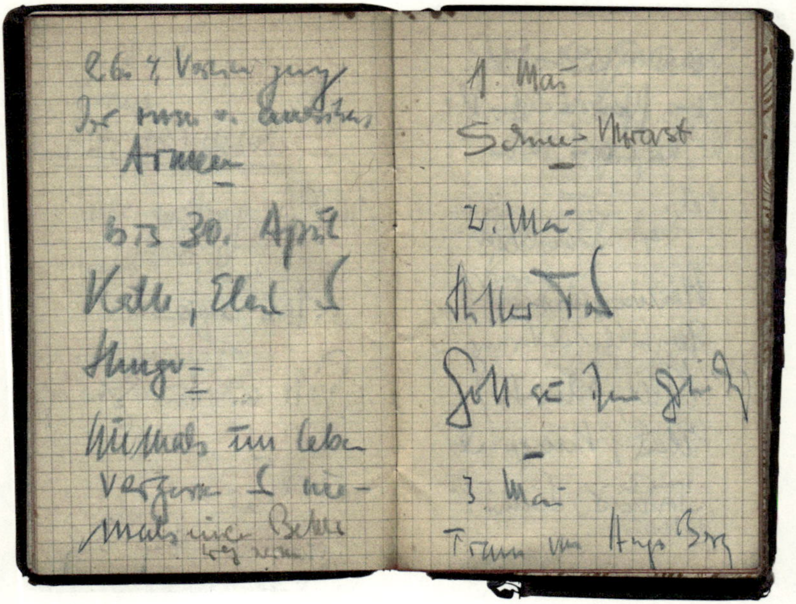

26.4. Vereinigung
der russ. u. amerikanischen
Armeen

—

bis 30. April
Kälte, Elend und
Hunger –

—

Niemals im Leben
vergessen und nie-
mals einen Bettler
wegschicken

1. Mai
Schnee-Morast

–

2. Mai
Hitler Tod

Gott sei ihm gnädig

—

3. Mai
Traum von Hugo Berz

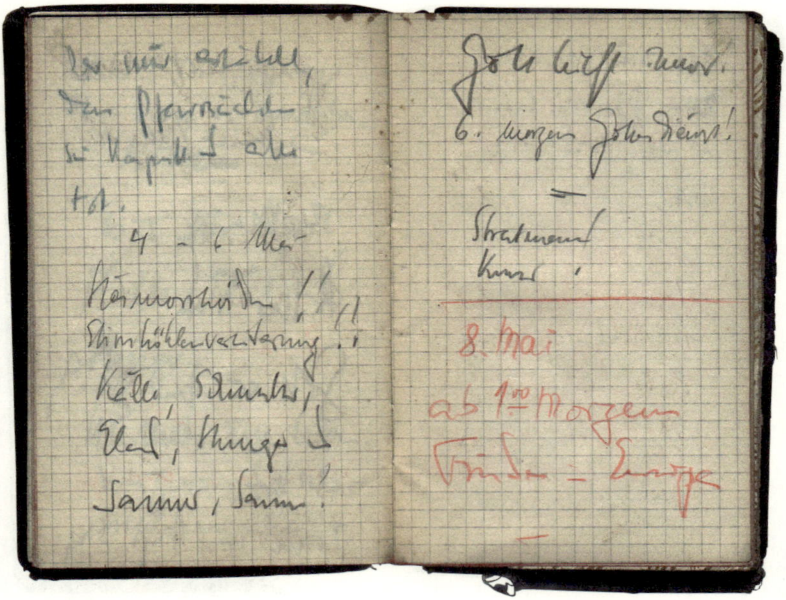

er mir erzählt,
das Pfarrsälchen
sei kaputt alle
tot
4 – 6 Mai
Hämorrhoiden!!
Stirnhöhlenvereiterung!!
Kälte, Schmutz
Elend, Hunger und

Jammer, Jammer!

Gott hilft immer

6. morgens Gottesdienst!

=

Stratmann |
Kunz !

---

8. Mai
ab 1^{00} morgens
Frieden in Europa
—

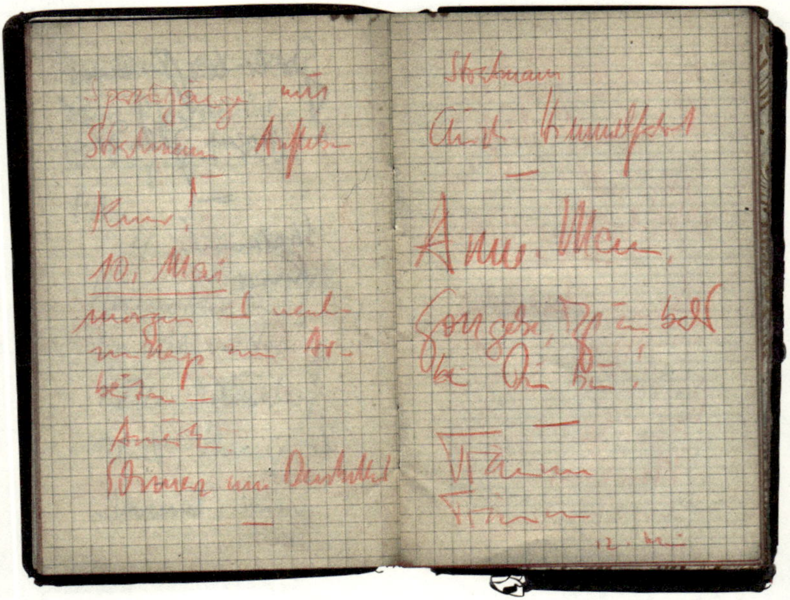

Spaziergänge mit
Stratmann. Aufleben

Kunz!
10. Mai
morgens und nach-
mittags zum Arbeiten –
Amerika

Schmerz um Deutschland

—

Stratmann
Christi Himmelfahrt

—

Anne-Marie
Gott gebe, daß ich bald
bei Dir bin!

—

Träume
Träume

12. Mai

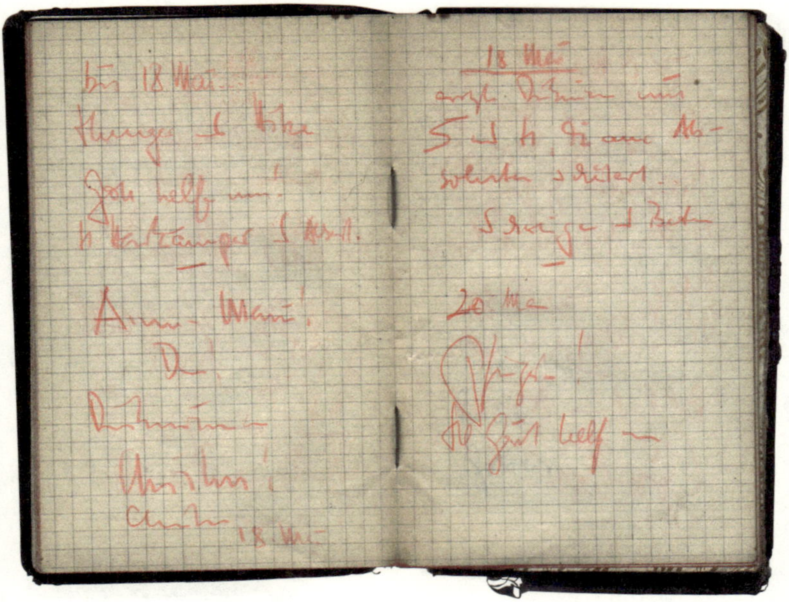

bis 18. Mai …
Hunger und Hitze

Gott helfe uns!
H. Hartkämper und Albert

—

Anne-Marie!
Du!
[xxx]
Christus!
Christus
18. Mai

18. Mai
erregte Diskussion mit
[xxx] und H, die am Ab-
soluten scheitert

Schweigen und Beten

—

20. Mai
Pfingsten!
Hl. Geist helfe uns

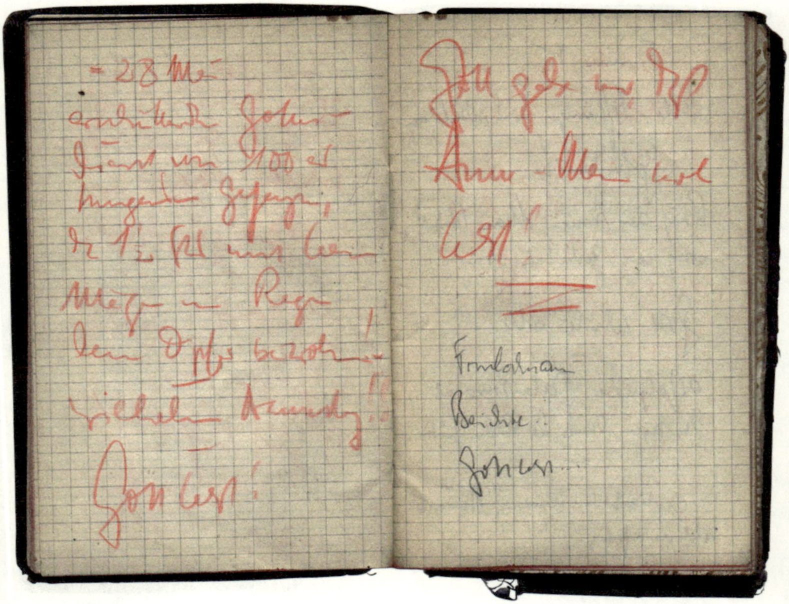

= 28. Mai
erschütternder Gottes-
dienst von 100en
hungernder Gefangenen,
die 1 ½ Std. mit leeren
Mägen im Regen
dem Opfer beiwohnen!

—

Wilhelm [xxx]!!

–

Gott lebt!

Gott gebe mir, daß
Anne-Marie noch
lebt!

Fronleichnam

Beichte …

Gott lebt …

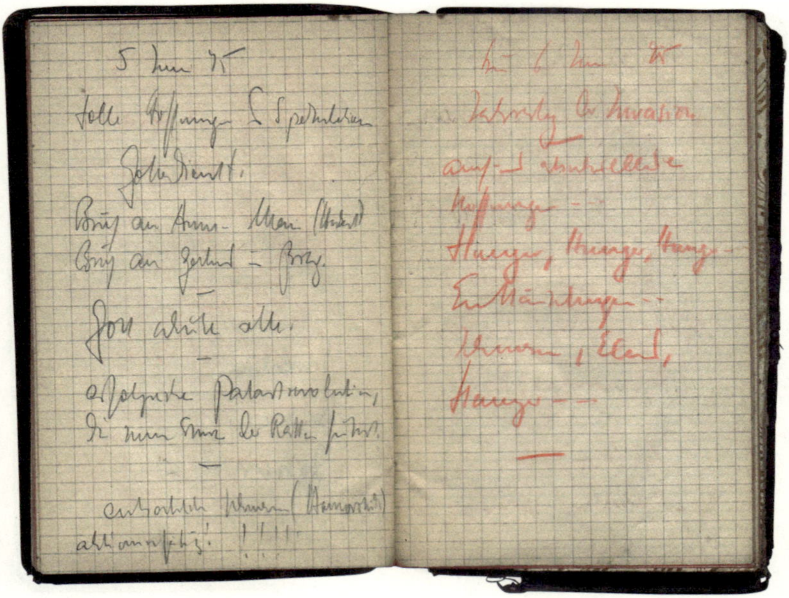

5 Juni 45
tolle Hoffnungen und Spekulationen
Gottesdienst
Brief an Anne-Marie (Hubert)
Brief an Gertrud in Prag

–

Gott schütze alle.

–

erfolgreiche Palastrevolution,
die zum Sturz der Ratten führt.

–

entsetzliche Schmerzen (Hämorriden)
aktionsunfähig! !!!!

bis 6. Juni 45
Jahrestag der Invasion

—

auf- und abschwellende
Hoffnungen …
Hunger, Hunger, Hunger …
Enttäuschungen …
Schmerzen, Elend,
Hunger – –

—

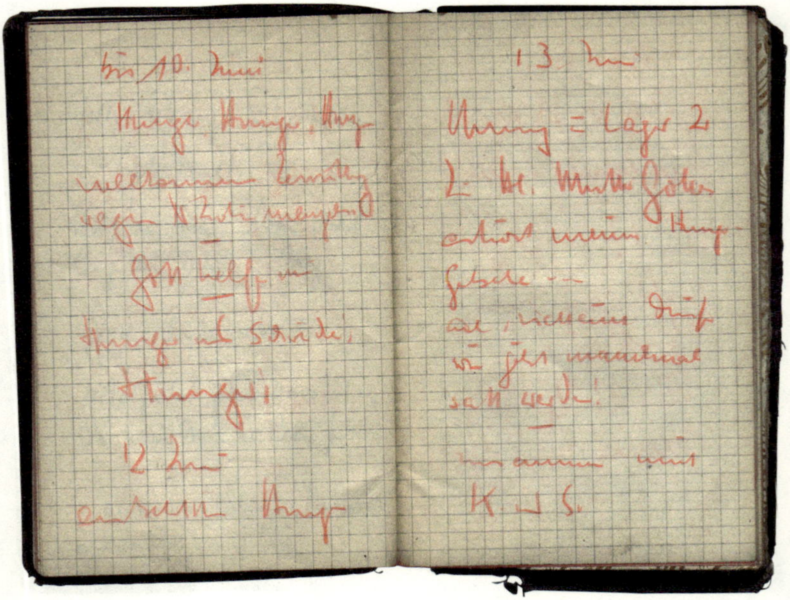

bis 10. Juni
Hunger, Hunger, Hunger

vollkommene Zerrüttung
wegen Nikotinmangel

–

Gott helfe mir

–

Hunger und Schwäche!

Hunger!

12. Juni
entsetzlicher Hunger

13. Juni

Umzug in Lager 2
Die Hl. Mutter Gottes
erhört meine Hunger-
Gebete ...
ach, vielleicht dürfen
wir jetzt manchmal
satt werden!

–

zusammen mit
K. und S.

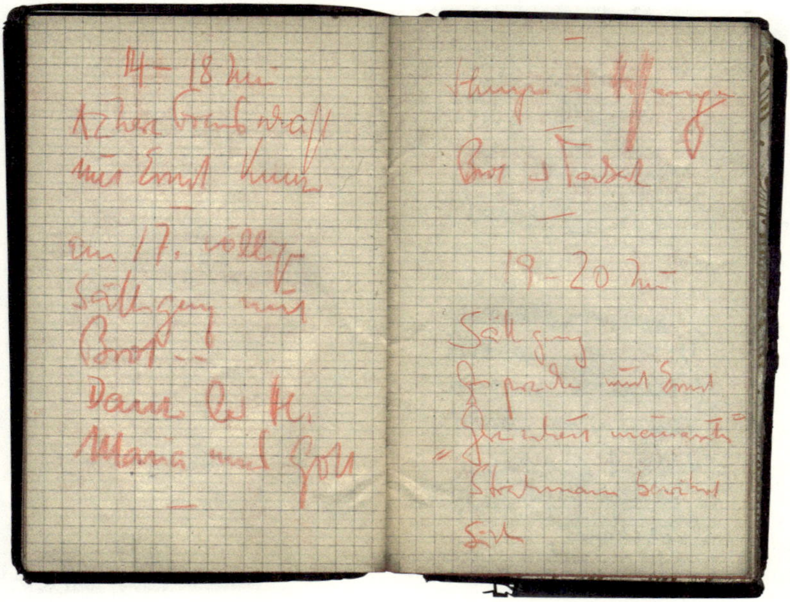

14 – 18 Juni
nähere Freundschaft
mit Ernst Kunz
—
am 17. völlige
Sättigung mit
Brot …
Dank der Hl.
Maria und Gott
—

–
Hunger und Hoffnungen
—
Brot und Tabak
–
19 – 20 Juni
Sättigung
Gespräche mit Ernst
»Gereiztheit meinerseits«
Stratmann bewährt
sich

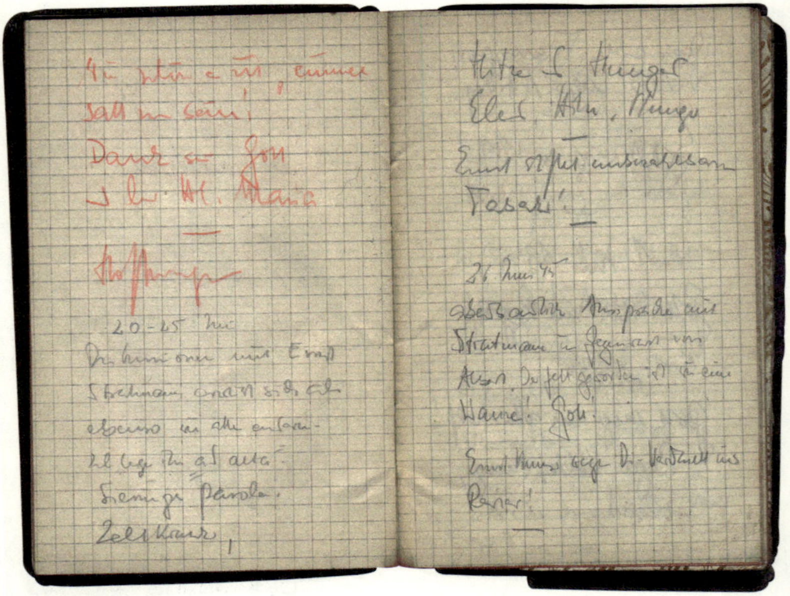

wie schön es ist, einmal
satt zu sein!
Dank sei Gott
und der Hl. Maria

—

Hoffnungen

20–25 Juni
Diskussionen mit Ernst
Stratmann erweist sich als
ebenso wie alle anderen –
Ich lege ihn »ad acta«
[xxx] Parolen.
Zeltkrank

Hitze und Hunger
Elend, Hitze, Hunger

—

Ernst stiftet unbezahlbaren
Tabak!

—

26. Juni 45
abends endlich Aussprache mit
Stratmann in Gegenwart von
Albert, der fett geworden ist, wie eine
Wanze! Gott!
Ernst Kunz wegen D-Verdacht ins
Revier!

—

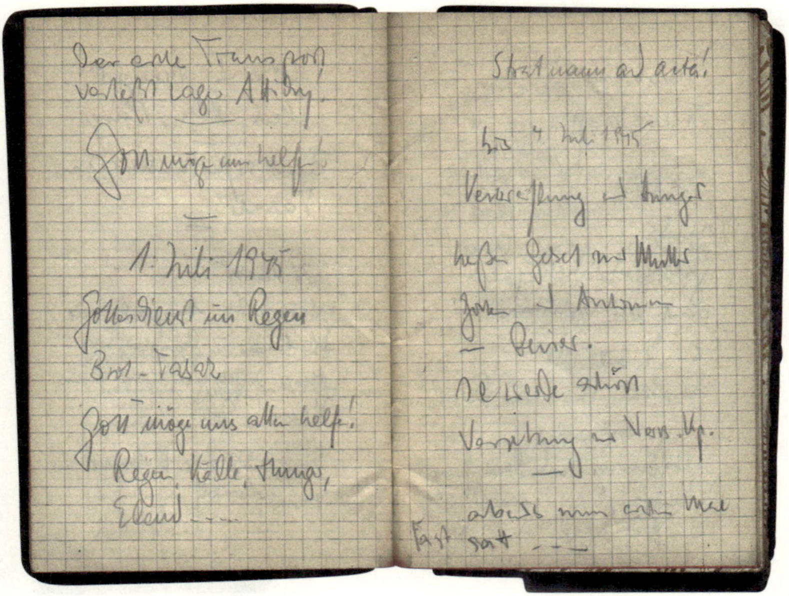

der erste Transport
verläßt Lager Attichy!

—

Gott möge uns helfen!

—

1. Juli 1945
Gottesdienst im Regen
Brot – Tabak

—

Gott möge uns allen helfen!
Regen, Kälte, Hunger,
Elend ...

Stratmann ad acta!

bis 4. Juli 1945
Verzweiflung und Hunger

heißes Gebet zur Mutter
Gottes und Antonius
im Brevier
Ich werde erhört
Versetzung zur Vers. Kp.

—

abends zum ersten Mal
fast satt ...

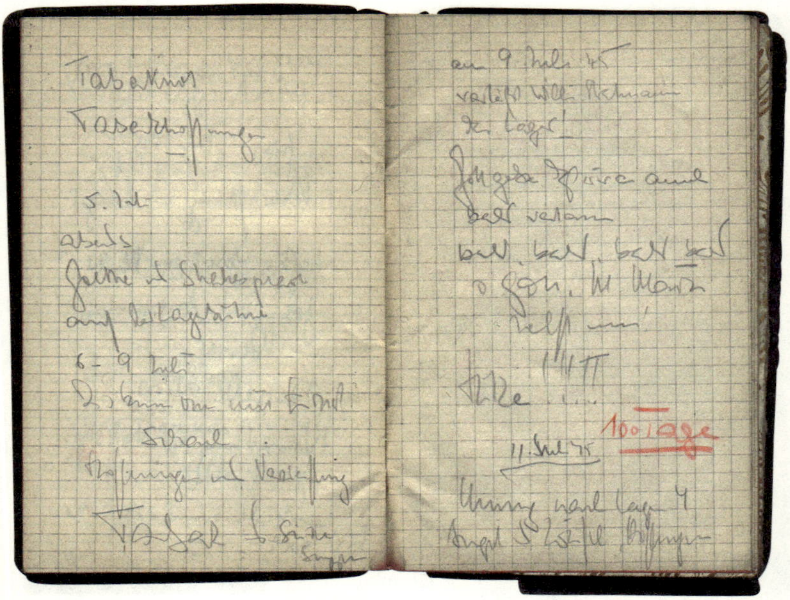

Tabaknot
Tabakhoffnungen

–

5. Juli
abends
Goethe und Shakespeare
auf der Lagerbühne

–

6–9 Juli
Diskussionen mit Ernst
Scherl
Hoffnungen und Verzweiflung

Tabak und Grützen
Suppe

am 9. Juli 45
verläßt Willi Stratmann
das Lager!
Gott gebe daß wir es auch
bald verlassen
bald, bald, bald, bald
O Gott, hl. Maria
helft uns!
Hitze!!!!!

100 Tage

11. Juli 1945

Umzug nach Lager 4
Angst und Zweifel, Hoffnungen

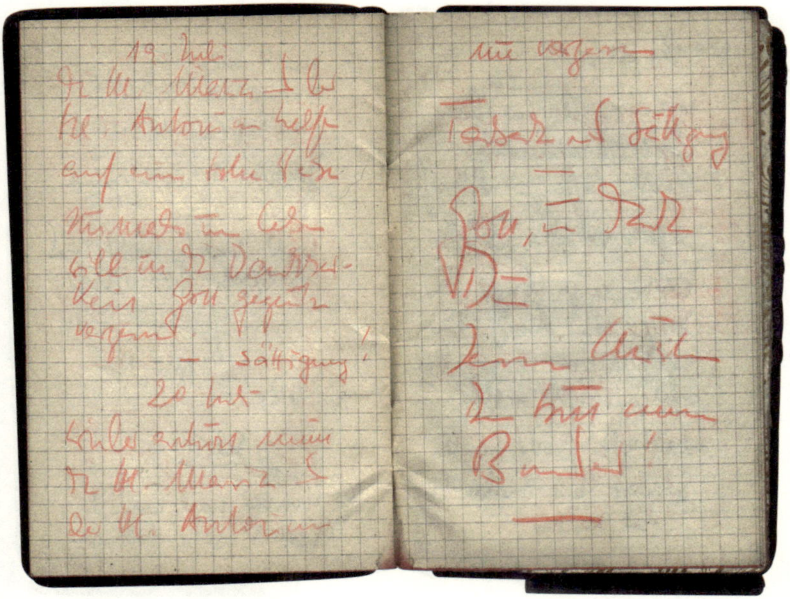

19. Juli
die M. Maria und der
Hl. Antonius helfen
auf eine tolle Weise
Niemals im Leben
will ich die Dankbar-
keit Gott gegenüber
vergessen.
– Sättigung!
20 Juli
wieder erhört mich
die Hl. Maria und
der Hl. Antonius

nie vergessen

Tabak und Sättigung

—

Gott, ich danke
Dir

Jesus Christus

—

Du bist mein
Bruder!

—

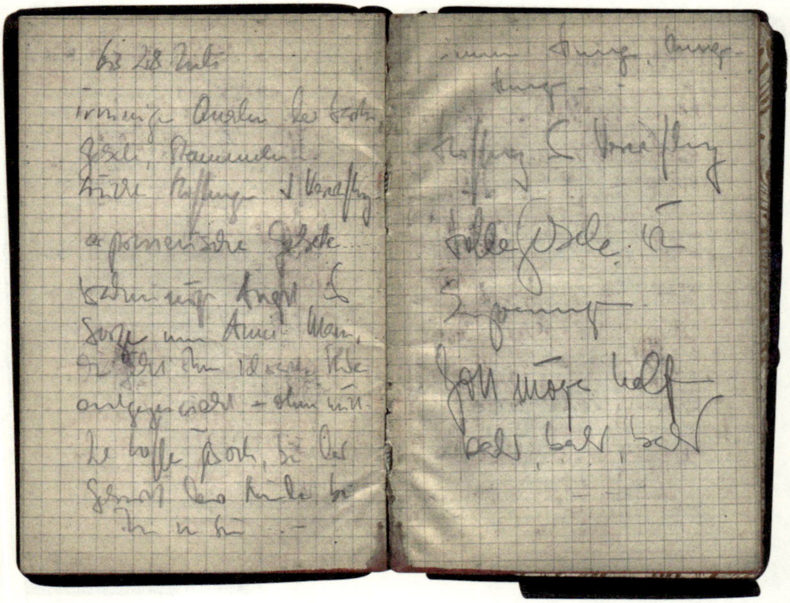

bis 28 Juli
irrsinnige Qualen des Wartens
Gebete, Stammeln …
törichte Hoffnungen und Verzweiflung.
erpresserische Gebete …
wahnsinnige Angst und
Sorge um Anne-Marie,
die ihrer schwersten Stunde
entgegensieht – ohne mich
Ich hoffe doch, bei der
Geburt des Kindes bei
ihr zu sein …

immer Hunger, Hunger,
Hunger …

Hoffnung und Verzweiflung

tolle Gebete wie
Erpressungen

Gott möge helfen
bald, bald, bald

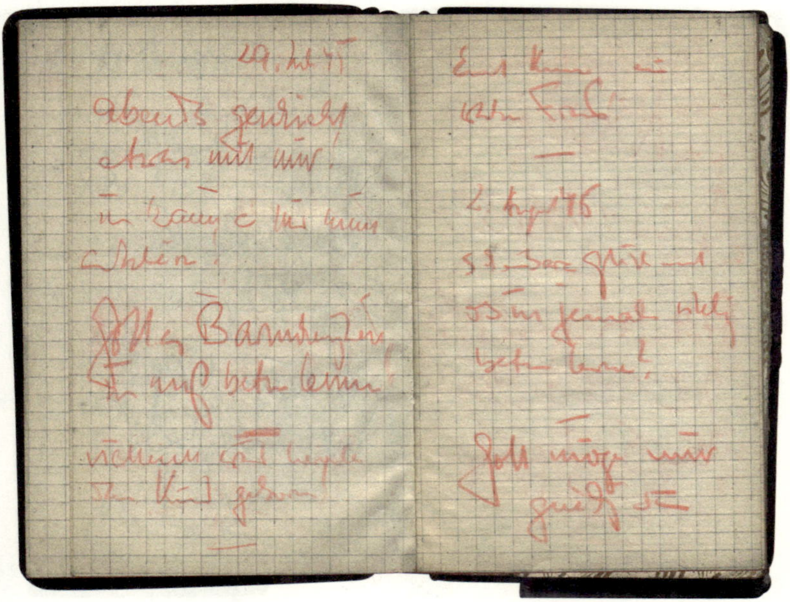

29. Juli 45
abends geschieht
etwas mit mir!
–
ich kann es mir nicht
erklären!
–
Gottes Barmherzigkeit
ich muß beten lernen!
=
vielleicht wird [xxx]
ihr Kind geboren!
—

Ernst Kunz ein
wahrer Freund!
—
2. August 45
[xxx] Glück [xxx]
ob ich jemals [xxx]
beten lerne?
—
Gott möge mir
gnädig sein

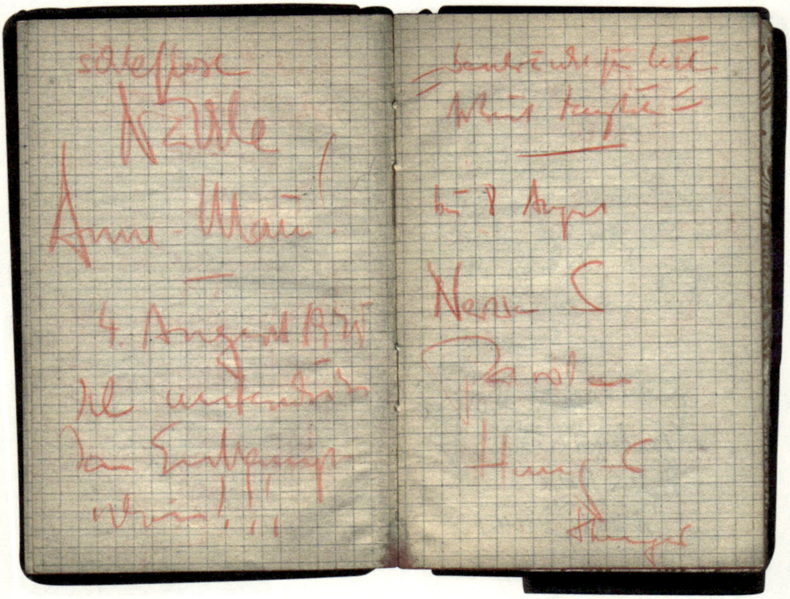

schlaflose
Nächte
Anne-Marie!

–

4. August 1945
Ich unterschreibe
den Entlassungs-
schein!!!

»beschränkt für leichte
Arbeit tauglich«

———

bis 8 August

Nerven und
Parolen

Hunger und
Hunger

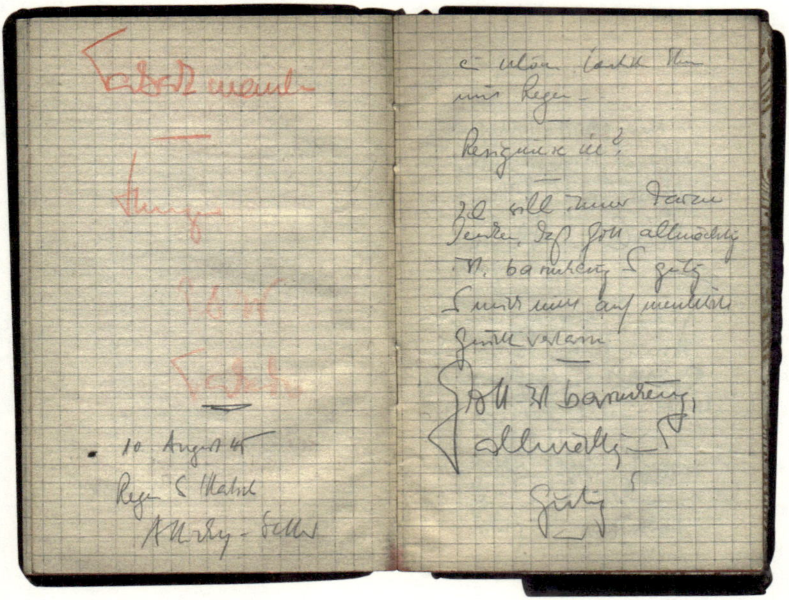

Tabak[xxx]

—

Hunger

9.8.45
Tabak

—

10. August 45
Regen und Matsch
Attichy – Wetter

ein schöne [xxx] Stunde
mit Regen

—

Resigniere ich?

—

Ich will immer daran
denken, daß Gott allmächtig
ist, barmherzig und gütig
und mich nicht auf menschliche
Geistliche verlassen

—

Gott ist barmherzig
allmächtig und
gütig!

–

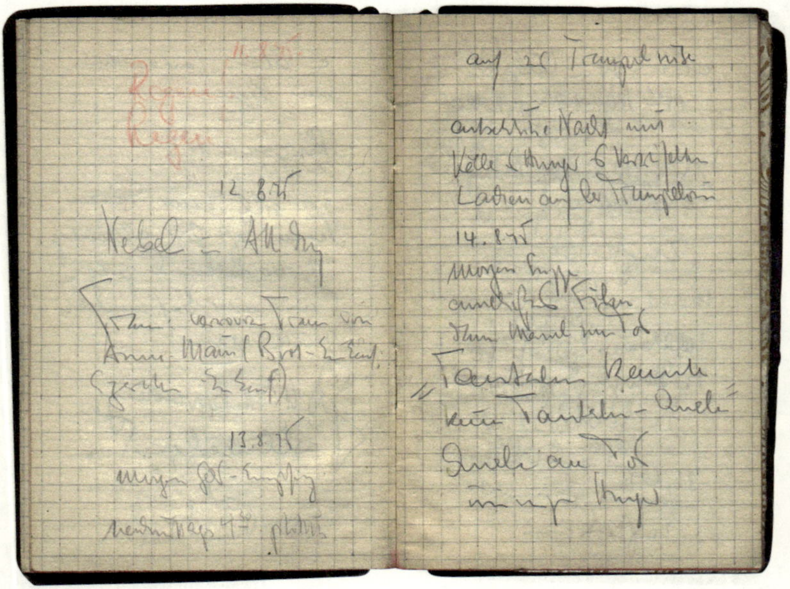

11.8.45

Regen!

Regen

12.8.45

Nebel in Attichy

Traum: verworrener Traum von
Anne-Marie (Brot-Einkauf;
Cigaretten-Einkauf)

13.8.45

morgens Geld-Empfang
nachmittags $4^{\underline{30}}$ plötzlich

auf zur [xxx]

–

entsetzliche Nacht mit
Kälte und Hunger und verzweifeltem
Lachen auf der [xxx]

14.8.45

morgens Suppe
anschließend Filzen
ohne Mantel zum Tor.

»Tantalus kannte
keine Tantalus-Qualen«
[xxx] am Tor
irrsinniger Hunger

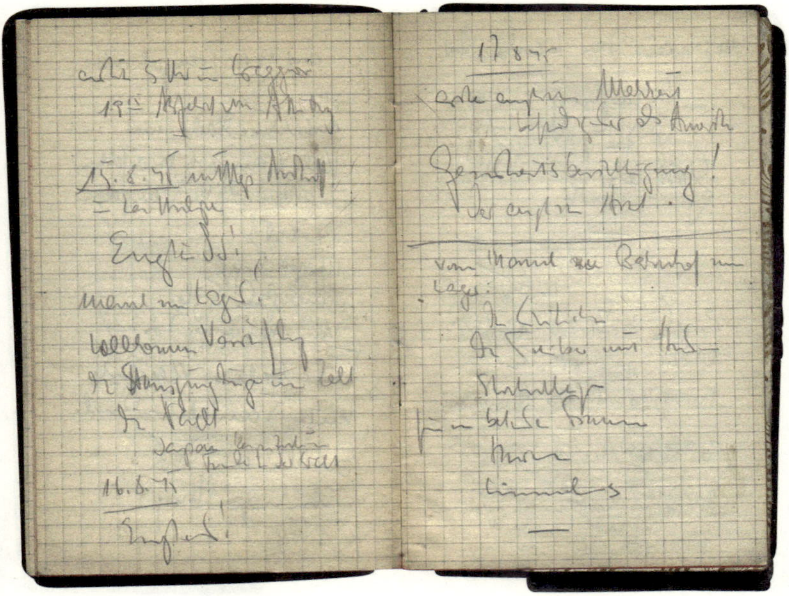

endlich 5 Uhr im Waggon
19^{15} Abfahrt von Attichy

15.8.45 mittags Ankunft
in La Hulpe

Engländer!
Marsch zum Lager!
vollkomene Verzweiflung
die [xxx] im Zelt
die Nacht
Japan kapituliert
und Friede in der Welt

16.8.45
England!

17.8.45
erste englische Mahlzeit
befriedigender als Amerika
Gesundheitsbesichtigung!
der englische Arzt

---

vom Marsch Bahnhof zum
Lager:
die Civilisten
die Treiber mit Hunden
[xxx]
für die betenden Frauen
Huren
Lümmels
—

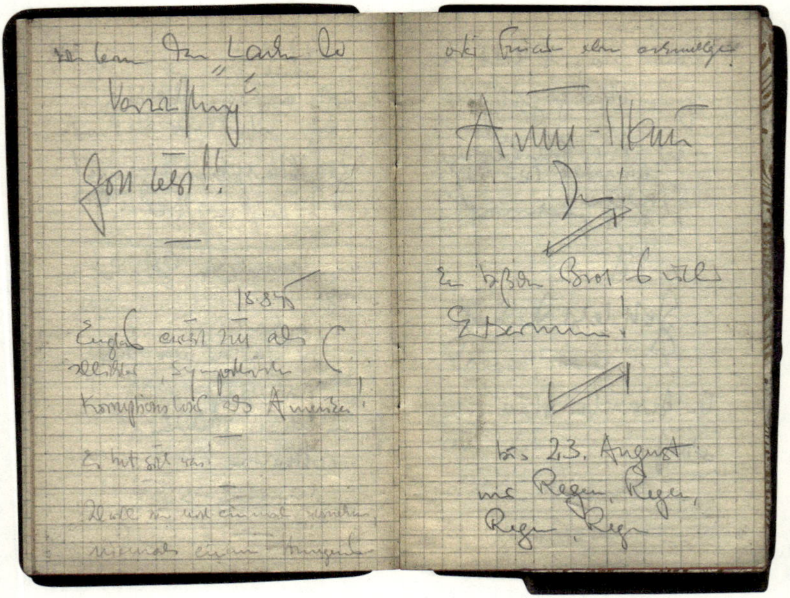

Ich lerne das »Lachen der
Verzweiflung«

–

Gott lebt!

–

18.8.45

England erweist sich als
schlichter, sympathischer und
korruptionsloser als America!

–

Es tut sich was!

Ich will [xxx] einmal versuchen,
niemals einen Hungernden

oder Fremden [xxx]

—

Anne-Marie
Du!

Ein bißchen Brot und [xxx]
Erbarmen!

bis 23. August
nur Regen, Regen
Regen, Regen

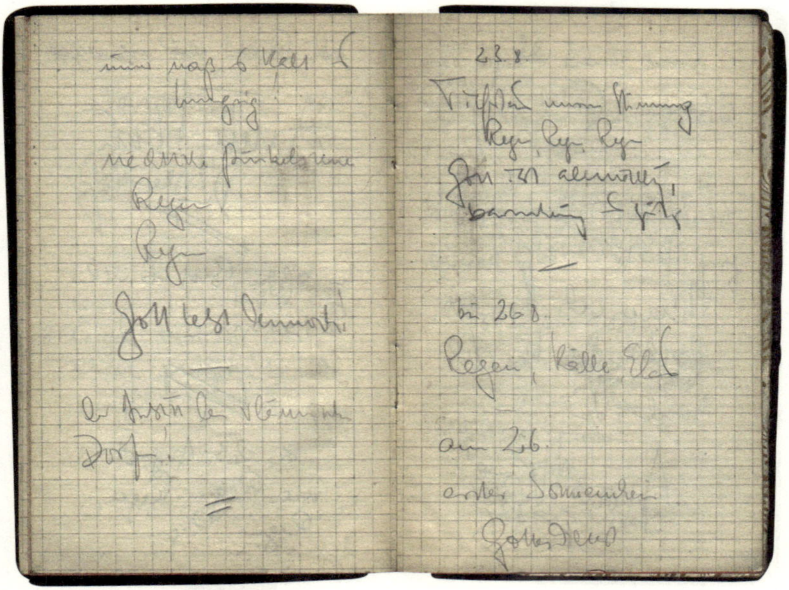

immer naß und kalt und
hungrig!

schreckliche Pinkelszene
Regen
Regen

Gott lebt dennoch!

---

der Anblick des vlämischen
Dorfes!

=

23.8.
Tiefstand unserer Stimmung
Regen, Regen, Regen
Gott ist allmächtig,
barmherzig und gütig

---

bis 26.8.
Regen, Kälte, Elend

---

am 26.
erster Sonnenschein
Gottesdienst

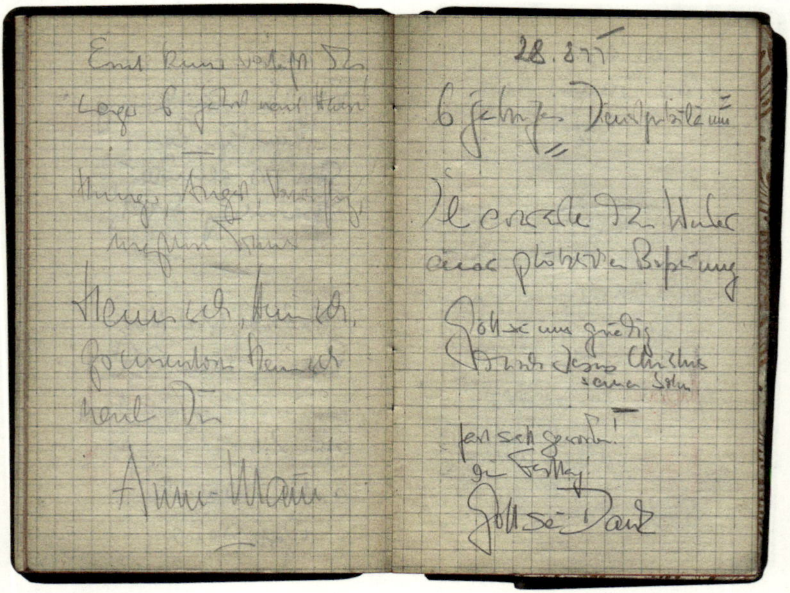

Ernst Kunz verläßt das
Lager und fährt nach Hause

—

Hunger, Angst, Verzweiflung
maßlose Trauer

Heimweh, Heimweh
Gottes[xxx] Heimweh
nach Dir

Anne-Marie

28.8.45

6jähriges »Dienstjubiläum«

=

Ich erwarte das Wunder
einer plötzlichen Befreiung

Gott sei uns gnädig
durch Jesus Christus
seinen Sohn

–

fast satt geworden!
ein Festtag!

Gott sei Dank

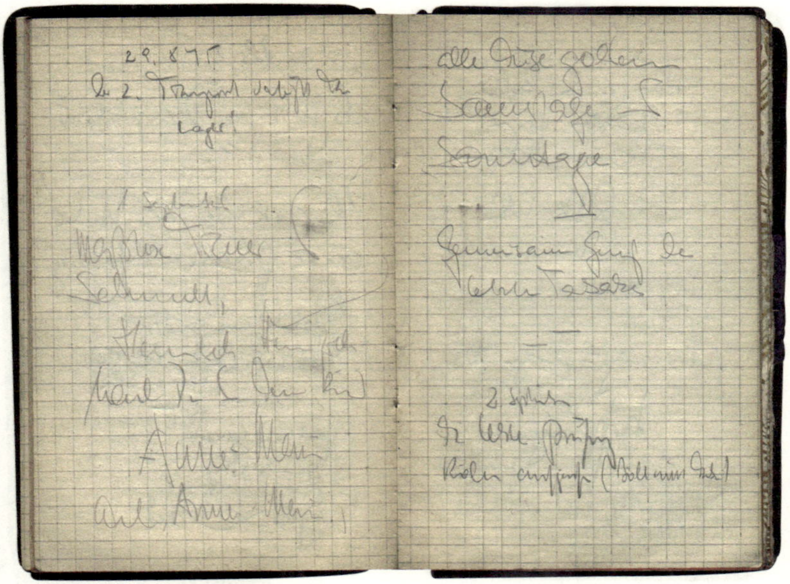

29.8.45
der 2. Transport verläßt das
Lager!

1. September
Maßlose Trauer und
Sehnsucht

Heimweh, Heimweh
nach Dir und dem Kind

Anne-Marie
ach, Anne-Marie

alle diese goldenen
Samstage und
Sonntage

——

Gemeinsamer Genuß des
letzten Tabaks

——

2. September
die letzte Prüfung
Köln aufgerufen (Böll nicht dabei)

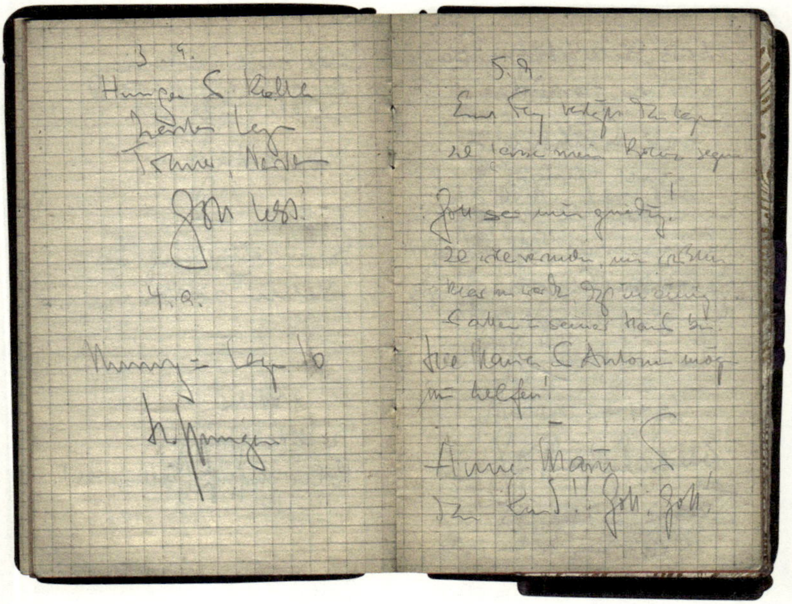

3.9.
Hunger und Kälte
[xxx] Lager
Trauer, Nerven

Gott lebt.

4.9.

Umzug in Lager 10

Hoffnungen

5.9.
Ernst Fey verläßt das Lager
Ich lasse mein Kreuz segnen.

Gott sei mir gnädig!
Ich will versuchen, mir weiterhin
klar zu machen, daß ich einzig
und allein in seiner Hand bin.
Hl. Maria und Antonius mögen
mir helfen!

–

Anne-Marie und
das Kind!!! Gott, Gott!

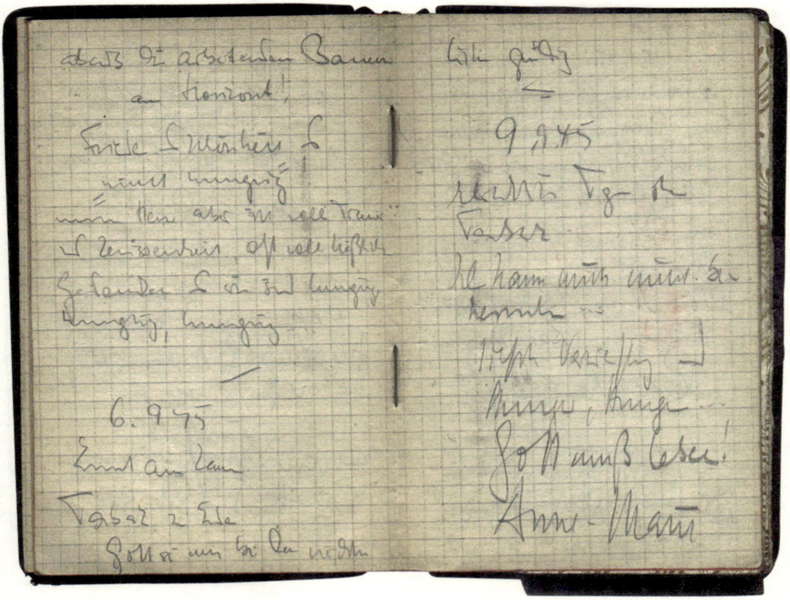

abends die arbeitenden Bauern
am Horizont!
Friede und Schönheit und
»nicht hungrig«
mein Herz aber ist voll Trauer
und Zerrissenheit, oft voll häßlicher
Gedanken und wir sind hungrig
hungrig, hungrig

—

6.9.45
Ernst am Zaun
Tabak zu Ende
Gott sei uns bei der nächsten

Kiste gütig

—

9.9.45
schrecklicher Tag ohne
Tabak
Ich kann mich nicht be-
herrschen ...
tiefste Verzweiflung und
Hunger, Hunger ...
Gott muß leben!
Anne-Marie

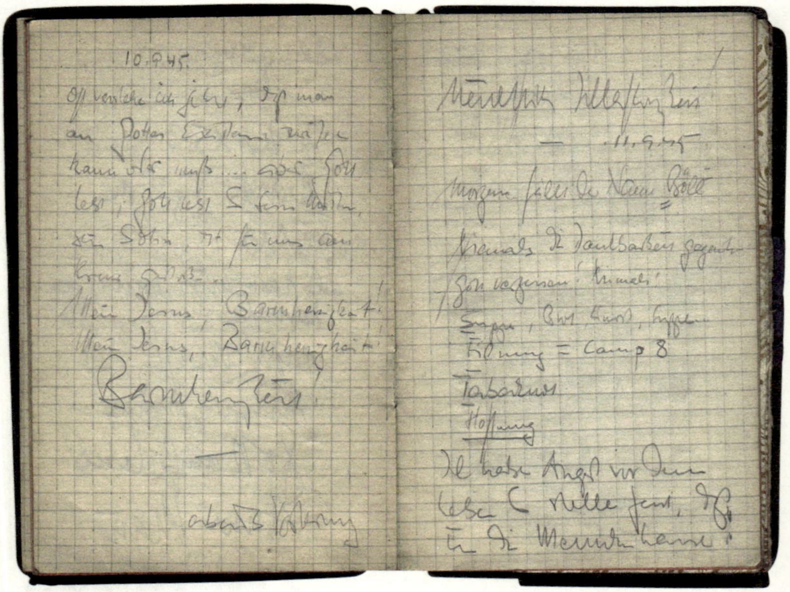

10.9.45

Oft verstehe ich jetzt, daß man
an Gottes Existenz zweifeln
kann oder muß ... aber Gott
lebt; Gott lebt und Jesus Christus,
sein Sohn, ist für uns am
Kreuz gestorben ...
Mein Jesus, Barmherzigkeit!
Mein Jesus, Barmherzigkeit!

Barmherzigkeit

—

abends Vorlesung

[xxx] Schlaflosigkeit!

— 11.9.45

morgens fiel der Name »Böll«
Niemals die Dankbarkeit gegenüber
Gott vergessen! Niemals!
Suppe, Brot, Wurst, Suppe ...
Filzung in Camp 8
Tabaknot
<u>Hoffnung</u>

Ich habe Angst vor dem
Leben und stelle fest, daß
ich die Menschen hasse!

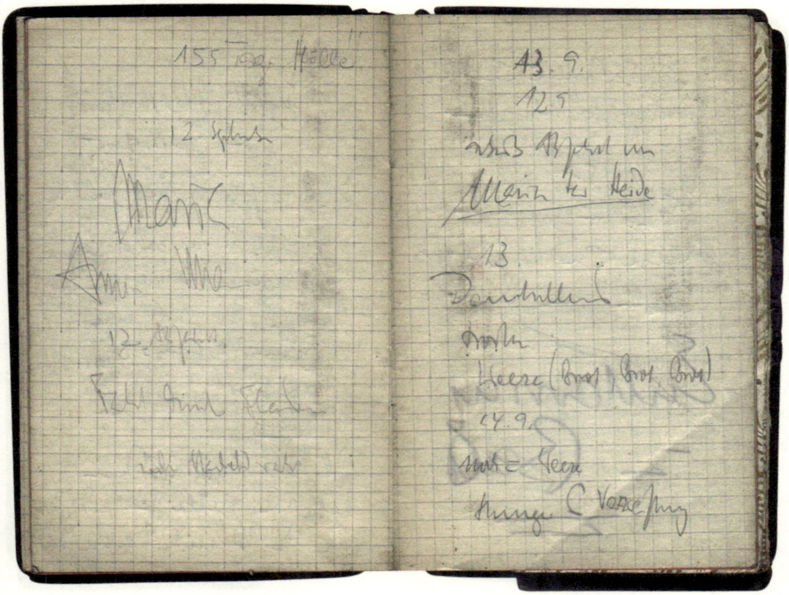

155 Tage Hölle!

12. September

Maria
Anne Maria

12. Abfahrt
Fahrt durch Flandern
[xxx]

13.9.
12.9
abends Abfahrt nach
<u>Maria ter Heide</u>

13.

Deutschland
[xxx]
Weeze (Brot, Brot, Brot)
14.9.
noch in Weeze
Hunger und Verzweiflung

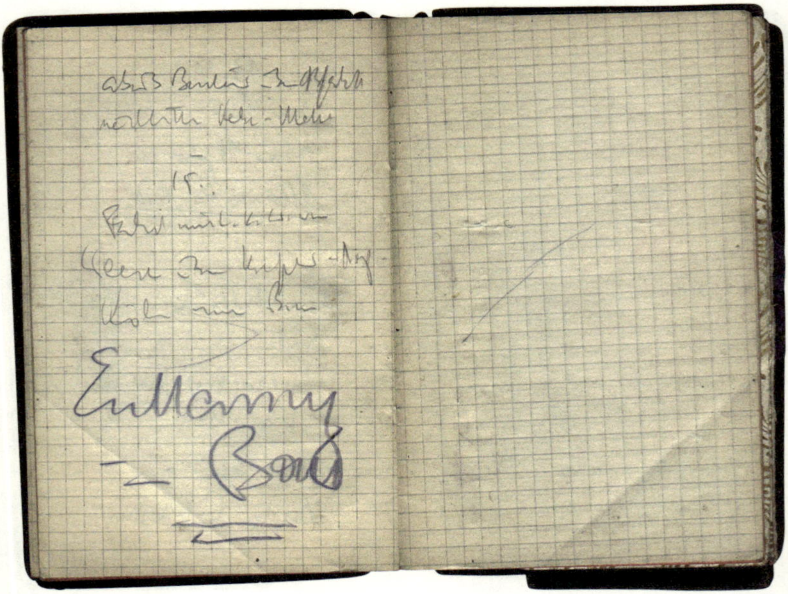

abends [xxx]
[xxx]

–

15.

Fahrt mit L.K.W. von
Weeze über Krefeld – Neuß –
Köln nach Bonn

Entlassung
– in Bonn

══

Vorherige Seite: Heinrich Bölls Eßnapf und selbstgeschnitzter Holzlöffel aus der Gefangenschaft (vermutlich aus Attichy)

Nachwort

... dann war es soweit. Mit dem Tagesstempel des 5. August 1939 versehen, erreichte Heinrich Böll seine Gestellungsaufforderung zu jener »›mehrwöchigen‹ Übung«, die sich – wie er aus dreizehnjähriger Distanz ironisierend anmerkte – »bis zum November 1945 hinzog«.[1] Drei Tage vor Kriegsbeginn fand sich Böll in der Osnabrücker Winkelhausen-Kaserne ein, drei Tage nach dem Überfall deutscher Truppen auf Polen erfolgte die Vereidigung. Heinrich Böll – ein Soldat der deutschen Wehrmacht. Das bedeutete in den folgenden zehn Monaten Wach-, Stuben- und Küchendienst, Geländeübungen, Märsche und das nervenzehrende Warten und Hoffen auf die nächste Urlaubsfahrt ins heimatliche Köln. Erfahrungsstoff genug, um den Untergrund für eine der wenigen Zeilen zu schaffen, die in der Osnabrücker Zeit entstanden. »Herr Hauptmann, ach, o halten Sie doch jetzt die Fresse, / in diesem Augenblick ertrag' ich Unsinn nicht!«[2]

---

1 »Leben für die Sprache« (Autobiographische Notiz), *Das Parlament*, 19.9.1956, S. 11; zitiert nach: Heinrich Böll: *Werke*. Kölner Ausgabe (*KA*). 27 Bände. Herausgegeben von Árpád Bernáth, Hans Joachim Bernhard, Robert C. Conard, Frank Finlay, James H. Reid, Ralf Schnell und Jochen Schubert. Köln: Kiepenheuer & Witsch, 2001–2010. Hier: *KA* 10, S. 15.

2 »Der Soldat« (1939), *KA* 1, S. 458. – Zum Kasernendasein siehe auch die 1947 entstandene Kurzgeschichte »Aus der ›Vorzeit‹«. – Bölls Erstlingsveröffentlichung am 2. Mai 1947 im *Rheinischen Merkur; KA* 3, S. 113–114. sowie die dieser gekürzten Fassung zugrundeliegende Erzählung »Vor der Eskaladierwand«, *KA* 3, S. 41–62.

So zuwider die aufgenötigte Existenz als Soldat Heinrich Böll auch war – jenseits des Unmuts und der Klage blieb ihm selbst wohl nichts anderes übrig, als sich mit dem Unabänderlichen abzufinden. »Alles ist Scheiße«[1] ist dann auch die im literarischen Ersatzmedium Feldpostbrief fixierte Osnabrücker Formel des Zweiundzwanzigjährigen für die kasernierte Existenz schlechthin. Gleichwohl war damit ebenso unverhohlen wie unmissverständlich die Misere der ›Uni-Formierung‹ auf den dauerhaften Punkt gebracht. Es ist nicht die radikale Infragestellung und Kritik der ihn nötigenden Macht als vielmehr die hitzig affektive Rebellion gegen die das eigene Leben von sich selbst ablösende Fremdbestimmung, die die Mitteilungen aus Osnabrück und viele der über diese erste Phase des Soldatseins hinausreichende bestimmen. Konkret war die Drangsal der Verhältnisse, der Krieg hingegen ein Abstraktum. »Vor allem fällt mir die Kaserne immer mehr auf die Nerven«.[2] Dieses Bekenntnis blieb im Kern auch für Polen gültig, wohin Böll im Juni 1940 abkommandiert wurde. Die Einquartierung in eine 1876 errichtete »gräßlich[e]«[3] Kaserne sowie die Aussicht auf die wiederum bevorstehenden morgendlichen Geländeübungen und nachmittäglichen Exerzierstunden mochte auf den ersten Blick auch nicht tauglich scheinen, diese Aversion grundsätzlich zu revidieren. Ungeachtet dessen scheint in Bromberg (Bydgoszcz) ein Arrangement mit den Gegeben-

1 Feldpostbrief, 22.4.1940, *KB*, S. 55.
2 Feldpostbrief, 30.4.1940, *KB*, S. 59.
3 Feldpostbrief, 28.6.1940, BK, S. 67.

heiten dann doch, und entgegen dem ersten Eindruck[1], wenigstens so weit gelungen zu sein, dass sich in der bis 1918 zum Deutschen Reich zählenden Stadt an der Brahe »alles gut ertragen«[2] und »auch aushalten«[3] lässt. »Da es hier also wirklich nicht uninteressant ist, ließe es sich schon ein halbes Jahr ganz gut aushalten, wenn eben nicht der Dienst so lang, langweilig und ermüdend wäre, und wenn nicht gar so viel Militär hier läge; aber so …«[4] Was zur Erträglichkeit besteuerte waren vermutlich die hin und wieder möglichen Cafébesuche, durch die er zumindest für kurze Zeit dem Fluch von Kaserne und Dienst entrinnen konnte. Böll beobachtet während dieser Stunden die Bevölkerung, verteilt seine Sympathien – deren geringster Anteil den Volksdeutschen gilt – und sieht im Blickwinkel des Besatzungssoldaten einerseits weithin bestätigt, was man von »von den Polen« wisse: »daß sie Fremde sind und uns nicht Freund sein können, und damit ist die Lage klar; sie machen alle einen sehr niedergedrückten Eindruck, aber hinter der Schwermut ihrer Augen, die wie ein Niederschlag ist, lauert der Haß und ein toller Fanatismus, der zweifellos wilder als je wieder aufflackern würde, sobald einmal etwa drei Wochen kein Militär mehr hier wäre […],

1 »[D]ie Kaserne und die Größe der Kompanie war nicht angetan, unsere Stimmung zu heben. Morgen früh geht das Exerzieren wieder los. Meine Stimmung ist etwa minus 30. Wenn wir länger als drei Wochen bleiben, werde ich verrückt«, Feldpostbrief, 28.6.1940, *BK*, S. 67.

2 Feldpostbrief, 4.7.1940, *KB*, S. 69.

3 Feldpostbrief, 12.7.1940, *KB*, S. 74.

4 Feldpostbrief, 16.4.1940, *KB*. S. 79.

und es wird einem klar, daß sie noch lange nicht die Hoffnung aufgegeben haben, einmal wieder frei zu werden«. Zum anderen sind es an diese Feststellungen geknüpfte imaginäre Perspektiven, in denen er sich das Widerfahrene bildhaft vergegenwärtigt: »manchmal sieht man an einer kleinen Kirche, in einer Haustür oder am Ufer des trüben Flüßchens eine Gestalt, die in ihrer phantastischen Armut, in ihrer abgründigen Trauer und der schlummernden, verhaltenen Leidenschaft wie ein Sinnbild vom Schicksal Polens ist.«[1]

Nach gut achtwöchigem Einsatz in Bromberg wird Böll Anfang August 1940 im Zuge der Vorbereitungen der geplanten Invasion Großbritanniens, der »Operation Seelöwe«, nach Frankreich verlegt, zunächst »überglücklich, daß es jetzt wieder nach Westen geht«[2]. Wie fragil, reizbar, zerrissen und voller Widersprüchlichkeiten sich indes die Seelenlandschaft nach gut einem Jahr Soldatsein ausnahm, wird auf dem Transport deutlich, als Böll das zerstörte Rotterdam passiert. »Gestern sind wir mitten durch den unglaublich behaglichen Samstagnachmittag Hollands gefahren; Pärchen tummelten sich in fabelhaften Parks, überall saßen sie in den Wintergärten und schauten uns büffelig an; viele machten Schwimmbewegungen und dann eine Geste, die absacken bedeuten sollte, wobei sie höhnisch grinsten. Wir waren alle maßlos erbittert durch den Anblick dieses wunderbaren Lebens. Gegen Abend fuhren wir dann durch Rotterdam; es ist wirklich grauenhaft zer-

1 Feldpostbrief, 16.4.1940, *KB*. S. 78.
2 Feldpostbrief, 29.7.1940, *BK*, S. 87.

stört; heller Wahnsinn. Leider muß ich schnell schreiben, damit ich die Gelegenheit, Post abzugeben, nicht verpasse [...]. Ein halbes Pfund Kaffee habe ich auf einem Bahnsteig schon ergattert für ganze fünfzig Pfennige; hoffentlich finde ich Gelegenheit, es abzuschicken; Schnaps haben wir jeder schon eine ganze Flasche zur Feier des Sonntags heute ausgesoffen; eine Pulle Cognac (fabelhaft, 2 Mark); deshalb ist im Augenblick auch das Grauen über den Anblick Rotterdams zerstreut; der Krieg ist das verkörperte Entsetzen ... Die Post muß ab, es ist schade; wir haben Herrliches gesehen, wunderbar schön und sauber ist Holland, aber aufreizend behäbig und ungestört; ich habe wirklich vor Wut geschäumt; heute habe ich nun meinen ganzen Gram über unsere verpfuschte Jugend hinabgespült. Es ist wirklich zuviel, wenn man die holländischen Bummsköpfe das herrliche Leben genießen sieht, und wir müssen wegfahren, weiter, immer weiter ...«[1] Zum einen kann der Reiz und Spaß am »Schnäppchen« die Ansicht des zerstörten Rotterdams rasch verflüchtigen, zum anderen die Erbitterung über die niederländische Bevölkerung, deren Gesten ihn als Täter markieren, ihn, dem angesichts des »herrlichen Lebens« der »holländischen Bummsköpfe« noch einmal zu Bewusstsein kommt, in der Gefangenschaft der Uniform selbst das Opfer eines Zwangs zu sein, das Gravitationszentrum seiner »Wut« von der Gefangenschaft der Uniform als solcher auf die, die ihm dies zu Bewusstsein bringenden verlagern und die Empörung nachhaltiger machen als der »Anblick Rotter-

1 Feldpostbrief, 4.8.1940, *KB*, S. 90.

dams«, obgleich dieser ihm den Krieg als »verkörpertes Entsetzen«[1] zeigte.

Nachdem Böll in Frankreich angekommen war und dort seiner in Beaucourt-sur-l'Hallue stationierten Einheit zugewiesen wurde, wird er jedoch infolge des Verdachts einer Ruhrerkrankung bereits Ende des Monats in das bei Amiens gelegene Kriegslazarett Dury aufgenommen; gut vier Wochen erfolgte die Entlassung nach Deutschland. Mülheim an der Ruhr, Lüdenscheid, Bielefeld und dann Köln bilden bis zum Mai 1942 die Schauplätze einer sich mehr und mehr zur Dauerkrise zuspitzenden existentiellen Unerträglichkeit der Situation. Sie gilt zum einen der Zusammensetzung der Einheiten, denen Böll zugewiesen wird – es sind aus zumeist älteren Geburtsjahrgängen sowie aus ›gvH‹ Beurteilten (garnisonsverwendungsfähig Heimat) zusammengestellte Truppenteile – zum andern die Öde der Verwendung im Wachdienst, in Küchen, in Werkstätten, im Geschäfts- und Verwaltungsdienst, zur Bewachung von Kriegsgefangenenlagern oder zur Sicherung militärischer Objekte im Bereich des Ersatzheeres. Unter diesen Bedingungen werden die Vorstellungen über ein mögliches eigenes gegenüber dem Ungenügen des vorordneten Lebens zum Abgrund der Verzweiflung über eine Jugend, die »verkauft und beendet« ist, »noch ehe sie recht begonnen hat«.[2] Diese Verzweiflung mindert weder die gelegentliche Zugbegleitung von Köln ins belgische Antwerpen, die immerhin den Besuch einiger Antiquariate und den

1 Feldpostbrief, 4.8.1940, *KB*, S. 90.
2 Feldpostbrief, 2.4.1942, *KB*, S. 310.

Erwerb einiger Bücher Léon Bloys ermöglichen, noch die Freistellungen für Übernachtungen zuhause bzw. die Möglichkeiten, sich vermehrt mit Annemarie Cech, der Freundin, zu treffen. Im Gegenteil. Letztendlich steigert Kontrast das Grundgefühl von Hoffnungs- und Trostlosigkeit. So konstatiert Böll zwar, in einer »beneidenswerten Lage« zu sein, »alle zwei Tage, wenn auch nur für Stunden« seine Freundin sehen zu können bzw. zu Hause sein zu können, um dann doch gerade diesen Umstand als Quelle eines unerträglichen Zwiespalts zu markieren: »vielleicht ist es auch diese dauernde Bewußtheit, die Tatsache, immer wieder zwischen zwei absolut wesensfremden Welten hin- und hergerissen zu sein, immer sich teilen müssen und jeden Tag vollkommen umstellen müssen zwischen diesen beiden Welten, die absolut einander fremd sind und deren Absolutheit ich auch ganz und gar erkenne und spüre; zwischen der Welt meines eigenen und mir so unendlich oft wiedergeschenkten Lebens und diesem verhaßten, mir aufgezwungenen Schattendasein, das ich wirklich ausfüllen muß.«[1] Nach einer kurzen Beurlaubung heißt es dann auch: »[N]un hat der vollendete Stumpfsinn mich wieder völlig ergriffen; es ist ein heller Wahnsinn; die dumpfe Bekleidungskammer, Massen von Schuhen und Stiefeln, die grausam stinken, lächerlich hochmütige, eingebildete Schreiber, denen man völlig ausgeliefert ist; wie gut kenne ich das alles, wie sehr hasse ich es aus ganzem Herzen. Es ist schwer, da nicht grausam und unrettbar schwermütig zu werden; und die Stuben! Ach, wieviel Ausbildungsher-

1 Feldpostbrief, 3.11.1941, *KB*, S. 261 f.

ren mit all ihrer grauenhaften Rekrutenqual sind schon durch diese Stuben in den alten Kasernen gewandert, denk nur einmal! Und ich hänge nun wieder mitten darin, vollkommen und unrettbar verloren ...«[1]

Nach nahezu eineinhalb Jahren hatte diese mental wohl zermürbendste Phase ihr Ende. Böll wurde wieder, erneut nach Frankreich verlegt. Eingesetzt in verschiedenen Dörfern, zeitweise auch direkt an der Kanalküste stationiert, setzt sich das Ritual der Geländemärsche und -übungen weiterhin fort; mache Verwendungen ermöglichen indes den Kontakt zur französischen Bevölkerung, den Böll durchaus schätzt; nicht zuletzt auch deshalb, da ihm die Kontakte zu gelegentlichen Einkäufen verhelfen, um die Familie zu Hause in Köln mit Paketen zu erfreuen – ganz naiv und gänzlich unbeschwert aus dem Motiv heraus, dem ansonsten trostlosen und widrigen Umständen etwas Positives abgewinnen zu können. Zwar leidet Böll auch hier unter Ödnis des als ›Kameradschaft‹ beschworenen Miteinanders – »das Geschwätz und der Stumpfsinn der Kameraden bedrückt mich«[2] – insgesamt ist die in Frankreich verbrachte Zeit jedoch die – vor allem nach den Heimaterfahrungen – noch erträglichste Phase der Verwendungen des Soldaten Heinrich Böll. Dazu zählen vor allem die Wochen in Le Tréport, in denen Böll mit Bürodiensten beauftragt ist. Was sie zur angenehmsten Zeitspanne ist der Umstand, sich zuweilen ausgiebiger der Lektüre literarischer Werke widmen zu können.

---

1 Feldpostbrief, 23.1.1942, *BK*, S. 286.

2 Feldpostbrief, 23.9.1942, *KB*, S. 479.

Von Osnabrück nach Frankreich, von dort nach Deutschland und von hier aus wiederum nach Frankreich: die von Heinrich Böll bis Oktober 1943 durchlaufenen Stationen liegen jeweils fernab der Front. Welch radikalen Bruch ihre Erfahrung von allem bislang Erlebten bedeutet, wie sehr Böll selbst durch die Erlebnisse unmittelbar nach seiner Ankunft auf der Krim bzw. 1944 durch seinen Einsatz in Jassy verändert und gezeichnet ist, zeigen die Einträge der hier aus dem Nachlass edierten Tagebücher 1943 bis 1945. Offenbar hatte Böll seit Beginn seiner Wehrmachtszeit Tagebuch geführt. Allerdings sind die ersten drei Tagebücher während des Krieges verloren gegangen.[1]

Editorische Notiz

Die Grundlage der vorliegenden Edition bildet die digitale Reproduktion der von Heinrich Böll über den Zeitraum vom 30. Oktober 1943 bis 15. September 1945 geführten Tagebücher. Für die mit der Herstellung der Digitalisate und ihrer Optimierung verbundene Mühe sei an dieser Stellen Carmen Alicia Böll sehr herzlich gedankt. Für die vorliegende Edition wurde das Format der Originale geringfügig modifiziert. Das Originalformat des in rotem

1 Siehe Feldpostbrief, 24.6.1942: »Auf der Hinfahrt habe ich im Zug mein schönes Notizbuch und meinen Füllfederhalter liegenlassen; damit fing unser Pech an« (*BK*, S. 376) sowie vom 22.12.1943: »Ach ich habe den schönen Verlaine verloren, den Trakl und einen kleinen Band mit Bildern von Renoir und auch 2 vollgeschriebene kleine rote Tagebücher« (*BK*, S. 967).

Leinen eingebundenen, offenbar während einer Transportbegleitung nach Belgien erworbenen Tageskalenders ist 12,8 x 7,5 cm. Das Format des in grünem Leder eingebundenen Tagebuchs 1944–45 misst 13,5 x 9 cm. Das Format des in grünem Leinen gefasste Notizheft misst 12,7 x 8,5 cm.

Für die typgraphische Wiedergabe der ihrer Größe nach alternierenden sowie darüber hinaus durch die räumliche Anlage ihrer Schriftbildlichkeit substantiell unterschiedlich gewichteten Einträge wurden drei Schriftgrößen gewählt. Dabei versteht sich die Differenzierung der Schriftgröße der Transkription jeweils als relative Annäherung an den Originaleintrag; mit ihr ist weder eine Kodifizierung des handschriftlichen Befundes noch eine endgültige Normierung des Gemeinten angestrebt. Das gilt für das Verhältnis der Transkription zu den Originaleinträgen der Tagebücher im vorliegenden Fall grundsätzlich. Die typographische Umschrift der Tagebucheinträge dient in allen Fällen der Lesbarmachung der zum Teil schwer entzifferbaren Einträge des Originals, die offenkundig selbst in mitunter schwierigen Bedingungen (in Erdlöchern, während des Transports etc.) gefertigt wurden. Für die Differenzierung sicherer von annäherungsweise gesicherten bis hin zu nicht entzifferbaren Lesungen des handschriftlichen Befundes werden in der vorliegende Edition neben der recte gesetzten Normalschrift geschweifte Klammern ({xxx}) für hypothetische und eckige Klammern ([xxx]) für nicht entzifferte Einträge verwendet.

Die der Edition beigefügten Anmerkungen sind nicht im Sinne eines umfassenden historisch-kritisch angelegten Stellenkommentars konzipiert; sie sollen eine erste Orientierung ermöglichen sowie Ansatzpunkte für die weiterführenden Rekonstruktion bzw. die Beschäftigung mit den in den Tagebüchern festgehaltenen Aufzeichnungen und Notate bieten. Die Absicht der vorliegenden Ausgabe der Kriegstagebücher ist es, die Grundlagen für diese Arbeit zu schaffen, indem sie das dafür notwendige Material zur Verfügung stellt.

Verzichtet wurde auf den historischen Nachweis der in den Tagebüchern genannten einzelnen Einsatzorte an der Front, den benannten Zwischenstationen auf den Transportwegen bzw. den Aufenthaltsorten hinter der Front. Als Hilfestellung für ihre chronologische Abfolge bzw. für die Einordnung ihrer topographischen Lage dienen die Zeittafel sowie die beiden Karten im Anhang. Unberücksichtigt blieb ebenfalls der in den Aufzeichnungen namentlich erwähnte Personenkreis von Wehrmachtsangehörigen, Lazarettbekanntschaften bzw. von Mitinternierten in den Kriegsgefangenenlagern. Soweit möglich, wurde hingegen angestrebt, die in den Aufzeichnungen vor allem während der Lazarettaufenthalte genannten Lektüren bibliographisch in den von Böll zeitgenössisch verfügbaren Drucken nachzuweisen.

Anmerkungen

Kriegstagebuch 1943 bis 1944

24 *Abfahrt in Eu]* Ortschaft an der frz. Kanalküste, ca. 4 km von Heinrich Bölls zeitweiligem Einsatzort, Le Tréport, entfernt.

Laut Kriegstagebuch der 348. Infanterie-Division (Regimenter 863 I.–III. Btl., 864 I.–III. Btl., Eingreif-Btl. 865 sowie weiteren Artillerie-, Pionier-, Nachrichten-, Veterinär-, Sanitäts- und Nachschubeinheiten) wurden von der an der frz. Kanalküste stationierten Division ab Anfang Oktober Mannschaftsteile an die Ostfront abgezogen. Darunter auch Angehörige der 1. Kompanie des Regiments 863, zu der Heinrich Böll im Jahr zuvor abkommandiert worden war. Nach der Bereitstellung von zunächst 433 Mann am 10.10.1943 folgten am 20.10.1943 weitere 530 Soldaten. Unter ihnen Heinrich Böll; siehe Feldpostbrief Nr. 662 v. 20.10.1943: »Es ist inzwischen klargeworden, daß wir nach R.[ussland] kommen« (*KB*, S. 928). Der Abtransport erfolgte am 28.10.1943 vom Bahnhof Woincourt aus. Dem Eintrag des Divisionstagebuchs zufolge wurde der um 19.22 Uhr abfahrende Transportzug um 19.55 Uhr in der Nähe einer Bahnunterführung südöstl. von Frireulle durch eine Sprengung der Schienen zur Entgleisung gebracht, wobei sich 23 Wagen ineinanderschoben und teilweise den Bahndamm hinunterrutschten; dabei wurden 18 Soldaten getötet sowie 82 verwundet. Heinrich Böll trug eine leichte Handverletzung davon; siehe Feldpostbrief Nr. 669 v. 29.10.1943 sowie den entsprechenden Eintrag der Verwundung im vorliegenden Band, S. 230. Am Abend des 31.10.1943 wurde der Transport um 19.46 Uhr vom Bahnhof der in der Nähe von Woincourt gelegenen Ortschaft Eu fortgesetzt.

24–28 *Chalous sur Marne ... Krasne]* Zur Transportstrecke, die von Frankreich aus u.a. über Wiesbaden – Mainz – Chemnitz –

Krakau – Lemberg (ukrain.: L'viv) – Krasnoje (ukrain.: Krasne) – Solotschew (ukrain.: Zolovic) – Tarnopol (ukrain.: Ternopil) – Schmelnizky (ukrain.: Hmel'nic'kij, Chmelnickij) – Deraschnja (ukrain.: Deraznja) – Schmerinka (ukrain.: Zmerkinka) nach *Winniza* (ukrain.: Vinnicja) bzw. – Heinrich Bölls hs. Ortsübersicht entsprechend (siehe hier S. 339) – nach Kalinowka (ukrain.: Kalinivka) und dann über Odessa per Flug auf die Krim und dort zum Einsatz nach Kertsch (ukrain. Kerc) führte, siehe die Feldpostbriefe Nr. 669–682, 30.10.1943 bis 14.11.1943; *KB,* S. 939–947.

26 *Führerrede im Waggon!]* Rede Adolf Hitlers am 8.11.1943 in München im Saal des Löwenbräu, die um 20.15 Uhr über den Rundfunk gesendet wurde. Einen Bezugspunkt der letzten öffentlichen Rede Hitlers bildeten die Ereignisse des 8. und 9. November 1923. Siehe: Max Domarus: *Hitler. Reden und Proklamationen 1939–1945.* Bd. II/2, S. 2050–2059.

27 *Heeresgruppe Süd]* Das Hauptquartier der Heeresgruppe Süd befand sich zu diesem Zeitpunkt in dem östl. von Winniza bzw. südl. von Kalinowka gelegenen Ort Ssossenka *(Die Geheimen Tagesberichte der deutschen Wehrmachtführung im Zweiten Weltkrieg 1939–1945.* Bd. 8; kartographischer Anhang *Dislokation Heeresgruppe Süd nach Lage Ost. Stand 3.11.1943 abends.).* – Siehe auch Feldpostbrief v. 10.11.1943: »Wir liegen nur kurz bei dem Hauptquartier einer Heeresgruppe, wo wohl jetzt über unser Schicksal, über die Art unseres Einsatzes entschieden wird. [...] Jetzt sind wir bei Winniza, Richtung Kiew, aber es ist immer noch möglich, daß wir nach Odessa kommen«; *KB,* S. 945.

Odessa ... Flugplatz] Flugplatz im Westen Odessas. Zu Odessa siehe Brief Nr. 698 und Karte. – Zu Odessa beziehungsweise dem Flugplatz siehe auch »Wir Besenbinder«: »Kaum zwei Monate später hockte ich auf dem Flugplatz von Odessa in tiefem Schlamm über meinem Tornister und sah einem wirklichen Besenbinder zu, dem ersten, den ich je sah ...«, *KA* 3, S. 423–427, hier: S. 245; zu Odessa siehe auch *Damals in Odessa* (1949), *KA* 4, S. 74–79 sowie *Der Zug war pünktlich* (1949), *KA* 4, S. 310, 333 ff.

28 *Bagerowo]* Heinrich Böll wurde am 12.11.1943 dem Grenadierregiment 121 (1. Kompanie) zugeführt, das mit den Regimentern 122 und 123 zur Aufstellung der 50. Infanterie-Division gehörte, die ab Oktober 1943 im Rahmen des XXXXIX. Gebirgskorps der 17. Armee der Heeresgruppe A auf der Krim eingesetzt war. – Gemäß Kriegstagebuch der 50. Infanterie-Division vom 10.11.1943 wurde das I. Bataillon (Kompanien 1 bis 4) des 121. Grenadier-Regiments mit Datum des Tagebucheintrags von Budanowka (ca. 10 km nördl. von Armjansk/Krim) auf die im Süden der Krim gelegene Kertsch-Halbinsel abkommandiert und dort der 98. Infanteriedivision unterstellt. Das Regiment traf am 11.11.1943 in Bagerowo ein und wurde in Stellungen um den nördl. von Kertsch gelegenen Ort Bulganak eingesetzt.

Kertsch ... Feuertaufe] Die an der Ostspitze der Krim (Kertsch-Halbinsel) gelegene Hafenstadt mit 1939 104 000 Einwohnern wurde am 16.11.1941 von deutschen Truppen eingenommen, infolge einer sowjetischen Landung am 29.12.1941 jedoch wieder aufgegeben. Im Mai 1942 erfolgte die erneute Einnahme der für die geplante Offensive Richtung Kaukasus wichtigen Stadt. Kertsch wurde ab dem 1.11.1943 infolge der Landungsoperation der sowjetischen Truppen in den Wehrmachtsberichten bis zum Datum des Tagebucheintrags nahezu täglich an erster Stelle erwähnt.

Siehe hierzu die Tagesmeldungen der *Geheimen Tagesberichte der deutschen Wehrmachtführung im Zweiten Weltkrieg 1939–1945* vom 11.11. bis 14.11. 1943:

Tagesmeldung vom 11.11.1943: »9.30 meldet General Allmendinger *[Karl Allmendinger, vom 1.7.1943 bis 1.5.1944 Komm. General des V. Armeekorps]* Angriff im Landekopf Bakssy *[Ort ca. 8 km östl. von Bulganak, der am 4.11.1943 von den sowjetischen Truppen eingenommen wurde]* seit 3 Stunden auf breiter Front mit etwa 20 Panzern. Es hat zunächst den Anschein, daß Panzer in den Nordostteil von Kertsch und in Bulganak eingedrungen sind. Das Halten der HKL *[Hauptkampflinie]* ohne Rücksicht auf etwa durchgebrochene Panzer ist befohlen. [...] Adshim Uschkaj *[ca. 5 km nördl. von Kertsch bzw. ca. 3 km südöstl. von Bulganak entfernt gelegene*

Ortschaft] ist verloren. [...] Gegner setzt im Laufe des Tages im Landekopf Bakssy seine Angriffe fort und hat die eigenen Kräfte auf die Linie Ostrand Kertsch – Südostrand Bulganak – Höhe 133,3 *[ca. 2 km vom Ortsrand Bulganaks entfernt gelegene Anhöhe]* zurückgedrückt.«

Tagesmeldung vom 12.11.1943: »Seit den Morgenstunden führt Gegner Erkundungsverstöße mit Panzern besonders gegen Höhe 133,3. Im Laufe des Morgens wird der Feindangriff gegen Höhe 133,3 abgewiesen. An ganzer Front des Bakssy-Landekopfes starke fdl. Stoßtrupptätigkeit. [...] Im Landekopf von Bakssy werden zahlreiche fdl. Erkundungsvorstöße, die zum Teil durch das Feuer von Panzern unterstützt werden, mit Schwerpunkt zwischen Höhe 34,7 und 125,8 abgewiesen.«

Tagesmeldungen vom 13.11.1943: »Während der Nacht wird Anlandung von 4 Feindbooten im Landekopf Eltigen durch Art. verhindert, nordostw. Kertsch werden 2 Feindangriffe gegen Höhe 34,7 und 133,3 abgewiesen. 10.50 Uhr: In Zwischenunterrichtung wird gemeldet, daß z.Zt. im Bakssy-Landekopf Feindangriff unter Anwendung künstlichen Nebels gegen Bulganak läuft. [...] Im Landekopf Bakssy während des ganzen Tages örtliche Angriffe in Kp.- u. Btl.-Stärke gegen die Höhen 133,3 und 125,6 *[Höhe 125,6 ca. 1 km nördöstl. von der Höhe 133,3 gelegene weitere Erhebung]*, die abgewiesen oder durch Art.-Feuer zerschlagen werden.«

Tagesmeldung vom 14.11.1943: »Während des Vormittags im Landekopf Bakssy zweimaliger Angriff in Btl.-Stärke mit Panzern gegen Höhen 133,3 und 125,6. Feind erzielt beim 3. Angriff in Rgt.-Stärke schließlich einen geringfügigen Einbruch. [...] Im Landekopf Bakssy werden 2 panzerunterstützte Angriffe in Btl.-Stärke gegen die eigenen Stellungen zwischen Höhen 133,3 und 125,6 unter Abschuß von 7 Panzern abgewehrt.« (Alle Zitate nach: Die *Geheimen Tagesberichte der deutschen Wehrmachtführung im Zweiten Weltkrieg 1939–1945* nach Bd. 8: 1. September 1943 – 30. November 1943. Osnabrück: Biblio Verlag 1988, S. 382 ff.) – Siehe auch die auf diese Situation bezogene Schilderung Bölls im Feldpostbrief Nr. 692 v. 26.11.1943: »Heute sind es genau 15 Tage, daß ich abends spät auf dieses Sonnenblumenfeld kam [...]. Ach, es ist unglaublich, daß ich schon so lange hier liegen soll, es ist unheimlich viel um mich herum geschehen und auch mit mir selbst. Alles Unwesentliche, das ich noch hatte, habe ich nun endgültig begraben. Niemals kann eine solch irrsinnige Feuertaufe, wie sie uns gleich fünf Minuten nach unserem Eintreffen in der vordersten Linie empfing, spurlos an einem Menschen vorübergehen; in diesen Tagen der absoluten Gefahr, des absoluten Schreckens. Dir werde ich es erzählen können, was es bedeutet, eine Kette russischer Panzer auf sich zurollen zu sehen und im Loch zu bleiben, was es bedeutet, mit Feuer und Stahl buchstäblich zugedeckt zu werden«, *KB*, S. 954.

29 *Wir liegen ... Sonnenblumenfeld]* Siehe Feldpostbrief v. 15.11.1943: »Wir liegen am Rand eines riesigen Sonnenblumenfeldes, auf dem nur noch die herbstlich kahlen Stengel stehen und das von der Artillerie beider Seiten und den Ketten der Panzer vollkommen durchfurcht ist, dicke, zähe, pechschwarze Erde, in die wir nur mit Mühe unsere Löcher graben. Die Erde, die Erde ist ja das Element der Infanterie«; *KB*, S. 948. – Siehe hierzu auch die 1947 entstandene Kurzgeschichte *Der Angriff*: »Über den müden, grauen Gestalten, die in ihren Erdlöchern hockten, stieg mit seiner unbarmherzigen Rosigkeit, zärtlich und lächelnd, der Tag auf [...]. Sie lagen auf einem kleinen Kamm vor einer Geländewelle, die nach Osten jäh wieder anstieg bis zu den dunklen, feindlichen Wäldern, die das Steilufer des Flusses umsäumten. Hinter ihnen spärliche Büsche, ein von Panzern zerwühltes Sonnenblumenfeld, und wieder ein Wald, ein hellerer, grüner Wald; aber es war ja so gleichgültig: Erde blieb Erde und Krieg blieb Krieg«; *KA* 3, S. 158–163, hier: S. 158.

31 *Trommelfeuer mit Granatwerfern]* Laut Heinrich Bölls eigener Datierung seiner vier Verwundungen (siehe hier S. 230) trug er infolge des Granatwerferbeschusses »einige kleine Splitterschrammen an Händen und Füßen« davon (Feldpostbrief Nr. 688 v. 19.11.1943; *KB*, S. 951).

Tagesmeldungen vom 16.11.1943: »Kertsch-Front: Nach ruhigem Vormittag wird durch eigenen Gegenangriff die Einbruchstelle südl. 133,3 bereinigt, darüber hinaus eine wichtige Frontverbesserung erreicht. Wiederholte fdl. Gegenstöße gegen die neu gewonnene Linie werden abgewiesen.« (Zitiert nach: Die *Geheimen Tagesberichte der deutschen Wehrmachtführung im Zweiten Weltkrieg 1939–1945* nach Bd. 8: 1. September 1943 – 30. November 1943. Osnabrück: Biblio Verlag 1988, S. 411.)

32 *Essenholen]* Siehe hierzu auch die 1947 entstandene Kurzgeschichte »Die Essenholer«, *KA* 4, S. 530–534.

Wieder vorne eingeschlossen … relative Ruhe] Siehe *Tagesmeldung vom 17.11.1943:* »Während der Nacht halten die starken Feindangriffe ostw. Bulganak an. 800 m südl. Höhe 133,3 erzielt der Feind einen geringfügigen örtlichen Einbruch, in den Morgenstunden stellt der Gegner seine Angriffe ein.« (*Die Geheimen Tagesberichte der deutschen Wehrmachtführung im Zweiten Weltkrieg 1939–1945*nach Bd. 8: 1. September 1943 – 30. November 1943. Osnabrück: Biblio Verlag 1988, S. 416.)

33 *Der neue Leutnant aus Köln Nippes]* Siehe Feldpostbrief Nr. 684 v. 16.11.1943: »Meine Lieben, nun sitze ich schon 6 Tage hier in diesem völlig verwüsteten Sonnenblumenfeld […]. In meinem Loch, das inzwischen mit viel Mühe ein regendichter Bunker geworden ist, sitze ich zusammen mit einem Leutnant, der in Nippes wohnt, in Düren geboren ist, Spieß heißt, Dr. jur. ist und mit Willi Wunsch zusammen in der Schule war, ist das nicht toll? Auf Willi Wunsch hält er tolle Lobesreden. Wir verstehen uns beide gut, obwohl keiner sich bewegen kann, ohne den andern in die Rippen zu stoßen«; *KB*, S. 949.

schanzen] Militär. für ›eingraben‹.

36 *Der Angriff der Russen]* Der Wehrmachtsbericht des 21.11.1943 brachte folgende Meldung: »Nordöstl. Kertsch versuchte der Feind erneut, seinen Brückenkopf zu erweitern. Er wurde in harten Kämpfen unter Abschuß von 18 Panzern abgeschlagen und erlitt durch wirksames eigenes Artilleriefeuer und wiederholte Angriffe der Luftwaffe schwere Verluste« (*Die Wehrmachtberichte 1939–*

1945. 3 Bde. München: Deutscher Taschenbuch Verlag 1985, hier: Bd. 2, S. 610.) – Siehe auch Bölls Feldpostbrief Nr. 689 v. 21.11.1943: »Gestern war wieder ein sehr wilder und bewegter Tag, vielleicht hast Du es aus dem Wehrmachtsbericht entnehmen können. Es hat alles gut gegangen«; *KB,* S. 951.

beide Hände ... Enkel] Siehe Anmerkung zu S. 31; *Enkel:* großer Zeh. Die von Heinrich Böll erwähnten Kampfhandlungen, während der er durch Granatsplitter eine Verletzung am rechten Fuß erlitt, setzten in den frühen Morgenstunden des 20.11.1943 nördl. von Kertsch ein und erstrecken sich bis zum späteren Nachmittag. Nach zunächst erfolgtem Artilleriefeuer wurde gegen die deutschen Stellungen ein von insgesamt 40 Panzern unterstützter Angriff unternommen. Vgl. hierzu den entsprechenden Abschnitt der *Tagesmeldungen der 17. Armee vom 20.11.1943:* »Nach heftiger Feuervorbereitung tritt Feind um 5.00 Uhr zu dem erwarteten Angriff gegen den Südflügel des Landekopfes nördl. Kertsch an. [...] Im Landekopf nordostw. Kertsch greift Feind nach starker einstündiger Art.-Vorbereitung, von insgesamt 40 Panzern unterstützt, eigene Stellungen zwischen Höhen 34,0 und 133,3 an. [...] Angriff gegen die Höhen 133,3 und 125,6 abgewiesen. 18 Panzer abgeschossen.« (*Die Geheimen Tagesberichte der deutschen Wehrmachtführung im Zweiten Weltkrieg 1939–1945.* Bd. 8: 1. September 1943 – 30. November 1943. Osnabrück: Biblio Verlag 1988, S. 431.)

37 *Tilde]* Rufname von Heinrich Bölls Schwester Mechthild (1907–1972).

41/42 *wunderbaren Cognac ... Schokolade]* Siehe hierzu den unter dem Tagesdatum des Tagebuchs verfassten Feldpostbrief Nr. 692: »Heute hat es allerlei Überraschungen gegeben, ich habe wunderbaren Cognac bekommen, Schokolade, Kerzen, und jeder einen kleinen Carbid-Kocher, auf dem wir dann manchmal den ewig kalten Kaffee und die ewig kalte Suppe wärmen können, auch Zigaretten gab es eine Menge, ach, ich leide überhaupt so wenig Not«; *KB,* S. 955.

Willi Wunsch] Bruder von Paul Wunsch, ein Freund von Alois

Böll, den dieser während der Zeit seines Besuchs der *Kunstgewerbe- und Handwerkerschule* am Ubierring 40 kennengelernt hatte. Paul und Willi Wunsch waren zudem Vettern von Alois Bölls Frau Maria, geb. Meiers (1912–1992).

42/43 *Mittags trinke ich mit Leutnant Spieß ... Lt. Spieß fällt neben mir]* Siehe hierzu Feldpostbrief Nr. 694 v. 30.11.1943: »Zuerst muß ich Dir etwas sehr Trauriges schreiben: der Leutnant, mit dem ich zusammenlag, ist gestern gefallen. Es hatte so lange gutgegangen in unserer Kampfgruppe, daß wir alle gestern tagsüber aus unseren Löchern kamen, um zu schauen und auch, um uns einmal im Sonnenschein zu wärmen und zu entlausen. Dabei ist der Leutnant etwas sehr weit herausgegangen, um sich einmal richtig zu strecken, und so traf ihn eine der verirrten Kugeln gleich in den Kopf. Er war gleich tot. Wir waren beide gute Freunde geworden in diesem Loch hier, und ich halte es für meine Pflicht, seiner Frau zu schreiben, wenn wir einmal in Ruhe sind. Jetzt kann ich es noch nicht. Aus unserer näheren Gemeinschaft ist es der erste, der gefallen ist, abgesehen von manchen Leicht- und Schwerverwundeten, und so hat nun sein Tod wirklich alle ergriffen, auch, weil er so aus heiterem Himmel kam, während sonst in den gefährlichen Situationen nichts geschehen ist ... Ich hatte kaum eine Stunde vorher noch mit ihm in unserem Bunker gesessen und Cognac getrunken, und wir hatten dabei vom Leben geträumt und uns erzählt. Aber er war selbst immer sehr traurig und hat mir auch manchmal gesagt, daß er nicht glaube, noch einmal rauszukommen aus diesem Dreck, den er ebenso verfluchte wie wir alle. Ich mußte Dir das schreiben, aber ich bitte Dich, sei deshalb nicht ängstlich und nicht sehr besorgt. Bei uns hier gibt es wirklich nur eine Rettung, das ist Gott. Und ich glaube, daß ich lebend herauskomme, nicht etwa, weil ich es verdient hätte, sondern weil Gott mir immer so wunderbar geholfen hat«; *KB,* S. 957. – Zur erzählerischen Anlehnung an das im Feldpostbrief Geschilderte siehe »Wiedersehen in der Allee«, *KA* 3, S. 428–436.

45 *Fog] Kolonialwarenhandlung Anton Fog,* Köln, Vondelstraße 24. In der Vondelstraße befand sich ebenfalls die Schreinerwerkstatt Viktor Bölls.

Spellerbergs] Kurt Josef (Jupp) und Bruno Spellerberg. – Kurt Josef (Jupp) Spellerberg war ein Mitschüler Heinrich Bölls auf dem Kaiser-Wilhelm-Gymnasium.

Alois] Heinrich Bölls älterer Bruder (1911–1981).

49/50 *Abends selbst verwundet ... H. V. pl]* Siehe hierzu Feldpostbrief Nr. 697 v. 6.1.1944: »Am 2.12. bin ich nachmittags um 3 Uhr verwundet worden. Es war ein kleiner Splitter in der Kopfschwarte. Eine leichte Verwundung, die vollkommen ungefährlich ist und, wie ich glaube, eine gute Fügung, die mich aus dem großen, großen Elend, der furchtbaren Gefahr befreien sollte«; *KB,* S. 961 f. – Aufgrund der durch einen Granatsplitter verursachten Kopfverletzung – der dritten Verwundung (siehe S. 230) – wurde Böll zunächst zu einem der beiden, zu diesem Zeitpunkt in Katerles und Bagerowo eingerichteten Hauptverbandsplätze (H. V. pl.) der Division transportiert und versorgt.

B. V. Z.] »Behelfsmäßiger Verwundetenzug«.

50–53 *ab nach Odessa ... Kriegslazarett 2/606 Odessa]* Laut *Nachweisung über etwaige Aufnahme in ein Standort-, Feld-, Kriegs- oder Reservelazarett* erfolgte die Aufnahme in das »Kriegslazarett 2/606 – Chirurgische Abteilung« am 7.12.1943. – Über den Transport ab Odessa bzw. den Weg über verschiedene Sammellager seit der Verwundung siehe Feldpostbrief Nr. 697 v. 6.12.1943: »Nun bin ich 4 Tage von Sammelstelle zu Sammelstelle geschleppt worden, mit der Ju dann über das schwarze Meer geflogen, vier qualvolle Tage, die nun Gott sei Dank überstanden sind. Von hier aus geht es endgültig ins Lazarett oder gar nach Deutschland«; *KB,* S. 962.

55 *Knieps aus Ahrweiler]* Aufgrund der Häufigkeit des Namens in Ahrweiler nicht nachgewiesen.

von Kempen] Reiner von Kempen; von 1932 bis 1939 Direktor des von Heinrich ab 1934 bis zum Abitur 1937 besuchten

›Staatlichen Kaiser-Wilhelm-Gymnasiums‹, Heinrichstraße 6–9 in Köln.

Caspar] Caspar Markard, Mitschüler Heinrich Bölls auf dem Staatlichen Kaiser-Wilhelm-Gymnasium. Beide verband seitdem eine lebenslange Freundschaft.

59 *von Kempen]* Siehe Anmerkung S. 55.

60 *Gertrud]* 1909–1999, Schwester von Heinrich Böll.

B. L. Z] Siehe Anmerkung zu S. 49/50.

L. K. A.] Abkürzung für »Leicht-Kranke-Abteilung«.

62 *K.H. Wagner]* Karl-Heinz Wagner, Mitschüler und Schulfreund Heinrich Bölls auf dem Staatlichen Kaiser-Wilhelm-Gymnasium.

Alfred] Heinrich Bölls älterer Bruder Alfred, auch »Fips« (1913–1988).

63 *M. Bornemann]* Freundin von Annemarie Böll.

64 *Neumarkt]* Zentraler Platz in der Innenstadt Kölns.

65 *Alfred und Lisel]* Heinrich Bölls Bruder Alfred und Elisabeth Böll, eine Tochter von Aloys Böll – ein Bruder von Heinrich Bölls Vater Viktor – und Petronella Böll, geb. Bultmann.

66 *Ernst … von deutscher Art]* Paul Ernst: *Geschichten von deutscher Art.* München: Albert Langen/Georg Müller Verlag 1942 [EA 1928].

67 *Adamowa]* Erwin Wickert: *Die Adamowa.* Stuttgart: Hohenstaufen-Verlag 1940.

Kipling] Siehe Anmerkung zu S. 68.

68 *»Dornenbusch … Kinde« Kipling]* Zitat aus Rudyard Kiplings *Das Dschungelbuch.* 12. Kapitel, »Schiwa und die Heuschrecke. Der Sang, den Toomais Mutter ihrem Söhnlein sang«.

69 *Kramarenko]* Siehe Feldpostbrief Nr. 709 v. 25.12.1943: »Neben mir liegt ein Russe im Bett, ein Kosak, der bei uns verwundet wurde, ›Kramarenko‹ heißt er. Wir unterhalten uns mit Gesten und Brocken, ein toller Bursche, von dem ich gern so viel schreiben möchte, wenn ich nur einmal Papier hätte«, *KB,* S. 970.

70 *Stifter: Bergkristall ... Narrenburg]* »Bergkristall«: Erzählung in Adalbert Stifters Erzählzyklus »Bunte Steine«; »Narrenburg«: Erzählung des Erzählzyklus »Studien«.

»O wie heilig ... ließest« Stifter] Zitat aus Stifters Erzählung »Brigitta«; in der Buchfassung Kapitel 4. »Steppengegenwart«; Adalbert Stifter: Gesammelte Werke. 6 Bde. Frankfurt am Main: Insel 1959, hier: Bd. 2: Studien II, S. 251.

71 *Wedderkopp: die falsche Note]* Hermann von Wedderkop: *Die falsche Note.* Ein Musikroman. Zürich: Scientia 1940.

Metzgerei Camps] Metzgerei Wilhelm Camps, Heumarkt 14 in Köln.

72 *in unserer Wohnung]* Neuenhöfer Allee 38. – Nach dem Tod ihrer Großmutter Maria Hagen 1936 hatte Annemarie Böll zunächst zwei Mansardenzimmer in *Vor den Siebenburgen 22* bewohnt, zog dann, 1940, in die *Kleingedankstraße 20.* Nachdem diese Wohnung infolge von Zerstörungen durch den Luftangriff vom 31.5.1942 unbewohnbar geworden war, lebte sie – nach kurzzeitiger Unterkunft bei den Schwiegereltern am Karolingerring 17 – ab dem 1.7.1942 in der in Köln-Sülz gelegenen Neuenhöfer Allee 38.

»Edelweiß«] »Das schönste Blümlein auf der Alm, / das ist das Edelweiß. / Es blüht versteckt auf steiler Höh, / dort zwischen Schnee und Eis. // Da sprach das Mädel zu dem Buam: / So n Blümerl hätt i gern. / Geh, hol mir doch so n Sträußerl her / mit so ei'm weißen Stern. // Da stieg der Bua wohl auf die Alm / im selben Augenblick. / Der Abend kam, der Morgen graut, / der Bua kehrt nicht zurück. // Er liegt zerschmettert ganz allein / an Steiler Felsenwand. // Ein Edelweiß, von Blut ganz rot, hält er in seiner Hand«, zitiert nach: Leonhardt: *Lieder aus dem Krieg,* S. 149.

»Fern bei Sedan«] »Bei Sedan wohl auf der Höhe / steht ein Krieger auf der Wacht / neben seinem Kameraden, / den die Feindeskugel tödlich traf. // Leise flüstern seine Lippen: / ›Kehrst du heim ins Vaterland, / drück auf ihre weiße Stirne / einen Kuß von mir als Abschiedspfand.‹ / Der Soldat, er hat's gesprochen, / der Soldat, er hat's gesagt. / Seine Augen sind gebrochen. / Fern bei Sedan liegt ein kühle Grab«; zitiert nach: Leonhardt: *Lieder aus dem Krieg*, S. 136.

Wir werden den Krieg gewinnen ... Kragenbinde«] Nicht nachgewiesen.

73 *Müller-Partenkirchen ... Friemann]* Fritz Müller-Partenkirchen: *Kramer & Friemann. Eine Lehrzeit.* Gütersloh: Bertelsmann 1942 [EA 1920].

Volksdeutschen] Bezeichnung für die unterschiedlichsten, außerhalb der Grenzen des Deutschen Reichs lebenden Gruppen, deren Angehörige deutscher Abstammung waren, aber – im Gegensatz zu den sog. ›Auslandsdeutschen‹ – keine deutsche Staatsangehörigkeit besaßen.

74 *im Osten ... koloniales Dasein]* Vgl. hierzu Bölls Feldpostbrief Nr. 711 v. 31.12.1943: »Ich sehne mich sehr nach dem Rhein, nach Deutschland, und doch denke ich oft an die Möglichkeit eines kolonialen Daseins hier im Osten nach einem gewonnenen Krieg ...«; *KB*, S. 972.

77 *Otto Nebelthau]* Otto Nebelthau: *Der Gärtner und die Statue: Die Geschichte einer Liebe.* Hanseatische Verlagsanstalt, Hamburg, Berlin, Leipzig 1930.

Dumas: 3 Musketiere] Alexander Dumas: *Die drei Musketiere.* In neuer Übertragung und mit einem Vorwort von Edmund Th. Kauer. Berlin: Juncker 1937.

78 *Eugen Roth: einen Herzschlag lang]* Eugen Roth: *Einen Herzschlag lang.* Neue Geschichten. Bertelsmann 1942. (Kleine Feldpostreihe)

Im Westen ... Klietmann] Franz Arthur Klietmann: *Im Westen wohl was Neues.* Contra Remarque. Berlin: Nonnemann 1931.

80 *A. Schaeffer: »Josef Montfort«]* Leipzig: Insel 1918.

»Traugott«] Max Übelhör: *Traugott oder Deutschland über Alles.* Konstanz: Oskar Wöhrle 1924.

»Die arme Seele«] Heinrich Lersch: *Die arme Seele.* Gedichte vom Leid des Krieges. Mönchen-Gladbach: Sekretariat Soz. Studentenarbeit 1917. – Siehe auch den Hinweis auf Heinrich Lersch als Lektüreempfehlung an Annemarie Cech im Feldpostbrief v. 5.11.1940; *KB*, S. 124.

»Die tanzenden Füße«] A. Schaeffer: *Die tanzenden Füße.* Leipzig: Reclam 1925.

Graslandodeurli] Komposition aus schweiz.-dt. (»Grasland«) und Diminutiv des aus frz. »odeur« (»Duft«, Geruch«) abgeleiteten schweiz.-dt. Lehnwortes. Die Herkunft dieses (und der folgenden) schweiz.-dt. Idiome ist nicht geklärt.

Hosenpfüderiangst] »Hosenpfüder«, schweiz.-dt. Bezeichnung für einen kleinen Jungen, der die ersten Hosen trägt.

Rotschwänzliparti] Schweizerdeutsches Kompositum aus »Hausrotschwanz« und »Partei«.

vogeliwohl] Schweizerdeutsch für »sich behaglich fühlen«, »sich pudelwohl fühlen«.

Camenzind] Möglicherweise der Schweizer Schriftsteller Josef Maria Camenzind (1904–1984); die zuvor notierten Idiome ließen sich in den eingesehenen Werken Camenzinds *Mein Dorf am See* (1934), *Jugend am See* (1940), *Schiffmeister Balz* (1941) nicht nachweisen. Die Romane *Die Stimme des Berges* (1936), *Ein Stubenhocker fährt nach Asien* (1939), *Die Brüder Sagenmatt* (1943) wurden nicht eingesehen.

81 *Hochzeitstag]* Annemarie und Heinrich Bölls kirchliche Trauung wurde am 31.12.1942 in der Kirche St. Paul, Vorgebirgsstraße, vollzogen. Die standesamtliche Trauung hatte am 6.3.1942 im Kölner Rathaus während eines einwöchigen Heiratsurlaubs (2.–9.3.1942) stattgefunden.

82 *Magellan]* Stefan Zweig: *Magellan.* Der Mann und seine Tat. Wien/Leipzig: Reichner 1938.

»Das Halsband … Antoinette«] Vermutlich der um Marie-Antoinette kreisende Roman *Das Halsband der Königin* von Alexandre Dumas.

83 *Bolling]* Mitschüler Heinrich Bölls auf dem Staatlichen Kaiser-Wilhelm-Gymnasium.

84 *Merimée: Carmen … Θανάτῳ]* Prosper Mérimée: *Carmen.* Von Prosper Mérimée der Novelle vorangestellter Spruch des Palladas: »Das Weib ist bitter wie Galle; doch sind zwei Gelegenheiten, wo es angenehm ist: im Bett und auf der Bahre«, Mérimée: *Carmen.* Stuttgart: Reclam 2011, S. 3.

Die Barrings] William von Simpson: *Die Barrings.* Potsdam: Rütten und Loening 1937.

85 *Der Enkel]* William von Simpson: *Der Enkel.* Potsdam: Rütten & Loening 1943. Der Roman bildet die Fortsetzung von *Die Barrings.*

»Wirtin von Mollière«] Anspielung auf den franz. Küstenort La Mollière d'Aval; Heinrich Böll war hier von Juli bis Oktober 1943 stationiert; siehe Feldpostbriefe Nr. 582 bis 647; *KB*, S. 814–909. In seinem Feldpostbrief Nr. 582 v. 14.7.1943 erwähnt Heinrich Böll »eine kleine nette Kneipe, deren ominöse Besitzerin zugleich unsere Wäsche wäscht« (*KB*, S. 815); gemeint ist das Café »La Potinière« in Mollière d'Aval.

86 *Verlegung nach Odessa]* Siehe Bölls Feldpostbrief Nr. 713 v. 4.1.1943: »Morgen verlasse ich dieses unfreundliche Kasernenlazarett und fahre zurück nach Odessa zur neurologischen Abteilung. Hoffentlich gibt es dort etwas mehr Ruhe, nicht wieder eine Bude mit 22 Mann wie hier!«, *KB*, S. 973. – Gemäß der »Nachweisung über etwaige Aufnahme in ein Standort-, Feld-, Kriegs- oder Reservelazarett« datiert Heinrich Bölls Aufnahme in das Kriegslazarett 2/606 – Nervenabteilung – auf den 6.1.1944. Das Lazarett war in einer im Südosten der Stadt entlang des *Francuzkij bulevar* parkartig angelegten Reihe von Gebäuden, die ursprünglich als Erholungsheim errichtet worden waren, untergebracht.

87 *Bazar]* Im Bereich des Bahnhofsvorplatzes von Odessa.

88 *Verlegung ... 2/606/IV]* Siehe Anmerkung zu S. 86.

90 *Rogier]* Familie des Konrektors Robert Rogier, Gustavstraße 45, Köln-Sülz, deren Tochter mit Mechthild Böll befreundet war. Die Familie war nach dem 1. Weltkrieg aus Bromberg nach Köln übergesiedelt.

91 *Film: Tonelli]* Unter der Regie von Viktor Tourjansky von der Bavaria produzierter Kriminalfilm im Artistenmilieu mit u.a. Ferdinand Marian, Winnie Markus, Mady Rahl, Albert Hehn und Leo Peukert. Der Film wurde am 12.7.1943 uraufgeführt.

92 *Paust: Land im Licht]* Otto Paust: *Land im Licht.* Berlin: Limpert 1937.

Zapolska: Frau Renas Ehe] Gabriele Zapolska: *Frau Renas Ehe.* Berlin: Oesterheld 1913.

L. K. A.] »Leicht-Kranken-Abteilung«

»Wenn wir alle Engel wären«] Nach dem gleichnamigen Roman von Heinrich Spoerl von der Carl Froelich-Tonfilm Produktions GmbH unter der Regie von Carl Froelich im rheinischen Alltagsmilieu inszenierter Spielfilm mit u.a. Heinz Rühmann, Leny Marenbach, Harald Paulsen und Lotte Rausch.

96 *Selz am See]* Siehe Heinrich Bölls hs. Übersicht, S. 339. – Ortschaft in Transnistrien (›Land jenseits (d.h. östl.) des Dnjestr‹). Transnistrien bezeichnete das zwischen 1941 und 1944 von Rumänien verwaltete, ca. 42 000 km^2 umfassende Gebiet zwischen Dnjestr (rumän. Nistru) und Bug mit ca. 2 Millionen Bewohnern (Ukrainer, Russen, Schwarzmeer-Deutsche, Bulgaren, Polen und Tataren). Nach 1944 wurde das Gebiet Teil der Ukraine. In Transnistrien lebten 1943 ca. 130 000 Personen deutscher Abstammung, aufgeteilt auf drei im Süden des Landes gelegene Siedlungsräume: das Glückstahler Gebiet (hier die Siedlungsgemeinschaften: Bergdorf, Neudorf, Glückstahl, Kassel) nördl. von Tiraspol, das Kutschurganer und Großliebentaler Gebiet im Großraum Odessa (mit den Siedlungsgemeinschaften: Straßburg, Baden, Selz, Kandel, Freudental, Elsaß, Mannheim, Mariental u.a.) sowie das Beresaner Gebiet (mit den Siedlungsgemeinschaften: Rastatt, München, Worms, Rohrbach, Speyer, Landau, Karlsruhe, Sulz und Hoffnungsburg). – Siehe auch Feldpostbrief Nr. 720 v. 15.1.1944: »Wir liegen in einem rein deutschen Dorf, die Häuser sind wirklich auf eine phantastische Weise schöner und bunter, und die Menschen sprechen elsässischen Dialekt. Schönen Rotwein gibt es hier zu kaufen, den ich schon gekostet habe und an dem ich mich noch ausreichend versuchen werde«; *KB*, S. 980.

97 *Paul Wunsch]* Bruder von Willi Wunsch; siehe Anmerkung zu S. 33 und 41.
B. Schmitz] Nicht bekannt.

98 *Frau Meiers]* Gemeint ist vermutlich die Mutter von Alois Bölls Frau Maria, geb. Meiers.

101 *Ankunft in Stanislau]* Laut *Nachweisung über etwaige Aufnahme in ein Standort-, Feld-, Kriegs- oder Reservelazarett* wurde Heinrich Böll am 20.1.1944 in das Kriegslazarett 3/601 aufgenommen. Die Entlassung mit Vermerk »zum Ersatztruppenteil« ist auf den 23.2.1944 datiert. Siehe auch Anmerkung zu S. 124.

108 *Kino: Heinz Rühmann]* Vermutlich die unter der Regie Geza von Bolvary auf der Grundlage des gleichnamigen Novelle von Johann Nestroy von der Bayerischen Film AG produzierte Abenteuerkomödie »Lumpacivagabundus«, mit Paul Hörbiger, Heinz Rühmann, Hans Holte, Hilde Krahl u.a. Die Uraufführung fand am 12.2.1937 statt. – Siehe Feldpostbrief v. 30.1.1944: »Heute abend bin ich aufs Geratewohl in irgendein ukrainisches Kino gegangen, auf die Gefahr hin, nichts zu verstehen. [...] Der Film lief dann in deutscher Sprache mit russischen Schriftzeichen darunter, ein alter Rühmann-Hörbiger-Film, der mich unglaublich, wirklich unverhältnismäßig amüsiert hat. Ich habe wirklich Tränen gelacht, es war kitschig, aber humorvoll«, *KB*, S. 988.

109 *Kino: Damals]* Von der Ufa produzierter Kriminalfilm im europäisch-südamerikanischen Gesellschafts-, Arzt- und Nachtlokalmilieu. Unter der Regie von Karl Ritter spielten, neben Zarah Leander in der Hauptrolle, u. a. Hans Stüwe, Hilde Körber, Herbert Hübner, Viktor Janson, Ernst Sattler und Agnes Windeck. Uraufführung: 3.3.1943.

Sudermann: Es war] Hermann Sudermann: *Es war.* Stuttgart und Berlin: Cotta'sche Buchhandlung 1923.

»Hochzeit auf Bärenhof«] Im Offiziers- und Gutshofmilieu der 1890er Jahre angesiedelter Liebesfilm. Produziert von der Ufa, führte Carl Froelich Regie. Zu den Darstellern des am 8.6.1942 uraufgeführten Spielfilms zählen: Heinrich George, Paul Wegener, Ilse Werner, Alice Treff, Ernst Rotmund und Hugo Froelich.

110 *»Es war«]* Siehe Anm. S. 109.

111 *»Damals«]* Siehe Anm. S. 109.

»Heimkehr ins Glück«] Unter der Regie von Carl Boese 1933 entstandene Filmkomödie mit Luise Ullrich, Paul Hörbiger, Heinz Rühmann, Paul Hörbiger, Wolfgang Staudte.

»Mädchen in Weiß«] »Mädchen in Weiß. Ich bin auf der Welt, um glücklich zu sein«. Unter der Regie von Viktor Janson 1936 produzierter, im Gesellschafts- und Künstlermilieu angesiedelter Film mit u. a. Maria Cebotari, Iwan Petrovitch, Hilde von Stolz und Georg Alexander.

»Die Scheidungsreise«] »Scheidungsreise«. Unter der Regie von Hans Deppe am 18.11.1938 uraufgeführte Ehe- und Liebeskomödie mit u. a. Viktor de Kowa, Heli Finkenzeller, Hilde von Stolz, Max Gülstorff und Hans Olden.

113 *»Leichte Muse«]* Im Künstlermilieu angesiedelte, am 10.10.1941 uraufgeführte Filmkomödie. Unter der Regie von

Arthur Maria Rabenalt spielten – neben Willy Fritsch und Adelheid Seeck in den Hauptrollen – u.a. Willi Rose, Paul Hoffmann, Fritz Odemar und Anja Elkoff.

»und die Musik spielt dazu«] Am 8.6.1943 uraufgeführte Ehekomödie mit u.a. Maria Andergast, Vivi Gici, Hans Schott-Schöbinger und Georg Alexander. Regie: Carl Boese.

115 *Eichendorff … wieder Krieg]* Zitat aus Joseph von Eichendorffs Gedicht: »Der letzte Gruß«.

Film: Alarm] Am 31.1.1941 uraufgeführter Kriminalfilm. Unter der Regie von Herbert B. Fredersdorf spielten u.a. Karl Martell, Hilde Sessak, Maria von Tasnady, Paul Klinger und Rudolf Platte.

Brehm … Susanne] Bruno Brehm: *Auf Wiedersehen, Susanne!* München: R. Piper & Co. 1939.

116 *»Diskretion Ehrensache«]* »Diskretion – Ehrensache«. Verwechslungskomödie mit u.a. Heli Finkenzeller, Hans Bolt, Ida Wüst, Theo Lingen und Rudolf Platte. Der am 23.8.1938 uraufgeführte, von der Bavaria-Filmkunst GmbH produzierte Film entstand unter der Regie von Johannes Mayer.

»Dr. Crippen an Bord«] Unter der Regie von Erich Engels mit u.a. Rudolf Fernau, René Deltgen, Anja Elkoff, Gertrud Meyen, Paul Dahlke 1942 in den Barradow- und Hostiwar-Ateliers Prag produzierter Kriminal- und Abenteuerfilm (Uraufführung 6.11.1942 in Dresden). – Der Film wurde laut Programmanzeige der *Pariser Zeitung* vom 2.6.1942 im *Rex,* 9 Boulevard Poissonnière in der Zeit vom 2.2. bis 8.2.1942 gezeigt. – Siehe Feldpostbrief Nr. 439, 2.2.1943; *KB,* S. 607.

»Die goldene Stadt«] Von der UFA produziertes Sittendrama im ländlichen und städtischen Milieu. In dem von Regisseur Veit Harlan inszenierten und am 24.11.1942 uraufgeführten Film spielten u.a. Kristina Söderbaum, Rudolf Prack, Paul Klinger, Kurt Meisel und Inge Drexel.

117 *»Der Ochsenkrieg«]* Unter der Regie von Hans Deppe nach dem gleichnamigen Roman von Ludwig Ganghofer von der UFA produzierter Liebesfilm mit u. a. Elfriede Datzig, Paul Richter, Ernst Sattler und Thea Aichbichler.

»Viel Lärm um Nixi«] In Italien angesiedelte Abenteuerkomödie um ein junges Mädchen, in der unter der Regie von Erich Engel u. a. Jenny Jugo, Otto Gebühr, Hans Adalbert Schlettow, Maria Krahn und Ernst Rotmund mitwirkten. Der Film wurde am 19.2.1942 uraufgeführt.

119 *Ich kündige ... noch 3 Tage]* Auf die Entlassung aus dem Kriegslazarett am 23.2.1944 bezogene Bemerkung; siehe Anmerkung zu S. 124.

120/121 *»Pariserinnen« von Marcel Prévost ... »Auskunft«]* Marcel Prévost: *Pariserinnen.* München: Albert Langen 1908. [Orig. *Lettres des Femmes].* Bei den im Tagebuch angeführten Titeln handelt es sich um die Kapitelüberschriften.

121 *aus dem Lazarett]* Entlassung aus dem Lazarett in Stanislau; siehe Anmerkung zu S. 101.

124 *Morgens Ankunft in Berlin ... Abends in Köln]* Nach seiner Entlassung aus dem Kriegslazarett 3/601 am 23.2.1944 erreichte Heinrich Böll Köln bzw. Ahrweiler über die Strecke Przemysl – Berlin – Hannover am Samstag, den 26.2.194, und blieb dort bis zu seiner Fahrt zu seinem Ersatztruppenteil nach St. Avold am 1.3.1944. – Zu Ahrweiler siehe Anmerkung zu S. 138.

126 *Café Reichard]* Traditionscafé gegenüber der Westfassade des Kölner Doms.

Domhotel] Gegenüber der Südfassade des Kölner Doms gelegenes Hotel, das nach einem Vorgängerbau zwischen 1890 und 1893 im neugotischen Stil errichtet wurde.

127 *Fips und Cläre]* Alfred und seine Frau Cläre Böll, geb. Meiers.

Gang zum Bahnhof] Abfahrt nach St. Avold zum Grenadier-Ersatz-Bataillon 485/Genesendenkompanie.

128 *Unverhofftes Wiedersehen mit Anne-Marie]* Siehe hierzu im 1985 publizierten Rückblick »Brief an meine Söhne oder vier Fahrräder«: »Als ich – es muß im Oktober oder September 44 gewesen sein – aus dem Zug, der aus München oder Wien kam, in Remagen umstieg, die Treppe zur Unterführung hinunterging, um zum Zug nach Ahrweiler zu kommen, ging auf der gegenüberliegenden Treppe, die in die gleiche Unterführung führte, Annemarie, Eure Mutter, die Treppe hinunter – und wir trafen uns unten im Tunnel! Könnt Ihr verstehen, daß uns nach 40 Jahren noch das Herz bebt, ja, das Herz bebt, wenn wir den Bahnhof Remagen durchfahren«, *KA* 23, S. 246.

130 *Kaserne]* Infanteriekaserne im nördlichen Ortsteil von St. Avold.

134 *»Tragödie einer Liebe«]* Deutsch-italienische Gemeinschaftsproduktion. In dem unter der Regie von Guido Brignone und Ela Elborg inszenierten Liebesdrama spielten u.a. Benjamino Gigli, Ruth Hellberg, Camilla Hor und Herbert Wilk. Der Film wurde am 24.9.1943 uraufgeführt.

136 *Kein Gen. Urlaub]* Nach seiner ärztlichen Untersuchung als ›kriegsverwendungsfähig‹ (K.V.) eingestuft, entfiel der Anspruch auf Genesungsurlaub. Seinen Erholungsurlaub – wie im Feldpostbrief Nr. 754 v. 8.3.1943 erwähnt (*KB*, S. 1013) – trat Heinrich Böll am 11.3.1943 an; siehe den Tagebucheintrag v. 10.3.1943, S. 138.

138 *Ich darf in Urlaub fahren]* Seinen Erholungsurlaub verbrachte Heinrich Böll in Ahrweiler, *Hotel Vier Winde.* Seit dem 29.6.1943 bewohnten die Eltern Heinrich Bölls sowie die Schwester Mechthild und Annemarie Böll in Ahrweiler ein Doppel- und zwei Einzelzimmer im von der Familie Mies geführten Hotel. Nach den dort verbrachten 14 Tagen kehrte er zusammen mit Annemarie Böll am 26.3.1944 nach St. Avold zurück.

140 *»Anton« Ehrmann]* Gastwirtschaft von Anton Lacour, Adolf-Hitler-Straße 64 (heute: Rue du Président Poincaré).

141 *Gang von einer Kaserne zur anderen]* Bezieht sich vermutlich auf die Versetzung vom Grenadier-Ersatz-Bataillon 485/Genesendenkompanie zum Grenadier-Ersatz-Bataillon 465.

Urlaub] Vom 4.4. bis 17.4.1943.

144 *Franz! Gilbert! Theresia!]* Kinder von Alois und Maria Böll.

Webers ... Lehmacher] Nicht nachgewiesen.

145 *Bonn! Tante Anne]* Anna Maria Josephine Hermanns, in Bonn lebende, jüngste Schwester von sieben Geschwistern der Mutter Heinrich Bölls und Heinrich Bölls Patin, die in Böll ab 1908 – zunächst als Teilhaberin, dann als Inhaberin – bis (ca.) 1929 die Firma *Schulze & Hermanns – Putz- und Modewaren* am Neutor 2 geführt hatte und danach in der Godesberger Straße 7 wohnte.

Georg!] Am 20.4.1941 geborener Sohn der Schwester Gertrud Böll. Aufgrund von Gertrud Bölls Einsatz als Wehrmachtshelferin in Frankreich wurde ihr Sohn während dieser Zeit von Anna Hermanns versorgt.

151 *Abschied ... in Remagen]* Rückfahrt nach St. Avold.

152 *Ein schöner Tag]* Liebesfilm im Kriegsurlaubermilieu mit u.a. Gertrud Meyen, Carsta Löck, Sabine Peters, Günther Lüders, Karl Dannemann und Eduard Wenck. Der unter der Regie von Philipp Lothar Mayring entstandene Film wurde am 11.11.1943 uraufgeführt.

153 *»Barbier von Sevilla«]* Auf der Grundlage der gleichnamigen Oper von Gioacchino Rossini am 15.10.1940 uraufgeführter dt.-span. Spielfilm. Die Regie führten Benito Perojo und K. Paul Rohnstein.

155 *Terrorangriff auf Köln]* Nach bereits vier vorangegangenen, kleineren Luftangriffen (am 4.4., 6.4., 9.4. und 17.4.1944) erfolgte in der Nacht des 21.4.1944 in der Zeit von 1.46 Uhr bis 3.43 Uhr ein weiterer Großangriff auf Köln, bei dem von den ca. 400 beteiligten Maschinen 158 Minen, 1363 Sprengbomben, 130 000 Stab- und 20 000 Phosphorbrandbomben auf die Innenstadt und die westl. und nördl. gelegenen Stadtteile abgeworfen wurden.

156 *Das Telegramm]* Vermutlich die Benachrichtigung der durch den Luftangriff in der Neuenhöfer Allee entstandenen Schäden.

160 *Das zweite Telegramm!]* Aufgrund der bei dem Bombenangriff vom 21.4.1944 in der Wohnung der Neuenhöfer Allee 38 entstandenen Schäden sollte Annemarie Böll nach ihrer Rückkehr aus St. Avold, wohin sie am 22.4. gefahren war und bis zum 24.4.1943 blieb (siehe S. 158), diese entsprechend deklarieren und eine Benachrichtigung, die Heinrich Böll einen Sonderurlaub ermöglichen konnte, nach St. Avold aufgeben. Siehe Abbildung des Telegramms v. 26.4.1943, S. 344. – Gemäß den *Bestimmungen über die Gewährung von Urlaub an Soldaten und Wehrmachtbeamte des Feld- und Ersatzheeres während des Krieges* (Heeres-Verordnungsblatt C, 1943, S. 528) konnte ein *Sonderurlaub für Bombengeschädigte* durch den jeweiligen Disziplinarvorgesetzten bewilligt werden. Die Dauer des Sonderurlaubs bemaß sich dabei nach der entsprechenden Einstufung in *Bombengeschädigt A* (leichter Schadensfall – weiterhin nutzbare Wohnung bzw. Mobiliar sowie unverletzte Familienangehörige; bis zu 7 Tage Urlaub sowie zwei Reisetage), *Bombengeschädigt B* (mittlerer Schadensfall: unbenutzbare Wohnung, unverletzte Familienangehörige; bis zu 14 Tage sowie zwei Reisetage) und *Bombengeschädigt C* (schwerer Schadensfall: Wohnung total zerstört und Familienangehörige schwer verletzt; bis zu 20 Tage sowie 2 Reisetage). Bis Oktober 1943 war vor Benachrichtigung des bombengeschädigten Soldaten zunächst der Schadensfall von der örtlichen Polizeidienststelle zu prüfen und dann von ihr per Telegramm mitzuteilen. Eine vereinfachte Regelung trat ab Oktober 1943 insofern ein, als die Polizeidienststellen lediglich die von den Angehörigen vorgelegte Benachrichtigung (Telegramm oder Brief) an den entsprechenden Wehrmachtsangehörigen auf ihre Richtigkeit zu prüfen und durch Dienstsiegel und Unterschrift unter Angabe des Schadenfalls A, B oder C zu bestätigen hatten (*Heeres-Verordnungsblatt* C, 1943, S. 561). Die Postdienststellen waren angewiesen, die entsprechenden Benachrichtigungen nur dann weiterzuleiten, wenn diese einen solchen Bestätigungsvermerk aufwiesen.

162 *Theo im Zug]* Theo Weidmann. Ein Freund von Alois Böll, den er zusammen mit dessen Bruder Peter Weidmann in der *Sturmschar* kennengelernt hatte.

163 *Hermann Mödder]* Mitschüler und Freund Alfreds am Kaiser-Wilhelm-Gymnasium.

165 *Dr. Barbel]* Nicht nachgewiesen.

167 *Dachkammer des Bildhauer-Hauses]* Nicht nachgewiesen.

169 *Brief von Mutter!]* Nicht überliefert.

171 *»Timoschenko«]* Nicht nachgewiesen.

172 *Abmarsch!]* Einem auf den 8.5.1944 datierten ›Laufzettel‹ entsprechend, wurde Heinrich Böll zum Marsch-Bataillon 79/12 als Gewehrschütze abgestellt. Das Marschbataillon 79 stellte die Ergänzungsmannschaft der 79. Infanterie-Division dar, zu der Böll abkommandiert wurde.

173 *Bitsch ... Das Lager]* Nach Zusammenkauf einer 3.285 ha großen Grundfläche durch die deutschen Verwaltungsbehörden zunächst als Schieß- und Exerzierlager geplant (1900), in der Folgezeit zum Truppenlager ausgebauter Kasernenkomplex in der Nähe der frz. Kleinstadt Bitsch, die ab Herbst 1940 zum Bezirk Lothringen des Gaus Westmark gehörte.

175 *Tag der Erwartung]* Bezieht sich vermutlich auf den Besuch Annemarie Bölls während der folgenden Tage in Bitsch.

Kriegstagebuch 1944 bis 1945

189 *Hotel 4 Winde]* Siehe Anmerkung zu S. 138.

Marienfeld über Siegburg] Späterer Eintrag; gemeint ist die rechtsrheinisch gelegene Ortschaft bei Much. – Nach der Zerstörung der Kölner Wohnung in der Kreuznacher Straße 37 im Sommer 1943 wurde Alois Bölls Familie als Fliegergeschädigte nach Marienfeld evakuiert. Gemäß den Meldeunterlagen hielt sich Maria Böll mit ihren drei Kindern Marie-Theresia, Franz und Gilbert ab dem 4.8.1943 in Marienfeld auf bzw. wohnte mit ihren Kindern im Pfarrsaal der Kirchengemeinde St. Mariä Himmelfahrt, Marienfeld 13.

Bergengruen: Stabenhäuser] Eine zeitgenössische Publikation der Novelle konnte nicht nachgewiesen werden. Siehe: Werner Bergengruen: *Der letzte Rittmeister.* Zürich: Verlag der Arche 1952.

Möller: Schloß in Ungarn] Eberhard Wolfgang Möller: *Das Schloß in Ungarn.* Berlin: Zeitgeschichte-Verlag Wilhelm Andermann 1935.

Ettighofer: Afrika] Paul Coelestin Ettighoffer: *So sah ich Afrika. Mit Auto und Kamera durch unsere Kolonien.* Gütersloh: Bertelsmann 1938.

Schaeffer: Der General] Albrecht Schaeffer: *Der General.* Rütten & Loening 1942. (EA 1934)

Grimm: Volk ohne Raum] Hans Grimm: *Volk ohne Raum.* München: Albert Langen 1925 (EA).

190 *»Toren in der Welt«]* Anspielung auf Paulus' 1. Brief an die Korinther, 1, 18–21: »Denn das Wort vom Kreuz ist eine Torheit denen, die verloren werden; uns aber, die wir selig werden, ist's eine Gotteskraft. Denn es steht geschrieben: ›Ich will zunichte machen die Weisheit der Weisen, und den Verstand der Verständigen will ich verwerfen.‹ Wo sind die Klugen? Wo sind die Schriftgelehrten? Wo sind die Weisen dieser Welt? Hat nicht Gott die Weisheit der Welt zur Torheit gemacht? Denn weil die Welt, umgeben von der Weisheit Gottes, Gott durch ihre Weisheit nicht erkannte, gefiel es Gott wohl, durch die Torheit der Predigt selig zu machen, die daran glauben.«

192 *Beumelburg ... tolles Buch]* Werner Beumelburg: *Gruppe Bosemüller.* Gerhard Stalling 1930. – Ernst Jünger: *In Stahlgewittern.* Aus dem Tagebuch eines Stoßtruppführers. Berlin: E.S. Mittler & Sohn 1920. – In der Nachlaßbibliothek Heinrich Bölls ist die bei E.S. Mittler & Sohn 1929 erschienene Ausgabe mit hs. Eintrag »Heinrich Böll 1944« überliefert. – Siehe hierzu auch Feldpostbrief Nr. 838 v. 19.7.1944 aus Szentes: »Ich habe hier sehr viele Bücher über den Krieg gelesen; von Binding, von Wiechert, Beumelburg; und auch von ›Jünger‹ ein tolles Buch: ›In Stahlgewittern‹, ein genaues Tagebuch aller 4 Weltkriegsjahre, die Jünger ununterbrochen an der Westfront im furchtbarsten Feuer erlebt hat, immer im Brennpunkt der Front. Dieses Buch möchte ich wirklich besitzen, weil es das Buch eines Infanteristen ist, real und nüchtern, erfüllt von der Leidenschaft eines Mannes, der alles sieht und alles auch mit Leidenschaft und Härte erlebt«; *KB,* S. 1091.

194 *Ich arbeite bei Stollwerk ... Alfred]* Heinrich Bölls Bruder Alfred hatte – nachdem er sich zunächst im Oktober 1934 zur Aufnahme eines Theologiestudiums in Bonn eingeschrieben hatte, das er allerdings bereits nach zwei Monaten ebenso abbrach wie sein zum Wintersemester 1935/36 an der Kölner Universität aufgenommenes Mathematik- und Chemiestudium – bei Stollwerck am 1.7.1936 eine kaufmännische Ausbildung begonnen (bis 30.6.1937), die er mit der ›Kaufmannsgehilfenprüfung‹ vor der *Industrie- und Handelskammer zu Köln* abschloss. Bis zum 31.10. des Jahres blieb er als Kontorist weiterhin Angestellter der Firma Stollwerck. Zu Beginn des WS 1938/39 immatrikulierte sich Alfred Böll dann erneut in den Fächern Physik und Chemie an der Universität Köln (25.10.1938) und studierte bis zu seiner Einberufung Ende August 1939, wobei er in der Zeit von 1.8. bis 22.8.1939 zur Finanzierung seines Studiums als Werkstudent bei Stollwerck tätig war. – Auch Heinrich Böll, ebenso wie die Schwester Gertrud, hatte gelegentlich in der Fabrik gearbeitet (vermutl. wie Alfred im August 1939).

Hein Deckstein] Heinrich Maria Deckstein, ein Bekannter aus Köln. Weiteres nicht bekannt.

Attentat auf Hitler] Attentat des ›20. Juli‹ auf Hitler in der

Wolfsschanze (Rastenburg/Ostpreußen), über dessen Scheitern eine Sondermeldung des *Deutschlandsenders* noch am gleichen Tag um 18.45 Uhr berichtete. Um 1.00 Uhr nachts des 21.7.1944 hielt Hitler selbst eine Rundfunkansprache, die dem Gerücht, er sei getötet worden, ein Ende bereiten sollte. In der gleichen Nacht wurden Friedrich Olbricht, Stauffenbergs Adjutant Werner von Haeften, Albrecht Ritter Merz von Quirnheim und Claus Schenk Graf von Stauffenberg im Hof der Bendlerstraße (Sitz des OKW) durch ein Sonderkommando erschossen. – Siehe auch Feldpostbrief Nr. 839 v. 21.7.1944: »Als wir ›nach Hause‹ kamen, erwartete uns die Nachricht vom Revolutionsversuch der Offiziere und dem Anschlag auf Hitlers Leben. Du kannst Dir denken, daß sich unser eine unheimliche Erregung bemächtigte; wir haben die ganze Nacht am Radio gesessen und eifrig diskutiert«; *KB*, S. 1093.

195 *Jahrmarkt]* Siehe hierzu Feldpostbrief Nr. 840 v. 22.7.1944: »Vor dem Fenster unseres Hauses, von dem ich Dir ein Bild geschickt habe, spielt das bunte und reiche Leben des Jahrmarkts. Es ist wirklich schon sehr balkanisch hier, wir sind ja auch ziemlich im Süden Ungarns«; *KB*, S. 1094.

196 *Florian: Seidl: 3 Menschen] Drei Menschen. Deutsches Schicksal vor der Wende.* München. Franz-Eher-Verlag 1939.

199 *Entlassung nach Debrecen]* Entlassung aus dem Kriegslazarett in Szentes und Fahrt nach Metz zum Ersatztruppenteil des 212. Infanterieregiments über Szolnok – Debrecen – Budapest – Wien – Linz – Passau – Regensburg – Nürnberg – Heidelberg – Frankfurt – Koblenz – Köln – Remagen – Ahrweiler (mit einem Tag Aufenthalt) – zusammen mit Annemarie Böll weiter nach Metz.

201 *Anne-Marie im Kloster]* Vermutl. das in der Altstadt von Metz gelegene Kloster der Rekollekten in Metz,1 Rue des Récollets.

203 *Abfahrt ... Ahrweiler]* Zu Ahrweiler siehe Anmerkung zu S. 138.

Alfred, Cläre, Marienfeld] Siehe Anmerkung zu S. 189.

Linz] Gemeint ist die rechtsrheinisch gelegene Ortschaft Linz am Rhein.

204 *Lazarett Ahrweiler] Dr. von Ehrenwall'sche Klinik,* Walporzheimerstraße in Ahrweiler. Die 1877 gegründete Klinik wurde ab Kriegsbeginn als Reserve-Lazarett mit 120 Betten von der Wehrmacht genutzt.

Kristin Lavranstochter] Sigrid Undset: *Kristin Lavranstochter.* Die Einzelbände der Romantrilogie (*Der Kranz, Die Frau, Das Kreuz*) sind in bölls Nachlassbibliothek in den 1926/1927 bei Rütten & Loening erschienenen Ausgaben überliefert.

Bergengruen: Am Himmel ... Gericht] Am Himmel wie auf Erden. Hamburg: Hanseatische Verlagsanstalt 1940; *Der große Alkahest.* Berlin: Wegweiser Verlag 1926; *Der Großtyrann und das Gericht.* Hamburg: Hanseatische Verlagsanstalt 1943.

Bernanos: Landpfarrer] Georges Bernanos: *Aus dem Tagebuch eines Landpfarrers.* Leipzig: Jakob Hegner Verlag. Zu Bernanos' *Landpfarrer* siehe die Feldpostbriefe Nr. 404 v. 10.12.1942, *KB,* S. 568, Nr. 508 v. 11.4.1943, *KB,* S. 698 sowie Nr. 500 v. 3.4.1943: »Vielleicht kennst Du die Stelle im ›Landpfarrer‹, wo der junge Offizier sich mit dem jungen Pfarrer unterhält über die Soldaten; dieses Gespräch hat mich immer schon unheimlich fasziniert; der Offizier sagt – glaube ich – ›entweder sie kommen alle in den Himmel oder keiner ...‹, vielleicht liest Du es noch einmal nach und schreibst mir darüber. Ich neige zu der Ansicht, daß sie alle in den Himmel kommen ... das ist natürlich nur theologisch-logisch nicht möglich, denn damit wären sie ja den Märtyrern vollkommen gleich. Ganz sicher aber ist es so, daß gleich nach dem Märtyrertod der Soldatentod kommt in der ›Hierarchie‹ der Arten zu sterben. Immer aber, immer, immer müssen wir daran denken, daß wir die Hoffnung auf das Leben haben, das Leben, das mit dem Tode beginnt. Es ist so eine einfache und gewaltige Tatsache, die wir niemals richtig bedenken, daß Christus wirklich den Tod überwunden hat ...«, *KB,* S. 683.

205 *Dresden]* Heinrich Böll wurde im Reservelazarett V Abtlg. Ia. des Roten Kreuzes in der Paradiesstraße 26 im südl. gelegenen Stadtteil Dresden-Zschertnitz aufgenommen. – Siehe die Feldpostbriefe Nr. 852 bis 863 v. 18.9. bis 27. 9.1944; *KB*, S. 1105–1115.

206 *Flieger Angriff in Ahrweiler]* Nicht nachgewiesen.
im Kriegslazarett in Bad Neuenahr] Aufnahme in das Kriegslazarett 2/612; siehe auch Anmerkung zu S. 222.

207 *Paul Cech]* Bruder von Annemarie Böll, dessen Familie in Trier wohnte. Paul Cech kam im November 1943 im Alter von 32 Jahren am Ladogasee ums Leben.
Tibi] Nicht nachgewiesen.
Abschied von Anne-Marie] Letzte Zusammenkunft mit Annemarie Böll in Saarbrücken vor Heinrich Bölls Verlegung nach Jassy.

212 *um 4 Uhr Angriff aufs Schlößchen ... verwundet]* Die Verwundung am 31.5.1944 erfolgte im Bereich des ca. 10 km nördl. von Jassy, an der Südseite des Iljia gelegenen Ortes Stanca bzw. in der Nähe des dortigen Schlosses. – Am 30.5.1944 begann bei Jassy ein deutsches Angriffsunternehmen (bis 6.6.1944), über das im Wehrmachtsbericht vom 31.5.1944 entsprechend berichtet wurde: »Im Osten durchbrachen nördl. Jassy Infanterie- und Panzerverbände, von starken deutschen und rumänischen Kampf- und Schlachtfliegergeschwadern hervorragend unterstützt, ein stark ausgebautes und tiefgegliedertes Stellungssystem und warfen die Sowjets in harten Kämpfen in die dahinterliegende Flussniederung zurück. Das gewonnene Gelände wurde gegen wiederholte starke Gegenangriffe der Bolschewisten gehalten. Jagd- und Schlachtflieger vernichteten über diesem Raum 69 feindliche Flugzeuge.« (Zit. nach: *Die Wehrmachtberichte 1939–1945*. 3 Bde. München: Deutscher Taschenbuch Verlag 1985, hier: Bd. 3, S. 114.)

Siehe auch in *Die Geheimen Tagesberichte der deutschen Wehrmachtführung im Zweiten Weltkrieg* 1939–1945 die Tagesmeldungen vom 30. und 31.5.1944: »Armeegruppe Gen. Wöhler: Korpsgruppe Gen. Mieth trat in den Morgenstunden mit 14. Pz., 23. Pz., 24. Pz. Div. und 79. I.D. zum Angriff aus dem Raum nördl. Jassy an. Unter wirkungsvoller eigener Artl.- und Luftwaffenunterstützung wurde in schwungvollem Angriff die erste Feindstellung durchbrochen und gegen sich erheblich verstärkenden Widerstand in schweren Kämpfen das von zahlreichen Minen verseuchte feindliche HKF durchstoßen. Bis zum Abend war die Höhenstufe am Südufer der Iljia von Lazareni bis ostw. Stanca in eigener Hand. Feindl. Gegenangriffe aus dem Raum südostw. Lazareni, wo sich der Feinddruck noch verstärkt, werden abgeschlagen. Gegen den vom Gegner zäh verteidigten Ort Stanca ist der eigene Angriff noch im Gange« (Tagesmeldung vom 30.5.1944).

»Armeegruppe Gen. Wöhler: Der Angriff zur Erweiterung des Br. Kopfes Jassy wurde gegen zunehmenden, zähen feindl. Widerstand und wiederholte, von Panzern unterstützte feindl. Gegenangriffe fortgesetzt. 23. Pz. Div. und 79. I.D. noch im Kampf um Stanca und um die Höhe beiderseits des Ortes. Der Angriff der 24. Pz. stieß südwestl. Stanca auf von Panzern unterstützte feindl. Gegenangriffe, bei deren Abwehr 29 Panzer vernichtet wurden« (Tagesmeldung vom 31.5.1944). (*Die Geheimen Tagesberichte der deutschen Wehrmachtführung im Zweiten Weltkrrieg 1939–1945.* Bd. 10: 1. März 1944 – 31. August 1944, S. 239 ff.) – Siehe hierzu auch Bölls Feldpostbrief Nr. 806 v. 2. Juni 1944: »Vorgestern schon morgens um 6 Uhr am Mittwoch nach Pfingsten bin ich beim letzten Angriff 20 Meter vor den russischen Linien verwundet worden. Diesmal habe ich buchstäblich ›Eisen ins Kreuz‹ bekommen, in die linke Schulter drei veritable Splitter, eine recht unangenehme Sache, weil ich mich nicht recht legen und auch nicht sitzen kann; ob es diesmal bis Deutschland reicht, weiß ich nicht, ich zweifle fast daran, aber ich hoffe jedenfalls auf ein Wiedersehen [...] Die letzten Tage waren wirklich grauenhaft. Ich bin sehr glücklich, daß Gott mich auf diese Weise herausgerettet hat. Es war ganz irrsinnig heiß die ganzen Tage, furchtbar staubig, und es gab keinen Tropfen zu trinken und nichts zu essen, so sind wir von einer kahlen Höhe zur anderen vorgegangen immer im schweren Feuer; ach, es war wirklich die

Hölle. Als es dann Abend wurde, zum zweiten Mal Abend, mußten wir wieder schanzen, anstatt zu ruhen, morgens ging dann gleich der entscheidende Angriff vor, den ich bis zuletzt mitmachte. Als ich eben verwundet und notdürftig verbunden war, brachen russische Panzer ein, und wir mußten laufen gehen; gleichzeitig wurde es 50 Meter vor uns schwarz vor russischer Infanterie! Das war dann das Schlimmste, diese Flucht, aber Gott hat mich errettet und erhalten, und ich danke Gott aus vollem Herzen! Ich hoffe, daß ich Dir einmal Näheres mündlich berichten kann. Ich bin zu matt, alles zu schreiben, grüße alle von mir«; *KB,* S. 1051 f. – Von Jassy (Iasi) aus wurde Heinrich Böll über Tîrgu Frumos, Paskani, Roman, Bacau, Adjud, Onesti, Tîrgu Ocna, Comanesti, Miercurea-Ciuc (1944: ungar. Csikszereda; dt. Szeklerburg) nach Sfîntu Gheorghe (1944: ungar. Sepsiszentgyörgy) transportiert und in der dortigen Krankensammelstelle am 4.6.1944 aufgenommen.

215 *K. Beste: Magischer März]* Konrad Beste: *Der magische März.* Berlin: Vier Falten Verlag 1937.

217 *Des-Csibo im La 663]* Nicht bekannt.
K. S. St] »Krankensammelstelle«

218 *Brief an Alois]* Nicht überliefert.
Pengö] Ungarische Währungseinheit zwischen 1925 und 1946. Nach offiziellem Kurs entsprachen 1944 100 Pengö 135,70 RM.

219 *Griese: Die Wagenburg]* Friedrich Griese: *Die Wagenburg.* München: Albert Langen/Georg Müller Verlag 1935.
Loti: Islandfischer] Pierre Loti: Islandfischer. Leipzig: Kröner 1924. [EA 1886]
Wilhelm Schäfer] Wilhelm Schäfer: *Die Mißgeschickten.* München: Albert Langen/Georg Müller Verlag o. J.

221 *Dostojewski: Der Idiot]* Zu F.M. Dostojewskis 1868 erschienenem Roman *Der Idiot* siehe die Feldpostbriefe Nr. 387 v. 29.11.1942; *KB,* S. 542 und Nr. 393 v. 2.12.1942: »[...] ach ich möchte noch einmal einen richtigen lebendigen alten menschlichen Roman lesen, einen Mauriac, einen Dostojewski am liebsten; noch einmal eintauchen in die Flut von menschlichen Möglichkeiten und Leidenschaften; ach, der ›Idiot‹, ich glaube, es gibt kaum ein faszinierenderes Buch«; *KB*, S. 549.

France: Die rote Lilie] Anatol France: *Die rote Lilie.* Übersetzt von Franziska von Reventlow. München: Musarion Verlag 1919 [EA].

Rachmanowa: Wera Fedorwona] Alja Rachmanowa: *Wera Fedorowna.* Der Roman einer russischen Schauspielerin. Salzburg: Pustet 1940.

Dostojewski: Der Spieler] Auf die Lektüre von Dostojewskis 1867 erschienenen Roman *Der Spieler* finden sich in den Feldpostbriefen keine Verweise. – Zu Dostojewski, der seit den 1930er Jahren zu den meistgelesenen Autoren Heinrich Bölls zählte, siehe auch Feldpostbrief Nr. 488 v. 26.3.1943: »Ich sehne mich sehr nach einem Dostojewski; manchmal dünkt mich, er sei der König, der christliche König aller Armen und Leidenden und Liebenden – und woraus sonst besteht die Gemeinde Gottes hier auf Erden als aus Armen, Liebenden und Leidenden«; *KB*, S. 670.

222 *Karolingerring kaputt!]* Luftangriff am 31.5.1942, in dessen Folge Schäden an der elterlichen Wohnung, Karolingerring 17, entstanden.

Mutters Tod] Laut *Nachweisung über etwaige Aufnahme in ein Standort-, Feld-, Kriegs- oder Reservelazarett* wurde Heinrich Böll nach seiner Aufnahme in das Kriegslazarett 2/612 in Bad Neuenahr am 21.10.1944 gemäß einem auf den 5.11.1944 datierten Eintrag in seinem »Ersatz-Soldbuch« in einen »Sonderurlaub« vom »6.11. bis 17.11.1944« entlassen. Dieser Sonderurlaub steht vermutlich im Zusammenhang mit dem Tod der Mutter bzw. deren Bestattung am 7.11.1944 in Ahrweiler. Am Freitag, den 17.11.1944 – Heinrich Bölls letztem Urlaubstag – zog Annemarie Böll von Ahrweiler nach Marienfeld und lebte dort mit in dem von Maria Böll und ihren Kindern seit August 1943 bewohnten Pfarrsaal. Vgl. hierzu auch die folgende Passage aus Heinrich Bölls »Brief an meine Söhne«: »Nach Marienfeld [d.i. am 17.11.1944] war ich noch mit einem echten Papier gefahren, dem Entlassungsschein des Neuenahrer Lazaretts *[vermutl. ein Irrtum, das ›echte Papier‹ war der Sonderurlaubseintrag im Ersatz-Soldbuch].* Als das Verfallsdatum näher rückte, geriet ich in Panik, pilgerte, nachdem ich wieder ein bißchen nachgeholfen hatte, nach Siegburg.« [Böll verwechselt hier Siegburg mit Bonn. Gemäß eines überlieferten Abrisszettels mit Stempelaufdruck *Örtliche Krankenverteilungsstelle Bonn* befand sich Heinrich Böll vom »21.–25.11.44 wegen wolhynischen Fieber[s] in Revierbehandlung« in Bonn – siehe hierzu die Feldpostbriefe Nr. 868 bis 870 v. 22. bis 24.11.1944 (*KB*, S. 1118–1120) sowie im »Brief an meine Söhne« die Erwähnung Bonns: »kam dort prompt mit Fieber an, bekam das Papier verlängert« (*KA* 23, S. 246). Über die genannte Aufenthaltsbestätigung der *Krankensammelstelle* hinaus liegt kein entsprechendes Dokument vor.]

224 *Urlaub bis 3.1.]* Vgl. im weiteren nochmals Heinrich Bölls »Brief an meine Söhne«: »[...] auch das verlängerte Papier [siehe Anmerkung zuvor] drohte zu verfallen, ich fälschte es; auch das gefälschte Datum verfiel, ein ziviler Arzt in Much, bei dem ich ebenfalls mit Fieber auftauchte, verlängerte das gefälschte Datum, das damit wieder fast ›amtlich‹ wurde« (*KA* 23, S. 428). Überliefert ist ein DIN-A5-Blatt mit Stempelaufdruck »Dr. med. Wirtz – Arzt – Much (Siegkr.)«, das auf den 8.12.1944 datiert ist und Heinrich Böll bescheinigt, »noch nicht marschfähig« zu sein: »voraussichtlich in 8–10 Tagen marschfähig«. – Laut einem weiteren Eintrag im »Ersatz-Soldbuch« erhielt Heinrich Böll »vom 19.12.44 bis 3.1.45 Sonderurlaub Todesf[all]«. Folgt man den Angaben im »Brief an meine Söhne«, wurde diese Beurlaubung in Mainz ausgestellt, wobei die Datierung dieses Aufenthalts in Bölls Erinnerung fälschlich in den Februar 1945 verlegt wurde (siehe »Brief an meine Söhne«: »Auch in Mainz war ich, im Februar 45. [...] Der Offizier, ein Major, ließ mich vor, und ich erzählte ihm einen kleinen Roman: daß ich – unterwegs zu meiner Truppe – vom Tod meiner Mutter erfahren habe (die allerdings damals schon vier oder fünf Monate tot war), daß ich also zur Beerdigung müsse [...]«; *KA* 23, S. 250.

225 *Urlaub von Russheim]* Die Ausstellung des Kriegsurlaubsscheins, der Böll einen Erholungsurlaub bis zum 31.1.1945 gewährte, datiert auf den 15.1.1945. Siehe auch Anmerkung zu S. 226.

6.3.45 Köln gefallen] Nachdem alliierte Einheiten am 12.9.1944 Randgebiete Aachens erreicht und südl. der Stadt einen weiteren Vorstoß unternommen hatten, blieb die Offensive, aufgrund von im letzten Augenblick ergriffenen Mobilisierungsmaßnahmen des Aachener Ortskommandanten, zunächst stecken. Ein am 10.10.1944 erneut unternommener Versuch zwang die zur Garnison erklärte Stadt am 21.10.1944 zur Aufgabe. Trotz dieses Erfolgs geriet der weitere Vormarsch und Übergang über die Rur westl. von Düren und Jülich durch die bleibend heftige dt. Gegenwehr ins Stocken. Erst mit einem neuen Angriff am 23.2.1945 entlang der Frontlinie Düren–Jülich gelang amerik. Truppen der Sprung zum Rhein, so dass Köln am 26.2.1945 in Reichweite der alliierten Verbände lag. Am 6.3.1945 erreichten US-amerik. Truppen das städtische Rheinufer auf der Höhe der Hohenzollernbrücke. Damit stand Köln unter alliierter Kontrolle. Nach der Eroberung Kölns unterstand die Stadt zunächst der amerik. Militärregierung, die am 9.3.1945 ihre Tätigkeit in einem am Kaiser-Wilhelm-Ring gelegenen Gebäude aufnahm; am 21.6.1945 wurde die Kontrolle auf brit. Streitkräfte übertragen, da Köln innerhalb der brit. Besatzungszone lag.

226 *25.3.45 »reisefähig«]* Laut einem nachträglich maschinenschriftlich auf dem Kriegsurlaubsschein v. 15.1.1945 angebrachten Vermerk wurde Böll für den 31.1.1945 infolge eines »Malaria-Anfalls« als nicht »reisefähig« ausgewiesen und bis zum 2.3.1945 freigestellt. Die Datierung »5.3.1945« fälschte Böll daraufhin, indem er vor die maschinenschriftliche ›5‹ die Ziffer ›2‹ (und nicht, wie im »Brief an meine Söhne«, *KA* 23, S. 252, erwähnt, »hinter die 2 eine 5«) setzte und damit den Schein auf den 25.3.1945 verlängerte. Siehe Abbildung des Kriegsurlaubsscheins, S. 346.

Versprengten-Sammelstelle Röttgen] Am 26.3.1945 meldete sich Heinrich Böll auf der ›Versprengtensammelstelle Röttgen‹, ca. 4 km östl. von Marienfeld bzw. 1 km nordwestl. von dem im »Brief an meine Söhne« erwähnten Ort Bruchhausen. Von dort nach Birk verwiesen, wurde er zum 943. Infanterie-Regiment der 353. Infanterie-Division abkommandiert. – Das 943. Infanterie-Regiment wurde am 1.12.1943 in der Bretagne aus Angehörigen des Grenadierregiments 569 der 328. Infanterie-Division sowie des Grenadierregiments 671 der 371. Infanterie-Division gebildet und unterstand der ab Januar 1945 dem Armeeoberkommando LXXXI im Rahmen der 15. Armee zugeordneten 353. Infanteriedivision, die am 5.11.1943 als Division der 21. Welle in der Bretagne durch das Armeeoberkommando (A.O.K.) 17 aufgestellt wurde.

Kriegstagebuch 1945

235 *Beobachter im Scheunendach]* Siehe hierzu Feldpostbrief Nr. 878 v. 3.4.1945: »Wir müssen Tag und Nacht mit kurzen Unterbrechungen Posten stehen, und tagsüber oft halbe und ganze Tage im Dach einer Scheune als Beobachter hocken. Gestern habe ich von morgens sieben bis abends sieben mit dem Fernglas das Leben und Treiben der Amerikaner drüben am anderen Ufer in Blankenberg, Stein und Greuelsiefen ...« beobachtet; *KB*, S. 1126.

238 *Sammellager bei Andernach]* Vom amerik. Militär nordöstl. von Andernach eingerichtetes Lager (Rheinwiesenlager) mit am 8. Mai über 39 000 Gefangenen. Nach der Übergabe des Lagers an die frz. Besatzung am 10.7.1945 waren es ca. 16 000 Internierte.

239 *Hoffnungen auf Brüning]* Anspielung auf den 1934 exilierten ehemaligen Reichskanzler Heinrich Brüning.

Lagerleben in Attichy] Zum Gefangenenlager in der Nähe der frz. Ortschaft Attichy siehe auch die am 14.5.1947 verfasste Kurzgeschichte »Im Käfig« (*KA* 3, S. 130–131), deren handschriftlich erste Fassung den Vermerk »Im Käfig / Lager« – »Erinnerung an Attichy« trägt. – Zu Attichy siehe auch Bölls Rezension »Hinweis auf

Josef W. Janker. Über ›Mit dem Rücken zur Wand‹«, *KA* 15, S. 310–314: »Mir ist keine bessere Situationsanalyse und -beschreibung eines bestimmten, für unsere gegenwärtige Gesellschaft wichtigen Erlebnisses, der Gefangenschaft in amerikanischen Massenlagern, bekannt, als Jankers *Blechschmiede von Attichy,* die ich hier lobe, obwohl sie mir gewidmet ist. Die höllische Absurdität des im äußersten Elend, nach dem totalen moralischen, politischen und geschichtlichen Zusammenbruch einer gigantischen Armee, durchgehaltenen Offizierskasinotons; in diesem Vorzimmer zur Demokratie das Verhör über die Berechtigung des Angeklagten, ob er das Elend als Offizier oder als Nicht-Offizier erleben darf; wie viel deutsche Männlichkeit und deutsches Mannestum ist in den Käfigen von Attichy endgültig in die Brüche gegangen, hat sich in Verletztheit, Kippensammlerdemütigung, an einer längst verlorenen Ehre, am Kasinoton noch einmal hochkorsettiert, hat sich in Feigheit vor dem Erkennen der Wirklichkeit geübt, Hunger nicht als Einübung in Disziplin, sondern lediglich als Kränkung empfunden.«

246 *erschütternder Gottesdienst]* In einem Brief an Ernst-Adolf Kunz (siehe Anmerkung zu S. 249) v. 15.6.1946 notierte Böll, in der *Kirchenzeitung für das Erzbistum Köln* einen Artikel über »Pfingsten 1945 – Attichy« gefunden zu haben: »Das hat mich wirklich erschüttert, so realistisch und fast platt war die Atmosphäre von Hunger und Hitze geschildert ...« (*BBK,* S. 23). – Siehe »Ich werde euch einen Tröster geben. Tagebuchblatt aus der Gefangenschaft«, *Kirchenzeitung für das Erzbistum Köln* 1 (1946), Heft 6: »Heute ist also Pfingsten. Langsam stehe ich auf und schaue auf die Sonnenuhr am gegenüberliegenden Zeltgiebel. Pfingsten 1945 in Attichy, Frankreich, habe ich eben auf die erste Seite in meinem Feldschott, den ich durch alle Stürme und Kontrollen durchgerettet habe, eingetragen. Also, einhalb elf ist es. Dann wird es ja langsam Zeit, daß ich mich zur Pfingstmesse aufmache. Ich nehme eine meiner Dekken unter den Arm und schleiche langsam über den Fußballplatz zu der kleinen Tribüne, wo der Gottesdienst stattfinden soll. Nach und nach versammelt sich die Gemeinde. Sie alle sehen eingefallen und mager aus. Da kommt auch schon der Priester, ein Sani, mit zwei Gehilfen, die den provisorischen Altartisch tragen. Schnell wird aus dem Meßkoffer der Altar aufgebaut und der Priester mit Miniaturmeßgewändern bekleidet. Die Messe beginnt. Die Gemeinde hat sich im Kreis um den Altar niedergelassen, denn zum Stehen sind wir alle zu schlapp. Der Priester verliest nun das Evangelium und spricht anschließend ein paar Worte des Trostes und der Aufmunterung. Darauf nimmt die Messe ihren Fortgang. Wir singen und beten und sind wohl alle mit unseren Gedanken bei unseren Lieben daheim, die jetzt sicher auch die heilige Messe feiern und für uns beten. – Die Messe ist beendet. Allmählich verläuft sich die Gemeinde. Jeder geht langsam zu seinem Zelt zurück und wir alle warten nun sehnsüchtig auf die Mittagssuppe, die einzige warme Mahlzeit des Tages. Auch der größte Topf wird leer und meiner ist nicht sehr groß. Nachdenklich schaue ich hinein und habe so das Gefühl, als ob ich noch gar nicht richtig angefangen hätte. Ich versuche mit meinen Fingern noch etwas herauszuwischen, aber es ist nicht der Rede wert. Ich stelle meinen Topf beiseite, breite meine Decke aus und hoffe, daß es mir gelingen wird, den Nachmittag zu verschlafen«; zitiert nach *BBK*, S. 434 f.

249 *Ernst Kunz]* Die in der Kriegsgefangenschaft begründete Freundschaft zu dem in Gelsenkirchen lebenden Schauspieler Ernst Adolf Kunz (1923–1981) führte, neben gegenseitigen Besuchen, zu einer dichten Korrespondenz, die unmittelbar nach der Entlassung aus Bölls amerikanischer Kriegsgefangenschaft einsetzte. – Siehe *»Die Hoffnung ist wie ein wildes Tier«*. Der Briefwechsel zwischen Heinrich Böll und Ernst-Adolf Kunz 1945–1953. Herausgegeben und mit einem Nachwort von Herbert Hoven. Köln: Kiepenheuer & Witsch 1994.

268 *Entlassung in Bonn]* Heinrich Böll wurde aus dem städtischen Durchgangslager, das auf Anforderung der Militärregierung auf der hinter der Bonner Universität gelegenen Hofgartenwiese eingerichtet worden war, entlassen. – Siehe Heinrich Böll an Ernst-Adolf Kunz, Neßhoven, 19.9.1945: »Am 2. September zogen wir um ins Lager 10, wo auch nur Versehrte lagen; dann verließ uns Ernst Fey am 5.9., nachdem wir noch – Helmut, Ernst und ich – den restlichen Tabak aus unserem alten 5:1-Bestand aufgeraucht hatten. Wir mußten es dann erleben, daß sowohl Arnsberg wie Köln dreimal verlesen wurden, ohne daß unsere Namen fielen. Es war vollkommener Wahnsinn. Selbst der eiserne und scheinbar so kühle Helmut, mit dem ich fortan Runden drehte und alles trug, wurde in diesen Tagen schwach. Denk Dir nur, wir mußten auch innerhalb des Lagers noch ein paarmal umziehen, wurden einmal ums Essen beschissen; ach, es war absoluter Wahnsinn!! So waren wir schließlich bei den letzten 300 von 5000 Versehrten, die entlassen wurden. Es kam dann ganz plötzlich mitten in der Nacht! Ich hatte abends noch Seife gegen aktive Zigaretten beim belgischen Posten verscheuert, ... und mitten in der Nacht wurden wir dann am 12. September endlich verlesen ... Gott sei Dank waren wir nicht bei den immer noch übrigbleibenden 100 Mann (u.a. Micha!). Am 13. verließen wir im L.K.W. La Hulpe – glaubten zum Bahnhof zu fahren und endeten hinter Stacheldraht in Maria ter Heide bei Antwerpen!! Oh, Wahnsinn, Wahnsinn, Nerven, Nerven! Gott sei Dank nur wenige Stunden! Nachts wurden wir doch verladen und fuhren tatsächlich nach Deutschland, in dieses traurige trostlos aussehende Deutschland! In Weeze am Niederrhein lagen wir dann noch 2 Tage – oh Nerven, Nerven! – hinter Stacheldraht ohne Tabak, wurden dann endlich – wieder mit L.K.W. – nach Bonn gebracht, wo dann der aller-, allerletzte Stacheldraht uns aufnahm ... oh Gott! Am 15. September 1945 nachmittags 16.15 verließ ich endlich den letzten Stacheldraht im Schatten der Bonner Universität, wo ich glücklichere Tage gesehen hatte ... es erfaßte mich ein Schwindel, das Bewußtsein, frei zu sein nach fast 7 Jahren ...

Literatur

Primärtexte: Heinrich Böll

Böll, Heinrich: *Werke*. Kölner Ausgabe *(KA)*. 27 Bände. Herausgegeben von Árpád Bernáth, Hans Joachim Bernhard, Robert C. Conard, Frank Finlay, James H. Reid, Ralf Schnell und Jochen Schubert. Köln: Kiepenheuer & Witsch, 2001–2010. (Zitiert: *KA*)

Böll, Heinrich: *Briefe aus dem Krieg 1939–1945*. 2 Bde. Herausgegeben und kommentiert von Jochen Schubert. Mit einem Vorwort von Annemarie Böll und einem Nachwort von James H. Reid. Köln: Kiepenheuer & Witsch 2001. (Zitiert: *KB*)

Herbert Hoven (Hrsg.): *»Die Hoffnung ist wie ein wildes Tier«*. Der Briefwechsel zwischen Heinrich Böll und Ernst-Adolf Kunz 1945–1953. Köln: Kiepenheuer & Witsch 1994. (Zitiert: *BBK*)

Sonstige Literatur

Bauer, Alfred: *Deutscher Spielfilm-Almanach 1929–1950*. [EA 1950]. Neuausgabe. München: Filmladen Christoph Winterberg 1976.

Die Wehrmachtberichte 1939–1945. 3 Bde. Unveränderter photomechanischer Nachdruck München: Deutscher Taschenbuch Verlag 1995.

Domarus, Max (Hrsg.): *Hitler*. Reden und Proklamationen 1932–1945. 2 Bd. in vier Teilen. Wiesbaden: Löwith [o.J.].

Gückelhorn, Wolfgang / Kurt Kleemann: *Die Rheinwiesenlager Remagen und Sinzig*. Fakten zu einem Massenschicksal 1945. Eine Dokumentation. Aachen: Helios Verlagsgesellschaft 2013.

Greven's Adressbuch Köln. 82. Jg. 1941 / 42. Köln: Greven 1941.

Heeres-Verordnungsblatt. Teil B und C. Hrsg. vom Oberkommando des Heeres.

Leonhardt, Rudolf Walter: *Lieder aus dem Krieg*. München: Goldmann 1979.

Mehner, Kurt (Hrsg.): *Die geheimen Tagesberichte der deutschen Wehrmachtführung im Zweiten Weltkrieg 1939–1945*. Die gegenseitige Lageunterrichtung der Wehrmacht-, Heeres- und Luftwaffenführung über alle Haupt- und Nebenkriegsschauplätze: »Lage West« (OKW-Kriegsschauplätze Nord, West, Italien, Balkan), »Lage Ost« (OKH) und »Luftlage Reich«. 12 in 13 Bde. Osnabrück: Biblio Verlag 1984 ff.

Mérimée, Prosper: *Carmen*. Novelle. Übersetzung von Wilhelm Geist. Revidiert und mit einem Nachwort von Günter Metken. Stuttgart: Philipp Reclam jun. 2011. (RUB; 1602)

Stifter, Adalbert: *Gesammelte Werke*. 6 Bde. Frankfurt am Main: Insel 1959.

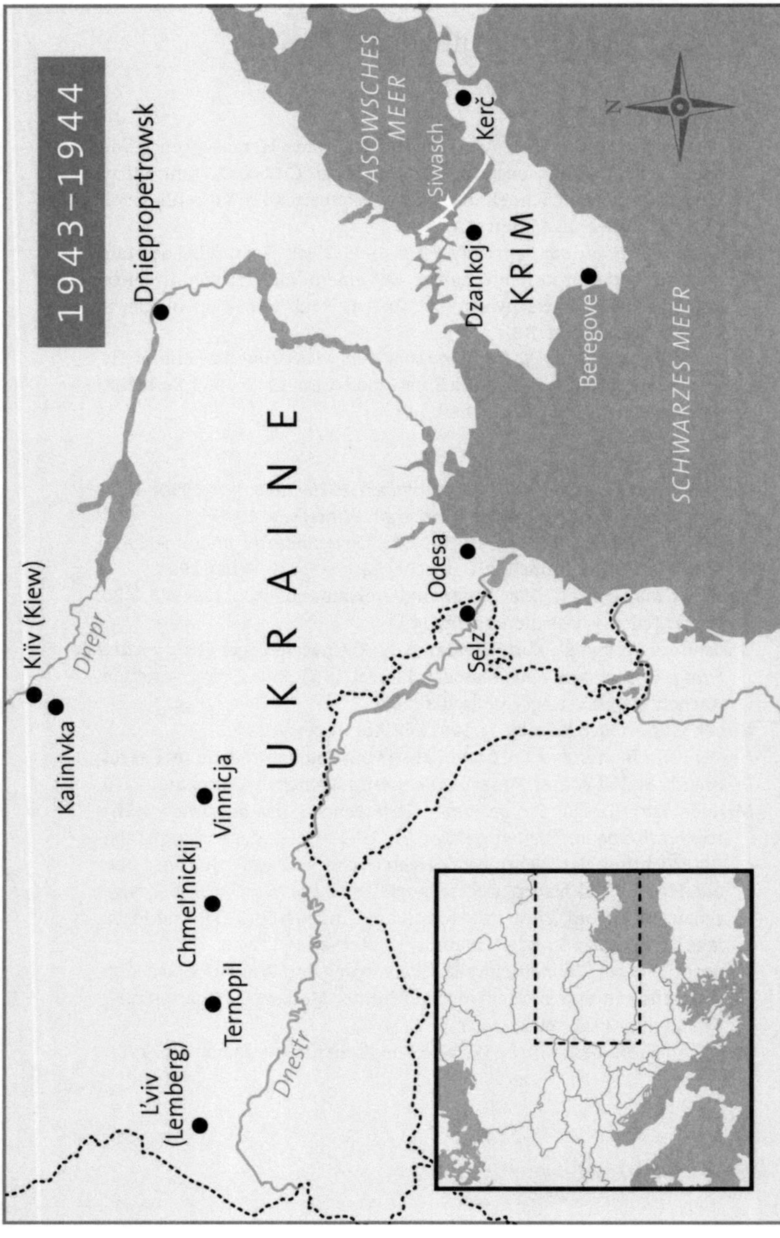
1943–1944
Dniepropetrowsk
ASOWSCHES MEER
Siwasch
Kerč
Dzankoj
KRIM
Beregove
SCHWARZES MEER
UKRAINE
Kiïv (Kiew)
Dnepr
Kalinivka
Vinnicja
Chmel'nickij
Ternopil
L'viv (Lemberg)
Dnestr
Odesa
Selz

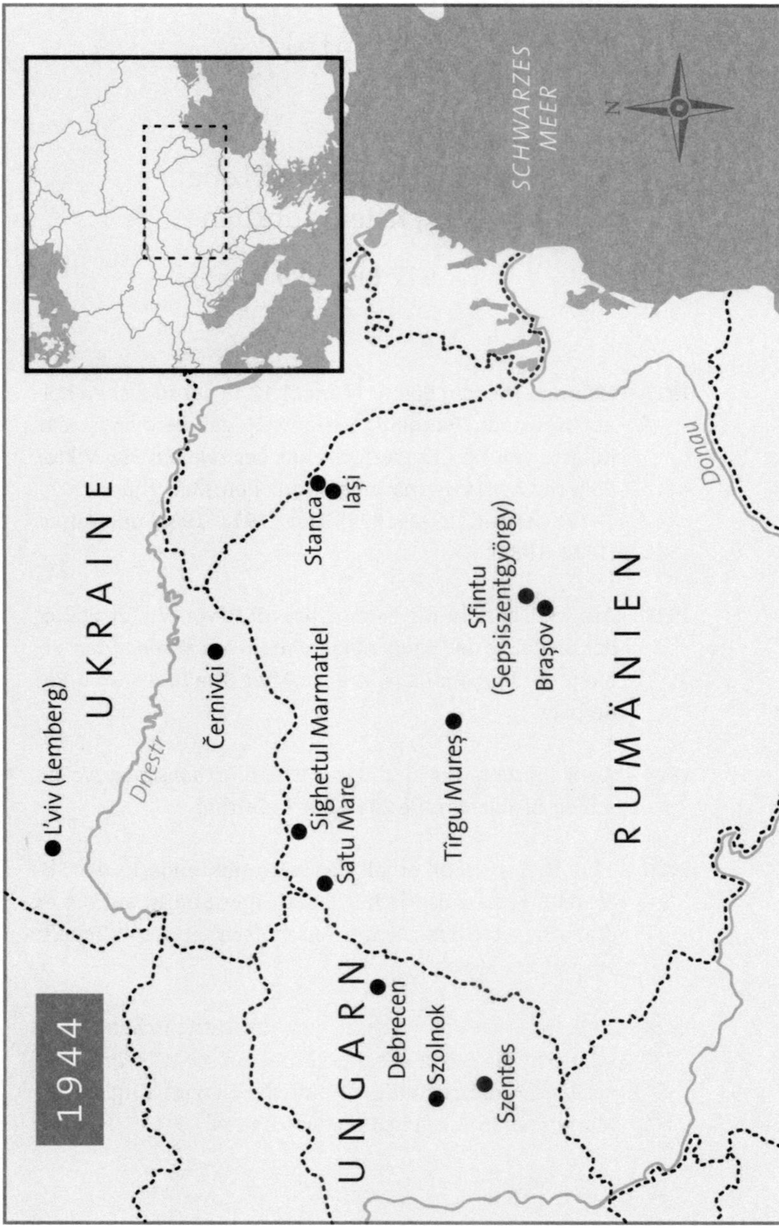
1944
UKRAINE
UNGARN
RUMÄNIEN
SCHWARZES MEER
N
Dnestr
Donau
L'viv (Lemberg)
Černivci
Sighetul Marmatiel
Satu Mare
Stanca
Iași
Debrecen
Szolnok
Szentes
Tîrgu Mureș
Sfintu (Sepsiszentgyörgy)
Brașov

Zeittafel

Kindheit, Jugend und Leben bis zum Kriegsaubruch

1917 bis 1939

1917 Heinrich Theodor Böll wird am 21.12. in der südlichen Kölner Neustadt, Teutoburgerstraße 26 geboren. Er ist das jüngste von fünf Kindern, die aus der zweiten Ehe Viktor Bölls mit Maria Hermanns hervorgehen: Mechthild (1907–1972), Gertrud (1909–1999), Alois (1911–1981) und Alfred (1913–1988).

1922 Am 25.7. bezieht die Familie das 1921 von Viktor Böll in der Siedlung der Baugenossenschaft *Am Rosengarten* erbaute Einfamilienhaus, Kreuznacher Straße 49, Köln-Raderberg.

1924 April Einschulung und Besuch der katholischen Volksschule, Brühler Straße 204, Köln-Raderthal.

1926 11.4. Heinrich Böll erhält die Erstkommunion in der St.-Mariä-Empfängnis-Kirche, Raderberger Straße, auf die er durch den späteren Kölner Bischofsvikar Joseph Teusch vorbereitet wird.

1928 17.4. Heinrich Böll wechselt von der katholischen Volksschule in die Sexta des *Staatlichen Kaiser-Wilhelm-Gymnasiums,* Heinrichstraße 6. Heinrich Böll wird Mitglied der Marianischen Kongregation (bis ca. 1934).

Heinrich Böll in Köln-Raderberg, Vorgebirgspark, 1926

1930 Wirtschaftlich durch den Konkurs der 1923 gegründeten *Rheinischen Kreditanstalt,* Johannisstraße 72/78, in Bedrängnis geraten, muß das Haus in der Kreuznacher Straße veräußert werden. Im Herbst bezieht die Familie in der Kölner Südstadt eine Wohnung am Ubierring 27.

1932 Bedingt durch die immer schwierigere wirtschaftliche Situation erfolgt ein weiterer Umzug innerhalb der südlichen Neustadt in die Maternusstraße 32.

1933 Anläßlich Adolf Hitlers Besuch in Köln am 19.2. notiert Heinrich Böll am Rande seiner Ausgabe von Xenophons *Kyur Anabasis:* »Adolf Hitler redet in Köln; Faschisten Kanone Hitler sabbert; ein abgerutschter Sozialist, genannt

Heinrich Böll als Abiturient, 1937

Tacitus-Ausgabe Heinrich Bölls. Notiz auf dem Einband: »Der NS. Wahn setzt sich durch / 1.2.1937«

Hitler (N.S.D.A.P.) macht sich unliebsam laut – Tod den Braunen«.

1936 Anfang des Jahres bezieht die Familie am Karolingerring die 1. Etage des Hauses Nr. 17. Gemeinsam mit seinem Bruder Alfred bewohnt Heinrich Böll ein hinzugemietetes Mansardenzimmer. Im Januar beginnt Böll zu schreiben.

Heinrich Böll schreibt in der Zeit vom 11.9.–8.10. seinen ersten erzählenden Text, *Die Inkonsequenzen des Christoff Sanktjörg*. Nach Abschluß des Manuskripts entstehen hauptsächlich Gedichte. Datiert auf den 18.12. beginnt die Niederschrift von *Die Brennenden*, die er zwischen dem 3./7.3.1937 abschließt.

1.12. Anmeldung zum Abitur zu Ostern 1937.

1937 Heinrich Böll notiert am Einbandrand seiner Tacitus-Ausgabe *Der NS-Wahn setzt sich durch,* 1.2.1937.

6.2. Heinrich Böll legt am Staatlichen Kaiser-Wilhelm-Gymnasium zu Köln das Abitur ab. In der Allgemeinen Beurteilung des Zeugnisses heißt es: »Körperbeschaffenheit: Breit, groß, doch wenig leistungsfähig, durch häufiges Kranksein vom Turnen auf Grund eines ärztlichen Attestes befreit und in seiner körperlichen Beschaffenheit stark gehemmt. – Familienverhältnisse: Geordnetes Familienleben, doch sehr dürftige Verhältnisse. Der Vater, Bildhauer, ist seit langem arbeitslos. 6 Kinder. – Begabung: gut begabt. – Leistungen: Im allgemeinen genügend, teilweise, besonders in Mathematik und Physik, gut. Seinen Anlagen nach könnten seine Erfolge besser sein. Daß sie nicht durchweg gut sind, ist wohl auf Krankheit und häufiges Fehlen zurückzuführen. – Betätigung in n.s. Verbänden: Ist wegen seiner Krankheit nicht organisiert. – Charakter: Schwerblütig, verträglich, vielleicht nicht energisch genug. Fügt sich anscheinend mit Gelassenheit in seine dürftigen Verhältnisse, die er durch eigenes Verdienen zu bessern sucht. – Berufswünsche: Verlagsbuchhändler. Er ist für den Beruf besonders durch seine Zuneigung zur Literatur geeignet.«

1.4. Heinrich Böll beginnt eine Ausbildung zum Buchhändler bei Matthias Lempertz, Buchhandlung u. Antiquariat, Franziskanerstraße, Bonn, die er jedoch bereits nach einem halben Jahr abbricht. Nach Beendigung des Lehrverhältnisses arbeitet er ab November in der Schreinerwerkstatt seines Bruders Alois. *Am Rande der Stadt* (6.11.1937) entsteht.

1938 Im November beginnt Heinrich Bölls Zeit beim Reichsarbeitsdienst, von dem er infolge der Aufnahme einer Lehrstelle zunächst zurückgestellt worden war. Seinen Arbeitsdienst versieht er im Arbeitskommando Fritz Legemann (Stellvertretender Gauleiter Hessen-Nassau-Nord), Wolfhagen bei Kassel. Die Erzählung *Annette* (7./8.10.1938) entsteht.

1939 31.3. Heinrich Böll beendet seinen Reichsarbeitsdienst.

13.4. Immatrikulation an der Universität Köln. Die Erzählung *Mädchen mit den gediegenen Ansichten* entsteht. Deren auf den 15.5. datiertes Manuskript reicht Heinrich Böll – versehen mit der Aufschrift »Kennwort: Köln« – der Zeitschrift *Die Pause,* Wien, ein. In der Zeit vom 22.5. bis 15.7. arbeitet er an einem Roman, der den Titel *Am Rande der Kirche. Tagebuch eines Sünders* trägt.

Im August arbeitet Heinrich Böll in der Schokoladenfabrik Gebrüder Stollwerck AG.

Heinrich Böll (verdeckt, links mit x markiert) beim Reichsarbeitsdienst in Wolfshagen bei Kassel, 1938

Die Kriegsjahre in Polen, Deutschland und Frankreich

1939 bis 1943

1939 5.8. Heinrich Böll erhält seinen Gestellungsbefehl mit Gestellungszeit 4. September 1939.

28.8. Heinrich Böll rückt in die Winkelhausen-Kaserne an der Netter-Heide in Osnabrück ein.

3.9. Heinrich Böll wird als Soldat (Schütze) der deutschen Wehrmacht vereidigt und wird der 3. Kompanie des 484. Infanterie-Ersatz-Bataillons zugewiesen.

3.–6.11; 18./19.11. sowie 14.–20.12. Beurlaubungen nach Köln.

31/

Gestellungsaufforderung

Geburtsdatum: 21.12.17

Erfassungsnummer: 17/73/10

Gestellungszeit:

4. 9. 1939. 7. Uhr

Wenn Empfänger nach auswärts verzogen, nicht nachsenden, sondern mit neuer Anschrift an Absender zurück.

Der Polizeipräsident in Köln

Frei durch Ablösung „Reich"

Internationale Leipziger Messe

Postkarte

Köln

An Herrn

Heinrich Böll

Köln

Karolingerring 17

Gestellungsaufforderung, 3.8.1939

Linke Seite: Heinrich Böll, um 1941

Rechte Seite: Heinrich Böll (fünfter von rechts) als Wachsoldat in Wesseling, 1941

Am 21.12. vollendet Heinrich Böll sein 22. Lebensjahr.

1940 Ende März wird Heinrich Böll nach einem kurzzeitigen Lazarettaufenthalt bis zum 6.4. nach Köln beurlaubt.

17.–23.6. letzte Beurlaubung nach Köln vor der Verlegung des 484. Infanterie-Ersatz-Bataillons nach Bromberg.

26./27.6. Verlegung nach Bromberg; in Bromberg rückt Heinrich Böll in die Kaserne, Kaiser-Wilhelm-Straße 1, ein.

2.8. Verlegung nach Frankreich. Fahrt über Stendal – Kortrijk – Namur – Amiens – Albert. In Frankreich wird er der 1. Kompanie (I. Bataillon) des Infanterieregiments 77 der 26. Infanterie-Division, das in Beaucourt-sur-l'Hallue einquartiert ist, zugeteilt.

27.8. Aufgrund des Verdachts einer Ruhrerkrankung wird Heinrich Böll in das Kriegslazarett in Dury bei Amiens eingewiesen.

28.9. Entlassung aus dem Kriegslazarett und Fahrt nach Deutschland zum Ersatztruppenteil des 77. Infanterieregiments nach Mülheim a.d. Ruhr. – Nach einem am 10./11.10. angetretenen Heimaturlaub kehrt Heinrich Böll am 23.10. in die Infanteriekaserne, Kaiserstraße 1, Mülheim a.d. Ruhr, Standort der 1. Kompanie des Infanterie-Ersatz-Bataillons 77, zurück.

7./8.11. Beurlaubung nach Köln.

11.11.–17.11. Beurlaubung nach Köln.

18.12. Verlegung zur Landesschützen-Ersatz-Kompanie 4/460 der 306. Infanterie-Division z.b.V. (zur besonderen Verwendung) nach Lüdenscheid in die Markgraf-Karl-Kaserne.

21.12. Heinrich Böll vollendet sein 23. Lebensjahr. – Verlegung nach Bielefeld, Diesterwegschule, Rohrteichstraße 71.

1941 14.1. Verlegung in die Wendelinschule, Wendelinstraße 64, Köln-Müngersdorf.

Linke Seite: Hochzeitsfoto Annemarie und Heinrich Bölls bei der standesamtlichen Trauung vor dem Kölner Rathaus, 6. März 1942

Rechte Seite: Heinrich Böll in der Wohnung der Kleingedankstraße 20, die bei dem »1000-Bomber-Angriff« am 30.5.1942 zerstört wurde.

1941 22.1.–4.2. Urlaub.

22./23.3. Tag der deutschen Wehrmacht in Köln.

24.6.–30.6. Einsatz in Wesseling als Wachsoldat.

11.9.–14.9. Zugbegleitung.

27.9.–4.10. Wachkommando in Wesseling.

10./11.10. Zugbegleitung.

30.11.–2.12. Zugbegleitung.

21.12. Heinrich Böll vollendet sein 24. Lebensjahr.

30.12. –3.1.1942 Zugbegleitung nach Frankreich.

1942 7.1.–20.1. Beurlaubung.

22.1. Verlegung in die Barbarakaserne, Amsterdamer Straße 138 in Köln-Riehl.

31.1/1.2. Verlegung in die Hacketäuer-Kaserne, Von-Sparr-Straße 1 in Köln-Mülheim.

2.–9.3. Hochzeitsurlaub.

6.3. Annemarie und Heinrich Böll werden im Kölner Rathaus standesamtlich getraut.

24./25.3. Verlegung in die Infanterie-Kaserne Köln-Kalk, Lilienthalstraße.

7.5. Versetzung nach Frankreich.

8.5. Ankunft in St-Omer.

Heinrich Böll in Paris, 1943

1942 9.5.–16.6. Unterkunft in Bientques. Heinrich Böll wird der 9. Kompanie des Infanterieregiments 240 der 106. Infanterie-Division zugewiesen.

30./31.5. ›1000-Bomber-Angriff‹ auf Köln. Das Gebäude der Kleingedankstraße 20 wird von einer Brandbombe getroffen und unbewohnbar. Annemarie zieht kurzzeitig zu Heinrich Bölls Eltern, Karolingerring 17.

19.6.–21.6. Heinrich Böll erhält einen ›Sonderurlaub für Bombengeschädigte‹. Bei seiner Rückfahrt aus Köln wird Heinrich Böll in Lille (22.6.) über Calais (23.6.) irrtümlich nach Guînes (24.6.) geleitet.

27.6. Unterkunft in Campagne-les-Guînes.

29.6.–4.7. Nochmalige Beurlaubung nach Köln.

Ansichtskarte aus Le Tréport, März 1943

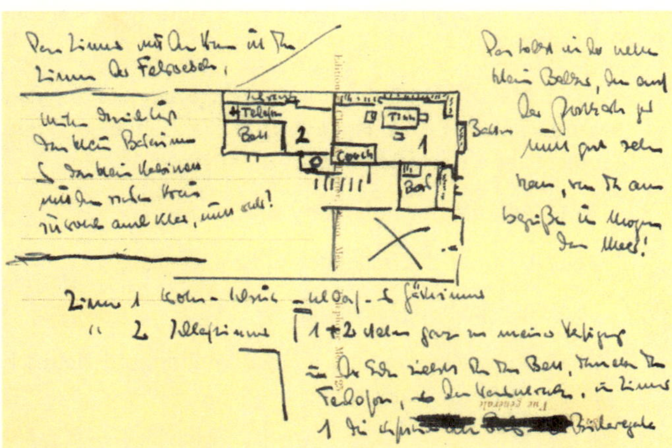

Rückseite der Ansichtskarte Le Tréport, März 1943 mit Böll Skizze seiner Unterkunft; siehe KB, S. 1371

1942 5.7. Rückkehr zur Truppe über Lille – Calais nach Campagne-les-Guînes (6.7.)

6.7.–15.7. Verlegung an die Küste und Einsatz am Cap Gris-Nez.

15.–18.7. Kommando nach Calais zur Flammenwerferausbildung.

18.7.–30.8. Cap Gris-Nez.

1.10. Verlegung nach Rouen. Im Rahmen der Neuaufstellung der 348. (bodenständigen) Infanterie-Division wird Heinrich Böll der 1. Kompanie des (Festungs-)Infanterieregiments 863 zugewiesen.

6.10. Transportkommando nach Arras.

10.–11.10. Quartier in Louviers, südl. von Rouen.

12.–24.10. Verlegung nach Léry, nördlich von Louviers.

25.10. Verlegung nach Pont-de-l'Arche, nordwestl. von Louviers.

23.11. Marsch von Quincompoix (Longe aux pauvre) über Neufachâtel-en-Bray, Blangy-sur-Bresle, Gamaches, Freuquières-en-Vimeu, Ochancourt zur Küste.

25.11. Ankunft in Saint-Valéry-sur-Somme.

21.12. Heinrich Böll vollendet sein 25. Lebensjahr.

26.12. Beurlaubung nach Köln.

31.12. Kirchliche Trauung von Annemarie und Heinrich Böll in St. Paul, Vondelstraße.

Heinrich Böll in Frankreich, 1942

1943 13.1. Verlegung von Saint-Valéry-sur-Somme nach Tully.

26./27.1. Aufenthalt in Amiens bzw. Dury (Lazarett).

28./29.1. Tully.

30.1. Amiens/Abbeville.

31.1. Dury.

2.2. Paris.

5.–21.2. Amiens/Dury.

21.–23.2. Tully.

1943 24.2. Versetzung in das Küstenstädtchen Le Tréport. Tätigkeit in der Kommandantur.

1./2.3. Beurlaubung nach Köln.

15.3. Fahrt nach Paris zur Dolmetscherprüfung.

18.3. Rückkehr nach Le Tréport.

29.3. Aufenthalt in Paris.

26.5. Verlegung nach Tully.

26.6.–11.7. Heimaturlaub.

12.7. Rückkehr über Maastricht – Namur – Arras – Albert – Amiens zur Truppe, die am 4.7. nach Mollière d'Aval, 25 km nördl. von Tully, verlegt worden war.

1.9. Heinrich Böll wird Obergefreiter.

2.10. Heinrich Böll wird zur 10. Kompanie (III. Bataillon) des Infanterieregiments 863 der 348. (bod.) Infanterie-Division nach Cayeux-sur-Mer versetzt.

11.10. Verlegung nach Yzengremer, 10 km östl. von Cayeux-sur-Mer.

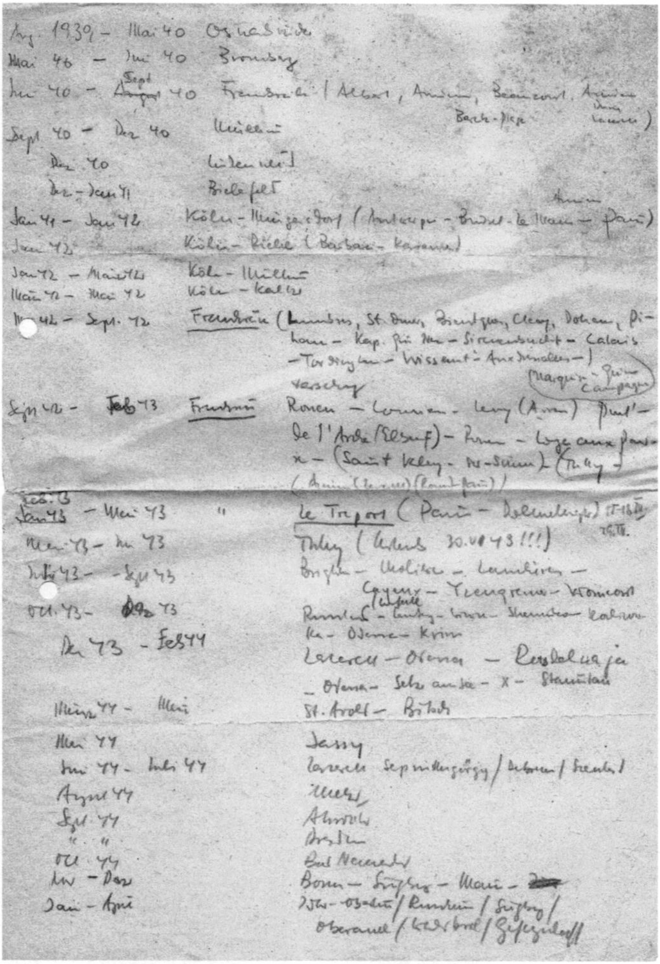
Aug. 1939 – Mai 40 Osnabrück
Mai 40 – Juni 40 Bromberg
Juni 40 – Sept 40 Frankreich (Albert, Amiens, Beaucourt, Amiens [illegible] Bach-plage [illegible])
Sept 40 – Dez 40 Mülheim
Dez 40 [illegible]
Dez – Jan 41 Bielefeld
Jan 41 – Jan 42 Köln-Müngersdorf (Antwerpen – Brüssel – Le Mans – Amiens – Paris)
Jan 42 Köln-Riehl (Barbara-Kaserne)
Jan 42 – März 42 Köln-Mülheim
März 42 – Mai 42 Köln-Kalk
Mai 42 – Sept. 42 Frankreich ([illegible], St. Omer, [illegible], Dohem, [illegible] – Kap. [illegible] – [illegible] – Calais – [illegible] – Wissant – [illegible] –) [illegible] (Marquise – [illegible] Campagne)
Sept 42 – Feb 43 Frankreich Rouen – [illegible] – [illegible] (Amiens) Pont-de l'Arche (Elbeuf) – [illegible] – Loge aux [illegible] – (Saint [illegible] – sur-Seine) (Thilay –) ([illegible])
Feb. 43 – Mai 43 " Le Tréport (Paris – [illegible]) [illegible]
Mai 43 – Juni 43 Thilay (Urlaub 30.VI 43!!!)
Juli 43 – Sept 43 [illegible] – [illegible] – [illegible] – Cayeux – [illegible] – [illegible]
Okt. 43 – Nov 43 Russland – [illegible] – [illegible] – [illegible] – [illegible] – Odessa – Krim
Dez 43 – Feb 44 Lazarett – Odessa – [illegible] – Odessa – [illegible] – X – Stanislau
März 44 – Mai St. Avold – Bitsch
Mai 44 Jassy
Juni 44 – Juli 44 Lazarett [illegible] / [illegible] / [illegible]
August 44 Metz
Sept 44 [illegible]
" " [illegible]
Okt 44 Bad Neuenahr
Nov – Dez Bonn – Siegburg – [illegible]
Jan – April [illegible] / [illegible] / Siegburg / [illegible] / [illegible] / [illegible]

Handschriftliche Aufstellung der Aufenthaltsorte während der Kriegszeit, um 1948/49

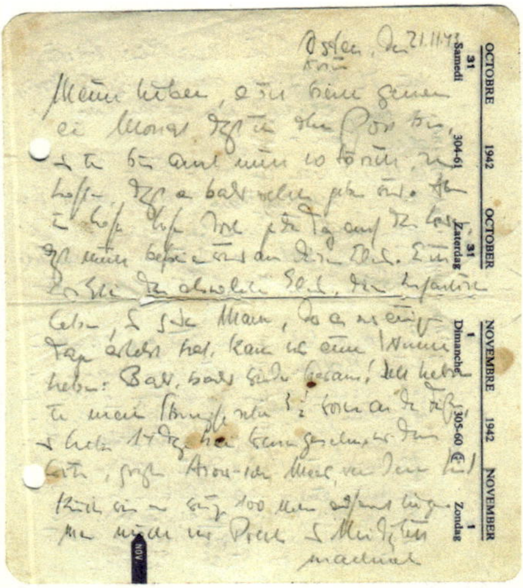

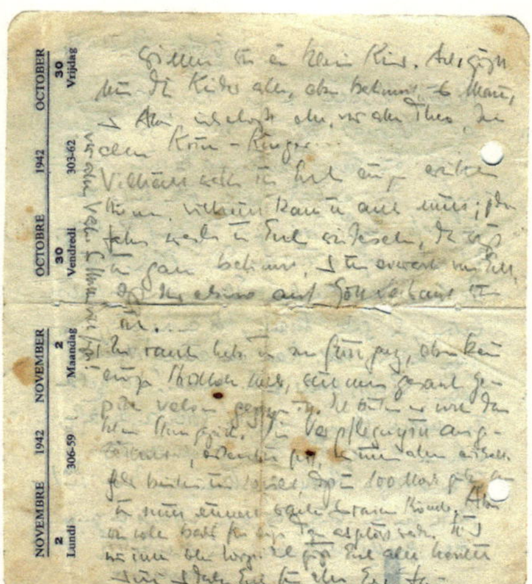

Feldpostbrief, Krim, 21.11.1943; Vorder- und Rückseite. Transkription siehe S. 350

Feldpostbriefumschlag, 9.11.1943

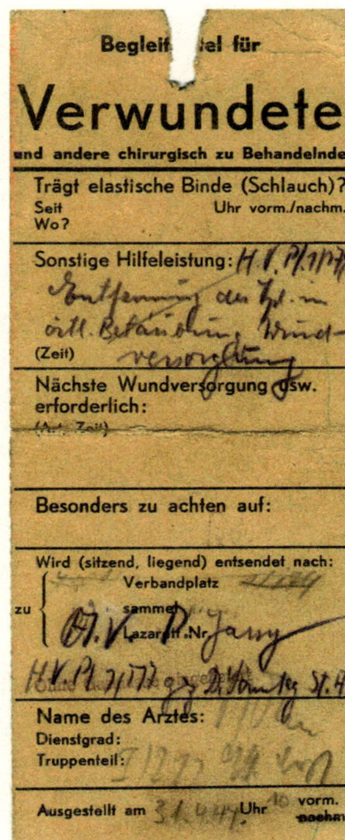

Begleit[...]tel für

Verwundete

und andere chirurgisch zu Behandelnde

Trägt elastische Binde (Schlauch)?
Seit Uhr vorm./nachm.
Wo?

Sonstige Hilfeleistung: H.V.Pl. 7/177 Entfernung der Spl. u. örtl. Behandlung, Wundversorgung
(Zeit)

Nächste Wundversorgung usw. erforderlich:
(Art, Zeit)

Besonders zu achten auf:

Wird (sitzend, liegend) entsendet nach:
zu Verbandplatz
sammel
Lazarett Nr.

Name des Arztes:
Dienstgrad:
Truppenteil:

Ausgestellt am 31.4.44 Uhr 10 vorm. nachm.

Verwundetennachweis, ausgestellt am 31.4.1944

Die Jahre der Kriegstagebücher

1943 bis 1945

1943 28.10. 19.22 Uhr Transport nach Osten vom Bahnhof Woincourt. Um 19.55 Uhr wird auf den Zug ein Attentat verübt, bei dem Heinrich Böll verletzt wird. Die Fahrt wird am 31.10. von Eu aus fortgesetzt.

10.11. Heinrich Bölls Transportzug erreicht den Ort Kalinovka, 25 km nördlich von Winniza.

11.11. Flug von Odessa auf die Krim bzw. Kertsch-Halbinsel.

12.11. Heinrich Böll wird der 1. Kompanie des 121. Infanterieregiments der 50. Infanterie-Division zugeteilt. Das I. Bataillon (1.–4. Kompanie) des 121. Infanterieregiments ist zu dieser Zeit der 98. Infanterie-Division unterstellt und wird in der nördl. von Kertsch gelegenen Ortschaft Bulganak eingesetzt.

16.11. Durch Granatsplitter wird Heinrich Böll am Fuß verletzt.

2.12. Kopfverletzung und Transport zum Hauptverbandsplatz.

6.12. Flug nach Odessa und Aufnahme in das Kriegslazarett 2/606, aus dem er am 12.12. in ein Feldlazarett entlassen wird.

21.12. Heinrich Böll vollendet sein 26. Lebensjahr.

22.12. Verlegung nach Radschelnaja.

1944 6.1. Verlegung nach Odessa.

15.1. Verlegung nach Selz am See (Transnistrien), anschließend nach Stanislau (20.1.), Kriegslazarett 3/601. Nach seiner Entlassung am 23.2. fährt Heinrich Böll nach Köln und bleibt dort bis zu seiner Abfahrt am 1.3. nach St. Avold. In St. Avold wird Heinrich Böll dem Grenadier-Ersatz-Bataillon 485/Genesenden-Kompanie zugewiesen.

11.3. Antritt eines 14-tägigen Erholungsurlaubs nach Ahrweiler, Hotel Vier Winde.

26.3. Rückkehr mit Annemarie Böll nach St. Avold und Versetzung zum Grenadier-Ersatz-Bataillon 465.

4.4. Antritt eines nochmaligen 14-tägigen Erholungsurlaubes.

17.4. Rückkehr nach St. Avold zur Truppe.

Linke Seite: (v.l.n.r.) Alois, Alfred und Heinrich Böll, 1944

Rechte Seite: Annemarie und Heinrich Böll mit seinen Eltern Maria und Viktor Böll in Ahrweiler, Frühsommer 1944

1944 22.–23.4. Besuch Annemarie Bölls in St. Avold.

27.4.–2.5. Heinrich Böll erhält Sonderurlaub nach Köln und Ahrweiler aufgrund des Luftangriffs auf Köln vom 21.4., bei dem die Wohnung in der Neuenhöfer Allee 38 beschädigt worden war.

2.5. Fahrt nach St. Avold zusammen mit Annemarie Böll, die am 7.5. nach Köln/Ahrweiler zurückkehrt.

9.5. Verlegung nach Bitsch bzw. Bitsch-Lager.

17.5. Verlegung nach Jassy, Rumänien. Fahrt über Saarbrücken – Karlsruhe – Nürnberg – Bruck a.d. Leitha – Budapest – Szolnok – Törökszentmiklós – Kisùjszállás – Karcag – Püspökladány – Hajdúszboszló – Debrecen Carei – Satu Mare – Chust – Sighetui Marmatiei – Snjatyn – Kolomea – Cernowitz – Suceava – Pascani – Tirgu Frumos – Jassy (Iasi).

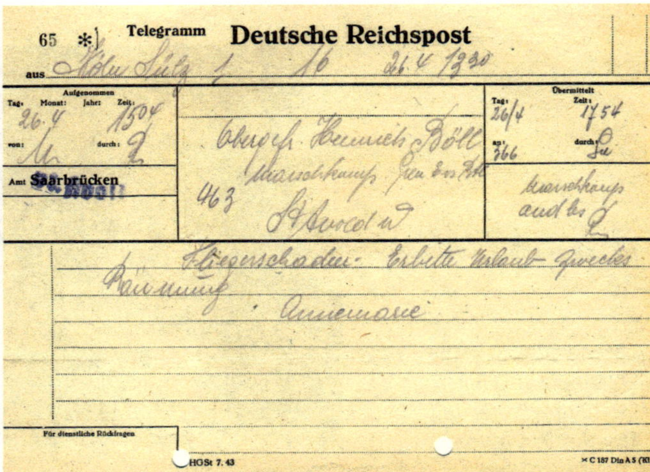
65 *) Telegramm **Deutsche Reichspost**

aus Köln Sülz 1 16 26.4

Aufgenommen Tag: 26.4 Zeit: 1504

Amt Saarbrücken

Übermittelt Tag: 26/4 Zeit: 1754

Obergefr. Heinrich Böll

463

St Avold

Kriegsschaden. Erbitte Urlaub zwecks Räumung. Annemarie

Für dienstliche Rückfragen

HGSt 7.43

C 187 DIN A 5

Telegramm Annemarie Bölls an Heinrich Böll in St. Avold v. 26.4.1944

1944 29.5. Ankunft bei der Kompanie. Heinrich Böll wird der 6. Kompanie des Grenadierregiments 212 der 79. Infanterie-Division zugewiesen.

31.5. Heinrich Böll wird bei Kämpfen bei Stanca, 10 km nördl. von Jassy, verwundet. Mit einem Lazarettzug erreicht er über Tirgu Frumos – Paskami – Roman – Bacau – Adjud – Tirug Ocna und Comanesti, Sinftu Gheorge (Sepsiszentgyörgy), wo er am 4.6. in der Krankensammelstelle aufgenommen wird.

15.6. Entlassung nach Debrecen.

10.7. Verlegung von Debrecen nach Szentes.

31.7. Entlassung aus dem Kriegslazarett von Szentes. Fahrt nach Metz zum Ersatztruppenteil des 212. Infanterieregiments über Szolnok – Debrecen – Budapest – Wien – Linz – Passau – Regensburg – Nürnberg – Heidelberg – Frank-

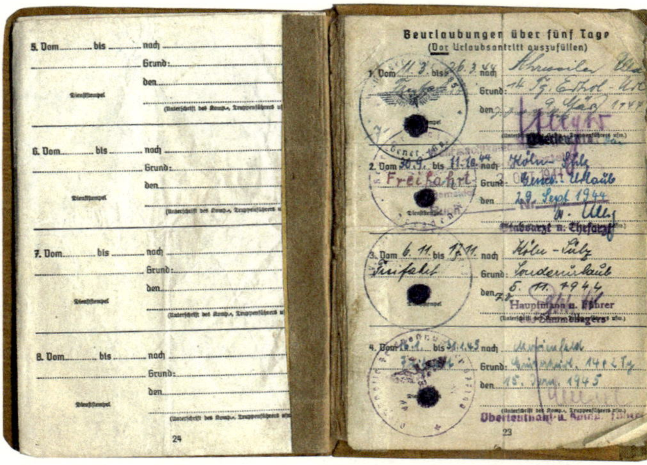

Heinrich Bölls Soldbuch v. August 1944 mit Urlaubsgenehmigungen

1944 furt – Koblenz – Köln – Remagen – Ahrweiler (mit einem Tag Aufenthalt) – zusammen mit Annemarie Böll weiter nach Metz.

5.8. Ankunft in Metz.

9.8.–7.9. Urlaub nach Ahrweiler.

6.9. Aufnahme in die Dr. von Ehrenwall'schen Klinik in Ahrweiler.

16.9. Fahrt nach Dresden, Reservelazarett V.

29.9. Entlassung aus dem Dresdner Reservelazarett mit 12tägigem Genesungsurlaub – Fahrt nach Ahrweiler.

11.10. Aufgrund eines erneuten (herbeigeführten) Fieberanfalls Verlängerung des Genesungsurlaubes bis zum 19.10.

21.10. Aufnahme in das Kriegslazarett 2/612 in Bad Neuenahr.

1944 3.11. Tod der Mutter.

6.11. Entlassung aus dem Kriegslazarett und Sonderurlaub vom 6.11 bis 17.11.

7.11 Bestattung der Mutter in Ahrweiler.

17.11. Umzug der Familie nach Marienfeld in den von Alois und Maria Böll mit ihren drei Kindern seit August bewohnten Pfarrsaal.

21.11. – 25.11. Revierbehandlung in der *Örtlichen Krankenverteilungsstelle* Bonn.

8.12. Heinrich Böll wird in Much ›Marschunfähigkeit‹ bescheinigt.

18.12. Vermutl. Fahrt nach Mainz. – Rückfahrt mit Urlaubseintrag ›Sonderurlaub Todesfall‹ vom 19.12. bis 3.1.1945.

21.12. Heinrich Böll vollendet sein 27. Lebensjahr.

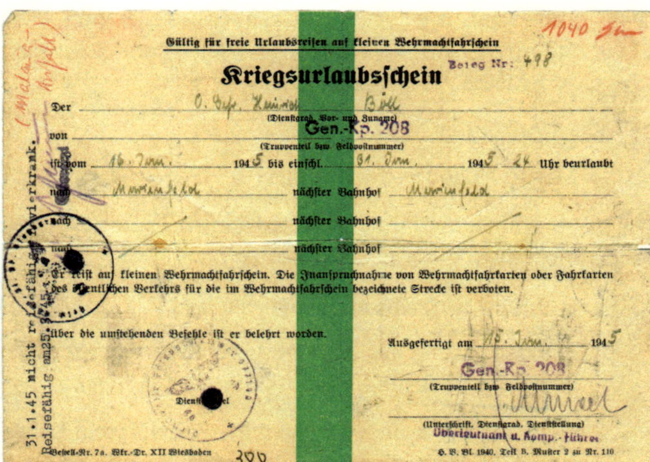

Gültig für freie Urlaubsreisen auf kleinen Wehrmachtfahrschein

Kriegsurlaubsschein

Beleg Nr: 498

Der O. Gefr. Heinrich Böll
(Dienstgrad, Vor- und Zuname)

von Gen.-Kp. 208
(Truppenteil bzw. Feldpostnummer)

ist vom 16. Jan. 1945 bis einschl. 31. Jan. 1945 24 Uhr beurlaubt

nach Marienfeld nächster Bahnhof Marienfeld

nach nächster Bahnhof

nach nächster Bahnhof

Er reist auf kleinen Wehrmachtfahrschein. Die Inanspruchnahme von Wehrmachtfahrkarten oder Fahrkarten des öffentlichen Verkehrs für die im Wehrmachtfahrschein bezeichnete Strecke ist verboten.

Über die umstehenden Befehle ist er belehrt worden.

Dienstsiegel

Ausgefertigt am 15. Jan. 1945

Gen.-Kp. 208
(Truppenteil bzw. Feldpostnummer)

(Unterschrift, Dienstgrad, Dienststellung)
Oberleutnant u. Komp.-Führer

31.1.45 nicht reisefähig revierkrank.
Reisefähig am 25.3.45

Bestell-Nr. 7a. Wkr.-Dr. XII Wiesbaden

388

H. V. Bl. 1940, Teil B, Muster 2 zu Nr. 110

Kriegsurlaubsschein, ausgestellt am 15.1.1945; an linkem seitlichen Rand mit Verlängerungen, die von Heinrich Böll nachträglich gefälscht, d.h. durch Hinzufügung einer »2« vor der »5« modifiziert wurden.

1945 4.1. Fahrt von Marienfeld über Idar-Oberstein – Mainz – Wetzlar – Ludwigshafen – Bellheim nach Rußheim.

11.1. Ankunft in Rußheim – Genesenden-Kompanie 208.

16.1. Beurlaubung bis 31.1. – Fahrt nach Marienfeld.

31.1. Anerkennung als ›nicht reisefähig‹ bis 5.3. – Heinrich Böll manipuliert seinen Kriegsurlaubsschein und verlängert dessen Dauer auf den 25.3.

26.3. Heinrich Böll meldet sich bei der Versprengten-Sammelstelle im rechtsrheinischen Röttgen bei Marienfeld zur Truppe zurück.

Am 26.3. wird Heinrich Bölls Zugehörigkeit zum 943. Infanterieregiment der 353. Infanterie-Division gemeldet. Einsätze in Birk – Niederauel – Oberauel als Brückenwache und Beobachtungsposten.

9.4. Bei Kämpfen um den Weiler Bruchermühle nördl. Denklingens bei Waldbröl wird Heinrich Böll um 19.30 Uhr gefangengenommen.

10.4. Transport in ein Sammellager bei Andernach.

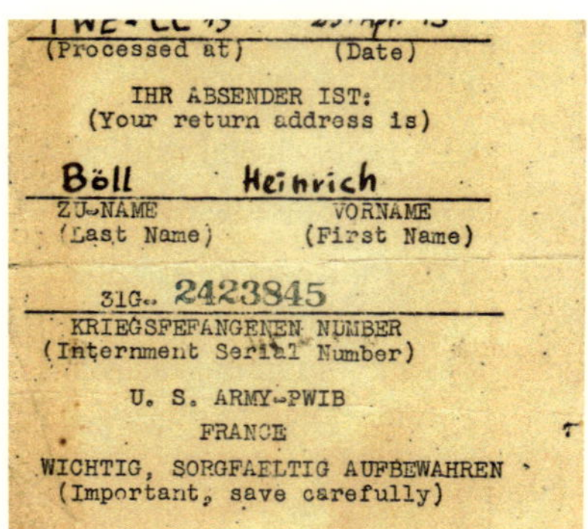
(Processed at) (Date)

IHR ABSENDER IST:
(Your return address is)

Böll Heinrich
ZU-NAME (Last Name) VORNAME (First Name)

31G. 2423845
KRIEGSFEFANGENEN NUMBER
(Internment Serial Number)

U. S. ARMY-PWIB
FRANCE

WICHTIG, SORGFAELTIG AUFBEWAHREN
(Important, save carefully)

Heinrich Bölls Kriegsgefangenenausweis, ausgestellt am 25.4.1945

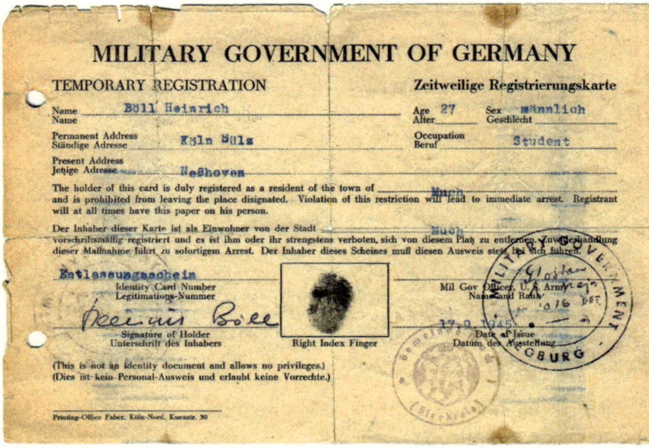
MILITARY GOVERNMENT OF GERMANY

TEMPORARY REGISTRATION — Zeitweilige Registrierungskarte

Name / Name: Böll Heinrich — Age / Alter: 27 — Sex / Geschlecht: männlich

Permanent Address / Ständige Adresse: Köln Sülz — Occupation / Beruf: Student

Present Address / Jetzige Adresse: Neßhoven

The holder of this card is duly registered as a resident of the town of Much and is prohibited from leaving the place disignated. Violation of this restriction will lead to immediate arrest. Registrant will at all times have this paper on his person.

Der Inhaber dieser Karte ist als Einwohner von der Stadt Much vorschriftsmäßig registriert und es ist ihm oder ihr strengstens verboten, sich von diesem Platz zu entfernen. Zuwiderhandlung dieser Maßnahme führt zu sofortigem Arrest. Der Inhaber dieses Scheines muß diesen Ausweis stets bei sich führen.

Entlassungsschein
Identity Card Number / Legitimations-Nummer

Heinrich Böll
Signature of Holder / Unterschrift des Inhabers

Right Index Finger

Mil Gov Officer, U. S. Army / Name and Rank

17.9.1945
Date of Issue / Datum der Ausstellung

(This is not an identity document and allows no privileges.)
(Dies ist kein Personal-Ausweis und erlaubt keine Vorrechte.)

Printing-Office Faber, Köln-Nord, Kuenstr. 30

Vorläufige Registrierungskarte mit Hinweis auf Heinrich Bölls Entlassung nach Much, ausgestellt auf den 17.9.1945

1945 12.4. Transport nach Namur (Ankunft 14.4.).

15.4. Ankunft in Attichy bei Soissons. P.W. 31C2423845.

29.7. Geburt des Sohnes Christoph Paul (†14.10.1945). Heinrich Böll schließt Bekanntschaft mit Ernst-Adolf Kunz.

14.8. Abfahrt von Attichy um 19.15 Uhr. Ankunft im belgischen La Hulpe.

11.9. Heinrich Böll wird über Flandern in das Kriegsgefangenenentlassungslager Weeze überführt.

15.9. Fahrt von Weeze über Krefeld und Köln nach Bonn. Heinrich Böll wird aus dem städtischen Durchgangslager, das auf Anordnung der Militärregierung auf der hinter der Bonner Universität gelegenen Hofgartenwiese eingerichtet wurde, entlassen.

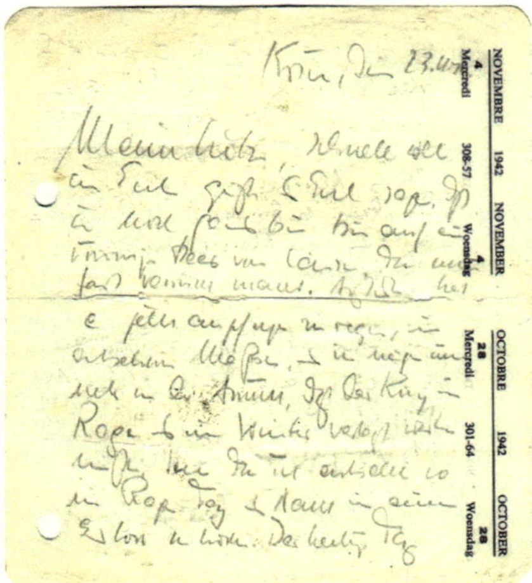

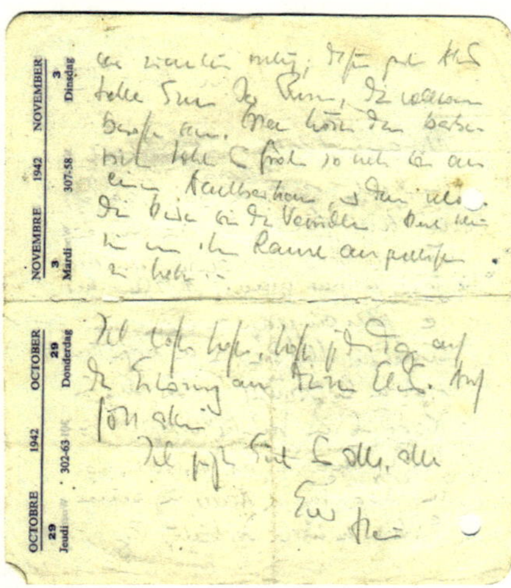

Feldpostbrief, Krim, 23.11.1943;
Vorder- und Rückseite.
Transkription siehe S. 350.

Zwei unveröffentlichte Briefe Heinrich Bölls an die Familie

Osten, den 21.11.43
Krim

Meine Lieben, es ist heute genau einen Monat, daß ich ohne Post bin, und ich bin auch nun so töricht, zu hoffen, daß es bald welche geben wird. Aber ich hoffe, hoffe, doch jeden Tag auf das Wunder, das mich befreien wird aus diesem Elend. Es ist wirklich das absolute Elend, dieses Infanteristen Leben, und jeder Mann, der es nur einige Tage erlebt hat, kann nur einen Wunsch haben: Bald, bald wieder heraus! Ich habe nun meine Strümpfe schon 3 ½ Wochen an den Füßen, und habe 14 Tage kein Wasser gesehen, nur das weite, große Asow-sche Meer, von dessen Süd-Küste wir nur wenige 100 Meter entfernt liegen. Man möchte vor Dreck und Müdigkeit manchmal wimmern wie ein kleines Kind. Ach, grüßt mir die Kinder, alle, aber bestimmt, und Marie, und Alois, überhaupt alle, vor allem Theo, den Krim-Krieger ...

Vielleicht werde ich Euch einiges erzählen können, vielleicht kann ich auch nicht; jedenfalls werde ich Euch wiedersehen, das weiß ich ganz bestimmt, und ich erwarte von Euch, daß Ihr ebenso auf Gott vertraut, wie ich.

Zu rauchen habe ich zum Glück genug, aber kein einziges Streichholz mehr, seit unser gesamtes Gepäck verloren gegangen ist. Ich besitze nur noch das kleine Sturmgepäck. Die Verpflegung ist ausgezeichnet, erfreulich gut, was uns alle {erhält}. Geld besitze ich soviel, daß ich 100 Mark gäbe, wenn ich mich einmal baden und rasieren könnte.

Aber wir sollen bald für einige Tage abgelöst werden. Seid nur immer ohne Sorge. Ich grüße Euch alle herzlich und innig und danke Euch für alles

Euer Hein

Krim, den 23.11.43

Meine Lieben, schnell will ich Euch grüßen und Euch sagen, daß ich noch gesund bin bis auf ein irrsinniges Heer von Läusen, das mich fast verrückt macht. Außerdem hat es jetzt angefangen zu regnen, in entsetzlichen {Maßen} und ich neige nun mehr zu der Ansicht, daß der Krieg in Regen und Winter verlegt werden müßte, [xxx] so im Regen Tag und Nacht in einem Erdloch zu hocken. Der heutige Tag war ziemlich ruhig; dafür gestern Abend tolle Szene der Russen, die vollkommen besoffen sind. Man hört das barbarische Johlen und Gröhlen so nah wie aus einem Nachbarhaus, und dann {kläffen} die Hunde wie die Verrückten. Heute scheinen sie nun ihren Rausch ausgeschlafen zu haben.

Ich hoffe hoffe, hoffe jeden Tag auf die Erlösung aus diesem Elend. Auf Gott allein.

Ich grüße Euch alle, alle

Euer Hein

Dank

Für die unermüdliche Ausdauer und Hingabe bei der Transkription aus der sehr schwierigen Handschrift meines Vaters möchte ich mich sehr herzlich bei Jochen Schubert und Markus Schäfer bedanken. Ohne ihr nie erlahmendes Interesse wäre diese Ausgabe nicht zustande gekommen. Auch die die Abschriften erläuternden Anmerkungen wären ohne ihr profundes Wissen des Werkes und des Lebens von Heinrich Böll nicht möglich gewesen.

Für die hervorragende herstellerische Betreuung sei Dorothea Roll, für das engagierte Lektorat Olaf Petersenn und Jan Valk vom Verlag Kiepenheuer & Witsch sehr herzlich gedankt. Zudem gilt unser Dank Wolf-Peter Stößel für sein großes Engagement bei der graphischen Umsetzung.

Ohne Ulrich Suter hätten wir die Begriffe aus dem Schwyzerdütsch nicht entschlüsseln und kommentieren können.

Last but not least gilt mein herzlichster Dank meiner Frau Carmen Alicia, die in mühevoller Arbeit die Digitalisate der Tagebücher, Dokumente und Fotos erstellt und überarbeitet hat.

Eventuelle Errata gehen ausschließlich zu meinen Lasten.

Köln, im August 2017

René Böll

Heinrich Böll
Briefe aus dem Krieg
1939 – 1945
Band 1 + 2
Verlag Kiepenheuer & Witsch